ALÉM DO IMPOSSÍVEL

INSÍGNIA

O VÓRTEX NEGRO VOL.2

S. J. KINCAID

V&R EDITORAS

Edição: Marcia Alves
Assistente editorial: Natália Chagas Máximo
Tradução: Frank de Oliveira e Júlio Monteiro de Oliveira
Preparação: Alessandra Miranda de Sá
Revisão: Bia Nunes de Sousa
Diagramação: Juliana Pellegrini
Capa: Sammy Yuen (adaptada por Juliana Pellegrini e Ana Solt)

Insígnia - O vórtex negro
Título original: *Vortex*

vreditoras.com.br

Rua Cel. Lisboa, 989 | Vila Mariana
CEP 04020-041 – São Paulo – SP
Tel./Fax: (55 11) 4612-2866 • editoras@vreditoras.com.br

ISBN 978-85-7683-660-5

Impressão e acabamento: Geográfica • Printed in Brazil

Dados Internacionais de Catalogação na Publicação (CIP)
(Câmara Brasileira do Livro, SP, Brasil)

Kincaid, S.J.
Insígnia : o vórtex negro / S.J. Kincaid ; [tradução Frank de Oliveira e Julio Monteiro de Oliveira]. – São Paulo : V&R Editoras, 2014. – (Insígnia)

ISBN 978-85-7683-660-5

1. Ficção – Literatura juvenil I. Título. II. Série.

14-01439 CDD-028.5

Índices para catálogo sistemático:
1. Ficção : Literatura juvenil 028.5

Para Meredith,

por me incentivar a escrever quando pequena

e por ser a voz da razão.

COALIZÃO DE

ALIANÇA INDO-AMERICANA

Bloco Euro-Australiano

Países da Oceania

Aliança Norte-Americana

América Central

CORPORAÇÕES MULTINACIONAIS:

(e combatentes patrocinados)

Dominion Agra

COMBATENTE PATROCINADO:

Karl "Vanquisher" Marsters

Nobridis

COMBATENTES PATROCINADOS:

Elliot "Áries" Ramirez

Cadence "Vespa" Grey

Britt "Touro" Schmeiser

Wyndham Harks

COMBATENTES PATROCINADOS:

Heather "Enigma" Akron

Yosef "Vetor" Saide

Snowden "Novato" Gainey

Matchett-Reddy

COMBATENTES PATROCINADOS:

Lea "Tempestade" Styron

Mason "Espectro" Meekins

MULTINACIONAIS

Epicenter Manufacturing
COMBATENTES PATROCINADOS:
Emefa "Polaris" Austerley
Alec "Condor" Tarsus
Ralph "Toureiro" Bates

Obsidian Corp.
COMBATENTES PATROCINADOS: Nenhum

ALIANÇA RUSSO-CHINESA
Federação Sul-Americana
Associação dos Países Africanos
Bloco Nórdico

CORPORAÇÕES MULTINACIONAIS:
(membros patrocinados desconhecidos)

Harbinger
Lexicon Mobile
LM Lymer Fleet
Kronus Portable
Stronghold Energy
Preeminent Communications

1

– VOCÊ TEM QUE VER este relógio, Tommy. A inscrição diz: "Propriedade de Sanford Bloombury, 1805". Imagine só. Um cara usava essa coisa antes mesmo de existir a eletricidade.

Tom afastou o visor de realidade virtual e piscou, enquanto os olhos se adaptavam à escuridão no interior do movimentado cassino. As luzes brilhantes dos monitores de vídeo próximos se projetaram sobre o sorriso que se abria no rosto cansado de Neil e cintilaram no relógio prateado pendurado em sua mão.

– Hum... – Tom realmente não entendia por que Neil o havia mostrado a ele. – Será que esse negócio de relógio vale uma grana boa ou algo assim?

– Uma grana? Tom, este relógio tem sido passado de pai para filho durante gerações. É uma herança preciosa de família, e tem um tremendo valor sentimental. Não para a *nossa* família, é claro, mas com certeza para a daquele banqueiro. – Apontou o dedo por cima do ombro em direção ao homem careca de quem tinha ganhado no pôquer alguns minutos antes. – Então, espero que signifique alguma coisa pra você o fato de eu lhe dizer que quero que fique com ele. Feliz aniversário de quinze anos.

Tom demorou um pouco para processar aquelas palavras.

– Está me dando o relógio?

Ele não conseguia se lembrar de o pai já ter lhe dado algum presente de aniversário... Não *no* aniversário ou próximo a ele, pelo menos. Agarrou o relógio com ansiedade. O visor de RV lhe escorregou da mão, e Neil o pegou antes que pudesse cair com um estrondo no chão.

– Isto é fantástico, pai! – Ele não tinha, é óbvio, absolutamente nenhuma necessidade de um relógio, já que o cronômetro instalado em seu cérebro, sintonizado com o satélite, media o tempo com precisão de dois milésimos de segundo. Era uma das muitas vantagens de ter um computador na cabeça. Ainda assim, ganhar um presente significava algo incrível.

Neil apertou-lhe o ombro.

– Vamos lá; vamos comer uma carninha.

Bife grelhado. Aquilo era ainda mais incrível.

Tom saltou e seguiu Neil através da multidão agitada no cassino. Passaram pelo banqueiro derrotado, que avidamente olhou para o relógio na mão de Tom. O garoto não teve escrúpulos em ajustá-lo na frente do sujeito, mas talvez tenha sido um erro ser tão descarado quanto a isso, pois poderia jurar que o rosto do banqueiro havia se franzido numa máscara de hostilidade, e Tom o vira acenar para um brutamontes que parecia uma espécie de guarda-costas.

Tom lançou um último olhar por cima do ombro antes que ele e Neil se afastassem de vez. Avançaram pela porta rumo ao envolvente e seco calor da noite de Nevada, as impressionantes luzes de néon na Las Vegas Strip bombardeando-os por todos os lados.

Neil examinou o cassino de onde tinham saído.

– Acha que o banqueiro vai mandar o empregado dele atrás de nós?

Ele também percebera o sujeito mal-encarado. Tom inclinou a cabeça em sinal de dúvida.

– Ainda não sei.

– Vamos andar mais depressa.

Tom não precisava que Neil lhe dissesse isso; ele *ainda* possuía o instinto de sobrevivência decorrente dos primeiros catorze anos de sua vida, quando andava atrás do pai de um cassino para outro. Sempre que Neil conseguia algum dinheiro, nas raras ocasiões em que ganhava, *conservar* o dinheiro se tornava a principal tarefa.

A questão era: até que ponto Neil estava alerta naquele momento? Tom lançou um olhar cuidadoso para as pernas do pai, observando o movimento constante, sem oscilações ou algum tropeção. Ótimo. Sóbrio. Ou, pelo menos, o mais próximo disso que ele já conseguira.

Tom balançava o relógio enquanto ambos se esgueiravam pela multidão, as luzes brilhantes dos *outdoors* florescentes de Las Vegas refletindo para todos os lados. As telas de um quilômetro e meio de largura bombardeavam anúncios para qualquer um num raio de cento e cinquenta quilômetros sob elas – embora os reflexos no relógio se reduzissem a minúsculas lascas de luz. Então, na superfície brilhante, avistou uma figura ziguezagueando na multidão atrás deles. Um olhar para trás confirmou: o brutamontes do banqueiro de fato seguia no encalço deles.

Ótimo.

O olhar de Tom se voltou bruscamente para a frente.

– Pai, estamos sendo seguidos. O banqueiro é um sanguessuga.

Neil soltou um suspiro de desgosto.

– Era de imaginar. São sempre os homens de Wall Street.

Havia essa prática no circuito de pôquer agora, chamada de *atividade dos sanguessugas,* que envolvia a contratação de alguns bandidos para os apostadores saírem por cima, mesmo que perdessem. Se ganhassem legitimamente, conservavam os despojos da vitória, mas, se levassem a pior, mandavam os capangas para recuperar o dinheiro que lhes fora tirado. Isso arruinava a coisa para todos, porque os sanguessugas não pareciam compreender o conceito de que jogar significava aceitar o risco da derrota. Ao contrário, davam a impressão de que, não importava se vencessem ou perdessem, possuíam sempre direito às vantagens.

Neil deu uma cotovelada em Tom.

– Você se lembra de como lidávamos com sanguessugas?

– Só estive fora durante seis meses – Tom protestou. Tirou o relógio e deixou que o brutamontes visse que ele o devolvia para Neil. – Na parte de trás da cabeça?

– Na parte de trás da cabeça – o pai dele concordou.

Esse era o tipo de incidente do qual Tom não havia sentido falta enquanto vivia na Agulha Pentagonal, treinando para ser um Combatente das Forças Intrassolares. Lá, a vida tinha a ver com rotina, respeito aos regulamentos, e Tom geralmente sabia o que aconteceria de um dia para o outro.

A vida com o pai, no entanto, era *assim*. Caótica, imprevisível, às vezes perigosa. Tom sentia-se quase aliviado por terem se metido naquela encrenca, porque as duas primeiras semanas do tempo obrigatório por lei longe da custódia dos militares vinham correndo tão sem problemas, que ele meio que esperava um meteoro se chocar contra o hotel para compensar esse fato. Serem perseguidos por um bandido contratado que planejava roubá-los, tirar tudo que Neil havia ganhado naquela noite e talvez bater um pouco neles, bem... era algo bastante familiar. Tom sabia como lidar com aquela situação

– Vá para lá – Neil instruiu, apontando o dedo para a fachada de um restaurante.

Tom se despediu:

– Até mais, pai. – Afastou-se de Neil e se dirigiu para dentro do restaurante, deixando que o pai continuasse a descer a rua em meio à multidão.

Já tinham feito aquilo um número suficiente de vezes para disporem de uma rotina básica. Tom esperou o capanga diminuir a velocidade dos passos, até se deter entre a multidão que fluía ao redor, pensando qual dos dois iria seguir. Depois de um instante, decidiu-se e partiu atrás de Neil de novo. Tom examinou o salão para ter certeza de que ninguém o olhava, e em seguida roubou um porta-guardanapo pesado de uma mesa próxima, saindo de novo para a calçada. Passou então a seguir o brutamontes, que, tão ocupado estava em perseguir Neil, nem percebeu sua presença. Eles nunca percebiam.

Através do bolo de gente, Tom viu o cara virar atrás de Neil em um beco. Tom disparou, correndo para a frente. Alcançou o beco justamente quando o capanga se aproximava para executar seu trabalho sujo.

– Ei! Ei, você aí! – o homem rugiu para Neil.

Neil se virou com calma, preparado para o confronto, os olhos brilhando em desafio. Esboçou um pequeno sorriso ao ver Tom se aproximando do homem por trás.

– O que posso fazer por você, amigo?

Tom levantou o porta-guardanapo de metal para desferir um golpe devastador sobre a parte de trás da cabeça do sujeito, hesitando um pouco, para que o cara fizesse o primeiro movimento e oficialmente transformasse aquilo em "legítima defesa". Então, Tom o atingiria atrás da cabeça e Neil saltaria contra ele em seguida. Tom viu o homem colocar a mão no bolso do casaco – sabia que a hora havia chegado. Pulou para a frente, mas Neil devia ter percebido algo estranho na mão do bandido, que não a costumeira arma, porque seus olhos se arregalaram e ele agitou a mão espalmada.

– Tom, espere! Não faça isso!

O homem se virou, e Tom viu o que ele havia tirado do bolso.

Um distintivo de polícia.

As pernas de Tom bambearam ao perceber que quase tinha atingido um policial. O porta-guardanapo lhe escorregou dos dedos e caiu no chão fazendo barulho. O policial sacou a arma e a apontou para Tom, que ficou com a boca seca. Ele ergueu as mãos e se distanciou.

– Sinto muito. Pensamos que você fosse... Desculpe.

Neil levantou as mãos também.

– Meu filho e eu pensamos que você tinha vindo nos roubar.

O policial rosnou para Neil:

– Vou precisar do relógio. E do dinheiro que você embolsou esta noite.

Ambos o encararam, percebendo que estavam certos: ele *tinha vindo* para roubá-los. Nenhum deles esperava que um sanguessuga contratasse um policial de verdade para fazer aquele trabalho sujo.

Neil soltou uma risadinha irônica.

– Serviço de policiamento particular, seu guarda?

Como a maioria das pessoas naqueles dias, os policiais também não conseguiam viver com o próprio salário, especialmente quando máquinas automatizadas os substituíam no patrulhamento padrão e no controle de multidões. Alguns deles, pouco escrupulosos, faziam bicos como aquele, servindo como empregados com distintivo para os mesmos homens que haviam embolsado um bônus com o que costumava ser a antiga pensão deles.

O policial guardou a arma, satisfeito por ter estabelecido seu direito legal de roubar os ganhos de Neil.

– Todos nós fazemos o que temos que fazer. Agora, me entreguem o que têm aí.

– Parece que você não sabe como a coisa funciona – Neil praticamente cuspiu as palavras, as mãos se curvando e adquirindo a forma de garras inquietas. – Seu patrão apostou e perdeu. Ele perdeu para mim de maneira justa. Talvez nunca tenham ensinado a ele, mas, quando alguém joga e perde, realmente *perde*. É um risco que você corre, tendo em vista o dinheiro que pode ganhar. Ele não pode mandar um empregado para pegar a aposta de volta só porque o jogo não correu bem pra ele!

O policial não se comoveu.

– Quer arranjar encrenca esta noite, senhor? Quer que as coisas se compliquem? Porque não tenho nenhuma problema com isso. Só pelo olhar de vocês, posso apostar que têm passagem pela polícia. Isso vai ser útil mais tarde, quando eu disser que resistiram à prisão, ou talvez quando contar o quanto foram agressivos, sem me deixar escolha a não ser me defender pela força. E que talvez seu filho tenha vindo atrás de mim, o que seria um bom motivo para prendê-lo também. – Ele sorriu para Tom. – Não acho que queira que esse rapaz de boa aparência acabe na prisão com aquela gente. Acho que deveria fazer a coisa certa e me devolver o que me mandaram pegar aqui, e depois todos nós vamos embora.

Cada músculo do corpo de Neil ficou tenso.

O estômago de Tom também fervilhava de raiva, mas ele sabia que não havia como lidar com um policial. O cara poderia dar uma surra nos dois e ainda *acusá-los* de cometer um delito grave. Sua palavra sempre prevaleceria sobre a deles em um tribunal. A esse respeito, mesmo que Tom se conectasse a um dispositivo de varredura e carregasse esse registro para os sistemas da Agulha, de modo que alguém pudesse vê-lo, provando, portanto, que o policial *estava* errado, ele e Neil ainda acabariam tendo problemas por filmar ilegalmente um policial.

Tom estendeu a mão e cutucou o pai.

– Devolva tudo pra ele.

Com um suspiro de desgosto, Neil enfiou as mãos nos bolsos do terno gasto e arremessou o relógio e um maço de dinheiro para o ar, deixando que caíssem espalhados no concreto rachado do beco.

– Você não é diferente de um bandido comum.

O policial se abaixou e recolheu o conteúdo espalhado.

– Todo mundo tem que se virar.

Neil encarou o homem, a raiva cintilando em seu olhar, e Tom sabia que aquela bomba explodiria se não agisse logo. Estendeu a mão e agarrou o braço rígido de Neil, em seguida arrastando o pai para a rua com ele. Mas Neil não conseguiu resistir a uma tirada final:

– Você é o próximo, sabe disso!

O policial se colocou em pé de novo.

– Está me ameaçando?

Ah, não. Tom segurou o braço de Neil com mais força.

– Pai...

Mas Neil tinha aquele brilho imprudente no olhar, além do sorriso insano e retorcido no rosto enrugado, e Tom sabia que aquela era uma causa perdida.

– Quanto a meu filho e eu, os grandes empresários já nos veem como excesso de pessoas respirando o ar deles, gastando recursos do seu planeta, mas... quer saber? Para eles, você é uma barata sem valor nenhum também, amigo. Eles *costumavam* precisar de vocês para manter a bota no nosso pescoço, enquanto esvaziavam nossos bolsos...

– Pai, vamos embora!

Neil prosseguiu:

– Espero que na próxima vez em que olhar para um drone no céu, ou para uma unidade de patrulha na sua rua, você perceba que não é nada para eles também, e, se não gostar disso, eles têm uma bota automatizada para enfiar no seu...

O policial venceu a distância entre eles em dois passos e bateu com a coronha da arma no rosto de Neil, jogando-o no chão. Neil começou a rir, semierguido pelos cotovelos, o sangue escorrendo do nariz em um fio escuro.

– Verdade demais para o seu gosto, *seu guarda?*

O policial saltou para a frente a fim de desferir mais um golpe, mas Tom, sem pensar direito, empurrou o homem para trás. Soube um momento depois que cometera um erro, quando o taser do policial penetrou na lateral de seu corpo, enviando um choque elétrico que lhe rasgou os músculos, retesando-os, e fez surgir uma massa de estrelas diante de seus olhos. O mundo inteiro tornou-se um amontoado de picadas de agulhas, e seu corpo perdeu o controle, tombando no chão.

Tom se largou na superfície rígida, as mãos ardendo e os joelhos em chamas. Percebeu que Neil o sacudia insistentemente.

– Tommy... Tommy! Você está começando a me assustar. Vamos, acorde, menino. Acorde!

Tom fez um esforço para abrir os olhos, um gemido escapando dos lábios.

– Pai?

– Oh, graças a Deus. Não sei o que deu em você. – Neil estava pálido, o rosto tendo adquirido uma tonalidade acinzentada. – Acho que foi uma convulsão ou algo assim.

– Estou bem. – Sua voz soou estranha aos próprios ouvidos. Tudo parecia muito distante.

– Bem, você fez o cachorrinho do banqueiro fugir correndo. – Neil o ajudou a levantar. – Acho que ele não quis ser culpado pela morte de uma criança.

Iniciaram o lento e difícil percurso de retorno ao hotel, Tom apoiado no ombro do pai. O nariz estava enterrado contra a jaqueta de Neil, e o cheiro de fumaça e álcool invadiu suas narinas. Números dançavam sem sentido diante de seus olhos.

Tom, ainda se sentindo mal, tentava entender o que tinha acontecido. Com certeza houvera uma pane e ele perdera alguns minutos, ou talvez seu cronômetro estivesse desarranjado.

Já tinha sido atacado antes com um taser, a arma de eletrochoque, quando era bem mais jovem e começava a jogar nos salões de RV. Perdera para um homem adulto, e não tinha o dinheiro que havia apostado contra o cara, por isso tentara fugir.

Não fora rápido o suficiente. O homem o havia segurado e arrastado para um banheiro vazio, atingindo-o várias vezes com o taser, até se certificar de que ele havia mentido sobre ter dinheiro. Depois, desferira mais choques em Tom por ter perdido uma aposta feita com um dinheiro que não possuía. Havia dito que era para "dar-lhe uma lição".

Tom tinha aprendido a lição: havia parado de perder.

Também tinha aprendido qual era a sensação de uma arma de eletrochoque, por isso sabia que não era normal ficar fraco daquele jeito, ouvindo o zumbido bizarro em sua cabeça, vendo os estranhos números que dançavam diante de seus olhos. Devia ser o computador na cabeça dele, que registrava seu protesto contra aquele choque elétrico. Esperava que não o tivesse danificado demais.

O processador neural não cessou a estranha irrupção de números piscantes até que Tom estivesse deitado na cama do quarto do hotel, o ar-condicionado lançando um jato gelado nele enquanto a televisão zumbia. Tom podia ouvir Neil resmungar, bebendo sentado na outra cama.

Tom levantou a cabeça, exausto demais para ver que a tela contava com a presença dos Combatentes da Companhia Camelot que acabavam de ser apresentados ao público. Os Indo-Americanos e os Russo-Chineses haviam chegado a um cessar-fogo temporário, permitindo que os combatentes da ComCam saíssem em turnês de propaganda nas quais enalteciam seus esforços na guerra e os patrocinadores da Coalizão de Multinacionais. Os militares também se aproveitavam da ausência dos recrutas mais jovens para abrir certas áreas da Agulha a uma série de eventos de mídia.

Desde que a identidade dos combatentes havia vazado, eles tinham se tornado famosos. Tom também vira boatos estranhos sobre eles por toda a internet. "Fim de semana de devassidão de Britt Schmeiser", "O passado obscuro de Alec Tarsus" e até mesmo manchetes sobre o velho combatente favorito do público: "O amor proibido de Elliot Ramirez".

Agora, Tom observava a tela um tanto disperso, vendo o belo rosto de Elliot Ramirez, combatente da ComCam da Agulha Pentagonal já há muito conhecido do público. O menino de cabelos escuros sentou-se com naturalidade no centro dos combatentes, assegurando aos repórteres, com todo o seu charme, que tinha prazer em dividir o palco. Snowden Gainey se empertigava na cadeira ao lado dele, e Cadence Grey lançava olhares nervosos para a câmera. Todo mundo estava lá, embora... faltasse alguém.

Ah. Heather Akron.

Isso causou em Tom uma sensação meio anestesiada de surpresa, porque ele tinha visto bastante a linda menina morena da Divisão Maquiavel nos primeiros dias de férias. Agora que pensava a respeito, porém, ela praticamente desaparecera do radar público nos últimos dias. Isso lhe pareceu estranho. Fotogênica e encantadora como ela era, Tom esperava que estivesse à frente dos combatentes da ComCam mostrados e exibidos para o público.

– Veja essas crianças. – Neil deu uma olhada para a TV por sobre o drinque. – Parecem um bando de bonecos de plástico. Já percebeu como não piscam tanto? Ei, Tom, já percebeu isso?

Tom conseguiu dizer:

– Não, nunca notei. – Ele havia pedido a sua amiga Wyatt Enslow que escrevesse um programa para seu processador neural, destinado a tornar aleatória a frequência com que ele piscava. Tinha certeza de que fora uma das razões pelos quais Neil não notara nada de muito estranho em relação a seu rosto... Tom havia tido o cuidado de agir o mais naturalmente possível. Entre isso e o cabelo que havia mantido sobre a porta de acesso neural, fora bem cauteloso até o momento.

Agora, o foco da reportagem se deslocara para os CEOs das empresas que patrocinavam a ComCam. O programa mostrou uma entrevista de Reuben Lloyd, CEO da Wyndham Harks. O homem pequeno e magro, cuja infeliz semelhança era com um rato, arreganhou os dentes e falou em um microfone:

– Olhe para Reuben Lloyd ali, dando uma de RP para que a Wyndham Harks seja salva pelo governo de novo com o dinheiro dos impostos dos contribuintes. – Neil suspirou, a voz crescendo estranhamente cadenciada. – Sabe, Tommy, você é a única razão pela qual tenho qualquer participação nessa espelunca. Caso contrário, ficaria feliz em assistir a este mundo inteiro queimar. Prefiro queimá-lo a deixar que tirem tudo de nós.

Tom sentiu o perigo no ar: Neil se excitando até explodir em um ataque de fúria após a indignidade de ser roubado. Tentou pensar em algo para responder a fim de distraí-lo, mas a tela foi preenchida com a imagem reluzente de Joseph Vengerov, CEO da Obsidian Corp.

Os músculos de Tom se retesaram.

A reportagem era aduladora, porque Vengerov havia sido nomeado CEO do Ano pela revista *Investidor Institucional* pela quinta vez. Tudo em que Tom conseguia pensar era no dispositivo de varredura. Aquelas três sílabas que quase o tinham condenado rolaram por sua mente: *Ven-ge-rov...* Tão logo o tenente Blackburn percebera que Tom o conhecia, coisas terríveis haviam se sucedido. Tom quase perdera a cabeça, seu lugar na Agulha, tudo...

Ainda estava abalado com a lembrança alguns minutos mais tarde, depois de um banho apressado. Esfregou a névoa do espelho do banheiro, a água ainda respingando no rosto fino, o cabelo loiro grudado à cabeça. A maior parte dos estranhos e pequenos flashes de números no centro de sua visão tinham desaparecido, e Tom percebeu que não havia necessidade real de fazer algo a respeito, apesar de, tecnicamente – muito tecnicamente –, dever entrar em contato com o tenente Blackburn se tivesse quaisquer problemas com seu processador neural durante as férias.

Blackburn havia chegado a dar aos recrutas uma linha de acesso remoto para ligar à porta na parte de trás do pescoço. Estava ali para conectar os processadores com o servidor da Agulha, assim Blackburn poderia examinar o hardware em todo o país.

Tom retirou a linha de acesso remoto da mochila, sentindo-a entre as mãos e a avaliando, para em seguida abandonar esse pensamento. Estava prestes a lançá-la para longe quando percebeu as marcas no corpo, as contusões nas costelas, onde tinha sido atacado com o taser. Algo sombrio fervilhou dentro dele, a mente piscando diante do semblante do policial de estimação do banqueiro. Provavelmente ele tinha devolvido o dinheiro para o banqueiro careca, que, era quase certo, contava-o em algum lugar.

O punho de Tom se fechou ao redor da linha de acesso remoto.

Talvez aquilo pudesse ter alguma utilidade para ele, no final das contas.

TODOS OS PRINCIPAIS SERVIDORES do governo estavam conectados, por isso, logo que Tom disparou no fluxo de dados que levava ao servidor da Agulha Pentagonal, em Arlington, Virgínia, não demorou muito até encontrar seu caminho para o servidor do Departamento de Segurança Nacional (DSN).

Por um momento desconcertante, sentiu-se estranho, distante, um sinal flutuando com liberdade em um vazio. Nunca tinha certeza absoluta do que fazia quando estabelecia uma conexão como aquela. Isso parecia vir de maneira muito mais natural para a única pessoa que conhecia capaz de acessar máquinas daquele tipo, a combatente russo-chinesa e uma espécie de ex-namorada, Medusa. Mas naquele momento Tom se concentrava em sua raiva contra o policial, e isso havia aguçado sua percepção. Mergulhou na vasta cadeia de zeros e uns, procurando conexões entre o DSN e os drones da polícia que sobrevoavam os Estados Unidos.

Quando as localizou, seu processador neural rapidamente as classificou rapidamente conforme um conjunto de coordenadas, e ele se conectou à nave armada mais próxima a ele.

Uma ligeira checagem na base de dados de proprietários de armas registradas na área trouxe-lhe uma imagem familiar à mente: o sargento Erik Sherwin, o policial que os havia roubado. Todos os proprietários de armas registradas tinham chips de rastreamento na pele, por isso Tom sintonizou direto na frequência de Sherwin.

Milhares de metros acima do policial, na porção escura de céu entre Las Vegas e os *outdoors* florescentes, o olhar mecânico do drone capturou imagens de Sherwin do lado de fora do cassino, como um cachorrinho obediente seguindo o banqueiro. O centro de visão de Tom registrou as imagens como se as visse através de seus próprios olhos mecânicos.

Os planos mudaram.

Tom sentiu uma pequena excitação maligna, porque tivera a intenção de causar alguns problemas para o policial, mas, agora que pensava melhor no assunto, percebeu que realmente tinha de ignorar o bandido contratado e se concentrar no mentor: o banqueiro careca que a base de dados biométricos do DSN havia identificado como Hank Bloombury, funcionário de uma subsidiária da Matchett-Reddy Corporation.

Tom focou em Hank e o seguiu do cassino ao carro particular, o drone bem acima abrindo um caminho letal através do céu. O carro de Hank começou a se mover, mas Tom estava no controle de um drone policial – a qual poderia se conectar remotamente a sistemas de autonavegação de veículos e alterá-los à vontade. Tom se divertiu ao brincar com Hank, fazendo-o dar meia-volta e se dirigir ao hotel em que ele e Neil estavam hospedados.

Enfim Hank se deu conta do que acontecia, porque acionou a parada de emergência. O carro se deteve com um solavanco, e o homem careca saiu de dentro dele esfregando a nuca, obviamente tentando descobrir onde estava.

Em seguida, Tom executou o próximo truque: fez o drone mergulhar no céu noturno, posicionando-o a alguns metros do atordoado Hank Bloombury. Tom apontou os tasers direto para a cabeça do banqueiro e desfrutou da visão do homem em pé, congelado no lugar, a boca entreaberta.

Obrigado por enviar aquele policial, Tom pensou, e fez uma das garras do taser do drone disparar, provocando em Hank um choque suficiente apenas para derrubá-lo no chão. Hank lutou para se colocar de pé, mas, quando tentou correr em direção ao carro, Tom enviou outra carga de eletricidade, de forma a impedi-lo. Hank tentou ir para o outro lado, mas Tom colocou o drone policial em seu encalço, um perseguidor implacável, e atingiu-o outra vez. E ainda mais outra.

Hank ergueu as mãos em sinal de rendição e ficou ali, derrotado, enquanto Tom o circundava com o drone, como se fosse um abutre. Certo de que ele estava com muito medo, Tom acessou a tela de texto da nave e deu uma ordem ao homem, sabendo que seria retransmitida por meio de uma tela de comunicação e de uma voz mecânica.

– *TIRE SUAS ROUPAS.*

Hank sacudiu a cabeça, o rosto corado mostrando indignação. Fez menção de saltar para o carro de novo, mas Tom enviou mais uma carga de eletricidade, o que o deteve.

– *TIRE SUAS ROUPAS* – Tom fez a nave repetir. – *AGORA.*

Hank pareceu entender a mensagem desta vez, e se despiu. Tom decidiu que valeria a pena dar a própria vida em troca, se precisasse, diante do que viria a seguir.

– *AGORA CORRA. CORRA BEM RÁPIDO.*

Hank hesitou, então Tom fez a nave se aproximar dele, lançando eletricidade no chão a seus pés. O homem começou a se movimentar, e Tom perseguiu seus passos por um tempo, disparando eletricidade atrás dele de vez em quando, assegurando-se de que as palavras *CONTINUE CORRENDO, CONTINUE CORRENDO* fossem exibidas na tela de comunicação do drone. Tom manteve esse procedimento até encurralar Hank na rua perto do hotel em que ele e o pai estavam, para depois liberar o drone de seu controle, lançando-o de volta ao céu.

Ele voltou a si, arrancou o transmissor e saiu do banheiro.

– Pai, você tem de ir lá fora. – Sua voz vibrava de emoção. – Agora!

Neil soltou um grunhido, mas parou por aí. O olhar melancólico mantinha-se fixo na TV, como se estivesse em algum tipo de transe.

– Pai, por favor, levante-se. – Tom pegou o controle remoto e desligou a TV, depois tirou o copo da mão de Neil. Isso chamou sua atenção. – Acredite em mim, você vai querer ver isto.

– Devolva meu drinque – Neil disse, a voz arrastada.

Tom devolveu o copo, hesitante.

– Se perder isso, vai se arrepender depois.

– Certo, certo. Estou indo. – Neil mostrava-se visivelmente irritado, mas acompanhou-o aos trancos e barrancos. Cambaleando, saiu do hotel a tempo de ver o homem nu chegar à rua onde estavam, olhando para o céu, ainda procurando pelo drone que o obrigara àquilo.

– Ei. – Neil endireitou-se um pouco. – Ei, não é aquele...

Os lábios de Tom brilharam em um sorriso.

– Que coincidência. É o seu sanguessuga favorito. – Ele ultrapassou Neil para alcançar um telefone de emergência da rua. Tom informou ao atendente: – Há um homem louco e nu correndo por aqui. Ele está mostrando as partes para crianças, vendendo drogas e... gritando algo sobre uma guerra santa. – Imaginou que a tríplice ameaça mereceria resposta imediata da polícia.

– O que está fazendo, Tom?

Tom deu de ombros.

– Já que ele gosta tanto de policiais, vamos lhe trazer um monte deles.

O banqueiro estava ocupado tentando convencer as pessoas a lhe darem uma roupa quando o exército de policiais chegou para lidar com o terrorista traficante de drogas e pedófilo. Hank Bloombury nunca tinha aprendido a respeitar os homens e as mulheres que considerava seus capangas particulares, e jamais estivera do outro lado quando o assunto era a ira deles. Assim que os policiais saíram aos montes dos carros, começou a berrar com eles, mencionando um drone descontrolado, mas os policiais não viram nenhum terno elegante e, portanto, não havia como saber se o sujeito era ou não alguém importante. Tudo o que sabiam era que ele estava nu e agia com agressividade, por isso o cercaram, cassetetes reluzindo, tasers piscando.

Quando a brutalidade da polícia de fato teve início, Tom ergueu as sobrancelhas para o pai.

– E aí? O que está achando?

Neil coçou o rosto com a barba por fazer e piscou algumas vezes, como para ter certeza de que a cena diante dele era mesmo real.

– Acho que não tenho nenhuma ideia de como você conseguiu isso.

– Digamos apenas que os militares me ensinaram diversas habilidades tecnológicas. É tudo o que posso dizer. Assunto altamente secreto.

Neil se inclinou, aproximando-se, a voz num sussurro:

– Existe *alguma maneira* de alguém rastrear isto e chegar até você?

– Não – Tom garantiu com despreocupação, embora não tivesse certeza. – Talvez eles descubram que fiz a chamada para a polícia, mas o resto será um mistério.

Mesmo para Tom. Não estava muito certo do motivo pelo qual era diferente dos outros recrutas com processadores neurais, ou por que Medusa também era diferente. Não tinha ideia de como conseguiam interagir com máquinas a que outros recrutas não tinham acesso. No entanto, sabia que possuía uma habilidade especial, e sua mente fervilhava com as possibilidades de usá-la.

– Habilidades tecnológicas, não é? – Neil estava maravilhado. – No final das contas, não é que esses militares estão fazendo a coisa certa com você? Fico espantado quando penso sobre isso. – Soltou um risinho baixo. – Meu filho realmente tem uma chance na vida... Nunca achei que isso seria possível.

Havia algo diferente no rosto do pai, em sua voz, e Tom poderia jurar que Neil parecia quase feliz. Os policiais deixaram o local, e Tom sentiu uma profunda satisfação. Obviamente, sua terrível vingança contra o sanguessuga havia funcionado.

NA ÚLTIMA NOITE que passou com o pai, Tom não conseguiu dormir. Aventurou-se até a varanda, rumo ao abraço de néon de Las Vegas. As luzes o bombardearam de todas as direções, das ruas abaixo, dos prédios ao redor e até mesmo dos *outdoors* florescentes acima. Sobre Las Vegas havia dezenas daquelas telas de quilômetros de comprimento, todas competindo pela atenção das minúsculas pessoas sob elas.

Tom olhou para cima, ignorando a mensagem da Nobridis sobre como seus esforços para ficar rica com a guerra eram na verdade benéficos para os americanos. Tudo em que conseguia pensar era nas possibilidades à sua frente. Planejava ser um combatente intrassolar para controlar as naves que travavam a guerra no espaço exterior, mas agora pensava que também poderia ser um justiceiro ou quem sabe até mesmo um super-herói.

Por que não? Tinha o poder de se vingar de pessoas como Hank Bloombury. Não era rastreável, e agora tudo era digitalizado.

Medusa e eu poderíamos até trabalhar em equipe. Tom apoiou os cotovelos sobre a proteção da varanda, pensando em sua maior inimiga, espécie de ex-namorada e guerreira mais mortífera no lado russo-chinês... A única pessoa que, na opinião dele, poderia ter conseguido empreender a mesma vingança de que fora capaz contra Hank Bloombury.

Ah! Tom sorriu diante do pensamento do que poderia fazer com o terrível namorado de sua mãe, Dalton Prestwick, se quisesse. Sim, com certeza encontraria o cara em sua casa em Manhattan e se divertiria um pouco com a situação. Ou talvez planejasse algo para a mansão de Dalton em Georgetown. Havia tantas possibilidades que isso criou um turbilhão vertiginoso na cabeça de Tom.

Ele podia até pegar Karl Marsters.

Não. Não, espere. Talvez isso fosse abuso de poder. Provavelmente era. Mas e se ele fosse atrás de Karl uma única vez? Afinal, se fizesse o papel de vigilante da justiça, não teria o direito de tratar de um rancor pessoal *uma única vez*?

Naquele momento, um forte rugido assomou em seus ouvidos e, com uma rapidez chocante, um vulto negro desceu do céu, apagando os *outdoors* florescentes. Todo o corpo de Tom se enrijeceu e ficou congelado no lugar, enquanto um das naves Centurion usadas no espaço exterior desceu, pairando ali, bem na frente de sua varanda.

Não era uma mísera e simples nave de polícia como a que havia controlado. Aquela não tinha a finalidade de vigiar suspeitos e subjugá-los; não servia para dispersar multidões. Fora construída para explodir coisas no espaço. E estava perto o suficiente para que pudesse tocá-la.

Tom ficou boquiaberto, impressionado. Nunca tinha visto um desses troços de perto, não com seus olhos humanos. As afiadas torres de mísseis com formato curvo de foice em sua direção em aberta ameaça, a negritude gritante contra a luz do *outdoor* florescente fluindo sobre eles. Após ficar pairando ali por um momento, a camuflagem óptica da nave foi ativada, fazendo-a cintilar enquanto se tornava invisível, deixando apenas um aspecto visível: o olho da câmera de precisão, voltada diretamente para ele.

Em seguida, o programa de comunicação instantânea em seu processador neural ativou-se, e palavras foram enviadas pela rede em linha direta para o centro de visão: *Eu sei sobre sua nave, Mordred.*

Tom ficou muito feliz ao perceber de quem se tratava. Se havia uma pessoa com quem gostaria de compartilhar seu triunfo, era Medusa.

– Você viu aquilo? Incrível. No entanto, tenho de admitir: a sua é maior. De onde tirou esse negócio? Quero um também.

Você é idiota?

Tom piscou algumas vezes. Essa não era a resposta que tinha esperado. Ou desejado.

A menos que esteja trabalhando ativamente para nos entregar, você precisa parar de brincar assim!

Tom ignorou seu súbito e profundo desapontamento diante da reação dela, e deu de ombros de maneira exagerada.

– Sei que quer manter essa nossa habilidade em segredo. Assim como eu, está bem? Mas tive de fazer aquilo ontem. Era uma questão de honra. Precisava corrigir um erro. E, honestamente, Medusa, fico espantado de me chamar de idiota por usar uma nave quando é você que voou em um Centurion justamente sobre Las Vegas.

Este Centurion foi opticamente camuflado quando desci até aqui. E "desapareceu" do radar anos atrás. Ninguém vai sentir falta dele. Você, ao contrário, alterou a navegação de uma nave da polícia em serviço. Com certeza alguém vai notar. Isso não é aceitável.

– E daí? Eu devia ter ficado de braços cruzados? – Tom se inclinou para frente, irritado. – Deveria esperar até me tornar um combatente para usar essa habilidade como *trapaça*, assim como você faz?

A nave se aproximou em resposta à provocação. Tom sabia que a havia deixado brava, mas manteve-se firme.

– Você não entendeu? – prosseguiu. – Essa capacidade que temos... podemos fazer qualquer coisa. Poderíamos tornar o mundo um lugar melhor. Poderíamos ser como... – hesitou por um momento, sabendo que o que diria o faria soar como um idiota de oito anos de idade, mas era a única coisa em que podia pensar – ...super-heróis.

Isto não é uma história em quadrinhos, Mordred. Não somos indetectáveis nem invencíveis. Só operamos em segurança por enquanto porque ninguém sabe procurar por nós. Na próxima vez em que fizer algo tão estúpido, vou voltar e me certificar de que não vai fazer isso novamente.

– Como assim? Vai me matar?

Ele tinha soltado aquela frase sem pensar muito. Não falara a sério.

De repente, a nave avançou para mais perto dele, a camuflagem óptica desaparecendo o suficiente para revelar as armas que Medusa mirava em sua cabeça. Algo se desencadeou instintivamente em Tom quando os escâneres vermelhos de mira a laser rastejaram sobre ele, a máquina enorme invadindo o espaço a seu redor. Correu para trás até atingir a porta da varanda, e viu-se colado ali, olhando para o cano da arma, o coração batendo furiosamente, o suor frio percorrendo-lhe todo o corpo. Por um momento atemporal, ficaram imóveis assim, a torre de mísseis dela mirando em cheio a cabeça dele.

Satisfeita por ter transmitido seu recado, a nave ondulou, como se zombasse dele, e Medusa implantou um comentário provocativo em seu centro de visão: *É essa a ideia.*

Tom se viu recordando vividamente da ocasião no Capitólio, quando zombara dela, comentando sobre seu rosto desfigurado, para vencê-la. Antes disso, eles gostavam um do outro.

Mas aquilo havia mudado tudo.

– Ajudaria se eu dissesse que estou arrependido? – Tom perguntou. Ele não se referia ao que havia feito naquele dia.

Não. Desculpas são um desperdício de fôlego, Mordred. Não faça isso de novo.

Então a nave rugiu enquanto subia, deixando um rastro atrás de si. Tom se afastou conforme ela desaparecia. Logo não era mais possível ver sequer um brilho revelador da nave no céu noturno, apenas um teto ofuscante de *outdoors* florescentes.

2

DOIS DIAS DEPOIS, O CÉU da manhã espelhou uma luz arroxeada conforme a aeronave inclinava o leme de direção, mudando para o modo de helicóptero, e pousava no teto do Antigo Pentágono. Tom pisou na superfície sob a torre cromada da Agulha Pentagonal.

Dois fuzileiros navais armados se aproximaram, e ele tirou sua Moeda-Medalha do bolso, levantando-a para que pudessem ver a insígnia de águia.

– Thomas Raines, Recruta, Forças Intrassolares dos Estados Unidos.

A moeda emitiu um brilho verde enquanto simultaneamente eram verificados sua impressão de voz, suas digitais e o DNA. Com a última checagem, a varredura com um escâner de retina, Tom havia comprovado oficialmente sua identidade para acesso à Agulha Pentagonal. Um elevador o conduziu ao Pentágono.

Minutos depois, com a mochila jogada sobre o ombro, Tom entrou na recepção da Agulha. Deteve-se sob a águia dourada com asas abertas, e em seguida avançou pelo corredor rumo ao Salão Patton.

Lá, viu outros recrutas que voltavam, alguns recém-promovidos a combatentes da ComCam, além de uma plebeia nova com olhar admirado e o cabelo ruivo espetado cortado bem curto. Estava sentada sozinha próximo ao elevador e passava a palma da mão sobre o couro cabeludo em um gesto de lamentação.

O processador neural dele de imediato puxou as informaçõs sobre o perfil dela:

Nome: Madison Andrews
Patente: FIEUA, Plebeu Nível III, Divisão Gêngis
Origem: Connell, Utah
Méritos: Presidente da Sociedade de Jovens Debatedores da Federação de Utah, Membro do Comitê da Juventude de Justiça no Voto
IP: 2053:db7:lj71::369:ll3:6e8
Status de segurança: Ultrassecreto LANDLOCK-3

Tom fez com que ela o notasse e lhe lançou um sorriso.

– Não se preocupe. O cabelo cresce bem mais rápido do que antes de implantarem o processador.

Ela lhe devolveu um sorriso frouxo, e ele seguiu em frente rumo à gigantesca pintura a óleo do general Patton. Ali, encontrou o que procurava. Embora tivessem sido apenas duas semanas, Tom sentiu uma onda de felicidade ao ver Vikram Ashwan, seu melhor amigo. Vik levantou com tudo do banco onde estivera esperando, caminhou a passos largos até Tom e ambos jogaram as mochilas no chão com pancadas simultâneas e decididas.

– Tom, não somos mais plebeus – Vik anunciou, os olhos escuros dançando daquele seu jeito maluco.

– Não somos mais plebeus.

Vik fez um aceno solene com a cabeça.

– Chegou a hora.

A PORTA DO ELEVADOR se abriu para deixá-los entrar na sala comum dos plebeus no quinto andar. Tom e Vik exibiam um andar arrogante. Viram os plebeus ficarem subitamente nervosos, então ele e Vik fizeram o que esperavam fazer desde que tinham vindo para a Agulha.

– Todos vocês – Vik gritou –, CAIAM FORA!

Tom começou a correr atrás dos plebeus, agitando os braços como se os enxotasse.

– Vão, vão, vão!

Os plebeus se puseram de pé na mesma hora e saíram rápido da própria sala comum, correndo para as portas de suas respectivas divisões.

Tom e Vik se afundaram, satisfeitos, nas cadeiras agora vazias. Tom lembrou com carinho as vezes em que ele, como plebeu, havia sido expulso daquela sala por recrutas mais velhos. Isso lhe gerou uma incrível sensação de realização, e ele se deu conta de que não estava mais na base da cadeia alimentar da Agulha.

Vik esfregou as mãos uma na outra em um gesto malicioso.

– Então...

– Então o quê? – Tom perguntou ansioso, esperando que Vik tivesse tido alguma ideia incrível sobre o que fazer, agora que dispunham do lugar para eles.

Ficaram sentados por alguns segundos.

– Não tenho ideia do que devemos fazer agora – Vik confessou por fim.

– Nem eu; meu pensamento foi só até expulsar os plebeus.

– Quero guardar a mochila no andar de cima. Os plebeus vão voltar assim que sairmos. Talvez a gente possa expulsá-los de novo depois de descobrirmos o que queremos fazer por aqui.

Pegaram as mochilas, seguiram para o andar da Companhia Intermediária e transpuseram a porta com o símbolo da espada, em que estava escrito DIVISÃO ALEXANDRE. Quando começaram a andar pelo corredor, algo espantoso aconteceu: receberam a informação sobre alocação do novo quarto. Ou, melhor, *quartos*.

Tom e Vik se surpreenderam quando tomaram direções opostas. Tom se deteve e se voltou para o amigo. Vik parou também e arqueou uma das sobrancelhas, encarando Tom.

Eles estavem em quartos *diferentes*.

– Não pode estar certo – Tom deixou escapar.

– Acontece.

Tom permaneceu no mesmo lugar, como se enraizado ali. Vik havia sido seu colega de quarto desde sua chegada à Agulha Pentagonal. Fora o primeiro recruta que conhecera depois de o processador neural ser instalado. Nunca ocorrera a Tom que poderiam ficar separados.

– É só um corredor, Tom.

– É, eu sei. – Tom tentou soltar uma risada, embora tenha soado estranha a seus ouvidos. – Tanto faz. Você sabe... a gente se vê. – Começou a andar pelo novo corredor, mas a mudança o havia perturbado mais do que queria mostrar. Tom não gostava de mudanças.

Estava quase chegando ao quarto quando o grito de Vik, de rachar os ouvidos, reverberou pelo corredor. Tom ficou feliz em ter uma desculpa para disparar pelo caminho dc volta e ir até ele.

– Vik?

Chegou à porta do amigo no instante em que Vik recuava para se distanciar dela.

– Tom, é uma coisa horrível – disse ele arfando.

Confuso, Tom entrou no quarto. E também ficou boquiaberto.

Em vez do quarto padrão de recrutas com duas camas pequenas com gavetas sob elas e paredes completamente nuas, o quarto de Vik parecia quase todo coberto com imagens da amiga deles, Wyatt Enslow. Havia pôsteres por toda a parede com o rosto solene e oval de Wyatt neles. Ela estava com sua carranca de costume, os olhos escuros rastreando cada movimento pelo quarto. Havia uma estátua gigantesca de mármore de Vik com expressão triste e uma bota em cima da cabeça. A estátua de Vik tinha duas mãos muito, mas muito minúsculas entrelaçadas num gesto de súplica, os olhos voltados para um algoz invisível, com uma inscrição na base: POR QUÊ? OH, POR QUE FUI PROVOCAR WYATT ENSLOW?

Tom começou a rir.

– Ela não fez isso com o quarto – Vik insistiu. – Ela deve ter feito algo com os nossos processadores, isso sim.

O que fazia muito sentido. Se Wyatt era boa em alguma coisa, era em fazer truques com processadores neurais, que podiam ser manipulados para lhes mostrar o que ela desejasse. Aquilo fazia parte de alguma espécie de ilusão de ótica, e Tom aprovou a brincadeira com entusiasmo.

Aproximou-se das paredes para admirar algumas das fotos penduradas ali, cenas congeladas de alguns dos momentos mais embaraçosos de Vik na Agulha: a ocasião em que havia pegado um vírus de computador que o convencera de que era uma ovelha, e ele engatinhara mastigando plantas do jardim. Outra era Vik boquiaberto de desalento quando Wyatt havia ganhado os jogos de guerra.

– Minhas mãos não se parecem com isto – Vik apontou com rispidez um dedo para a estátua, mais especificamente para as mãos anormalmente minúsculas. Wyatt havia zombado de Vik por ter mãos pequenas e delicadas, desde que Tom informara a ela que essa era a maneira adequada de contra-atacar um dos apelidos de Vik para ela, Mãos de Homem. Vik havia praticamente abandonado o apelido em favor de Bruxa Maligna, e Tom suspeitava de que esse fato estivesse relacionado à tiração de sarro sobre suas mãos delicadas.

Bem naquele instante, o novo colega de quarto de Vik entrou, todo agitado.

Era um sujeito alto e magro com cabelo preto encaracolado e rosto anguloso. O processador neural de Tom acessou seu perfil:

Nome: Giuseppe Nichols
Patente: FIEUA, Intermediário Nível IV, Divisão Alexandre
Origem: Nova York, Nova York
Méritos: Segundo Colocado na Competição de Piano Internacional Van Cliburn
IP: 2053:db7:lj71::291:ll3:6e8
Status de segurança: Ultrassecreto LANDLOCK-4

Era provável que Giuseppe tivesse acesso à configuração do quarto também, porque parou, hesitante, e encarou a estátua.

– Verdade que programou uma estátua gigantesca de você mesmo na configuração do seu quarto? Isso é muito narcisista.

Tom abafou o riso.

– Uau. Esse aí já entendeu você direitinho, cara.

Vik lançou um olhar mortal para Tom enquanto o amigo deixava o quarto.

AO FINAL OCORREU que não tinham designado nenhum colega de quarto para Tom. Ele nunca havia tido um quarto só para ele antes, não sozinho. Passou vinte minutos sentado lá, tentando descobrir o que fazer com todo o novo espaço, perguntando-se o que faria se Giuseppe de alguma forma o substituísse como melhor amigo de Vik.

Irritado consigo mesmo diante desse pensamento, seguiu ao andar de baixo para a Reunião de Preparação da Companhia Intermediária. Quando entrou na Sala Lafayette, enfiou a mão no bolso para pegar o fio de conexão neural e o chip de atualização. Várias fileiras de bancos enchiam o salão de palestra, convergindo para um palco gigantesco com um púlpito no qual havia uma bandeira dos Estados Unidos e outra com os logos das empresas da Coalizão que se alinhavam aos interesses indo-americanos: Epicenter Manufacturing, Obsidian Corp., Wyndham Harks, Matchett-Reddy, Nobridis Incorporated e a menos favorita de Tom, Dominion Agra.

Deu uma olhada carrancuda para esse logo enquanto tomava seu lugar diante do palco, onde Wyatt Enslow já o esperava.

– Tom, você não penteou o cabelo hoje – ela o cumprimentou.

– Que bom vê-la também. Como foram as férias?

Mas Wyatt estava perturbada demais com a questão do cabelo bagunçado para responder a essa pergunta.

– O general Marsh não vai ficar nada feliz se o vir assim. Ele vai gritar com você.

– Vamos esperar pra ver.

– Tom, não! Yuri nem foi promovido com a gente, e ele penteou o cabelo hoje. Eu vi.

– Talvez seja por isso que ele não foi promovido com a gente. Ele penteia o cabelo demais.

Wyatt franziu a testa, realmente perplexa. Ambos sabiam que Yuri não havia sido promovido porque se suspeitava de que fosse um espião russo e, por consequência, devia ter um certificado de segurança menor do que qualquer outro.

Tom se rendeu.

– Está bem. Certo. Feliz agora? – Passou a mão pela cabeça, mas era evidente que despenteava o cabelo ainda mais, o que fez Wyatt se decidir por colocar sua mão na cabeça dele também.

– Não, você tem que alisar isso aqui...

– Ai! – Tom exclamou quando ela puxou uma mecha de cabelo. – Não é pra arrancar!

Vik se acomodou em um lugar ao lado deles.

– Enslow, pare de agredir Tom.

– Não estou agredindo Tom. – Wyatt deu um sorriso maligno para Vik. – Falando em agressões, gostou de seu quarto?

– Glorioso – Vik respondeu num tom perigoso. – Vai ter volta, você sabe. Afinal, não sou o Tom. Estou longe de ser ruim em programação.

Tom percebeu que zombavam dele.

– Ei!

– *Eu* sei escrever um programa de vez em quando – Vik prosseguiu. – Um programa sem variáveis inválidas, sem loops infinitos.

– Eu também sei escrever programas.

– Ele quer dizer programas que funcionam de verdade – Wyatt respondeu para Tom, querendo ajudar. Não era um insulto intencional; era mais o tipo de insulto que Wyatt costumava fazer por acidente. Várias vezes.

Nesse instante, o velho general de rosto severo, Terry Marsh, assumiu o púlpito no palco. Os olhos azuis examinaram os recrutas do alto de seu nariz bulboso, e todos os intermediários caíram em silêncio.

– Recrutas. – Todos ficaram em posição de sentido ao som da voz de Marsh. – Em primeiro lugar, parabéns pelas promoções. Vocês estão um passo mais próximos da Companhia Camelot. Liguem os chips neurais e se preparem para baixar as atualizações.

Todos conectaram os fios neurais que havia entre as portas de acesso no cérebro com os chips que tinham recebido na cerimônia de promoção. O código reluziu diante da visão de Tom e um arquivo executável se instalou em seu processador neural. Um pedido de senha apareceu no centro de sua visão.

Marsh tirou um pedaço de papel do bolso e colocou os óculos de leitura sobre o nariz.

– Aqui diz que a senha para ativar os programas é: *Eu posso ver tudo duas vezes! Onze, vinte e dois, trinta e três, quarenta e quatro, sessenta e seis.*

Tom pensou na senha e o código girou diante de sua visão, interrompendo-se de maneira abrupta. As palavras *Conteúdo descompactado* apareceram no centro de sua visão. Tom se preparou para a confusão mental que costumava se seguir a um download colossal de dados sem tempo de processamento suficiente, mas descobriu que sua mente estava completamente lúcida.

Marsh acenou em concordância com um gesto de cabeça, observando que todos haviam terminado.

– Vocês vão perceber que não houve muita coisa para essa atualização. O motivo é simples: o tenente Blackburn instalou as atualizações antes de vocês saírem de férias. Essa senha apenas as destravou. Agora, recrutas, tirem um momento para olhar o mapa das instalações e joguem esses chips aqui para serem reutilizados.

Ele chutou para frente uma pequena caixa que havia no púlpito. Todos os novos intermediários arremessaram os chips de atualização no recipiente. Ninguém errou.

Tom chamou um mapa da Agulha Pentagonal em seu processador neural. A planta familiar da instalação brilhou em seu centro de visão, mostrando quinze andares de cromo e aço emergindo do centro exato do Antigo Pentágono, mas, quando deu *zoom* para observar o interior do prédio, Tom se descobriu balançando a cabeça, incrédulo. Aquilo não podia estar certo.

A Agulha havia mudado. A Arena de Exercícios Físicos que circundava a parte interna do segundo, terceiro e quarto andares agora continha uma sala enorme chamada "Arsenal".

Não era possível. Ele havia visto o andar superior da Arena de Exercícios dezenas de vezes. Não existia nenhum Arsenal ali. Tinha certeza disso.

Em seguida, examinou as outras novas seções: alas inteiras para militares regulares postados na Agulha, um convés de observação no décimo segundo andar, partes da parede que continham relês de força ou partes de processador e, abaixo do nível do porão da Agulha, todo um novo andar chamado de "Mezanino".

Espere. Ele não podia ter ignorado *um andar inteiro* pelos últimos seis meses!

– Vocês vão perceber que há *novas* áreas na Agulha – Marsh observou. – Elas não são novas de verdade. Sempre estiveram ali. Os olhos de vocês as viam, os ouvidos escutavam falar delas, mas nós as bloqueamos do cérebro consciente; trabalhamos numa espécie de "modo de sigilo" no processador de vocês. Certos funcionários de identidade confidencial também são bloqueados nos processadores. Como plebeus, não tinham permissão de acesso a essas áreas da instalação. Agora têm. Esse é um sinal de nossa confiança em vocês.

Tom se deu conta de que seu olhar vagava pelo Mezanino, vendo uma passagem que levava ao reator de fissão-fusão. Então era lá que ele ficava. Outra passagem levava a algo chamado "Interstício".

– Nem todos os intermediários podem progredir – Marsh falou. – E nem todos podem se tornar combatentes, mas vocês não falharam como plebeus e perderam seus processadores, portanto lhes dou meus parabéns, já que estão um passo à frente. Foram promovidos de plebeus porque não se mostraram inadequados à vida aqui. Serão promovidos de intermediários se, e apenas se, acharmos que podem fazer parte da Companhia Superior.

Wyatt levantou a mão e em seguida abaixou-a com rapidez, lembrando que ali não era uma sala de aula. Após um aceno de cabeça de Marsh, ela balbuciou:

– Senhor, se algumas áreas foram bloqueadas de nossos processadores, como saberemos se não há outras coisas na instalação que não podemos ver?

Soaram risadinhas do outro lado da sala. O general Marsh balançou a cabeça negativamente em um gesto ríspido, depois respondeu a Wyatt num tom severo:

– Se houver, senhorita Enslow, vocês vão descobrir no devido tempo, quando decidirmos que queremos que as vejam.

Wyatt ficou em silêncio. Marsh prosseguiu:

– Vocês vão ter o primeiro encontro com os executivos da Coalizão nesta sexta. Mesmo aqueles que não venham a se tornar combatentes no futuro devem considerar esse encontro uma oportunidade de fazer contatos úteis se jogarem direito.

Os pensamentos de Tom voaram para a Dominion Agra. Ele havia inundado todo o conselho executivo deles de esgoto, portanto aquela era uma empresa que nunca iria patrociná-lo. Ele podia usar esse fato para causar melhor impressão em outras empresas.

Tão logo foram dispensados, a mente de Tom se voltou para o Arsenal. Lançou um olhar para Vik e pôde ver a mesma faísca ansiosa em seus olhar.

– Armas de fogo? – Vik perguntou a ele, obviamente pronto para ir ao Arsenal naquele instante.

– Armas – Tom concordou.

Só quando se aproximavam da porta é que perceberam que Wyatt não estava com eles.

– Wyatt? – Tom perguntou a Vik.

Vik olhou para trás e só então respondeu à pergunta com um único nome:

– Blackburn.

Era uma única palavra, mas suficiente para enviar um choque desagradável pelo corpo de Tom, como se houvesse sido atingido por um taser. Seu olhar se voltou para trás para ver Wyatt e o tenente James Blackburn. O coração de Tom começou a bater acelerado, adrenalina e hostilidade passando por ele conforme observava o grande tenente de expressão fechada e cabelo bem curto, a bochecha com uma cicatriz se inclinando sobre Wyatt enquanto lhe dizia algo. Não sabia ao certo quando Blackburn havia saído da Sala Lafayette, mas era óbvio que tinha chamado Wyatt para uma conversa rápida próximo da porta oposta.

A visão de Tom transformou-se em um túnel com um único ponto de foco.

Aquele era o homem que havia tentado destroçar seu cérebro. Cada centelha do instinto de sobrevivência em Tom começou a tocar um alarme alto. Blackburn e Wyatt haviam tido uma espécie de briga quando Blackburn achara que ela invadira seu perfil de funcionário e contara aos outros coisas particulares que os recrutas não deveriam saber sobre ele.

Agora, estavam conversando de novo. A cabeça de Tom girava. Quando isso havia acontecido? Como não ficara sabendo? Blackburn apertou o ombro de Wyatt com sua mão grande. Tom não gostou daquilo. De jeito nenhum.

Vik deu uma pancadinha leve na nuca de Tom.

– Doutor, armas de fogo!

– Certo, Doutor. – Tom sorriu para seu companheiro. Eles não eram médicos de verdade, é claro, mas eles tinham chamado um ao outro desde os jogos de guerra.

Foi difícil obrigar a si próprio a se arrastar em direção à porta quando tudo que desejava era correr e empurrar seu pior inimigo para longe daquela que estava entre seus melhores amigos.

3

FOI MARAVILHOSO.

O Arsenal parecia uma fortaleza em miniatura no meio do caminho, dos obstáculos, das paredes de escalada e das piscinas rasas. Após transpor a porta, viram-se em um corredor estreito. Cada passo os fazia avançar em meio a cabides com armaduras penduradas e outros acessórios, como roupas de camuflagem óptica, que tornavam um soldado invisível. Havia armas de todos os tipos, algumas que seu processador neural tinha condições de identificar, outras que não era capaz de fazê-lo. No fim do corredor, encontrava-se uma plataforma imensa. Tom e Vik viram diversos esqueletos de aço e de alumínio, sem cabeça e em posição de sentido, fileira após fileira, como um pequeno exército de androides prontos para simular um cenário apocalíptico de inteligência artificial, dando início ao juízo final deles.

Tom e Vik se entreolharam, reverentes e calados, vagamente conscientes de outros intermediários recém-promovidos que caminhavam e se admiravam diante daquela visão, para partir em seguida. Logo não restou mais ninguém, e ficaram sós para contemplar as maravilhas ao redor. Tom queria experimentar cada uma das armas, colocar todas as armaduras e ir com tudo contra uma invasão alienígena ou talvez contra aquelas coisas esqueléticas de metal.

Vik estendeu a mão e, com cuidado, levantou um cilindro pequeno, redondo, que se assemelhava a uma espécie de canhão portátil.

– Olhe isto.

– Não estou certo do que seja, mas vou chamar de Grande Bob – Tom disse em tom de aprovação.

– Sua cabeça cabe dentro da extremidade dessa coisa – falou Vik, admirado. – Sério. Venha, vamos dar uma olhada.

– Não vou enfiar minha cabeça num canhão. Enfie a sua.

– Meu cabelo é bastante temperamental. Vai ficar parecendo um ninho. Você, ao contrário, não se importa quando seu cabelo fica parecendo um ninho, Tom. Isso jamais seria uma preocupação para você.

Tom não ouvia mais nada, ocupado em estender a mão para pegar outra intrigante e terrível arma mortal. Seu processador neural lhe informou que se tratava de um gerador de pulso eletromagnético em miniatura. Por alguma razão, o conhecimento de que aquela coisa poderia fritar um processador neural tornou-a ainda mais excitante para ele. Visões dele disparando-o contra Karl Marsters dançaram por sua mente.

Em seguida, Vik ergueu um objeto pequeno e arredondado, com base achatada, que Tom reconheceu da enfermaria.

– O que acha que essa coisa faz? Estava no chão, e não em um lugar específico.

O sorriso de Tom murchou.

– Ah, sei o que é. Pressione o botão na parte de cima.

Vik apertou o botão. Um ar confuso instalou-se em seu rosto quando o aparelho começou a apitar.

Tom respirou fundo e, em seguida, gritou:

– É UMA GRANADA!

Vik soltou um grito ensurdecedor e pulou tão alto que caiu para trás contra a parede, jogando o dispositivo no chão com um estrondo. Tom riu com alegria e depois pegou o aparelho, desligando o sinal sonoro.

– Brincadeira. É um temporizador. Eu os vi na enfermaria.

Vik arrancou o temporizador das mãos dele e olhou para a coisa com desconfiança.

– Vou colocar *você* na enfermaria agora, seu cretino limitado. Encontre algo para duelarmos agora e dar início a eras de uma guerra dinástica Raines-Ashwan.

Tom se alegrou ainda mais e vasculhou ao redor, torcendo para encontrar algumas facas ou algo parecido, mas, justamente quando escolheu sua arma, Wyatt entrou e se aproximou deles. O olhar dela oscilou de Tom, que tinha uma arma nas mãos, para Vik, que estava com outra, e então ela se deteve.

– Estão brincando com armas de verdade? – exclamou ela. – Parece que querem ganhar o Prêmio Darwin!

Tom ficou vermelho e colocou a arma de volta em seu lugar.

– Não que a gente queira começar uma guerra dinástica ou algo assim.

– Isso mesmo – respondeu Vik em tom de culpa, recolocando sua arma no gancho da parede.

Wyatt mordiscou o lábio. Lançou um olhar inquieto ao redor, parecendo intimidada pela visão de todas aquelas armas, ali à disposição. Tom perguntou da maneira mais casual possível:

– O que Blackburn queria?

Wyatt estendeu a mão e cutucou um pedaço de armadura com o indicador, como se fosse um animal que pudesse mordê-la. Cutucou com mais força depois que nada de ruim aconteceu após a primeira tentativa.

– Ele descobriu algo que fiz durante minhas férias e disse que foi um bom trabalho.

– O quê? – indagou Vik.

Wyatt deu de ombros misteriosamente.

– Ele também disse que sabia que eu não tinha invadido o perfil dele e que ele costuma pensar o pior a respeito das pessoas, por isso, pediu desculpas por ter ficado tão chateado com o lance de Roanoke e ter interrompido meu aprendizado de programação.

– E daí? Você o perdoou? – Tom disparou. – Depois que ele gritou com você daquele jeito e a ignorou por semanas, bastou ele dizer "desculpe" e você deu a coisa por resolvida?

As sobrancelhas dela se uniram em seu rosto solene e triste.

– Ele disse que estava chateado *de verdade*.

– Você sabe o tipo de psicopata que ele é, Wyatt. Ele se voltou contra você sem motivo nenhum antes. Não acha que isso pode acontecer de novo?

– Foi só porque você falou sobre Roanoke. Foi a única razão pela qual ele agiu daquela forma. Deve ser uma questão difícil pra ele.

– Não. Não, você não entendeu – respondeu Tom, agitado. – Não é uma questão difícil. É a única questão. Aquele cara que você viu naquele dia? *Aquele* é o Blackburn de verdade. Confie em mim.

– Eu o conheço melhor que você, Tom.

– Não – disse Tom, passando os dedos pelos cabelos em um gesto de frustração. – Você *acha* que conhece. Você vê o jeito que ele *finge* ser. Ele finge ser razoável, finge ser normal. Mas não é.

Ele parou de falar, já que Wyatt e Vik o encaravam de um modo estranho.

O negócio era que eles sabiam que Blackburn tentara *fritar o cérebro dele no dispositivo de varredura*, literalmente falando. Tom nunca tinha dito a eles muito mais que isso. Não havia contado, por exemplo, que Blackburn tinha a intenção de rasgar sua mente em pedaços quando Tom se recusou a lhe mostrar a memória de Vengerov; não sabiam que Blackburn ameaçara destruir os sistemas da Agulha, só para impedir Marsh de libertá-lo; não sabiam que Blackburn queria uma vingança contra Joseph Vengerov, já que este intencionalmente implantara nele um processador neural que ele sabia ser mortal, ou pelo menos algo que o deixaria louco. Não sabiam que, durante seu surto psicótico, Blackburn havia, por acidente, matado os próprios filhos e, como consequência, não via nenhum problema em destruir Tom em busca de algo que pudesse usar na sua vingança contra Vengerov, o homem que considerava responsável por aquilo tudo.

Mas Tom não podia sequer começar a falar sobre nada disso com os amigos. Não podia contar nada, porque havia muitos segredos, não todos dele, mas todos vinculados a memórias que Blackburn havia descoberto em seu cérebro. O fato de Blackburn voltar atrás miraculosamente e perdoar Wyatt soou como uma ameaça direta para Tom. Tudo bem, fora ele que dissera a Blackburn que Wyatt nunca tinha invadido seu perfil, que ela sequer sabia sobre Roanoke, embora Tom não houvesse agido assim para *reconciliá-los*... Ele tinha agido assim para esfregar na cara de Blackburn o quanto ele estava enganado.

E lamentava isso agora.

Dirigiram-se para fora do Arsenal, para se juntar aos intermediários que surgiam na Arena de Exercícios para o treino da manhã. Tom, Vik e Wyatt esperaram do lado de fora do Arsenal, ao lado dos outros quatro novos intermediários: Makis Katehi, Kelcy Demos, Jennifer Nguyen e Mervyn Bolton. Todos acenaram uns para os outros, e nenhuma apresentação foi necessária, pois tinham convivido juntos como plebeus.

Não demorou para que Tom percebesse quem eles esperavam. Cerrou os punhos.

O tenente Blackburn subiu as escadas do piso inferior da arena, detendo-se em seguida diante do Arsenal. Com um toque no teclado do antebraço, fez oito das máquinas sem cabeça, que pareciam esqueletos de metal, descerem da plataforma e marcharem para se postar diante deles.

Blackburn virou-se para os recrutas.

– Vamos começar, intermediários. Vocês vão achar a aula de exercícios bastante parecida com as de quando eram plebeus: haverá imagens simuladas para motivar e direcionar suas ações, esse tipo de coisa. Mas existe uma diferença notável: o Arsenal. Toda segunda-feira, as simulações são programadas para expor os recrutas a uma variedade de armas que o Departamento de Pesquisa de Desenvolvimento Militar planeja entregar aos futuros soldados equipados com processador neural. Como a memória muscular é vital, fornecemos fisicamente aos recrutas armas sem munição. Isso não só permite que vocês aprendam a usá-las, como possibilita que nossos pesquisadores estudem o quanto são *capazes* de usá-las recorrendo apenas aos downloads instalados nos processadores. Uma dessas armas é particularmente perigosa. Como elas só podem ser controladas por alguém com um processador neural, eu sou o sortudo que foi forçado a lhes ensinar como utilizá-las sem se matarem ou matarem outra pessoa. Qual é a primeira regra dessa lição que vão aprender comigo?

Ninguém respondeu. Tom não fazia ideia da resposta.

Blackburn ergueu o indicador.

– A regra número um é: meu tempo é infinitamente mais valioso do que o de vocês. Não o desperdicem aprontando ou ignorando instruções. Vou lhes dizer apenas uma vez, e espero que se lembrem. Vocês possuem memória fotográfica e cérebro sobre-humano. Não têm nenhum motivo para falta de atenção, e não há desculpa para esquecer o que eu disse. Agora, vamos conversar sobre esses exotrajes.

Ele bateu com a palma da mão sobre a máquina de metal mais próxima.

– Eis aqui as ferramentas básicas para o aprimoramento da força. Como já devem saber, acredita-se que, no futuro, cada conflito armado em terra vai ser conduzido por um pequeno número de soldados. Há uma razão convincente para diminuir o número de soldados nas forças armadas: é mais fácil encontrar *um* homem disposto a disparar contra insurgentes civis do que encontrar alguns milhares. É mais barato pagar *um* soldado do que pagar milhares. Então, esse grupo seleto de soldados tem de se transformar em um arsenal ambulante. Precisam estar no comando de máquinas pesadas, com as quais normalmente uma pessoa não consegue lidar, a não ser que tenha resistência e força sobre-humanas. É aí que entram os exotrajes.

Blackburn inseriu as pernas e os braços nas armações largas de um exotraje. Quando fechou o punho, os dedos da malha metálica se contraíram junto com os seus e a armação metálica se fechou em torno de seu braço, de maneira que as juntas metálicas se alinharam com cotovelos e ombros. Depois, Blackburn esticou o braço e puxou o pescoço de metal do exotraje, prendendo o pino da extremidade à sua porta de acesso. Imediatamente, o restante do exotraje imitou as ações dos braços, contraindo para se encaixar em torno do corpo, as juntas do exoesqueleto se alinhando com suas juntas. Logo, Blackburn vestia o que parecia uma armação de malha metálica do pescoço aos dedos dos pés.

– Neste momento, tenho quarenta e duas vezes a força de um homem comum. – Blackburn abriu os braços, mostrando como o metal fino aderia até a ponta dos dedos. – Dê-me um par de óculos de proteção com visão infravermelha e noturna, uma armadura de aço de alta densidade com capacidade de disfarce de fibra óptica para me deixar invisível, talvez uma veste de cerâmica que secrete remédios para coagular e curar quaisquer feridas que eu receba, um sistema de ar condicionado embutido para regular a temperatura do corpo, algumas naves mecanizadas para serem meus batedores, uns satélites acima de mim para serem meus olhos e ouvidos, dois lançadores de foguete para meus braços, um carregador distante para lançar mísseis teleguiados ao meu comando e... bem, crianças, me deem tudo isso e eu me torno um supersoldado, o líder no centro de um vasto complexo de armas e armamentos automatizados. Teoricamente, um supersoldado poderia viajar no tempo e extinguir todo o Terceiro Reich. Esse é o futuro da arte da guerra. Agora – os olhos cinzentos os percorriam e estudavam –, qual é a coisa mais importante para lembrar quando estiverem usando esses trajes? – Seu olhar pousou em Vik. – Ashwan, dê um chute.

Vik piscou.

– É aquele lance de o seu tempo ser infinitamente valioso?

– Essa é a regra número um, Ashwan. Agora falamos da regra número dois. – Blackburn agarrou Vik num rápido movimento e o elevou acima de sua cabeça, fazendo-o dar um grito assustado. Em seguida, Blackburn arremessou Vik no ar, uns bons vinte metros acima, deixando Tom em estado de choque.

O coração de Tom saltou enquanto o corpo de Vik se remexia e voava em direção ao teto, caindo de volta com tudo. Blackburn o pegou com facilidade e, gentilmente, colocou-o de pé de novo.

– Gostaria de adivinhar agora, Ashwan? Qual é a próxima regra que vamos discutir?

– A fo... força. – Vik levantou os olhos arregalados em direção ao teto.

– Bom garoto, Ashwan. Superforça. O corpo humano é uma coisa frágil, fraca e fácil de fraturar. Estes exotrajes, não. Regra número dois: respeitem o poder destas máquinas. Brinquem com uma delas, e matarão alguém. Os protótipos dessas máquinas começaram a existir quando eu era um cadete. Essas versões só eram dezessete vezes mais poderosas que a força de um ser humano comum. Vi um cadete pular tão alto quanto possível em um exotraje. Antes de ele bater no teto, possuía uma cabeça. Depois do salto, ficou com uma espécie de melancia esmagada em cima do pescoço.

Tom olhou para o teto, intrigado. Imaginou que, se pulasse alto demais, tentaria socar o teto para atravessá-lo antes de sua cabeça ser esmagada. Isso funcionaria. Tinha certeza.

– É por isso que estou ensinando o jeito antigo de usá-las – Blackburn terminou. – Vou trabalhar a memória muscular com vocês, e não a programação de uso do exotraje no cérebro. Há uma diferença fundamental entre um ser humano e uma máquina. Seres humanos pensam em termos imprecisos. "Um pouco" significa algo para uma pessoa. Se fosse dito a alguém, no entanto, que pulasse treze vírgula sete centímetros, ela estimaria a distância e ia errar feio, porque números precisos não significam muito para o cérebro humano comum. Máquinas, por outro lado, são instrumentos de precisão. Elas não entendem "um pouco". Elas *entendem* treze vírgula sete centímetros. Usar um exotraje da maneira correta significa aprender a ser preciso com os movimentos. O único motivo pelo qual poderão usar esses exotrajes com segurança é porque o cérebro de vocês já é parcialmente uma máquina, embora só seja seguro se tomarem cuidado. Então, peguem um traje, conectem-se e esperem por minhas instruções.

Depois da apresentação de Blackburn, a maioria dos recrutas se aproximou dos exotrajes com cautela. Exceto Tom. Ele estava tão animado que tinha de experimentá-lo. Vestiu o traje com ansiedade, virou o pescoço para conectá-lo à porta de acesso neural e sentiu um calafrio pelo corpo todo conforme a máquina parecia despertar em volta dele, pernas e braços de metal se encolhendo para se apertar em torno de seus membros nos pontos de junção. Ficou parado por alguns instantes, perguntando-se se deveria esperar pelos outros, mas decidiu que não. Deu um grande passo, saltando para a frente.

Voou oito metros com seu primeiro passo, seis com o segundo, onze com o terceiro. Mais alguns passos e percebeu que estava do outro lado da arena. Queria *viver* num daqueles trajes.

Então, ouviu vários tinidos altos de pernas de exotraje pisando com firmeza atrás dele. Antes que pudesse girar para ver quem era, um safanão de aço e alumínio atingiu a placa de alumínio de seu colarinho, sacudindo-o.

– O que acha que está fazendo, Raines? – A voz de Blackburn soava furiosa.

A apreensão tomou conta de Tom. Ele desviou o olhar para encontrar o de Blackburn.

– Você não ouviu uma palavra do que eu disse, recruta? Esses trajes são *perigosos*. Não lhe dei permissão para se mover. Você podia ter matado alguém! Agora, fique parado. – E agarrou os pulsos de Tom, batendo-os contra a lateral de seu corpo com um retumbar potente que percorreu todo o exotraje. Ele se inclinou, ficando tão próximo, que os olhos cinzentos pareciam perfurar Tom.

– Isso não é um jogo – sussurrou.

Blackburn o segurou pela placa do colarinho do exotraje, carregando-o com cuidado, passo a passo, pela arena. Tom ficou pendurado, os braços pendendo ao lado do corpo, todos os olhares dos demais recrutas fixos neles em cada passo barulhento do caminho. Chegou a ele a imagem mental de um gato carregando um filhote pela nuca, enquanto risadinhas e risos abafados dos outros recrutas agrediam-lhe os ouvidos e confirmavam que ele parecia tão ridículo quanto imaginava.

Blackburn o colocou no chão devagar, depois os guiou exercício após exercício, trabalhando no controle de precisão e fornecendo alturas específicas para saltarem, tamanhos calculados de passos para andarem. No final da atividade, Blackburn havia feito todos se desenvolverem no mesmo passo de tartaruga, até que fossem capazes de realizar uma marcha básica. Alguns fizeram menos progressos que outros. Wyatt era relutante em se mover, embora, quando o fazia, fosse muito mais precisa que pessoas como Vik, que parecia incapaz de caminhar sem balançar descontroladamente os membros.

Tom tentou obter o máximo possível de precisão, mas isso o levava a se sentir desajeitado – pensar demais sobre o ato da respiração podia tornar difícil o simples respirar. A verdade era que ele achava fácil andar de exotraje. Muito fácil, para ser sincero, tão natural quanto andar, mas centenas de vezes mais empolgante. Como o mero som da voz de Blackburn o incitava a querer fazer algo violento, Tom decidiu ignorá-lo por completo e seguir os próprios instintos sempre que ele virava as costas. Em certo momento, olhou por sobre os ombros e teve certeza de que podia fazer um movimento incrível para trás. Agachou-se e saltou no ar, dando uma cambalhota.

Não estava certo de que fizera o movimento correto na vida real, embora houvesse caído de pé com perfeita facilidade. Kelcy Demos e Jennifer Nguyen o observavam, os olhos arregalados.

Ele deu de ombros.

– Sou incrível nisso.

Elas reviraram os olhos.

Tom se sentiu desapontado; esperava que ficassem mais impressionadas. Percebeu que Vik estava tendo trabalho com seu exotraje, então fez questão de ir com tranquilidade até ele e exibir o quanto era bom com o exotraje, ensaiando uma dancinha bem na frente dele.

– Entendi. Você é bom – Vik resmungou.

– Bom? Eu sou tipo o Einstein do comando de exotrajes. É muito fácil. Até dei uma cambalhota um minuto atrás. Sério, aceito qualquer desafio que quiser me fazer, companheiro.

– Aceita? – Vik perguntou, um brilho insano surgindo em seu olhar. Ele olhou ao redor, e os olhos escuros se voltaram para o teto. – Aposto trinta dólares que você não consegue tocar uma dessas luzes.

Tom seguiu o olhar de Vik em direção às luzes penduradas no teto, trinta metros acima deles, pensando na história sobre a melancia que Blackburn havia contado.

Vik arqueou as sobrancelhas em tom de desafio.

– Topa? Ou quer rever sua declaração, Doutor Einstein?

Tom lhe lançou um sorriso feroz.

– De jeito nenhum.

Blackburn estava parado na frente de Wyatt, tentando convencê-la a dar um passo em direção a ele, os braços abertos como se estivesse pronto para pegá-la.

– Está indo muito bem, Enslow. Mova sua perna.

Wyatt mordeu o lábio.

– E se eu tentar levantar meu pé, mas minha perna girar para cima e afundar sua cabeça?

Ele riu.

– Vou me arriscar. Vamos lá, Wyatt, você pode fazer isso.

Blackburn estava ocupado. Bom. Tom se virou para encarar Vik, excitado. Era agora ou nunca.

– *Adiós*, Doutor!

Tom se lançou no ar, a excitação percorrendo seu corpo enquanto subia o mais alto que qualquer ser humano pudesse esperar saltar. Ele levantou os punhos, pronto para socar o teto se corresse o risco de ter a cabeça esmagada, mas havia calculado a altura perfeitamente. Sua cabeça estava bem longe do teto quando começou a descer, e estendeu o braço e tocou na luz quando passava por ela.

Foi aí que as coisas deram errado.

Sua mão, recoberta pelo exotraje, explodiu contra a lâmpada, despedaçando-a e enviando fragmentos de vidro que cintilaram pelo chão da Arena de Exercícios.

Ah, não, Tom pensou ao mergulhar de volta, o estômago na garganta, estilhaços voando no chão enquanto seu pé metálico aterrissava com um estrondo em meio àquela bagunça.

Tom se viu parado ali, o exotraje machucando suas juntas, todos encarando-o num silêncio súbito que envolveu o ambiente.

Todos, incluindo o tenente Blackburn.

– Uau – Tom tentou se safar desesperadamente. – Esses exotrajes, cara. Não estava nem tentando pular. Juro. Foi um acidente. Isso aqui deve ter algum problema de funcionamento. – Numa onda de inspiração, ele acrescentou: – Que fabricação mais vagabunda essa da Obsidian Corp., hein?

Mas o ataque à empresa de Joseph Vengerov não aplacou a ira de Blackburn. Ele avançou sobre Tom e pairou acima dele como se controlasse a vontade de lhe dar um soco. Tudo que Tom podia pensar era: *Ele vai me matar,* e, por um instante, sentiu-se preso de novo ao dispositivo de varredura, perguntas às quais não podia responder martelando-lhe os ouvidos. Seu peito se apertou, e ficou apenas parcialmente consciente de que Blackburn virava a cabeça para inspecionar o restante dos recrutas.

– Todos vocês, tirem seus trajes. Serão colocados num exercício com os outros recrutas. Raines, não se mova nem um centímetro.

Tom se manteve imóvel e temeroso, enquanto os demais recrutas ao redor dele arrancavam a conexão entre as portas de acesso neural e os exotrajes. Tão logo se livraram do traje, os rostos ficaram estranhamente sem expressão, o programa transportando-os para o cenário dos exercícios. Logo, todos escalavam uma parede com os outros recrutas, deixando Tom e Blackburn se encarando entre os exoesqueletos.

Blackburn cruzou os braços, o ombro esticando o uniforme. Uma veia pulsou em sua testa.

– Desconecte-se e tire o exotraje.

O coração de Tom bateu tão forte que ele podia ouvi-lo trovejar nos ouvidos. Levantou a mão, sabendo que devia obedecer à ordem, mas não conseguia fazê-lo. Simplesmente não conseguia. Sabia que algo horrível viria em seguida, e a adrenalina já corria por suas veias. Adrenalina e raiva. Era tanta fúria, que parecia prestes a engasgar com ela.

– Não – Tom respondeu. – Você primeiro, *senhor*.

Blackburn se aproximou de maneira ameaçadora.

– Desculpe. Não me expressei de forma clara, senhor Raines? Desconecte-se do exotraje. Agora.

Mas Tom balançou a cabeça, o sangue latejando tão forte que seu campo de visão pareceu afunilar, tornando o homem à frente seu único foco, muito claro e nítido. Por um instante, não desejou nada além de dilacerá-lo membro a membro.

– Não. Sabe, até que gosto de você não ter uma vantagem de força quarenta e duas vezes maior sobre mim, *senhor*.

– Está com medo de mim?

– *Não* estou com medo!

Blackburn o avaliou, em seguida fazendo o mesmo com o exotraje, e Tom quase podia ver seu cérebro considerando os riscos de um recruta enraivecido ligado a uma máquina sobre a qual ele não podia ter controle total. Ele estendeu a mão e a levou à nuca, desconectando o exotraje. O coração de Tom ainda retumbava nos ouvidos, a raiva fervilhando como um veneno dentro dele. Blackburn, por sua vez, saiu do exotraje, e sua compleição humana, frágil e fácil de fraturar foi tudo o que restou.

– Sua vez, Raines.

Lívido, Tom estendeu o braço, as mãos suadas deslizando na parte de trás do exotraje. Mal acabara de se desconectar, quando Blackburn falou com rispidez:

– Você acha mesmo que preciso de um exotraje para lidar com você?

Ele eliminou a distância entre eles em dois passos. A mão de Tom voou para ligar a porta de conexão de novo, mas era tarde demais. As mãos grandes de Blackburn o pegaram e, com um safanão, ele o arrastou para longe do traje.

– Agora, escute aqui, Raines, porque só vou dizer uma vez...

Mas uma raiva insana tomou conta de Tom e, quando seus pés se encontraram com a superfície sólida, ele partiu para o ataque, punhos em riste, de maneira descontrolada. A dor se espalhou por seu braço quando suas articulações se chocaram contra a mandíbula de Blackburn. Este cambaleou para trás, mas girou com rapidez e agarrou um dos tornozelos de Tom, jogando-o para cima.

O mundo virou de cabeça para baixo, e as costas de Tom colidiram violentamente com o chão duro, o suficiente para expulsar o ar de dentro dele. Tom se encolheu, desesperado por ar, mas Blackburn se jogou sobre ele, esmagando-o contra o chão. O garoto lutou por alguns instantes em um frenesi, mas havia um peso insuportável em sua garganta, pernas pesadas imobilizando as dele, e a mão que lançou adiante para tentar atingir os olhos de Blackburn foi capturada no caminho e torcida de maneira dolorosa.

– Pare com isso, Raines. Agora mesmo.

Tom puxou os braços dele para mais perto, cravando os dentes na mão de Blackburn. Sentiu um prazer maléfico com o grito de dor, e aproveitou para desferir um soco na cartilagem macia da garganta do adversário. Moveu-se para tentar ficar por cima e se desvencilhar, anulando a vantagem de força e peso que Blackburn tinha sobre ele. Mas não foi muito longe. Braços envolveram-lhe o tronco, e foi pressionado contra o chão. Blackburn enfiou o cotovelo num ponto de pressão na nuca de Tom, e ele gritou com a investida, a dor forçando-o contra a superfície rígida.

– Isso não está no seu processador – Blackburn observou, quase de maneira casual. – Sei que não, porque nunca o instalei. – Então desferiu um golpe seco e retumbante na nuca de Tom.

Tom se viu no chão, a cabeça girando. Aos poucos lhe ocorreu que havia atacado um superior e tinha sido derrotado. Seu coração continuava enfurecido com Blackburn, e desejou tê-lo machucado mais. Pelo canto dos olhos, observou Blackburn, sentado também no chão, examinando a mão e limpando o uniforme em um gesto cansado.

– Sei do que se trata – ele comentou após um tempo.

– Não, você não sabe. – Tom fez força para tentar se levantar, mas Blackburn esticou o braço e o jogou de volta ao chão.

– Claro que sei. Venho esperando por isso desde a ocasião com o dispositivo de varredura.

– Não é... – *O dispositivo de varredura.* Mas, ao mesmo tempo que palavras fervilhantes faziam menção de lhe escapar pela garganta, ele engasgou. Os punhos se cerraram, e ele fechou bem os olhos, a sensação de humilhação terrível e prolongada contorcendo-se dentro dele ao pensar em todas as coisas que Blackburn havia arrancado de sua mente, todas as coisas que ele sabia sobre o recruta e a maneira como quase se acabara durante aqueles dois dias, vomitando em si mesmo. Seu desejo era estraçalhá-lo em pedaços, picotar sua pele, pisotear suas vísceras...

Estremeceu com fúria, desejando matá-lo, machucá-lo, fazê-lo pagar de alguma maneira. E até mesmo a satisfação de fazer uma ameaça pairar sobre a cabeça de Blackburn, sabendo que o sujeito temia o que ele poderia fazer se fosse até Vengerov, não era suficiente para aplacar a raiva borbulhante dentro dele.

Tom enterrou os dedos no próprio cabelo, o ódio tão forte que não se sentia no controle de si mesmo. E estava dolorosamente consciente de que Blackburn o observava lutar para se conter.

– Teve seu momento, Raines – ele falou depois de um tempo. – Deu um bom soco e vou até deixá-lo escapar ileso dessa situação. Isso você pode fazer. – Ele se inclinou mais, aproximando-se de Tom. – O que você *não* pode é brincar com os exotrajes. Está me ouvindo? Essa sua raiva de mim que você tem acumulada aí dentro não pode sair enquanto estiver lidando com máquinas capazes de matar pessoas.

– Está bem.

– Estamos entendidos quanto a isso?

– Já disse: eu entendi. O que mais você quer?

– Quero que pense. Você olhou ao redor hoje e viu cada um dos recrutas tendo problemas para controlar esses exotrajes, e seu primeiro impulso... o primeiro... foi se exibir para seu amigo. Não parou para pensar, nem por um microssegundo, que deveria manter para si mesmo essa habilidade que tem com as máquinas?

– Isso não tem nada a ver com a história. Só estava controlando um exotraje.

– Trata-se de se ligar a uma máquina, Raines, de *estabelecer uma interface com uma máquina* e comandá-la. Pense a respeito. – Ele enfiou o dedo na testa de Tom para pontuar cada sílaba.

Tom saltou para trás, o estômago revirando. A verdade era que não havia percebido que tinha feito algo tão bizarro, apenas presumira que era competente em controlar exotrajes.

– Bom garoto. Começou a fazer sentido pra você agora, não é? Tem que tomar mais cuidado no futuro. Nada de ficar se exibindo, e nada de proezas como aquela em *Las Vegas*.

A boca de Tom secou. Seu olhar voou para Blackburn.

– Sei... Jamais achou que eu soubesse algo a respeito, não é? – Cada ruga no rosto de Blackburn havia ganhado destaque. – Honestamente, você acredita que o Departamento de Segurança Nacional não percebeu um fantasma vagando pelo seu servidor? Aposto que há uma equipe de agentes especialistas do DNS tentando rastrear a fonte do controle ilegal daquela nave enquanto conversamos. Sabe o que isso significa?

– Tenho certeza de que você vai me dizer – Tom respondeu.

Blackburn o golpeou no peito com o indicador.

– Significa que *eu* vou ter que apagar os rastros que você deixou. Não vou me dignar a lhe explicar porque meu tempo é de suma importância nessa pocilga. Não posso passar os próximos anos cobrindo seus rastros; você é que tem de evitar deixá-los. Veja, Raines, sua ameaça em ir até Joseph Vengerov e compartilhar tudo o que pode fazer com ele, só para me prejudicar? Você tem um poder devastador aí, mas é uma bomba de hidrogênio. Só pode usar uma vez. Significa que, se o Departamento de Segurança Nacional em algum momento notar sua existência, sua influência será nula e vazia, e não vai haver nada que me impeça de fazer uma nova tentativa de extrair cada segredo que você tenha nessa sua cabeça. Isso se tiver sorte de ser eu a chegar primeiro...

– Você chama isso de sorte? – Tom repetiu de um jeito amargo. – Sorte agora significa *o pior cenário possível,* então. Ótimo. Bom saber.

– *Senhor* – Blackburn corrigiu.

– Você é meu superior. Não precisa me chamar de senhor – Tom provocou.

– Raines, você vai me tratar de "senhor", ou vou prendê-lo naquela cela ao lado do dispositivo de varredura, até que *senhor* seja a única palavra de que se lembre.

Tom se enfureceu. Jamais havia odiado tanto alguém.

– Senhor, sim senhor. Vou usar "senhor", senhor. Isso é tudo, senhor?

– Ah, eu diria que isso é tudo, sim. Entre na simulação com os outros. – Blackburn digitou algo no teclado de antebraço. – Fico irritado só de ter que olhar pra você.

E digo o mesmo, Tom pensou, mas um formigamento atingiu sua nuca, e a simulação tomou vida em seu centro de visão. O exército japonês atacava a China à época da Segunda Guerra Mundial, e ele se lançou ao exercício. Mas, por mais rápido que corresse, não podia escapar da fúria, que permanecia latente, em relação ao homem que quase havia destroçado sua mente.

Imaginou que cada um dos falsos inimigos tinha o rosto de Blackburn.

4

TOM SE ANIMOU UM POUCO quando chegou ao refeitório, porque havia bolo de carne para o almoço e também porque seu amigo, Yuri Sysevich, o esperava numa mesa. Yuri ainda era um plebeu, uma vez que não havia sido promovido com os outros amigos. Evitavam falar sobre a Companhia Intermediária para não jogar sal na ferida. No final das contas, Yuri tinha tido férias bem mais interessantes que as deles. Havia se inscrito numa relaxante excursão de sobrevivência em meio à natureza selvagem, guiada por um ex-boina-verde, na qual comera insetos, escalara montanhas e se defendera de animais selvagens.

– É incrível, incrível mesmo, quantos insetos comestíveis existem para sustentá-lo na natureza!

– Quantos você comeu? – Tom perguntou.

– Cinco insetos diferentes – Yuri respondeu com orgulho.

– Eca – Wyatt retrucou, esfregando o ponto na cabeça em que ele a havia beijado ao cumprimentá-la.

– Por favor, não entre em detalhes – Vik pediu, enfiando uma porção de arroz na boca.

– Os insetos eram como besouros ou estavam mais para aqueles bichinhos de farinha parecidos com um grão de arroz? – Tom indagou, observando a reação de Vik. O amigo tinha o estômago mais sensível que Tom conhecia, e ele achava uma graça sem fim em atormentá-lo com isso.

Wyatt entendeu o que Tom estava fazendo.

– Ah, você não se referia àqueles vermes de feridas pustulentas que começam pequenos e se tornam parasitas intestinais enormes?

Vik balançou a cabeça em um gesto negativo.

– Não vai funcionar, pessoal. Sei que estão inventando essas coisas.

– Não, os insetos que consumi não se pareciam nem um pouco com um grão de arroz – Yuri respondeu, a expressão séria. – Você está falando daqueles bichinhos de farinha que têm vísceras bem gosmentas e pútridas, e são de um branco meio encardido, da cor da comida no prato de Vikram, não é?

Vik enfim jogou o garfo no prato.

– Vou parar de almoçar porque minha barriga está cheia. Só por isso. Não é por causa de vocês. Vocês não ganharam essa.

Tom, Wyatt e Yuri gargalharam, porque não acreditaram nele nem por um segundo.

NO FINAL, Tom e Vik estavam no mesmo grupo de simulação, guiados por um combatente loiro e de rosto redondo, Snowden Gainey. Tom puxou seu perfil da memória:

Nome: Snowden Gainey

Patente: FIEUA, Nível VI, Companhia Camelot, Divisão Napoleão

Codinome: Novato

Origem: Westchester, Connecticut

Méritos: Campeão Júnior de Squash Mundial, Membro da Sociedade de Futuros Inovadores Financeiros dos EUA

IP: 2053:db7:lj71::224:ll3:6e8

Status de segurança: Ultrassecreto LANDLOCK-6

Em minutos, Tom percebeu que Snowden tinha um estilo de liderança completamente diferente de seu líder de grupo de simulação anterior, Elliot Ramirez.

Elliot sempre esperava na beirada de uma das camas, visivelmente sendo parte do grupo, mas ainda assim também os cumprimentava conforme entravam, o que lembrava a todos que era o chefe. Snowden gostava mais de ficar num canto nos fundos, o terror reluzindo no rosto pálido conforme o número de recrutas que se sentava nas camas com monitores de eletrocardiogramas crescia mais e mais. Só quando todo mundo estava lá é que ele se acomodava em uma das camas.

– Bem, como vocês novatos provavelmente ouviram falar, os exercícios aplicados na condição de intermediários envolvem cenários semelhantes àqueles que experimentaram como plebeus, mas, em vez de enfrentar oponentes simulados, encaramos diretamente outros grupos de intermediários, alternando a cada semana – Snowden começou em seu tom manso. – Hoje vamos lutar com o grupo de Yosef Saide. E então, querem começar? – Ele disse aquilo em tom de pergunta, como se precisasse da permissão deles.

Todos se deixaram tombar e espichar nas camas, e Tom virou a cabeça para o lado a fim de trocar um sorriso entusiasmado com Vik.

– Pode contar comigo, Doutor.

– Você também, Doutor. – Os olhos de Vik brilharam loucamente.

Tom ligou o fio neural, e seus sentidos se turvaram conforme era sugado para a simulação.

Descobriu-se rodeado pelo caos, marinheiros da Segunda Guerra Mundial gritando e correndo para além dele. O navio onde estavam chacoalhava com violência, enquanto chamas brotavam e a água do mar invadia as rachaduras do casco.

Tom gritou por Vik, e eles se encontraram no convés oscilante, ambos arfantes, observando um submarino alemão que fugia à distância.

– Já estamos acabados. – Tom falou, incrédulo. Sequer haviam tido chance de lutar. A simulação começara daquele jeito.

– Botes salva-vidas! – Vik gesticulou em direção ao acotovelamento de marinheiros desvairados, todos ansiosos por evacuar o navio.

Tom fez um aceno rápido com a cabeça, percebendo que este devia ser o cenário: deveriam pegar os botes salva-vidas e lutar contra o grupo de Yosef. Talvez os nazistas fossem dar meia-volta e atacar de novo? Quem sabe não lutariam com piratas ou algo assim?

Tom e Vik providenciaram seu lugar no último bote salva-vidas que seguiu navio abaixo. Uma onda poderosa os afastou da embarcação principal enquanto ela afundava no oceano, que se revolvia.

Logo, a água ficou calma. O assombro invadiu Tom à medida que se maravilhava, não pela primeira vez, por ser aquela a sua vida. Estava sentado ali na embarcação de resgate com seu melhor amigo, observando um naufrágio devastador como se fosse real. O bote deveria ter dois remos de madeira, mas só possuía um. Com ele, Tom e Vik conduziram a embarcação da melhor maneira possível, ajudando recrutas encharcados e tiritantes de frio conforme os encontravam. Não demorou para que estivessem sentados com Lyla Martin, da Divisão Gêngis, bem como com dois outros intermediários que Tom tinha visto por ali: Walton Covner e Marrion Trout, da Divisão Aníbal.

Quando Snowden Gainey apareceu no bote salva-vidas com eles, Tom percebeu que o sujeito não havia participado do cenário até então, deixando-os enfrentá-lo sozinhos. Essa era outra mudança gigantesca, porque Elliot era o tipo de chefe que liderava pelo exemplo.

– Então, isso é tudo? – Snowden perguntou em um tom nervoso.

– Vi parte do nosso grupo se afogar – Walton observou. Tratava-se de um garoto grande de pele bem escura, cabelo preto farto e um certo ar de resignação.

– Bem – Snowden esfregou as palmas das mãos uma na outra –, azar deles. Devo lhes dizer, Yosef e eu concordamos em rodar esse cenário com os receptores de dor ligados.

Tom deu de ombros, mas Lyla esbravejou com indignação:

– Por quê? Por que fizeram isso?

– Bem, é um cenário de tempo comprimido... – Snowden começou.

Lyla parecia prestes a dar um soco nele. Marrion grunhiu também.

– Qual é o problema aqui? – Vik perguntou a eles.

– Cenários de tempo comprimido – Lyla explicou. – O combate espacial ocorre em velocidades tão rápidas quanto as de máquinas, por isso o processador neural pode ser usado para acelerar sua percepção do tempo a fim de que possa acompanhar. Alguns programas de treinamento usam essa função para fornecer um cenário expandido artificialmente.

– Verdade? – Tom disse, fascinado. – Ei, espere: podemos passar dias neste cenário? Incrível, enfrentar piratas por dias sem fim...

– Semanas – Lyla respondeu. – E em breve você vai se sentir menos feliz com isso.

De repente, Snowden anunciou:

– Pelo jeito, está tudo em ordem por aqui. Apareço mais tarde. – E seu avatar sumiu, deixando-os no bote salva-vidas que balançava sem força no oceano.

Tom encarou o espaço vazio onde Snowden havia estado. As últimas palavras de Lyla ressoaram em seus ouvidos, e lhe ocorreu que devia haver um motivo pelo qual o líder não participava da simulação.

Conforme o tempo passava e Tom ia ficando terrivelmente sedento, teve certeza daquela primeira impressão. O problema do cenário era que ele se parecia em tudo com a situação real de estarem à deriva num bote salva-vidas, flutuando no oceano, sem suprimentos, com exceção de um cantil que Walton havia resgatado, o qual vinha sendo esvaziado com rapidez. A pior coisa era que sabiam da possibilidade de ficarem presos ali por semanas.

Tom agitou o cantil com uma expressão severa, ouvindo apenas um pouco de água balançar lá dentro.

– E agora?

– Morreremos de desidratação. Vai ser lento e doloroso – Walton respondeu. Ele parecia bem calmo quanto a isso.

Tom esquadrinhou o horizonte em busca de piratas ou nazistas, ou qualquer outra coisa, mas nada nem ninguém parecia prestes a aparecer nem a atacá-los. O que teria atrasado o grupo de Yosef?

Quando Snowden apareceu no bote salva-vidas de novo para checar como estavam, encontrou os recrutas prontos. Todos se viraram para ele e exigiram uma explicação para o cenário.

Snowden concordou com a cabeça gentilmente.

– É um cenário de sobrevivência. Vocês ganham se sobreviverem.

Tom o olhou boquiaberto.

– Espere, é só isso?

– É isto. Estão enfrentando o inimigo mais terrível de todos aqui. Impaciência. Ah, isso é água? Estou morrendo de sede. – E então ele fez o impensável... Arrancou o cantil de Walton e bebeu o restante da água.

Todos ficaram imóveis, observando o pomo-de-adão dele se movimentar. Uma raiva incrédula tomou conta de Tom. Ele havia acabado de chegar; não poderia ter tanta sede quanto eles, mas havia bebido sua água!

Marrion Trout não conseguiu aguentar mais. A garota magra de cabelos negros declarou que estava entediada e que aquilo já tinha dado para ela, e se jogou no mar. Por alguns minutos, manteve a cabeça acima da água, juntando coragem para se afogar, mesmo com os receptores de dor ligados. Naquele momento, barbatanas cortaram a água, e o grupo de Yosef enfim se revelou, fazendo-a em pedaços.

– Impaciência? – Walton apontou para o sangue se espalhando na água. – Os inimigos não seriam os tubarões?

– Ah, sim – Snowden falou. – O cenário tem a ver com sobreviver aos tubarões também. Na verdade, tem a ver principalmente com os tubarões. Boa sorte! – E, com um estalar de dedos, desapareceu de novo, deixando-os com um cantil vazio e um bando de tubarões vorazes.

Três dias se passaram no tempo do cenário. O desespero deles aumentou com a sede, e ficaram horrivelmente queimados de sol e com uma fome avassaladora. Conseguiram rachar o remo de madeira, transformando-o numa lança improvisada, mas, tão logo mataram o primeiro do grupo de Yosef, os tubarões se distanciaram, apenas esperando que os humanos sucumbissem e fossem até eles.

Walton não aguentou mais a sede e resolveu engolir um bocado de água do mar.

Tom acordou com o som dos goles desesperados sorvidos por Walton.

– Isso não vai acabar bem pra você, cara. – A voz de Tom estava tão rouca que ele mal a reconheceu.

Walton concordou com a cabeça, a boca respingando água do mar.

– É bem salgada.

Vik estremeceu no lugar onde se esparramara no bote, ao lado de Tom. Todos tinham feridas purulentas na pele devido à exposição ao sol e à água salgada, mas uma das de Vik parecia bem infeccionada, e marcas vermelhas que evidenciavam toxemia apareciam em seus braços.

Tom sentia-se absolutamente inquieto. Desejava fazer alguma coisa além de ficar sonhando com grandes copos de água e hambúrgueres. Tentou descobrir no que aquele cenário o testava. Reações sob pressão? Sede e tédio intoleráveis? O que mais? Quando o sol se levantou e ficou mais alto no céu, a pele de Tom começou a queimar em pontos onde ainda não haviam se formado bolhas. Enquanto isso, Walton anunciou:

– Eu sou o rei de Marte.

Tom se forçou a abrir os olhos e deu com Walton parado no meio do bote. A água do mar finalmente o afetara e começara a aniquilar seu cérebro; agora, ele estava alucinado.

Lyla estava em frente a Tom, na outra extremidade do bote, os braços musculosos dobrados sem ânimo sobre o corpo, os cabelos loiros emaranhados sobre os ombros.

– Não, você não é o rei de Marte. Sente-se.

Walton levantou os braços e os manteve esticados.

– Bipe, bipe.

– Pare com isso – Lyla resmungou.

– Bipe, bipe.

– Pare com isso!

– Sou uma antena que sinaliza para a Guarda Costeira.

– Walton, sente-se, cara – Tom insistiu.

Walton guinchou:

– HÁ UM NINHO DE PÁSSAROS NA SUA CABEÇA! – Ele se jogou sobre o bote e começou a puxar os cabelos de Tom, a mudança súbita de peso fazendo a embarcação oscilar com violência, quase virando-a.

– Ei, pare! – Tom se defendeu dele com um golpe da lateral da lança feita do remo, e Walton fugiu para o outro lado do bote. O couro cabeludo de Tom estava quente e dolorido, e ele pressionou a mão contra ele e descobriu um ponto sem nenhum cabelo.

– Caramba, cara! Você arrancou meu cabelo!

– Tudo bem. Sou um doutor – Walton respondeu.

Vik se remexeu de onde havia caído num sono delirante.

– Doutor?

– Sim? – Walton disse, animando-se um pouco.

– Fique onde está! – Tom falou, desta vez com a ponta da lança em riste, para manter Walton afastado. Ele se inclinou para cutucar Vik.

– Ei, Doutor. Eu estou aqui.

– Não você. – A voz de Vik estava tão rouca quanto a de Tom. – Um doutor de verdade. Acho que estou doente. Quero água.

– Não temos água. Isso é uma simulação. Não é real, lembra?

– Sim. Simulação. – Vik se levantou, o corpo todo dolorido. Levou vários minutos para reunir energia suficiente e dizer: – Odeio essa simulação.

– Nós vamos ganhar ou morrer, e ela vai acabar. – No entanto, Tom sabia que estava sendo otimista. Não tinha a mínima ideia de como ganhar.

– Odeio esta porcaria – Vik gemeu.

Haviam discutido aquilo várias vezes. Toda aquela simulação tinha sido arranjada contra eles. O grupo de Yosef, que representava os tubarões, estava em seu elemento natural. Tinham coisas para comer, o bastante para beber, e podiam sobreviver às circunstâncias do oceano. O grupo deles, ao contrário, não tinha nada. Haviam juntado um pouco de algas marinhas para tentar atrair gaivotas, mas os pássaros tinham mantido distância. Vik deslizara a camisa na água, experimentando em seguida um pouco de plâncton que pegara, mas aquilo o fizera vomitar de maneira violenta, debruçado sobre a lateral do bote, o que havia sido muito contraproducente, uma vez que todos já definhavam de desidratação.

O máximo de água que conseguiam vinha da condensação no bote logo pela manhã, e mesmo ela tinha gosto de sal. E a loucura de Walton não ajudava nem um pouco. Agora, ele esticava a mão no ar, dando tapas em algo que só ele conseguia ver. Lyla suspirou e perguntou o que estava fazendo.

– Morcegos – Walton respondeu, agitado.

– Você devia pular na água e deixar os tubarões devorá-lo – Lyla sugeriu. – Basicamente, você já está morto. Pior, está me irritando.

– Não, eu vou sobreviver. Tenho ajudantes gnomos. Aqui perto. Eles vão nos resgatar.

Lyla suspirou.

– Walton, você não tem ajudantes gnomos.

– Vocês vão ver. Vou buscá-los.

Dizendo isso, Walton se jogou na água com um som retumbante. Tom, Vik e Lyla esperaram pelo grito dele, que nunca veio. Logo, ele havia nadado para tão longe que Tom não conseguia mais vê-lo. Por um momento delirante, Tom se espantou com a fuga perfeita que Walton havia planejado. Seu cérebro privado de água e comida tentou entender o que havia acontecido, e tudo em que Tom conseguiu pensar por um longo momento foi que Walton realmente tinha ajudantes gnomos por ali, para auxiliá-lo.

Mas então as barbatanas cortaram a água, e os gritos de Walton soaram a distância, acabando com essa ideia fantasiosa.

– Ai. – Vik levou as mãos aos olhos. Havia se reclinado no bote, puxando antes a camisa para cima, como se a sentisse queimar, embora batesse os dentes. – Isso é horrível. Temos que escolher entre ser devorados por tubarões ou morrer lenta e dolorosamente de desidratação. Pessoal, só há uma opção aqui. – Vik reuniu suas forças e se sentou. – Não podemos ganhar. Apenas... vocês sabem. Temos de matar uns aos outros de alguma maneira.

– Provavelmente vai doer menos que ser devorada por um tubarão – Lyla murmurou.

Tom descobriu que seus olhos estavam fixos no ponto ensanguentado da água onde Walton estivera, na maneira como os tubarões se aglomeravam freneticamente em torno dele. Todas as simulações em que interpretavam animais envolviam uma batalha entre os poderosos instintos da criatura que eles representavam e a mente humana racional. O grupo de Yosef permanecia longe do bote porque a mente humana lhes dizia que iam ser ludibriados.

Tom podia ver como o sangue os deixava em frenesi. E se fizessem algo para criar esse frenesi de propósito, de maneira que os instintos animais realmente tomassem o controle?

– Pessoal, tive uma ideia. – Tom estava empolgado. – E se esperássemos Snowden reaparecer, o matássemos, usássemos seu corpo como isca de tubarão e golpeássemos o grupo de Yosef quando eles fossem atraídos pela isca?

– Acho que até pagaria para ver Snowden morto – Vik exultou.

Lyla soltou uma risadinha maligna.

– Isca de tubarão feita de Snowden. Seria perfeito.

Para Tom, parecia ser um bom plano.

Quando Snowden reapareceu, Tom estava preparado. Acertou Snowden com um golpe brutal do remo. Depois, pegou o garoto loiro que estremecia diante dele antes que pudesse cair da embarcação e repousou seu corpo na superfície do bote, a água rançosa oscilando ao redor deles.

– Certo, ele está sangrando rápido. Temos de incliná-lo sobre a água ou algo assim... – Tom deu uma piscadela para Lyla.

– Está louco? – ela gritou para ele.

– O quê? Conversamos sobre isso. – Ele olhou para Vik. – Você disse que até pagaria pra ver!

Os olhos de Vik se arregalaram. Ele parecia dividido entre o riso e o horror.

– Não achei que fosse mesmo fazer isso.

– Oh, meu Deus – Lyla exclamou. – Achei que estivesse brincando, seu psicopata!

– Ei, qual é o problema?

– Você não deveria matar nosso líder de grupo, seu idiota!

– Devemos matar todos os tubarões, e precisamos de uma isca de tubarão para isso. – Tom pegou um punhado de água com sangue e jogou para fora do bote. – Essa é uma ótima isca para um tubarão. – Ele observou as barbatanas cortando a água na direção deles. – Viu? Já estão vindo atrás dela.

– O problema é que a isca de tubarão é feita de Snowden! – ela resmungou. – Se queria tanto isca de tubarão, devia ter feito a isca com você mesmo, ou poderíamos tê-lo jogado na água! Você não pode matar nosso instrutor.

– Por que eu deveria pular na água? – Tom perguntou, incrédulo. – Snowden nos meteu nessa. Ele não está ajudando a gente; ele bebeu nossa água! – Isso enfurecia Tom mais que qualquer outra coisa. – Ele nem precisava dela, e a bebeu mesmo assim. Era de longe a pessoa mais sacrificável e inútil aqui, líder ou não.

Lyla grunhiu.

– Karl está certo: você é um idiota. Não percebe sequer que a razão dessas simulações é impressionar pessoas nas forças armadas!

– Acho que o fato de vencermos vai impressionar mais as forças armadas do que se perdermos – Tom retrucou.

Vik tremia enquanto soltava uma espécie de risada cansada e delirante.

– Tom, eu te amo.

Lyla deu um soco no braço de Vik. Com força.

Vik continuou rindo.

– Isso é incrível; eu choraria de felicidade se conseguisse.

Lyla o socou de novo. Desta vez, deve ter doído para valer, porque Vik se arrastou para o outro lado do bote, afastando-se dela.

– Ei! Nada de ser violenta comigo, a não ser que queira revide.

– Ah, por favor, faça isso. Estava pegando leve com você, mas adoraria uma chance de não precisar mais me conter. Eles são registrados como armas letais, você sabe. – Ela levantou os punhos de maneira ameaçadora.

– Quer saber? Já superei sua agressão – Vik respondeu um tanto constrangido. – Estou feliz por termos esta chance de discutir nossas diferenças e nos reconciliar.

Ela abaixou as mãos, desapontada.

Tom deu as costas para ambos. Não importava o que Lyla tivesse para dizer, achava que havia feito a coisa certa. Içou o corpo de Snowden sobre a lateral do bote para atrair os tubarões. Quando a primeira barbatana cortou a água perto do bote, Tom deu um grito de alegria e enfiou sua lança no corpo áspero do animal, arrancando-a antes que o tubarão pudesse disparar para longe e desequilibrá-lo. O próximo tubarão teve o mesmo tratamento, e o seguinte também.

Foi extremamente catártico, e Lyla arrancou a lança da mão dele para poder ferir o próximo, um grunhido animalesco saindo de seus lábios, que Tom, delirante como estava, considerou dolorosamente sedutor. Vik conseguiu até reunir força suficiente para matar um tubarão. A água estava saturada de sangue, incitando o instinto de tubarão, que se sobrepujava aos instintos de recruta humano, de modo que, um após outro, foram ficando excitados e entraram num frenesi na área próxima ao bote, o que os deixava ao alcance da lança.

Logo eles haviam exterminado todos os recrutas de Yosef. Mas a isca não funcionou com o próprio Yosef Saide. Este tinha um autocontrole admirável. Depois de os recrutas serem liquidados, Yosef se mostrou ardiloso. Começou a circundar o bote a distância, uma sombra escura tremulando pela água. Não ousava ficar ao alcance da lança, e não precisava fazer isso: eles iam morrer no devido tempo, sem nenhuma ação de sua parte.

– E agora? – Lyla perguntou. – Não temos outro instrutor para matar. Talvez devêssemos usar você desta vez, Tom.

A sugestão era sarcástica, mas deu uma ideia a Tom.

– Na verdade, essa é uma ótima alternativa.

Vik levantou a cabeça, exausto. Sua voz estava tão rouca e fraca que Tom mal a reconheceu:

– Não me parece uma ótima alternativa.

– Não, é sim. Vou pular na água e nadar para longe do bote, apenas o suficiente para que Yosef saiba que não terei chance de nadar de volta, assim ele virá atrás de mim. Quando isso acontecer, vou matá-lo.

– Ou ele vai matá-lo – Lyla respondeu em um tom de voz esperançoso.

– É uma possibilidade – Tom admitiu. – Mas vou tentar.

Ele se jogou na água gelada, espalhando-a para os lados ruidosamente, e começou a nadar, o oceano puxando suas pernas, enquanto Yosef se mantinha imóvel à distância. Algumas vezes, uma sombra tremeluzia em sua direção, a barbatana mortal cortando seu caminho pela água, mas Yosef sempre desviava. Era sua estratégia para testar se Tom não fugiria para a segurança do bote.

Mas, em certo momento, Yosef deve ter percebido que Tom havia chegado a um ponto de onde era impossível retornar. Aí sim ele atacou de verdade. Sua barbatana deslizava para Tom em meio ao oceano. Por um instante, conforme a sombra negra se aproximava, um terror gradual cresceu dentro de Tom, ao se dar conta de que aquilo causaria dor; ao perceber o que tinha feito, o que havia atraído para si mesmo... Ainda que conseguisse desferir um golpe certeiro de lança, provavelmente não escaparia ileso do tubarão.

Mas então uma espécie de euforia insana tomou conta dele, e Tom berrou de felicidade, investindo para frente com a lança, ao mesmo tempo que os dentes de Yosef, afiados como navalha, apareciam subitamente diante de seu rosto...

Seus olhos se abriram na sala de treinamento. Por um instante, Tom sentiu um alívio profundo, percebendo que sua morte havia sido indolor. Snowden se inclinou sobre ele, e Tom percebeu que tinha sido desplugado.

– Precisamos ter uma conversa.

Tom se sentou ereto no mesmo instante.

– Você me desplugou.

– Não gosto de ser morto por minhas tropas – Snowden informou. – As tropas de George Washington não o perfuraram até a morte. Por isso não falamos inglês... Quero dizer, falamos inglês – ele se corrigiu –, mas não com sotaque britânico.

Tom ainda o encarava. Snowden o havia desplugado no momento mais crítico da simulação. Não podia acreditar. Estivera a segundos de vencer!

– Talvez alguém precise conversar com você sobre a cadeia de comando – Snowden decidiu. – Quem era seu líder de grupo de simulação?

Foi assim que Tom acabou esperando em sua cama até Elliot Ramirez chegar. Ele se concentrou em seu cronômetro, o processador neural rapidamente calculando a proporção entre o tempo de simulação e o tempo real. Do momento da morte de Snowden até o confronto com Yosef, menos de trinta segundos haviam se passado em tempo real.

Sua cabeça latejava. De maneira alguma pareciam apenas trinta segundos. Esfregou as têmporas. Não conseguia acreditar que aqueles dias haviam acontecido em poucas horas.

– Você sente um efeito colateral de dilatação de tempo nas primeiras simulações estendidas – a voz de Walton soou de uma cama próxima. – Vai se acostumar.

– Não acredito que ele me tirou da simulação – Tom reclamou. O que aconteceria com Vik e Lyla agora? Ele estava com a lança e fora removido da simulação. Os dois não dispunham de mais nenhuma arma.

Walton andou de lado até ele, virando-se para olhar Tom enquanto falava, como se tentasse enganar um observador casual, levando-o a pensar que não estavam conversando.

– E aí, Raines? Ouvi dizer que você matou Snowden...

Tom o observou, perguntando-se se ele reagiria como Lyla.

– É, eu meio que matei, sim.

Walton balançou a cabeça positivamente em gestos vigorosos.

– Isso me agrada.

– Foi mal você ter sido devorado pelos tubarões, cara. Se isso o faz se sentir melhor, estava tão desidratado que realmente achei que você tinha ajudantes gnomos.

Walton o encarou com intensidade, até que o sorriso de Tom desapareceu. Em seguida, o garoto se inclinou para a frente, apoiando os cotovelos na cama.

– Tom, na verdade, não tenho ajudantes gnomos.

Falou isso com tanta seriedade, que Tom ficou confuso.

– Hum, sei. Já desconfiava.

Walton o olhou de soslaio, como se não tivesse certeza.

– Seria melhor que você se mantivesse quieto sobre o que eu disse na simulação enquanto meu juízo estava prejudicado. Odiaria que as pessoas tivessem a impressão errada e achassem que eu tenho ajudantes gnomos.

Tom ficou ainda mais estupefato.

– Tenho que lhe dizer, Walt: não acho que isso vá acontecer.

– Sim, mas rumores podem tomar vida própria, e mesmo um boato completamente falso sobre ajudantes gnomos que não tenho pode dar às pessoas a ideia de que existem ajudantes gnomos que tenho.

– Ninguém nunca, nunca vai acreditar que você tem ajudantes gnomos! – Tom exclamou.

Walton concordou com a cabeça, carrancudo.

– Vamos garantir isso. Discrição... – Ele levantou o indicador, deixando a palavra pairar no ar por um momento. Depois, finalizou: – ... é a parte mais importante do negócio. – E, com isso, deixou Tom sozinho em sua cama.

Tom teve cada vez mais certeza de que Walton tentava bagunçar a sua mente. E até que vinha fazendo um trabalho muito bom nesse sentido com aquela expressão séria e o comportamento indiferente que não revelava nada. Ficou sentado ali, perplexo, pensando em ajudantes gnomos, até Elliot Ramirez aparecer na porta da sala de treinamento e o chamar, encurvando o dedo.

Tom suspirou.

ELLIOT SUSPIROU TAMBÉM.

Tom sentou-se na cadeira do quarto de Elliot, pronto para uma bronca do líder não oficial da Companhia Camelot, a pessoa que Snowden havia arranjado para explicar a Tom a importância de respeitar os que possuíam maior patente.

– Snowden é um pouco inseguro – Elliot disse, surpreendendo Tom. Ele se virou para olhar através da janela. – Ele não é a escolha óbvia para uma posição de autoridade, e acho que ele sabe disso.

– Espere. Você está do meu lado? – Tom mostrou-se surpreso. E feliz.

– O que estou dizendo é que não o culpo e vou tentar lhe dar conselhos para evitar que essa disputa se repita no futuro. – Elliot cruzou os braços, recostando-se na parede. – Consegue reconhecer que o que fez foi insensato?

– Quase venci a simulação – Tom protestou, pensando na mensagem que Vik havia lhe mandado alguns minutos antes, quando Yosef enfim triunfara no exercício. – Yosef só conseguiu destroçar o bote salva-vidas e matar Vik e Lyla porque Snowden me arrancou da simulação.

– Você não ia vencer, Tom. Sabe como chamam quando soldados matam o próprio líder? Isso é chamado de motim.

– Mas Snowden era um peso para nós. Ele era o mais sacrificável.

Elliot deu de ombros.

– Agora você está numa organização em que as ordens vêm de cima. Acha mesmo que vão aprovar uma vitória que você obteve matando alguém uma patente superior à sua?

Tom se lembrou de algo que Lyla havia dito, sobre como ele devia ter se atirado na água em vez de Snowden.

– E se Snowden tivesse me matado para me usar como isca?

– Seria diferente. – Percebendo a irritação de Tom, Elliot prosseguiu: – É o jeito que as coisas funcionam aqui.

– Mas não estamos treinando para correr para a linha de fogo sob o comando de alguém – Tom argumentou. – Estamos treinando para o combate intrassolar. Não arriscamos nossa vida nem recebemos ordens enquanto lutamos; temos de planejar por nós mesmos. Achei que iniciativa fosse uma coisa boa.

– Um motim nunca é bem visto, Tom. É iniciativa demais. Você tem que respeitar a autoridade.

– Eu respeito a autoridade – Tom insistiu. E respeitava mesmo. O general Marsh, por exemplo. Sim, ele sabia que o general Marsh o deixaria para trás se decidisse que ele não era útil, mas

Tom lhe devia muito por lhe dar uma chance no programa e na reunião de cúpula do Capitólio, por isso, de certa forma, respeitava o sujeito... Além disso, havia seu pai. Neil não mostrava tanta autoridade, mas ele meio que cuidava dele. Tom respeitava isso, e, mesmo que não confiasse no pai para tomar decisões, ele ao menos o amava e queria o melhor para ele. Ah, e havia Olívia Ossare, com quem certamente ele podia contar, embora não se enganasse – ela apenas fazia seu trabalho. Ainda assim, fora ela quem o salvara do dispositivo de varredura, portanto ele tinha uma grande dívida com Olívia, e jamais se esqueceria disso.

Basicamente, essas eram as três figuras de autoridade que ele respeitava logo de cara. Mais ou menos.

Mesmo Elliot, ele chegara a respeitar algumas vezes. Sabia agora que Elliot era um sujeito legal, que pelo menos tinha boas intenções. Então, tentou ouvir enquanto ele insistia:

– Você precisa mudar sua abordagem e aprender a mostrar respeito. Cada aspecto da sua vida daqui em diante vai funcionar dessa maneira. Os que estão no comando querem ter a sensação de que as outras pessoas são subordinadas a eles. Vamos pegar o exemplo de seu encontro com a Coalizão na sexta. Você vai interagir com potenciais patrocinadores, homens e mulheres que estão acima de você na hierarquia. Vai ter que mostrar respeito. Se não conseguir fazer isso, vai enfrentar problemas. Se não consegue sequer demonstrar respeito por Snowden, como vai lidar com a Coalizão na sexta?

– Vou dar um jeito – Tom assegurou.

E ia. De alguma forma. Tinha certeza.

Afinal, precisava daquilo. Aqueles executivos eram sua única chance de se tornar um combatente, a única chance de um patrocínio para a ComCam. Ele não ia estragar tudo... não podia fazer isso.

5

NO CAFÉ DA MANHÃ DO DIA seguinte, Tom ficou superfeliz ao descobrir que Vik e seu novo colega de quarto, Giuseppe, não estavam se dando bem.

– Há algo muito errado com aquele garoto. Tudo o que ele fala é sobre os hotéis onde ficou – Vik sussurrou apressadamente para Tom enquanto permaneciam parados perto das cadeiras da mesa masculina intermediária de Alexandre, esperando a indicação para bater continência. – Além disso, ele coleciona fivelas de botas antigas. Mostrou um monte delas pra mim. Fez com que eu as olhasse e falou sobre cada uma detalhadamente. Você sabe o que tem de tão incrível em fivelas de botas antigas?

– O quê? – Tom perguntou, enquanto todos batiam continência.

– Nada, Tom – ele balançou a cabeça para lá e para cá em uma negativa vigorosa. – Não há nada de incrível sobre elas.

A risada de Tom rompeu o silêncio absoluto enquanto os recrutas marchavam com a bandeira, por isso ele a disfarçou rapidamente com uma tossidela falsa, tentando manter uma expressão neutra e indiferente, ao mesmo tempo que todo mundo olhava para ele, provavelmente se perguntando quem havia quebrado a solenidade da refeição matinal.

Era evidente que a antipatia de Vik pelo novo colega era mútua, porque, quando Tom colocava a bandeja na esteira rolante, ouviu Giuseppe Nichols reclamando para Jennifer Nguyen:

– ...e ele programou uma estátua gigante de si mesmo para ficar no nosso quarto. Quem faz esse tipo de coisa?

Além disso, Giuseppe não sentou com eles na aula de programação. Os recrutas de todos os níveis se reuniam duas vezes por semana na Sala Lafayette para que o tenente Blackburn pudesse ensiná-los a criar códigos para seus processadores; o motivo de a aula ser tão entediante era que eles tinham de usar o cérebro humano para isso; o processador neural não podia fazer o trabalho para eles. Aparentemente, havia uma lei contra computadores que se autoprogramavam.

Como a matéria requeria o cérebro humano, Tom sabia que não havia muita chance para ele com programação, e não se preocupava demais com a aula. Jamais tinha ido bem na escola. Sendo assim, em vez de se concentrar, Tom arrumava desculpas para não realizar as tarefas. Percebeu que sua atenção se concentrava em Yuri, esparramado no banco à frente deles, fingindo desligar a mente como se ainda estivesse com o chip bloqueado. Wyatt havia removido o programa que costumava esconder informações secretas de Yuri, entre elas o nome verdadeiro dos amigos, mas Yuri tinha de fingir se desligar quando certas coisas eram mencionadas ou sempre que ele estava na aula de programação.

Ao mesmo tempo que fingia estar desconectado, Yuri ouvia as aulas de Blackburn. Aparentemente, ele aprendia com elas também, já que assustou Tom, cutucando-o e enviando-lhe uma mensagem: *Você cometeu um erro no seu código.* Um de seus olhos azuis espreitava Tom.

– Como sabe? – Tom sussurrou, tendo o cuidado de virar a cabeça em direção a Vik, para que ninguém percebesse que falava com Yuri. – Você nem consegue ver o que estou escrevendo.

Yuri digitou de novo: *Eu consigo perceber o que está escrevendo pelo movimento dos seus dedos. Olhe para a linha dez.*

Tom voltou à tela.

Ah. Ah, certo. Sim. Ele havia digitado errado um segmento do código.

Vou lhe mostrar o código correto. Yuri o escreveu e depois o chamou com um movimento sutil do indicador. Tom lançou um olhar para Blackburn lá na frente e deixou o braço baixar casualmente na direção de Yuri, permitindo que este acessasse o teclado. Então, os dedos de Yuri dançaram pelo teclado sem que ninguém mais pudesse ver. Ele digitou de memória, modificando o código de Tom.

E, sem dúvida, quando Tom tentou compilá-lo, o código funcionou com perfeição.

Tom quase se sentiu frustrado por Yuri já ser melhor que ele com a linguagem de programação Zorten II, e isso podendo apenas ouvir, e não ver, as aulas de Blackburn por alguns poucos meses... Porém, estava intrigado demais com as possibilidades. Yuri podia ser um trunfo incrível para ele trapacear.

Tom mantinha o cuidado em não encará-lo.

– Obrigado, cara – falou baixinho para Yuri. – Pode me dizer o que escrever em seguida?

Yuri escreveu: *Thomas, não vou fazer a programação no seu lugar, ou você não vai aprender.*

– O que quer dizer com *ou você não vai aprender*? – Tom murmurou, a cabeça ainda voltada em outra direção, como se falasse com Vik. – De qualquer jeito, não vou aprender. Sou péssimo nesse negócio. E, ei, desse jeito, você pode conseguir que seu trabalho seja avaliado. Você e eu, Yuri, podemos fazer um arranjo de benefício mútuo.

Yuri pareceu satisfeito com o argumento e se pôs a fazer com alegria a programação de Tom. Este ficou extremamente satisfeito com isso por mais ou menos meia hora. Mas então algo alarmante aconteceu: Blackburn lhes deu outro algoritmo e andou pelo corredor, direto em direção a eles.

– Levante-se, Raines – Blackburn gesticulou para que ele se movesse. – Preciso de acesso ao processador de Sysevich.

Tom sentiu uma pontada de alarme. Yuri tinha os olhos completamente cerrados. Haviam sido muito óbvios?

– Por quê?

– Sobre o que falamos ontem, *recruta*? – Blackburn colocou ênfase na última palavra.

– Ah... por quê, *senhor*? – Tom repetiu em um tom respeitoso, embora não houvesse gostado nem um pouco daquilo. Mas, com o olhar letal que Blackburn tinha lhe enviado, Tom percebera que havia recebido uma ordem. Não se moveu, perplexo com a ideia de que Blackburn faria algo com o processador de Yuri e talvez descobrisse que ele não estava mais bloqueado. Olhou para Vik, e os lábios do amigo eram uma linha fina, abaixo dos olhos escuros e inexpressivos.

Tom então se colocou de pé num salto e quase tropeçou em Vik, tentando passar por ele em direção ao corredor. Ficou parado ali, o suor causando um formigamento na palma das mãos, enquanto Blackburn se colocava ao lado de Yuri e agarrava a nuca dele, e depois a pressionava para baixo a fim de poder ligar um fio neural à porta de acesso. Ele conectou a outra extremidade do fio numa pequena tela portátil.

Vik havia parado de digitar, os punhos cerrados.

Tom se lembrava como se fosse ontem do descontentamento de Vik ao descobrir que Tom e Wyatt haviam desbloqueado Yuri. Ele havia considerado aquilo uma traição, e desejou nunca ter tido conhecimento do fato.

Relaxe, Tom mandou uma mensagem para ele. *Wyatt deve ter pensado nisso, certo*?

Vik respirou fundo, os ombros se levantando ao inspirar, e pareceu se controlar.

Enquanto isso, Tom examinava o rosto de Blackburn em busca de alguma reação.

– O que está examinando... senhor?

– Não que seja da sua conta, senhor Raines – Blackburn respondeu, o olhar fixo na tela onde piscava um texto a uma velocidade rápida demais para que qualquer um sem um processador neural pudesse seguir –, mas o recruta Sysevich tem um programa de filtragem específico instalado em seu processador. Sempre que ele deixa a Agulha Pentagonal, seu processador entra num modo de alerta. Ele registra qualquer tentativa de alterar o software. Eu teria rodado essa varredura tão logo ele voltou – seus olhos prenderam por um instante os de Tom – se algum recruta tivesse deixado de ser um completo idiota durante as férias e criado um trabalho de limpeza para mim.

Tom sentiu uma onda de esperança. Eles haviam mexido com o software de Yuri bem *antes* das férias, enquanto ele estava *na* Agulha, portanto Blackburn não deveria encontrar nada ali.

E, realmente, não encontrou. Blackburn digitou no teclado do antebraço para encerrar a varredura, depois estendeu a mão para agarrar Yuri pelo ombro e deixá-lo mais ereto.

– Prossigam – ele ordenou a eles, voltando para a frente.

Tom afundou no assento, molhado de suor. Soltou uma risada de alívio quando teve certeza de que Blackburn estava longe o suficiente para ouvi-lo, dando uma cotovelada em Vik.

– Ei, cara, está tudo certo. Deu tudo certo pra gente.

– É, deu. – Vik relaxou o corpo. – *Desta* vez.

A CABEÇA DE TOM COMEÇOU a latejar durante o almoço, mas isso tinha menos a ver com a varredura de Yuri feita por Blackburn do que com a tentativa de Walton Covner de bagunçar sua mente. Tom estava na metade do cheesebúrguer quando Walton passou por ele seguido por um grupo de gnomos minúsculos. Tom o olhou boquiaberto. Walton notou sua reação e colocou o indicador diante dos lábios.

– Não pode ser – Tom falou, categórico, balançando negativamente a cabeça. – Não, não e não. Estava morrendo de desidratação, Walton, e esse é o único motivo pelo qual acreditei, e por um segundo apenas, que você tinha ajudantes gnomos. Nunca vou acreditar nisso enquanto estiver me sentindo bem!

Walton assentiu em concordância.

– Continue assim, Raines. Quanto mais pessoas ouvirem falar disso, mais vão acreditar – e seguiu adiante.

Tom se ajeitou no assento, ao lado de Wyatt, e pousou a cabeça na mesa. Ela o golpeou várias vezes, fazendo sua visão oscilar, e foi só quando voltou a se endireitar, esfregando a nuca, que Tom percebeu a tentativa dela de lhe dar tapinhas na cabeça para reconfortá-lo.

– Está tudo bem? – ela perguntou.

Ele explicou a situação dos ajudantes gnomos. Em seguida, Wyatt apertou alguns botões no teclado dele para obter acesso remoto ao processador de Tom e rodou uma varredura rápida. As palavras piscaram diante dos olhos dele durante todo o resto do almoço, e os resultados enfim chegaram quando estavam todos reunidos para a aula de táticas nível intermediário no Salão MacArthur, o planetário do décimo quinto andar. Tom observou a varredura se completar e se ajeitou no lugar de onde podia olhar para a tela gigantesca que se curvava acima de sua cabeça e para o teto que podia ser retraído a fim de revelar o céu.

– É, você tem um vírus – Wyatt digitou no teclado do antebraço dela enquanto examinava os resultados. – O programa se chama Gnomos. Parece que ele mexe com o seu centro de visão.

– Walton Covner – Tom resmungou.

– Ele deve ter enfiado isto no meio dos seus arquivos de lição de casa.

– Você pode bloquear? Não quero ver gnomos o dia inteiro. – Podia vê-los naquele momento, atravessando a sala e detendo-se ao redor de Walton.

– Vou consertar seu firewall hoje à noite. Até lá, vai ter que aguentar os gnomos.

Os gnomos minúsculos obviamente sabiam que Tom tentava se livrar deles, porque começaram a agitar os punhos cerrados para ele. Tom quase devolveu o gesto, mas se deu conta do ridículo da situação e optou por enfiar as mãos no bolso. Não. Ele se recusava a trocar provocações furiosas à base de sacudidelas de punhos cerrados com gnomos que não existiam.

Tom examinou a multidão enquanto Wyatt estudava mais uma vez o código do programa. A Companhia Intermediária tinha o maior número de recrutas. Constituía um gargalo, porque era improvável que alguém passasse dela em seis meses, da mesma forma que muitas pessoas avançavam do nível de plebeus, mas era também tarde demais para a maioria dos recrutas terem o processador removido por falharem completamente. Esse fato era um conforto para Tom. Depois dos primeiros seis meses mais ou menos, o cérebro ficava cada vez mais dependente do processador para realizar funções vitais. Tom imaginava que, acontecesse o que acontecesse, a dependência crescente de seu cérebro ao menos lhe garantia nunca mais ser ameaçado com uma nova remoção do processador... Bem, a não ser que planejassem matá-lo.

A conversa na sala morreu quando a major Cromwell entrou a passos largos. Ela chegou ao pódio e se recostou nele.

– Um dos pontos fracos desse programa de treinamento é a falta de veteranos experientes – ela disse com sua voz rouca. – Vocês são a primeira geração com processadores neurais implantados de maneira bem-sucedida. A primeira a formar os Combatentes Intrassolares. Portanto, contamos muito com os combatentes atuais ativos para ajudar no treinamento de vocês. Isso é algo que *temos* de fazer porque soldados como eu não dispõem da experiência necessária. Uma dessas experiências de treinamento para a qual vocês precisam dos combatentes é a de voo assistido.

Ela digitou algo no pódio e, de imediato, uma ilustração interativa do sistema solar apareceu. Tom viu que ela se dividia nas mesmas zonas a que os combatentes algumas vezes se referiam quando discutiam as batalhas. As zonas eram divididas de acordo com a distância do centro do sistema solar. O espaço entre Sol e Mercúrio era chamado Zona Infernal. De Mercúrio, até a fronteira externa do cinturão de asteroides era denominada Primordial. De Júpiter a Saturno, Terras Devolutas. De Netuno até o cinturão de Kuiper ficava Confins, e havia um texto extra que rotulava todo o resto do universo como Setor Além. As palavras reconheciam a improbabilidade de que seres humanos algum dia fossem além dos Confins do sistema solar e, dessa maneira, a irrelevância do resto do universo para a guerra.

Tom sentiu uma pontada de dor pensando na limitação que todos haviam simplesmente aceitado, mas a imagem sumiu, uma lista de nomes aparecendo sobre ela, alguns dos intermediários novos, outros dos intermediários veteranos.

– Para começar a experiência de voo assistido, vocês vão fazer alguns exercícios de disciplina mental – Cromwell informou. – Os nomes ali em cima vão compor a tropa a se apresentar hoje na Sala Butler. O segundo grupo vai permanecer aqui para a palestra e se apresentar no andar de baixo na quinta-feira.

Tom se sentou mais ereto ao ver seu nome ali. Wyatt também estava no grupo. Vik afundou um pouco no assento, percebendo que ficaria preso ali ouvindo a palestra.

– Os que estão na lista devem se apresentar à Sala de Conferências Smedley D. Butler no décimo segundo andar. Vocês vão voltar para a palestra na quinta-feira. Dispensados.

TOM E O RESTANTE de seu grupo encontraram os combatentes da ComCam na imensa sala de reunião. Havia uma grande pintura a óleo do general Butler, que frustrara o golpe fascista contra o presidente Franklin D. Roosevelt nos anos 1930, e uma longa mesa coberta de dispositivos decagonais. Os intermediários se sentaram, e Elliot Ramirez entrou. Ele tinha um sorriso largo, e logo depois dele vinha Heather Akron, que pigarreou. Os demais combatentes da ComCam entraram a passos largos e a olharam com frieza, mas Elliot abaixou a cabeça e gesticulou para que ela tomasse a palavra.

A bela morena se debruçou na cabeceira da mesa.

– Alguns de vocês são novos na Companhia Intermediária, então eu vou explicar rapidamente o que fazemos aqui. – Os olhos cor de âmbar de Heather brilharam. A satisfação em seu sorriso soava um pouco falsa. – Esses decágonos são pontos de bate-papo em grupo. Eles permitirão que vocês se conectem e se comuniquem uns com os outros usando uma interface de pensamento. É o que vamos praticar hoje.

Interface de pensamento?, Tom se alarmou.

– Por que Heather está no comando? – Wyatt murmurou. – Estou surpresa de permitirem isso depois que... – ela deixou as palavras morrerem.

Tom não a pressionou sobre o assunto. Heather havia captado seu olhar e lhe lançara uma piscadela, e Tom acenara com a cabeça em resposta, sabendo que ela provavelmente usaria a mesma expressão cintilante *estou tão feliz em te ver* enquanto o envenenava, caso tivesse de fazer isso. Ainda assim, havia algo nela que o deixava balançado às vezes. Ele seguiu o gingado de seu corpo enquanto ela contornava a mesa e pegava um decágono.

– Vocês podem ou não conhecer isto, mas há uma função nos processadores neurais chamada "mensagem", que lhes permite mandar mensagens uns para os outros, seja digitando, seja usando uma interface de pensamento. No entanto, a função de interface de pensamento não é adequada para combates, porque as mensagens captam diretamente pensamentos soltos na cabeça de vocês.

Tom se afundou um pouco no assento, lembrando de uma mensagem que mandara a Vik: *Como funcionam os músculos dos seios?* Ele não era muito bom com interfaces de pensamento. Desde então, havia usado apenas mensagens com o teclado.

– Além disso, a função de mensagem tem um atraso... microssegundos, mas durante um combate espacial isso representa horas. Estes decágonos, no entanto, facilitam a comunicação instantânea de grupo, e as mensagens enviadas serão a preocupação predominante na mente naquele momento. Não há atraso. Antes de poderem fazer o voo assistido, vocês vão precisar ganhar disciplina mental básica para poder se comunicar da maneira como fazemos durante os combates, e terão de executar isso com eficiência. Hoje, vamos ter dois ou três combatentes da ComCam em cada decágono. Formem duplas e vamos experimentar isso juntos.

Tom e Wyatt formaram uma dupla. O primeiro decágono que alcançaram era o que vinha depois do de Heather e Elliot. O estômago de Tom se contraiu ao observar Karl se aproximar para se juntar a eles.

– Pronto? – Elliot perguntou, pegando um fio neural. Mas Heather arqueou as sobrancelhas, e ele continuou: – Ah, claro. Desculpe, H. Sei que precisa tomar a dianteira.

– Ora, muito obrigada, Elliot – Heather disse para Tom e Wyatt. – Prendam os fios neurais nas portas do decágono, sentem-se e se conectem como fariam com qualquer outra máquina.

Tom se jogou numa das cadeiras acolchoadas, ciente de que Karl ainda estava em pé, fitando-o com raiva. Ligou seu fio neural à porta do decágono, e o mundo ficou inteiramente escuro a seu redor.

Estou cego! Tentou falar em voz alta, mas a voz não saiu. Agitou os braços para alertar alguém, suspeitas terríveis de que aquilo fosse alguma trapaça de Karl passando por seu cérebro.

Passos vieram em sua direção, e Tom pulou quando mãos lhe agarraram os ombros.

– Relaxe, Tom – A respiração de Heather fez cócegas em sua orelha. Ele sentiu as mãos dela escorregarem pela nuca, causando-lhe arrepios. Ficou desapontado quando deslizaram para longe. – Nós o programamos para desativar sua visão e cordas vocais enquanto estiver ligado. Isso vai ajudá-lo a manter a concentração nas primeiras vezes... Enslow, você parece perturbada. – Sua voz se tornou vagamente ameaçadora. – Quer se juntar a Tom ou ficar de fora desta vez?

– Vou fazer isso – Wyatt retrucou, e Tom viu o nome dela listado contra a escuridão do seu campo de visão.

Depois de um momento, o nome de Heather apareceu.

Isso está ligado?, Tom e Wyatt pensaram, e as palavras apareceram diante dos olhos dele.

Então Heather pensou: *Eu me pergunto qual de nós vai pensar em algo embaraçoso primeiro.* As palavras rolaram pela visão de Tom.

Não pense nos seios de Heather, Tom disse a si mesmo, e, para sua completa mortificação, as palavras apareceram ali.

Oba, não fui eu!, Wyatt pensou. Depois de as palavras aparecerem, ela pensou: *Desculpe, Tom.*

Tom, Wyatt, tentem se concentrar, Heather disse em pensamento. *Vocês podem controlar seus pensamentos.*

Seios, Wyatt pensou. *Ai, de onde isso veio?*

É chamado de contágio, e é normal, Heather informou em pensamento. *Você pode romper isso ocupando os pensamentos com alguma outra coisa. Experimente tabelas de tabuada.*

2 x 2 = 4, 4 x 4 = 16, 11 x 11 = 121..., Wyatt pensou. *Funciona. Enviar. Estou surpresa por ela ter dado um bom conselho.*

Como é que é?, Heather pensou. O nome de Elliot apareceu no bate-papo. *Olá para todos. Não se preocupem, estou aqui agora! Tive algumas dificuldades técnicas. O que eu perdi?*

A cavalaria chegou para nos salvar, Heather pensou.

Tom pensou: *Oi, Elliot. Enviar. Elliot é um cara legal.*

Ao menos, Elliot não vai pensar sobre... espere, estou pensando nisso, Heather refletiu.

Alguém pode nos dizer o que deveríamos pensar? Enviar, Wyatt pensou.

Parece que há uma falha de liderança, Elliot falou em pensamento. *Cheguei bem na hora.*

Credo, Heather pensou.

E agora? Enviar, Tom pensou.

Por que ninguém me diz sobre o que pensar? Enviar, Wyatt pensou.

Vocês não precisam pensar em enviar, Heather falou em pensamento. *Quero que todos parem de pensar em enviar.*

Enviar, Tom pensou. Não podia evitar.

Bem nesse momento, o nome de Karl apareceu no bate-papo. *Fido estúpido.*

Eu odeio Karl. Desejo a você uma morte horrível, Karl, Tom pensou. E depois, sentindo uma alegria maligna: *Enviar.*

Quero enfiar o cano de um revólver na goela do Raines e vê-lo engasgar com ele, Karl pensou.

Meu Deus, Karl, Heather respondeu em pensamento. *Você tem algum problema?*

Rá, rá, rá, rá, apareceu como o texto de Tom, já que a risada não estava saindo de seus lábios de verdade.

Odeio ele, odeio ele, vou matá-lo..., Karl pensou.

Você me odeia tanto e mesmo assim não consegue cumprir uma única ameaça, Tom pensou, achando graça. *Rá, rá, rá, rá*.

Uma sequência de palavrões foi a resposta de Karl, e por um momento eles comandaram todo o texto no bate-papo. Tom riu mais e mais conforme aquilo prosseguia, e logo a fúria de Karl estava sendo pontuada por "rás" aleatórios.

Isso está se tornando um caos, Heather pensou.

Elliot respondeu em pensamento: *Preciso conversar com Karl mais tarde. Acho tudo isso um tanto perturbador.*

Não sou criança, Karl retrucou. *Elliot age como se nós todos tivéssemos cinco aninhos.*

Peidos frequentes e barulhentos de Karl, Tom pensou.

Isso fez com que Karl desse início a outra onda de palavrões, interrompida apenas pelo pensamento aleatório de Wyatt – *fiz aquele programa funcionar* – e pelos *rá, rá, rá* de Tom.

O tenente Blackburn me deu um tapinha nas costas quando viu isso, Wyatt pensou. *Ele disse que sou inteligente. Meus pais nunca dizem coisas boas sobre mim.*

Que triste e patético, Heather pensou.

Esmagar aquela cara de garoto convencido, quebrar seus dentes. Sangue pingando em vez daquele enorme sorriso de satisfação consigo mesmo, Karl pensou.

Mas eu disse que você ficou bonito naquela vez que usou maquiagem, Karl, Tom respondeu em pensamento.

Mais palavrões de Karl.

E então Elliot: *Tom precisa saber onde está se metendo. É um garoto esperto, mas, juro, ele cutucaria até um urso dormindo com um graveto.*

Elliot acha que sou esperto, Tom considerou em pensamento, surpreso. *Ou talvez estúpido.*

Dinâmico, mas precisa de orientação e um pouco mais de modos à mesa, Elliot pensou. *Desculpe, Tom, estou apenas deixando o pensamento correr. Ignore-me.*

Modos à mesa?, Tom se perguntou.

Karl realmente odeia Tom. Ele não o entende. Os sentimentos de Tom são bem mais profundos do que parecem, Wyatt pensou. *Espere. Não pense em Tom. Tom. Tom. Por que não há um botão de enviar para eu poder escolher não pressionar enviar?*

Enviar, Tom pensou de novo. Ele ainda não conseguia evitar. *O que você estava pensando sobre mim?*

Pare. Pare. Não pode fazer isso, Wyatt respondeu em pensamento. *Não envie. Não envie. Não envie.*

Envie, Elliot pensou.

1... 1... 2... 3... 5..., Wyatt pensou.

Muito inteligente concentrar seus pensamentos na sequência de Fibonacci, Elliot pensou.

Eu a odeio, Heather considerou em pensamento.

Quero que Raines morra e desapareça daqui, Karl pensou.

Ele só precisa de orientação para canalizar parte dessa energia inquieta para algo produtivo, Elliot respondeu em pensamento. *Tanto potencial, mas ele sabota a si mesmo.*

Nigel estava certo. Sempre disse que Elliot age como um orientador de acampamento, Heather pensou.

34... 55..., Wyatt continuou pensando. *Seios. Não!*

Seios, Tom pensou.

Raines sufocando, Karl pensou.

Caramba, Karl, Elliot protestou em pensamento.

Estas pessoas me fazem perder tempo, Heather pensou.

Ela interrompeu a conexão de maneira abrupta. Tom sentiu um instante de choque quando sua visão se encheu de luz de novo, e ele pôde ver os outros piscando ao redor, removendo os fios neurais que os conectavam ao decágono. Wyatt baixou a cabeça e parecia tentar se tornar o mais diminuta possível. O rosto de Karl estava tingido de um vermelho vivo. Só Elliot sorria com entusiasmo. Heather lançou a todos um olhar de completo desprezo, mas conseguiu assentir com a cabeça em um gesto ríspido.

– Certo, parece que entenderam o básico disso.

Pelo resto da hora, rodaram pela sala revezando-se pelos três decágonos com combatentes da ComCam responsáveis por eles. As sequências numéricas de Wyatt ficaram mais intricadas, e Tom, por sua vez, aprendeu bastante sobre os combatentes da ComCam que não havia conhecido antes.

No decágono seguinte, Yosef Said pensava se Tom teria sido bem-sucedido em matá-lo caso não tivesse sido arrancado da simulação com os tubarões, e sentia-se ansioso em encará-lo numa simulação com samurais na próxima vez. Cadence Grey possuía uma mente sinistramente silenciosa, e apenas um "ôm" de vez em quando denunciava o fato de que ela meditava com dedicação. Emefa Austerley mostrava-se impaciente com o exercício, pois se imaginava como uma espécie de guerreira espartana, não como uma professora de um bando de recrutas jovens e irritantes... Quando os combatentes seriam tratados como os sérios patrimônios nacionais que eram?

No terceiro decágono, Snowden Gainey se perguntava o que as pessoas achavam dele, e Tom o informou a respeito ao refletir extensivamente sobre a estupidez da simulação de exercícios aplicados. Mason Meekins precisava desesperadamente ir ao banheiro. Britt Schmeiser não parava de pensar numa garota que conhecera na turnê de propaganda, o que levou Wyatt a ficar com a palavra "seios" na cabeça de novo.

No quarto decágono, o combatente da ComCam solene e de cabelos escuros Alec Tarsus começou a pensar, tão logo a atividade se iniciou, que Tom era um ignorante sem educação. Também pensou que Wyatt era inteligente demais para operar em nível humano normal, e que era por isso que ninguém gostava dela. Isso magoou os sentimentos de Wyatt, que descontou em Ralph Bates, admirador das longas e belas pernas dela. Wyatt se lembrou de que Ralph havia feito com ela o tour inicial quando chegara à Agulha e pensou em como, mesmo na ocasião, ele cheirava a cebola, apesar de não ter comido nenhuma.

Ela magoou os sentimentos de Ralph, e ele se consolou pensando que ela tinha cara de cavalo, o que feriu os sentimentos de Wyatt e fez Tom ficar bravo o suficiente para pensar em socar a cara de Ralph. Ralph respondeu em pensamento que Tom era tão perturbado quanto ele sempre ouvira dizer que era, mas Wyatt pensou que era fantástico o fato de Tom ameaçar pessoas por causa dela. Lea Styron se irritou com isso porque achava que Wyatt não devia encorajar esse comportamento de Tom; ela achava que cavalheirismo não era algo encantador, e sim uma arma do patriarcado, além do que, de modo geral, aquilo tudo era um desperdício de tempo, uma vez que ela já havia decidido que queria trabalhar com Walton Covner. Tom passou o resto do tempo pensando em ajudantes gnomos, o que, infelizmente, confirmou a teoria Alec Tarsus de que ele era um ignorante.

Logo, o grupo todo se separou, e os veteranos da ComCam se reuniram para rir das coisas que haviam vislumbrado nos pensamentos dos recrutas mais jovens.

Todos, exceto Heather. Ela ficou parada longe do grupo, olhando feio para eles por um momento, depois deixou a sala indignada. Tom se lembrou da troca de alfinetadas entre Heather e Wyatt, e cutucou esta última.

– O que aconteceu com ela?

Wyatt o chamou para andar em direção às escadas com ela e, quando percebeu que não havia ninguém por perto, ela sussurrou:

– Durante a turnê de propaganda da ComCam, alguém começou a vazar rumores sobre os combatentes para os tabloides. Coisas reais que o público não podia saber.

Tom se lembrou dos boatos na internet que havia visto a respeito.

– O fim de semana de devassidão de Britt Schmeiser?

Ela assentiu com um gesto de cabeça.

– Esse tipo de coisa. Alec Tarsus me mandou uma mensagem nas férias e perguntou se eu podia descobrir quem estava fazendo isso. Eu rastreei e cheguei a Heather. Acho que ela queria dar um impulso na própria imagem prejudicando a dos demais combatentes. Contei ao general Marsh, e ele acabou afastando Heather de todos os compromissos de relações públicas.

– Bom trabalho.

– Obrigado. – Wyatt baixou a cabeça, o cabelo escuro escorregando para a frente do rosto. – Tom, tenho de lhe perguntar uma coisa. É muito importante. Acima de tudo, preciso que seja completamente honesto, não importa quais sejam as consequências. Pode fazer isso por mim?

Perplexo, ele respondeu:

– Sim, manda ver.

Ela entrelaçou os dedos, parecendo um esquilo nervoso.

– Eu realmente tenho cara de cavalo?

– Não, você não tem.

Esperava que isso a fizesse se sentir melhor. No entanto, a carranca de Wyatt se fechou ainda mais.

– Você não precisa mentir para mim, Tom!

E, para seu espanto, ela saiu indignada escada abaixo.

Depois do jantar, Tom foi para seu quarto e, ao chegar lá, descobriu que Vik estivera bem ocupado. Em algum momento da noite, Vik havia duplicado a maior parte do modelo de quarto que Wyatt havia lhe dado, entrado de mansinho no quarto de Tom e o transformado.

Tom girou várias vezes ao redor do aposento para captar todo o panorama. Na parede, havia pôsteres de uma Wyatt com semblante fechado, fazendo cara feia para Tom e o seguindo com os olhos. Outras imagens destacavam flagrantes dos momentos mais embaraçosos de Tom: Tom como uma ovelha, Tom arrumando o cabelo com gel na frente do espelho e uma expressão bem afetada no rosto depois que Dalton Prestwick, da Dominion Agra, o havia reprogramado, Tom comendo bife com faca. E havia uma estátua maciça dele que se parecia com a de Vik. Ela abriu a boca e proclamou:

– SÃO 1915 E O CRETINO LIMITADO DIZ: DÃÃÃ!

Tom se vingou de Vik mais tarde naquela noite, quando jogaram Para Sempre Samurai e Tom arrancou a cabeça de Vik com as próprias mãos.

– Ai – Vik gritou, arrancando as luvas conectadas, enquanto a estátua ribombou: – SÃO 2115 E O CRETINO LIMITADO DIZ: DÃÃÃ!

– Ah, olhe para sua cabeça pingando sangue com tecido subcutâneo à mostra – Tom disse, segurando-a entre as luvas conectadas. – O que ela está dizendo? O quê? – Ele se inclinou para chegar mais perto. – Ela disse: Tom vai bater em você com sua própria cabeça até a morte se a estátua não parar de falar.

Vik coçou a cabeça.

– É isso que ela está dizendo? Tenho a sensação de que minha cabeça é bastante articulada, mas, sempre que você traduz algo, tudo que ouço é "Dããã, dããã, dããã". Isso é algo que você diria, Tom.

– Você pediu por isso – Tom respondeu com seriedade, agarrando a cabeça simulada de Vik pelo cabelo e usando-a como arma, enquanto atingia os ombros virtuais de Vik com ela, até que este caísse na gargalhada, levantasse as mãos para cima e se rendesse. Mais tarde, ele deletou a característica de áudio do modelo. A estátua Cretino Limitado felizmente silenciou.

No entanto, houve uma coisa que Tom nunca admitiu, nem para si próprio: estava extremamente feliz com o ambiente. Todo o vazio que sentira pela ausência de Vik fora afastado pela decoração – uma lembrança visível de que o melhor amigo iria atormentá-lo pelos anos seguintes, fossem ou não colegas de quarto.

6

NA SEXTA DE MANHÃ, Tom acordou com um aviso: *Consciência iniciada. Agora são 0520.* Nem havia sentado ainda quando outro aviso exigiu que selecionasse as roupas para a visita das companhias da Coalizão, e um terceiro aviso solicitou que determinasse o tempo de partida entre 0600 e 0700. Tom encontrou o nome de Vik já agendado e escolheu o mesmo horário.

Voltou a atenção para o aviso sobre a roupa e rolou a tela pergunta após pergunta. Escolheu a primeira opção de cor de gravata, a primeira opção de estilo de terno, a primeira opção de estilo de mocassim, e foi passando pelo texto dessa maneira até que aquilo acabou e parou de irritá-lo. Depois do banho, seguiu o percurso indicado no processador neural para o Depósito do décimo segundo andar. Ali, viu-se numa grande sala repleta de gavetas de plástico. Uma das gavetas na parede deslizou, abrindo-se sozinha e revelando um terno e uma camiseta pendurados num cabide. Tom os pegou, tirou o uniforme e vestiu a roupa.

Em seguida, uma gaveta menor se abriu, cuspindo sapatos, meias e uma gravata. Tom os colocou também, hesitando apenas quando a gravata estava na mão; não havia como não se lembrar de Dalton Prestwick lhe ensinando a dar o nó. Cerrou os dentes e a colocou mesmo assim. Em seguida, jogou o uniforme por um duto que dava na lavanderia e desceu.

Vik encontrou-se com ele em minutos, o refeitório ainda escuro com o início da manhã. Ambos se assustaram quando Yuri também apareceu de terno.

– O que está fazendo aqui, cara? – Vik exclamou. – Vá curtir seu sono, Yuri. Somos nós que não podemos escapar dessas reuniões chatas.

– Fui convidado para acompanhar vocês.

– Verdade? Que incrível! – Tom exclamou. Talvez fosse um bom sinal Yuri poder participar de evento reservado só para intermediários.

Mas havia algo ligeiramente triste nos olhos azuis dele, apesar do sorriso.

– Sim, é incrível.

QUANDO WYATT SE JUNTOU a eles, foram para o Mezanino. Ele não estava listado como um andar oficial da Agulha, mas as instruções nos processadores neurais lhes disseram para pressionar e segurar os andares 1, 4 e 9 para chegar lá. Yuri havia recebido uma licença especial para destravar o Mezanino no seu processador e passou o percurso todo do elevador pressionando-os por informações sobre o que mais ele não podia ver. Tom e Vik se divertiram inventando coisas.

– Vocês não estão sendo honestos comigo – Yuri falou.

– Estamos sim – Tom respondeu.

– Não acredito que exista uma Quadra Mista de Folia Nudista. Vocês estão inventando isso.

– Francamente, estou ofendido com essa acusação – Vik retrucou em tom indignado. – Por causa disso, não vamos levá-lo à QMFN da próxima vez em que formos lá, não é, Tom?

– De jeito nenhum – Tom assentiu. – Se não acredita em nós, não vai fazer folia nenhuma na nossa quadra.

Yuri olhou feio para eles.

– Não se preocupe; eles estão inventando tudo isso – Wyatt garantiu a Yuri, como se alguém tivesse dúvidas a respeito.

Emergiram num corredor com piso de mármore e uma fonte borbulhante no centro, além de sinais iluminados que indicavam vários setores do Mezanino. Um era a ala administrativa, outro levava direto ao reator nuclear híbrido de fissão-fusão, e outro conduzia a algo chamado Cofre-Forte, uma área tão restrita que olhar em sua direção fazia chover o centro de visão com alertas do tipo: *Intrusos serão recebidos com tiros,* o que fez todos andarem um pouco mais rápido para se afastar dali. O quarto setor levava ao Pentágono, e o quinto, a uma sala vazia com exceção de duas colunas de árvores falsas e, na parede mais distante, um conjunto maciço de portas duplas de vidro que davam vista para a escuridão total. O processador neural de Tom informou que aquela era a entrada para o Interstício, e que eles deviam seguir por ali.

– O que é um Interstício? – Vik perguntou.

– Obviamente algum tipo de transporte rápido – Wyatt disse.

– Muito útil, Bruxa Maligna.

Passaram pelas fileiras de árvores falsas e algo se acionou. Fachos de luz verde surgiram das árvores falsas, mirando os olhos deles. Um por um, tiveram as retinas examinadas, e, depois de as luzes verdes agredirem os olhos de Tom, ele viu as seguintes palavras em seu centro de visão: *Identidade confirmada. Recruta Raines, Thomas. Siga para as portas.*

Todos haviam recebido o mesmo aviso, então se descobriram parados ali, um do lado do outro, diante das portas de vidro que levavam à completa escuridão.

Uma voz mecanizada soou alta no ambiente:

– *Sequência de descompressão iniciada.*

Vik se virou para os outros, genuinamente alarmado.

– Descompressão aqui?

– Lá fora – Wyatt respondeu, apertando o dedo contra o vidro para indicar a sala escura diante deles. – Não poderia ser aqui, porque nossos pulmões já teriam sido destruídos.

– Eu teria notado se isso acontecesse – Tom comentou.

Yuri concordou com um gesto de cabeça.

– Nosso sangue iria ferver.

– Eu teria notado isso também – Tom falou.

Ele viu algo grande e metálico aparecer no campo de visão em meio à câmara além das portas. O que quer que fosse, ao bater na superfície, emitiu um estalido alto o suficiente para fazer com que todos pulassem. Parecia um vagão de trem em miniatura, imóvel na escuridão, sendo a cabine do passageiro a única fonte de luz na sala descomprimida.

Não era de estranhar que os horários dos recrutas houvessem sido agendados. O vagão de metal tinha um punhado de assentos, mas obviamente não fora feito para uma carga pesada de passageiros. Uma informação pairou pelo cérebro de Tom, e ele a examinou: *O Interstício é uma série de tubos a vácuo magnetizados e projetados para a travessia de trens a vácuo magnetizados, impulsionados por campos magnéticos. Dada a ausência de fricção e às curvaturas mínimas nos tubos, a velocidade máxima pode chegar a oito mil quilômetros por hora. O trem a vácuo é blindado para proteger o equipamento interno das forças magnéticas.*

Todos saltaram quando a voz mecanizada ressoou de algum lugar acima deles:

– *Sequência de recompressão iniciada.*

O som do motor encheu o ar, o interruptor de parede de emergência movendo-se de volta para cima. As portas de vidro se abriram, deslizantes, para deixá-los entrar na sala onde estava o vagão.

Acomodaram-se no minúsculo vagão metálico. As portas se fecharam atrás deles.

– Temos de... pressionar algo? – Wyatt perguntou de maneira hesitante.

Então, a voz mecanizada ressoou de algum lugar acima:

– *Sequência de descompressão iniciada. Preparar para a partida rumo à sede da Wyndham Harks, Nova York.*

A sala escura se despressurizou ao redor deles e o chão se abriu. Tom captou um último vislumbre da sala no outro lado das portas de vidro com suas árvores falsas, e foram impelidos com uma brusquidão de afundar o estômago no túnel a vácuo.

Todos piscaram de medo, mas não atingiram os trilhos. O veículo permaneceu suspenso magneticamente dentro do tubo, no meio do ar. A escuridão total se espalhava por todos os lados, além dos confins solitários do vagão de metal. Em certo momento, a velocidade aumentou mais e mais, até que estivessem se movendo a milhares de quilômetros por hora. O estômago de Tom embrulhou com o aumento contínuo da velocidade.

– Conte-nos uma coisa – Vik disse, cruzando os braços e se reclinando no assento, os olhos cravados em Yuri. – Por que está indo conosco?

Yuri suspirou e colocou o braço em volta de Wyatt, sentada em uma postura rígida no assento ao lado do dele.

– Fui enviado porque Olívia Ossare acredita que seria benéfico para mim ver profissionais cuja função não esteja ligada às Forças Intrassolares.

Olívia era a assistente social residente da Agulha. Tom sabia que ela havia encorajado Yuri a desistir das Forças Intrassolares, a se render ao fato de que não seria promovido nunca.

– Talvez seja uma boa ideia – Vik comentou.

Wyatt olhou feio para ele.

– Não, não é – a carranca dela os alertou para mudar de assunto.

Vik abriu a boca, mas fechou-a em seguida. Tom não disse nada também. Jamais falavam com Yuri sobre isso, não era algo corriqueiro, então passaram para outro tema.

Chegaram a Nova York num piscar de olhos. O trem a vácuo entrou em outra sala escura, que rapidamente se pressurizou de novo, e eles desceram do veículo, seguindo para um elevador. Este subiu até o 83º andar do prédio da Wyndham Harks. Era de vidro transparente e, tão logo saíram do subsolo, Tom observou as ruas de Manhattan.

– Curioso. Não vejo *outdoors* florescentes – Yuri notou, inclinando-se para observar o céu enquanto eles subiam. – Isso me surpreende numa metrópole tão grande.

– Eles estão lá em cima – Wyatt notou, pressionando o nariz de encontro ao vidro enquanto se inclinava mais para poder ver melhor. – As pessoas que vivem em Manhattan pagam por *outdoors* de camuflagem óptica numa órbita ligeiramente mais baixa do que os *outdoors* florescentes. Dessa maneira, mudam o ângulo da imagem para longe dessa área da cidade. Pessoas do lugar de onde vim, Connecticut, pagam por isso também.

– Fazem isso também em Washington, D.C.? – Yuri perguntou. – Nunca vi nenhum lá.

– Eles não colocam *outdoors* florescentes sobre Washington, D.C. Todos os líderes vivem nos subúrbios – Wyatt esclareceu. – Eles não os querem.

Tom não prestava atenção neles. Seu olhar estava nos prédios menores de Manhattan, bem abaixo deles. Descobriu-se em meio a recordações, tomado pela lembrança de ter ido ali quando era mais novo. Havia pego caronas e saltado em trens de carga por todo o caminho até Nova York, tão animado em ver a mãe que havia dormido apenas algumas horas ao longo de todo o percurso.

Antes dessa visita, ele realmente acreditava que ela não queria tê-lo deixado. Havia imaginado tanta coisa! Depois, tinha se encontrado com ela e todas essas coisas haviam desaparecido. Um buraco parecera se abrir em seu estômago ao lembrar da expressão dela ao abrir a porta. Nunca poderia imaginar que a mãe o olharia daquele jeito, como se ele fosse um nada.

A mão de Vik sacudiu seu ombro.

– Terra chamando Raines.

Tom piscou, percebendo que a porta estava aberta e que se encontravam no 83º andar.

O local em que estavam era um sinistro corredor polonês de pretores de nível militar – guardas mecanizados fabricados pela Obsidian Corp., vendidos para aqueles que tinham dinheiro suficiente para precisar deles. O processador neural de Tom mostrou um mapa que os guiava para um lugar logo à frente. Descobriu-se lançando olhares desconfiados para ambos os lados conforme passavam pelas máquinas.

Pretores em descanso pareciam cabideiros metálicos, mas Tom havia visto filmes e participado de jogos de realidade virtual. Sabia do que aquelas máquinas cram capazes: os modelos mais leves podiam se encolher até o tamanho de uma xícara de café para reduzir a capacidade de os inimigos mirarem neles, e conduziam carga elétrica suficiente para agir como tasers de longo alcance. Podiam disparar feixes eletromagnéticos capazes de dispersar uma multidão, dando às pessoas a sensação de estarem queimando vivas, e disparar lasers entre centenas de soldados com um toque de botão acionado por um operador remoto. Acrescente-se a eles uma base centrífuga resistente, e poderiam subir verticalmente uma parede e atirar ogivas de explosivos ou gás venenoso.

A Obsidian Corp. os havia projetado para serem soltos como baratas sobre uma fortaleza inimiga, matando tudo que atravessasse seu caminho. A Wyndham Harks os usava como vigias.

E também como cabideiros, aparentemente.

Os pretores não cobertos por casacos monitoravam o andar com um olho solitário de câmera de precisão.

Esperaram com os outros intermediários numa grande sala de reunião. Pelo jeito, os CEOs costumavam conversar pessoalmente com os recrutas, preferindo inspecionar com os próprios olhos os recursos nos quais investiriam.

Tom observou recrutas alisando ternos e ajustando gravatas. Walton Covner acabou lado a lado com ele, e Tom percebeu que ambos haviam selecionado a primeira opção para cada peça de roupa e, em consequência, estavam vestidos exatamente da mesma maneira.

– Podemos dizer que somos irmãos gêmeos – Walton sugeriu, virando a bainha da calça de modo que pudessem verificar se as meias eram semelhantes. – Gêmeos que se vestem iguais.

Tom voltou a barra da calça para o lugar. As meias eram iguais.

– Mas há mais de um ano de diferença entre nós: você é quinze centímetros mais alto que eu, somos de etnias diferentes e temos sobrenomes diferenciados. Não acho que alguém vá acreditar que somos gêmeos, cara.

– Meu plano tem suas falhas – Walton reconheceu. – Mas devemos tentar colocá-lo em prática.

Tom balançou negativamente a cabeça.

– Não, Walton. Não.

– Não?

– Não!

Walton lhe lançou um olhar de leve reprovação, como se estivesse certo de que Tom cometera um erro terrível, mas era educado demais para lhe dizer isso, optando então por sair andando, o que deixou Tom confuso, como de costume.

Então, Reuben Lloyd surgiu em pessoa. O CEO da Wyndham Harks era um homem pequeno e frágil, com um sorriso que mostrava dentes grandes, acompanhados por olhos diminutos e orelhas gigantescas na cabeça careca. Tom ficou espantado com a semelhança do sujeito com um roedor.

– Que bom vê-los aqui. – Sua voz nasal de doninha não ajudava em nada a diminuir a infeliz semelhança com roedores. – Não tenho tempo para sair por aí apertando todas as mãozinhas. Patrocinamos Heather, Snowden e Yosef, portanto, se quiserem puxar o saco, façam isso com eles. Farei uma apresentação da nossa empresa a vocês e depois tenho de seguir meu caminho.

Ele os guiou pelos corredores da Wyndham Harks falando rápido, obviamente tentando impressioná-los. Disse-lhes o valor em dólares de cada cadeira elegante, de cada peça de arte, e mencionou números como se dissessem tudo por si sós. Não deu mais que um olhar de esguelha para as obras de arte.

Em nenhum momento mencionou o que a Wyndham Harks realmente *fazia* como empresa. Tom não tinha muita certeza dessa informação. As outras empresas da Coalizão haviam sobrevivido ao fim da classe média e ao Grande Colapso Econômico Global que se seguiu porque controlavam recursos essenciais. Ou era isso, ou era como o caso da Obsidian Corp. e da LM Lymer Fleet – empresas que protegiam empresas que controlavam recursos essenciais.

A Wyndham Harks não era como as outras. Até onde Tom sabia, ela não tinha domínio sobre algo de valor real. No entanto, sempre havia sido poderosa, e possuía muitas outras empresas, além de vários outros bens nos Estados Unidos. Mesmo antes da ascensão da Coalizão de Multinacionais, as pessoas diziam que não eram os governos que governavam o mundo, e sim a Wyndham Harks. Embora sabendo disso, poucos podiam afirmar exatamente por que a Wyndhams Harks – empresa que servia como intermediária de transações – era *tão essencial* para a economia mundial, a ponto de os contribuintes terem de salvá-la de tempos em tempos, sempre que fazia investimentos ruins. Ela nunca havia criado um produto, nunca inventara nada, nunca fizera nada de substancial, mas a classe política a apregoava como a base de uma sociedade funcional.

– Por que eles não param de falir? – Tom perguntou a Wyatt, torcendo para que ela soubesse a resposta.

Wyatt emitiu um ruído estranho. A expressão dela estava esquisita, os lábios comprimidos num bico apertado, os olhos arregalados. Parecia uma espécie de peixe.

Yuri respondeu no lugar dela.

– Eles compraram tapetes demais – apontou para o chão, como se Tom não os tivesse visto.

– É, entendi esse detalhe – Tom revirou os olhos. – Não entendo como eles não são forçados a vendê-los. Você sabe, se meu pai comprasse um carro pelo qual não pudesse pagar, teria de devolver. Não ia poder ficar com o carro *e* fazer outra pessoa pagar a dívida dele.

– Seu pai não é Reuben Lloyd – Yuri respondeu.

O próximo corredor resolveu o enigma. Reuben Lloyd os guiou por uma vasta coleção de retratos espalhados pela parede.

– Aqui estão os ativos mais valiosos da Wyndham Harks.

Tom leu as tabuletas embaixo das fotos dos executivos e tomou um susto quando seu processador neural começou a identificá-los como poderosos oficiais do governo. Ali estavam Sheldon Laffner, o chefe do Departamento de Segurança Nacional; Kristyl Chertowitz, o chefe de gabinete do presidente; e Aubrey Bremmer, o juiz principal da Suprema Corte. Ali estavam Barclay J. P. Goldman, o presidente do Banco Central, o vice-presidente Julian Richter e o próprio presidente Donald Milgram. Todos eram ex-executivos da Wyndham Harks ou atuais acionistas.

Tom encarou as fotos e então todas as peças se encaixaram.

Aquele era o recurso fundamental que a Wyndham Harks controlava: *o governo*. É claro que os políticos sempre diziam que a Wyndham Harks era essencial para a economia mundial. Eles eram executivos da Wyndham Harks e ao mesmo tempo os homens que diziam isso. Era como um enorme golpe global, e Tom balançou a cabeça em negativa, impressionado em ver como aqueles sujeitos tinham feito de idiotas, por tanto tempo, todas as outras pessoas no mundo.

Reuben Lloyd não entendia o descabimento daquilo, entretanto, porque terminou o passeio virando-se para eles, o peito estufado de orgulho e anunciando:

– Espero que entendam agora como seriam afortunados em se alinhar à nossa empresa. Nós na Wyndham Harks fazemos o trabalho de Deus.

O silêncio tomou conta da sala.

Exceto por Tom. Que começou a rir.

O olhar chocado de Reuben Lloyd se voltou para ele.

Tom fechou a boca com rapidez, afinal, deveria passar uma boa impressão ali. Sabia que risadas não era o comportamento que Reuben Lloyd desejava. Ele queria um respeito assombrado, silencioso.

Foi nesse instante que Tom ouviu Wyatt emitir aquele ruído estranho e gutural de novo, e, quando seu olhar se desviou para o rosto dela, viu a mesma expressão bizarra de peixe, os olhos gigantescos e os lábios comprimidos.

Não conseguiu evitar. Caiu na gargalhada. Era um momento tão terrível para rir que Tom riu ainda mais, e o horror que sentia por causa da risada incontrolável fez com que risse ainda mais forte. Reconheceu o que era. Havia acontecido antes, mais de uma vez. Era o mesmo impulso que o fizera cair na gargalhada quando Blackburn tinha vindo para seu quarto acusá-lo de traição, a mesma coisa que tinha feito em centenas de situações tensas muito, muito piores que aquela em sua vida. Mas não podia evitar. Todos o encaravam, e agora ele não conseguia mais se conter.

Caiu de joelhos, rindo de maneira incontrolável e tapando a boca com as mãos. Mesmo assim, poderia ter reconquistado o controle de si mesmo se dispusesse de mais alguns momentos, mas o que aconteceu foi que Wyatt tentou ser prestativa. Fez um sinal discreto de positivo para Tom e mostrou seu teclado de antebraço. Tom procurou balançar negativamente a cabeça, e viu Vik e Yuri fazendo o mesmo, buscando chamar a atenção dela. Mas era tarde demais. Ela lançou um vírus de computador que atingiu os recrutas que os rodeavam, provocando uma risada histérica neles também – tentava com isso diminuir a fúria de Reuben Lloyd sobre Tom, diluindo-a entre todos eles.

Logo, a sala inteira estava cheia de risadas histéricas, todas dirigidas a Reuben Lloyd, o poderoso CEO no comando da Wyndham Harks. O riso do grupo fez Tom rir ainda mais, chegando a cair de costas num dos preciosos tapetes de Reuben Lloyd, as costelas já doloridas.

Se é que se podia afirmar alguma coisa, aquela não era a impressão que ele tinha ido ali para transmitir.

Na descida constrangedora pelo elevador, Vik enfiou os dedos no cabelo, exasperado.

– Por que fez isso, Wyatt? Você deixou a coisa um milhão de vezes pior. Agora, Tom não é alguém que riu de Reuben Lloyd, mas alguém que fez um monte de gente rir dele também.

Os prédios lá foram ficando cada vez mais altos conforme o elevador descia.

– Ei, pessoal, tudo bem – Tom enfiou as mãos nos bolsos, vendo o vestígio de um sorriso malicioso brilhar no vidro diante dele. – As coisas não foram tão bem na Wyndham Harks, mas e daí? Temos ainda um montão de empresas ainda para ir. Vai dar tudo certo.

TOM NÃO SE SENTIU FELIZ em saber que o próximo destino deles era a cidade de Londres, o distrito financeiro que abrigava a sede da Dominion Agra. Tão logo saíram do elevador, os outros recrutas foram conduzidos ao local de reunião com o novo CEO da Dominion, Diamond MacThane, e os acionistas principais da empresa, os irmãos Roache. Tom não foi com eles.

Ele já esperava por alguma confusão, talvez até ser banido ou expulso do local. O que não esperava era ser atacado por um bando de funcionários terceirizados que constituíam a maior parte da força policial britânica. Eles o algemaram e o arrastaram para uma sala de interrogatório isolada. Depois, prenderam-no na cadeira pelas algemas e o interrogaram sobre seus planos enquanto estivesse no país.

Aparentemente, em Londres, Tom estava em alguma lista de observação, sendo classificado como "terrorista de baixo nível". Tudo graças aos executivos da Dominion que ele havia coberto com a sujeira do esgoto.

Uma hora se arrastou, ele preso à cadeira enquanto policiais entravam e saíam da delegacia, cada um com um bombardeio de novas perguntas. Bem quando Tom estava prestes a perder a cabeça de tédio e raiva frustrada, Dalton Prestwick apareceu em pessoa para desfrutar da visão dele algemado.

– Ora, ora. Em que situação você está aí, garotão.

Tom sentiu uma onda de desgosto diante da visão do namorado bajulador de sua mãe, com o cabelo castanho ajeitado com gel e vestido em um terno caro.

– O que está fazendo aqui, Dalton? Não há mais pessoas de quem possa puxar o saco no outro lado do Atlântico?

Os olhos de Dalton se estreitaram.

– Você está no território da Dominion Agra agora, Tom. *Meu* território. Se fosse você, mostraria mais respeito.

– Por que deveria fazer isso? – Tom se inclinou para ele até onde a cadeira permitiu, os olhos cravados nos dele. – Afinal, a última vez que o vi, ambos concordamos que eu podia destruí-lo tão logo desejasse. Isso me dá uma certa vantagem aqui, não acha?

O homem empalideceu um pouco com a lembrança do que Nigel Harrison havia contado a Tom sobre o papel de Dalton em vazar os nomes dos combatentes da ComCam, ele havia cometido uma traição. Tom tinha um material de chantagem poderoso para usar contra ele, e ambos sabiam disso.

– Não esqueci nossa conversa anterior, Tom. Aliás, ela é o único motivo pelo qual você está sentado aí, são e salvo.

Tom se afundou na cadeira, nem um pouco impressionado pela ameaça implícita.

– Não acredito que tenha declarado que sou um terrorista por causa do Beringer Club.

Dalton lhe lançou um sorriso de serpente.

– O que o faz pensar que fui eu? Você aterrorizou um bocado de pessoas bem poderosas naquele dia.

– Então, terrorismo não significa "matar civis inocentes para causar medo e levar adiante uma causa política"? Agora quer dizer "desrespeitar ricos e poderosos", é isso?

– Minha nossa – Dalton retrucou. – Só entendeu isso agora?

Tom ficou em silêncio. As palavras eram muito cínicas; Neil poderia ter falado aquilo. Mas era diferente vindo de Dalton. Ele havia falado com uma satisfação perversa, como se estivesse exultante.

– Na verdade, Tom, só apareci por aqui para lhe dar um conselho amigável, garotão.

– Economize o fôlego. Não há nada que possa me dizer com que eu me importe.

– Ah, acho que devia ouvir isso – Dalton contornou a cadeira onde ele estava, de maneira que Tom teria de se contorcer e parecer um idiota para mantê-lo em seu campo de visão. Em vez disso, porém, olhou para a frente, para o espelho de uma face transparente, enquanto Dalton plantava as mãos em seus ombros. – Entenda, você *é* o filho de Delilah, e sei que seu velho não vai apontar sua bússola na direção correta...

– Ah, faça-me o favor. Você não vai apontar bússola nenhuma por mim. E já concordamos em nunca mais falar sobre meu pai.

– Tenho um senso de obrigação. Afinal, você não apenas se contrapôs aos executivos da Dominion Agra; você ofendeu um grupo de pessoas bem poderosas que têm acesso aos ouvidos de amigos bem poderosos. As pessoas falam, espalham informações sobre os vários recrutas, alertam umas às outras sobre se um garoto é ou não um malcriado insolente que precisa aprender alguns modos.

Um sorriso azedo se desenhou nos lábios de Tom.

– É, um malcriado insolente que foi a única pessoa a jamais derrotar a maior oponente do lado russo-chinês na reunião de cúpula no Capitólio. Realmente agradeço sua preocupação com minha reputação, Dalton, mas acho que vou sobreviver sozinho de alguma forma.

Os olhos de Dalton se encontraram com os dele no espelho.

– Você sabe o que acontece com recrutas que não se qualificam para o *status* de combatente?

Tom piscou algumas vezes, perturbado pelo lembrete. As Forças Intrassolares eram recentes, mas ele sabia que havia recrutas que não conseguiam patrocinadores. Uns permaneciam no mesmo lugar e continuavam tentando; alguns desistiam e se mudavam para outros locais – outras agências do governo, outros tipos de função nas Empresas da Coalizão. Nigel Harrison tentara explodir a Agulha Pentagonal e matar todo mundo, mas ele era uma exceção.

– O que têm eles? – Tom perguntou, desconfiado.

Dalton relaxou o corpo, puxando os punhos da camisa.

– O processador neural os torna valiosos, por isso conseguem trabalho bem fácil. Mas o porém é que a maioria desses cargos pressupõe uma certa, digamos, *confiabilidade*. Qualquer coisa relacionada a uma empresa da Coalizão exige reputação imaculada. Você não tem isso. Quanto a um emprego no governo, bem... Você vai precisar obter uma autorização de segurança. Terroristas declarados – ele disse a palavra quase como se estivesse brincando – não costumam se qualificar.

Tom entendeu.

– Ah, é *por isso* que estou numa Lista de Observação de Terroristas? Então, acha que vai poder me sabotar no futuro, não é? Bem, o problema é deles, porque, se eu não me tornar um combatente, vou me virar sozinho, sem estresse. Eu consigo.

Dalton estremeceu, fingindo estar preocupado com ele.

– Na verdade, campeão, essa não é uma opção para você. Como você tem o processador – ele deu um tapinha na têmpora, sob o cabelo lambuzado de gel –, precisa permanecer conosco. Se a Coalizão não o quiser, e o governo não puder aprová-lo, você ainda dispõe de duas opções. Há muitas agências que adorariam estudá-lo, então sempre há chance de você se tornar uma espécie de rato de laboratório.

Tom ficou com a boca seca.

– E há ainda aquela outra agência, a que sempre pede recrutas. A Agência de Segurança Nacional. Quem você acha que ficou com aquele garoto, Nigel Harrison?

Tom sentiu como se lhe dessem um soco no estômago.

– Ele está com a ASN? Mas ele nem é americano.

Dalton soltou uma risadinha forçada.

– Ninguém importante neste mundo se preocupa com países ou nacionalidades, Tom.

– Nigel tentou explodir a Agulha!

– Ah, não tenha medo, Tom: ele provavelmente não é nem de longe a mesma pessoa de quem você se lembra. É por isso que eu acho que a Agência de Segurança Nacional aceitaria até mesmo você. A agência é conhecida por sua capacidade de manipular e controlar computadores.

– Não acredito em você. Não acredito que exista uma agência capaz de reprogramar um ser humano como você e Joseph Vengerov fariam.

– Pode chegar o dia em que você vai começar a acreditar nisso, e vai perceber que eu realmente estava agindo em seu interesse. Nesse instante, se sentirá muito mal pela completa ingratidão em relação a mim – Dalton se balançou, apoiando-se nos calcanhares, sentindo um prazer visível com suas palavras. – Quando esse dia chegar, quero que saiba, você pode ligar para meu assistente e marcar uma reunião. Se me visitar e mostrar o devido respeito, chamando-me de "senhor Prestwick", e talvez... hum, não sei... ficar de joelhos e me *implorar* para lhe dar uma chance, quem sabe eu pense no seu caso. – Ele lhe lançou uma piscadela. – *Quem sabe.* Sem mais garantias, campeão.

– Sim – Tom concordou, sarcástico. – Talvez eu faça isso, mas, antes de esse dia chegar, vai haver outro em que vou arrancar meus próprios olhos e devorá-los. Entenda: teria de fazer isso antes de ficar de joelhos e implorar a você por qualquer coisa. Ou implorar a qualquer um... sabe, não é, Dalton? Do jeito que você me implorou. No Beringer Club.

Dalton ficou tão corado com a lembrança, que Tom se animou. A perturbação dele quase fez a visita valer a pena.

7

O tempo se arrastou enquanto Tom permanecia sentado ali, até por fim decidir que não ia se deixar ficar preso a uma cadeira enquanto Dalton ia a algum lugar para beber um martíni. Eles o queriam amarrado, então que o encontrassem e o trouxessem de volta; nada mais de sentar e esperar. Uma ousadia selvagem tomou conta de Tom, e seu coração acelerou enquanto contemplava o glorioso feito que estava por fazer.

Aquilo podia funcionar. Podia funcionar mesmo.

Inclinou-se para frente, de modo a se apoiar nas pernas, a cadeira levantada atrás dele, e lançou-se adiante numa cambalhota. As luzes da sala do interrogatório passaram como um flash diante de seus olhos, e um terrível choque perpassou seu cóccix, indo até o ombro, um alarido violento pulsando em seus ouvidos conforme a cadeira se despedaçava embaixo dele.

Como não podia ser diferente, neste instante a porta que dava para o corredor se abriu, e Elliot Ramirez entrou. Ele se deteve, surpreso diante da visão de Tom no chão, os restos da cadeira em volta dele.

– Tom, o que está fazendo?

Tom deu um tranco nas algemas, ainda enroscadas na cadeira quebrada, cutucando suas costas.

– Estou tentando algo muito, muito incrível – ele esboçou um sorriso malicioso. – Funciona melhor nos videogames.

ELLIOT ERA UMA das poucas pessoas que sabia o que Tom havia feito no Beringer Club. Talvez tivesse sido por isso que ele havia passado pela Dominion Agra a fim de conferir como Tom estava progredindo por lá. Elliot tomou a decisão de levar Tom para o local de reunião da Nobridis mais cedo em vez de deixá-lo trancafiado ali.

Sentaram-se no saguão do que, ao que tudo indicava, era o maior prédio do mundo, na parte central de Dubai, bebendo um café incrivelmente forte. Tom perguntou a Elliot sobre o que Dalton havia dito a ele.

– A Coalizão pode ditar o que fazemos de agora em diante? Se nenhuma das empresas me quiser e eu não tiver a autorização de segurança para trabalhar para o governo, não posso partir?

Elliot coçou a cabeça.

– Na teoria, não. As forças armadas não são donas de nós, a não ser que nos alistemos, e a Coalizão não manda nada também. Na prática? Temos os computadores deles, computadores que só eles podem consertar. Pelo menos neste exato momento. Isso dá a eles certo poder sobre nós. É algo que você tem de simplesmente aceitar – ele ficou em silêncio por um instante e em seguida falou: – Pelo jeito, você não sabe o que aconteceu comigo.

– Algo aconteceu *com você?*

Elliot deu de ombros.

– Dois anos atrás, eu já era bem conhecido. Aparecia na TV, fazia propagandas na internet, atuava em comerciais, esse tipo de coisa. Foi quando conheci alguém. O soldado Hendricks era alguns anos mais velho que eu, e nem preciso dizer que gostávamos muito um do outro – um tom áspero surgiu aos poucos em sua voz. – Suponho que possa dizer que nessa ocasião descobri o lado ruim do meu papel aqui. Fui informado em definitivo que, embora tecnicamente fosse um civil, não era permitido que arriscasse "minha pessoa pública cuidadosamente esculpida" prosseguindo com meu relacionamento, e que devia rompê-lo de imediato. Quanto ao soldado Hendricks, foi transferido de posto.

Tom sentiu uma pontada de surpresa por um instante, mas passou rápido. Na verdade, não, ele não estava tão surpreso.

– Você pode imaginar como isso me deixou infeliz. Nunca tive vergonha de quem sou, e fiquei ressentido com a ordem para fingir ser alguém diferente. Se a Coalizão ia ditar meus sentimentos por mim, decidi que abandonaria meu trabalho – a tensão impregnava sua voz agora. – Mas me disseram que isso não era minha decisão também.

– O quê? Eles lhe disseram *não?* Não podem fazer isso.

– A maneira como formularam a coisa soou mais como um aviso – Elliot se inclinou para ele, os cotovelos sobre os joelhos. – Entenda, Tom, eles não são donos da gente, mas o fato é que não há ninguém fora da Obsidian Corp. e das Forças Armadas que consiga trabalhar nesses computadores. – Ele apontou para a cabeça. – Ficou bem claro para mim que, se eu ousasse partir, não apenas não encontraria nenhuma ajuda para problemas de funcionamento que viesse a ter, como a probabilidade de ocorrer um defeito num futuro próximo aumentaria de maneira significativa.

Tom explodiu de indignação.

– Então, era basicamente uma ameaça de morte! Elliot, você devia ignorá-los. Devia fazer o que quer. Partir. Se fizer isso da maneira mais pública possível, a Coalizão não vai poder mexer com você. Todos vão saber que foram eles. E, se não viessem a saber, juro, cara, eu mesmo iria para internet e contaria para o mundo inteiro.

– O mundo não é tão simples assim.

– Por que não?

– Na verdade eu tenho... bem... *tinha* um plano. Minhas ações precisavam ser cautelosas, porque eu era o combatente da ComCam mais proeminente. Assim que os outros fossem apresentados ao público, eu planejava ajudar outra pessoa a assumir o assento central, digamos assim. Ia me tornar menos valioso e, contanto que nunca me alistasse, poderia seguir meu caminho. Eu tinha alguém em mente para isso, mas acabou que ela era agressiva demais quanto a reivindicar os holofotes.

– Heather? – Tom tentou adivinhar.

A boca de Elliot se crispou.

– Eu sabia que ela podia tomar meu lugar com facilidade. É uma garota adorável, e as pessoas ficam fascinadas por ela. Não bastasse isso, ela sempre sabe o que dizer. É uma política nata, Tom. Mas acho que, provavelmente, esse seja o problema dela: ser uma política nata. Você não pode confiar em Heather, e ela só vai cuidar dela mesma.

ENQUANTO O ELEVADOR subia, levando Tom e Elliot para a sala de recepção do príncipe Abhalleman, o CEO da Nobridis, Elliot deu a Tom alguns conselhos rápidos.

– Ele é muito tradicional. E lembre-se: ele faz parte da realeza em seu país.

Tom ficou confuso.

– Ele não tem um país. O país foi atacado com bombas de nêutron. Todo mundo morreu.

– O terreno ainda está lá; sendo assim, tecnicamente, é o país dele. A família real inteira permanece intacta.

– Legal da parte deles deixarem os súditos morrer.

– Eles não eram súditos deles quando as bombas de nêutron foram lançadas, Tom. A família real tinha sido destituída do poder.

– Se for assim, eles não são mais uma família real.

– Depois dos bombardeios de nêutron, eles assumiram novamente a realeza. A Dominion Agra e a Harbinger Incorporated concordaram em recolocá-los no trono.

Que conveniente para eles, Tom pensou. Haviam sido tirados do poder, todos os ex-súditos haviam morrido, e eles haviam conseguido o trono de volta.

O príncipe Hanreid Abhalleman mandou que fossem escoltados para sua sala de recepção real. Tom planejava ir por último, mas Elliot o empurrou na frente – disse estar usando uma abordagem radical, do tipo "arranque o curativo de uma vez". Tom entrou e avistou o príncipe em suas roupas tradicionais, esperando em expectativa.

– Ele quer que você faça uma reverência – Elliot sussurrou com o canto da boca.

Tom permaneceu rígido. Elliot não tinha avisado sobre essa parte.

– Faça a reverência – Elliot insistiu baixinho, e todos os olhos na sala se voltaram para os dois.

Mas Tom não podia. Ele não fazia reverência para pessoas e não *devia* ter que fazer – aquele sujeito não era seu soberano. Se se prostrasse no chão, o cara ia se sentir melhor do que ele, sentir-se superior, e Tom não queria aquilo. Tudo que o príncipe Abhalleman tinha era mais dinheiro e poder, além da sensação de que lhe deviam algo. Só isso.

Dois guardas ameaçadores ladeavam o príncipe, segurando cimitarras, por isso não podia se aproximar do príncipe e estender a mão para um cumprimento, como preferiria. Já que fazer uma reverência estava fora de questão, Tom se contentou em levantar as mãos, fazendo "joinha" para o príncipe.

– Muito prazer, cara.

– EU NÃO FAZIA ideia de que isso era como mostrar o dedo do meio no país dele – Tom confessou para os amigos mais tarde, enquanto se amontoavam no elevador do Interstício rumo às instalações da Epicenter Manufacturing. Ele ainda estava um pouco abalado pela maneira como os guardas do príncipe haviam se lançado sobre ele, brandindo cimitarras e gritando que tirariam seu sangue por ter ofendido o monarca. Para Tom, fora uma reação exagerada. Se Elliot não tivesse interferido, não tinha certeza do que poderia acontecer. Elliot ainda estava lá na Nobridis, acalmando as coisas.

Tudo que Tom desejava era permanecer longe de problemas quando chegaram à Índia e avançaram pela vasta propriedade da Epicenter Manufacturing.

Mais duas empresas. Tom engoliu em seco. Só tinha mais duas chances. Não ousaria estragar tudo de novo.

WYATT DEU a Tom alguns conselhos em um tom solene durante a subida do elevador.

– Descobri que há um jeito certeiro de evitar ofender pessoas. Apenas não fale. De jeito nenhum. Não diga uma palavra. Assegure-se de que as pessoas nem notem que você está lá. Dessa maneira, você não vai ofender ninguém – ela fez um gesto firme de positivo com a cabeça. – Eu não disse uma única palavra em nenhum lugar onde estivemos. Percebeu isso? Funcionou superbem.

Eles se viram no último andar de uma torre octogonal, cujas paredes tinham janelas enormes dando vista para tetos de fábricas gigantescas e para as distantes montanhas da Caxemira. A paisagem noturna era iluminada pelo brilho de um único *outdoor* florescente, contrastando com o céu escuro: *EPICENTER: o centro da economia mundial.* Taças de champanhe estavam empilhadas numa pirâmide enorme próximo a uma das janelas, e violinistas tocavam discretamente a um canto.

A CEO da Epicenter, Pandita Rumpfa, andava entre os recrutas acompanhada dos combatentes patrocinados pela Epicenter. Ela examinou os rostos, algumas vezes fazendo um assistente tirar fotos.

Quando chegou a vez deles, Pandita consultou um computador de bolso.

– Ah. Você deve ser a senhorita Enslow. Levante um pouco o queixo para que eu possa ver seu rosto.

De olhos arregalados, Wyatt levantou o queixo.

Pandita consultou seu computador.

– Bem, senhorita Enslow, conte-me por que a Epicenter devia ter interesse em você. Que pontos fortes você traria para nós?

Wyatt não disse nada. Seus olhos se arregalaram ainda mais, e ela exibia aquela expressão estranha de peixe novamente. Ela começou a emitir um ruído de dor, semelhante a um relincho, os lábios bem cerrados. Tom sentiu uma sensação de alarme crescente por ela. A estratégia de não falar ia dar errado desta vez.

O assistente de Pandita murmurou algo em seu ouvido, e ela balançou negativamente a cabeça.

– Nada de fotos dessa aí.

Tom teve que dizer algo.

– Wyatt é ótima com máquinas. E matemática. Ela é modesta demais para dizer.

Os olhos de Pandita encontraram os de Tom.

– E você? – ela sorriu para ele. – Eu o conheço. Gostei daquele passeio pela Agulha Pentagonal que você proporcionou a mim e a meus colegas vários meses atrás. Eu me lembro de você ser um jovem bem charmoso e articulado.

Tom se lembrava do passeio. Fora quando Dalton Prestwick o havia reprogramado e o transformado num pequeno puxa-saco patético durante um mês inteiro. Ele tinha ficado tão ansioso em fazer networking que até se oferecera como guia em um passeio de líderes de negócios pela Agulha Pentagonal.

– Ah, obrigado. Não foi realmente... é – Tom não tinha certeza do que mais deveria dizer.

Pandita franziu um pouco a testa, obviamente perplexa ao ver como Tom parecia menos charmoso e articulado agora, mas chamou seu assistente com o dedo para tirar uma foto de seu rosto. Quando ela passou para os próximos recrutas, Wyatt se virou para Tom.

– Você falou! Não deveria falar.

– Wyatt, se nenhum de nós tivesse falado, ela teria ficado desconfiada com nosso comportamento.

– Sim! – ela assentiu com ansiedade. – Mas sabe o que ela *não* teria ficado? Ofendida.

Confuso, Tom resolveu se afastar para uma das janelas distantes, tentando não chamar atenção, imitando a maneira como Wyatt se aproximara da janela oposta, também procurando passar despercebida.

Então, Vik se materializou atrás dele.

– Por que está espreitando aqui? Parece estar tramando alguma coisa.

– Não estou tramando nem espreitando. Apenas segui o conselho de Wyatt; estou procurando não chamar a atenção.

Os olhos de Vik se arregalaram de terror. Ele agarrou os ombros de Tom.

– Meu Deus, Doutor, o que está fazendo?

Tom franziu o cenho.

– Já disse pra você...

– Está aceitando conselhos de como lidar com as pessoas vindos de Wyatt Enslow?

– Mas eu só...

– Deixe-me reformular: está aceitando conselhos de como lidar com as pessoas vindos de *Wyatt Enslow*? – Vik esperou, deixando as palavras penetrarem na cabeça do amigo.

Tom enfim se tocou. E arregalou os olhos.

– Ah, não! O que é que estou fazendo? É como se eu quisesse sabotar a mim mesmo.

Vik concordou com a cabeça.

– Não tema mais nada, Cretino Limitado. Agora estou por aqui.

– Isso não soa promissor, cara.

Vik deu um tapinha na nuca de Tom.

– Você precisa aprender a fina arte de agradar os outros. Apenas repita depois de mim: *concordo.*

Tom comprimiu os lábios. Vik pigarreou.

– Concordo – Tom resmungou.

– Você está certo – Vik falou, e então esperou Tom repetir a mesma coisa.

– Você está certo.

– Você me espanta com seu conhecimento.

– Qual é? – Tom falou. Quando Vik arqueou as sobrancelhas, ele disse: – Está bem. Você me espanta com seu conhecimento.

– Certo, agora vamos criar um contexto para essas declarações. Hum, vejamos... Eu digo *Vikram Ashwan é dez vezes melhor jogador do que Tom Raines.* E você diz... – Vik arqueou as sobrancelhas.

– Vikram Ashwan é dez vezes melhor jogador do que Tom Raines... *em sua própria mente triste e iludida.*

– Jovem Thomas, não é isso que você deveria dizer. Ouça o Doutor: Vikram Ashwan é uma centena de vezes melhor jogador do que Tom Raines.

– Uma centena agora? – Tom exclamou. Em seguida, Vik deu um tapinha leve na nuca de Tom, ao qual ele respondeu com um sorriso sarcástico. – Você está certo, Doutor.

Vik o fez praticar mais algumas vezes. Tom concordou que Vik era mais inteligente do que ele, algo muito fácil, já que ele era mesmo. Concordou que Vik era bem mais bonito, o que Tom suspeitava que fosse verdade, embora jamais seria capaz de admitir. Concordou que Vik poderia derrotá-lo num duelo de espada, o que Tom acreditava ser uma mentira descarada, mas aceitou mesmo assim, acrescentando até que Vik o espantava com seu conhecimento de esgrima. Dessa maneira, ele passou no teste de Vik, e o amigo o considerou pronto para aplicar seu recém-descoberto conhecimento de puxa-saquismo na vida real.

Vik o guiou em direção a uma bonita executiva que sorvia champanhe da taça a um canto, próximo de uma das janelas. O processador neural de Tom informou que se tratava de Alana Lawrence. Vik tinha certeza de que Tom acharia bem mais fácil puxar o saco de uma mulher belíssima, ideia que Tom considerou fantástica.

– Sabe quando espiões são pegos em países estrangeiros, e os governos sempre dizem não ter conhecimento deles para não encarar as consequências diplomáticas de suas ações? – Vik o avisou.

– Sim – Tom respondeu, já adivinhando. – Se eu estragar as coisas...

– ...nós nos conhecemos hoje e eu nego qualquer conhecimento anterior de suas ações. Nem percebi que você estava aqui. Na verdade, nem sei quem você é. Quem é você? Não sei, Tom. Simplesmente não sei.

– Entendido – ele estava pronto.

Vik fez um sinal de positivo para o amigo, e em seguida se aproximou em silêncio da executiva. Após pigarrear para chamar a atenção dela, disparou:

– Belas fábricas você tem aqui, madame.

Tom ficou estupefato. Vik falava num tom ligeiramente estranho e jocoso, como se fingisse ser um velho barão inglês.

Ela se virou languidamente e inspecionou Vik por sobre a taça de champanhe.

– Ora, muito obrigado. Imagino que já saiba meu nome. E o seu, qual é?

– Vikram Ashwan. Prazer em conhecê-la – apertou a mão dela, ainda falando daquele jeito estranho e arrogante. Só faltava o monóculo.

Alana virou-se para Tom em expectativa.

– Thomas Raines. – Ele lhe ofereceu a mão.

– Oh. – A mão frouxa apertou a dele. – Fiquei sabendo de algumas coisas interessantes sobre você.

Vik capturou sua atenção e fez um aceno sutil de cabeça, lembrando-o das frases que ele havia aprendido.

Tom se virou para ela e disse:

– Você me espanta com seu conhecimento.

Alana franziu a testa. Vik bateu na janela para afastar a atenção dela de Tom, e começaram a conversar sobre as fábricas gigantescas que se espalhavam pelo horizonte abaixo deles e sobre como a Epicenter era uma das poucas companhias que ainda utilizava mão de obra humana. Tom aderia à conversa de vez em quando com *Concordo* e *Você está certa.*

Em certo momento, Alana disse algo para Vik que repentinamente prendeu sua atenção de maneira intensa.

– ...o custo compensa muito porque usamos apenas trabalho de condenados.

– Condenados, hein? – Vik comentou. – Ah, vocês usam o serviço desse pessoal para um bom fim.

– Sim, na verdade somos pagos por vários governos para mantê-los. Veja, se você paga pelo trabalho e eles têm expectativas, logo se agitam. Mas, se você usa condenados, pode praticamente ditar os termos de trabalho a eles, sem mencionar que os trabalhadores locais acabam baixando a pretensão salarial. Se precisarmos cumprir um pedido em trinta e seis horas, e os condenados vão completar em trinta e seis horas sem reclamar. Eles sabem que não vale a pena contestar.

E, de repente, o sorriso dela não parecia mais tão bonito para Tom.

Ele começou a pensar em Neil, nele sendo arrastado para longe, jogado na prisão.

– Mas o que acontece quando os condenados cumprem sua sentença? – Tom perguntou.

Alana sorriu, desfrutando a atenção cativa de sua plateia.

– Digamos que, uma vez que os treinamos para seu trabalho, gostamos de ter um bom retorno nesse investimento. Há sempre motivos para se estender uma sentença de prisão. Em termos de custo, o mais eficiente é manter uma taxa de ocupação de ao menos noventa por cento, portanto temos de ser criativos – ela sorveu um gole do champanhe.

Tom sentiu o sangue subir à cabeça, nem um pouco consciente de que Vik tentava chamar sua atenção, balançando a cabeça em uma negativa frenética.

– Então, eles são escravos.

Ela abaixou sua taça.

– Escravos? Eles são *criminosos*. A sociedade não precisa de pessoas como eles. Estamos fazendo um favor para o mundo ao mantê-los aqui.

Tom olhou para a executiva, champanhe na mão, um imenso campo de trabalho escravo abaixo dela, e seus pensamentos se voltaram para o pai, a raiva fervilhando em seu coração. Neil havia lutado contra aqueles policiais na estação de trem e recebido um mês na prisão. A Epicenter poderia tê-lo convocado. Ele podia ter sido conduzido até ali em um avião, ter a sentença estendida, e Tom nunca mais o veria de novo.

– Sabe o que eu acho que seria fazer um favor para o mundo? – Tom disse a ela, o ódio pulsando sob a pele. – Se você realizasse uma grande festa aqui, convidasse todos os que concordam com você e apenas se explodissem juntos. *Essa* é a minha ideia de fazer um favor para o mundo.

– NÃO FOI *REALMENTE* uma ameaça de bomba – Tom discutia com os amigos mais tarde, enquanto o Interstício os levava agora a Sacramento, Califórnia. Esfregou os pulsos, doloridos das algemas que tivera de usar durante as horas em que havia sido interrogado pela segurança da Epicenter. Estava farto de usar algemas. – Eu só disse que seria legal se alguém que *não fosse eu* explodisse todos eles, mas isso é tudo. Ninguém pensaria duas vezes nessas palavras se eu não fosse tecnicamente um terrorista declarado.

Os amigos o encararam, boquiabertos. E continuaram a fazer isso durante a maior parte da viagem.

– Devia ter concordado em ser o irmão gêmeo de Walton – Tom lamentou, afundando-se no assento.

Vik suspirou.

– Tom, é doloroso, física e psicologicamente *doloroso* para mim dizer isso, mas acho que Wyatt está certa.

– Verdade? – Wyatt perguntou, surpresa.

– Simplesmente não diga nada na Matchett-Reddy – Vik insistiu. – Nem uma palavra. E, Bruxa Maligna, nada de se vangloriar. Aliás, nenhuma palavra.

Wyatt esboçou um sorriso maléfico.

– Eu estava certa, Vik estava errado. Rá, rá!

Yuri beijou o topo da cabeça dela.

Vik resmungou.

– Isso se qualifica como se vangloriar e dizer uma palavra.

– Na verdade, foi se vangloriar e dizer seis palavras – Wyatt o corrigiu.

– E dois *"rá"* – Yuri acrescentou, olhando-a com adoração. Depois, voltou-se para Tom. – Concordo com eles. Você tem que tentar não falar desta vez, Thomas. Acene com a cabeça, mas isso é tudo. Talvez você deva se esconder em algum lugar onde ninguém possa encontrá-lo. Posso pegá-lo depois nesse esconderijo quando chegar a hora de partir.

– Entendido – Tom respondeu em um tom queixoso, afundando-se de novo no assento. Não conseguia acreditar que aquilo havia acontecido. No decorrer de algumas horas, qualquer chance que tivesse de um futuro nas Forças Intrassolares havia sido reduzida aos caprichos de alguns executivos na Matchett-Reddy.

Era agora ou nunca.

O Interstício os conduziu ao prédio do Capitólio em Sacramento, Califórnia, e foram enfiados em helicópteros e conduzidos sobre uma vasta extensão de terra selvagem. Pousaram na lateral de um penhasco rochoso, e Tom saiu com os outros para observar uma festa de apresentação de executivos de alto nível da Matchett-Reddy e dos combatentes patrocinados, Lea Styron e Mason Meekins, ambos da Divisão Aníbal.

Tom procurou manter a boca fechada e assentir com a cabeça de maneira vigorosa enquanto apertava várias mãos. Então, segurou a mão do último executivo na fileira de cumprimentos.

O coração de Tom parou por um instante, podia jurar.

Ah. Não...

Não demorou para se dar conta. A Matchett-Reddy estava perdida para ele. Perdida desde que atraíra a polícia para cima do sanguessuga pelado em Las Vegas.

Deu de encontro com o olhar familiar de Hank Bloombury, e o reconhecimento cintilou no rosto do homem careca.

– Você.

– Eu – Tom disse.

– É você! – Bloombury falou de novo.

– É ele – Vik reforçou, sem que lhe perguntassem nada, postado ao lado de Tom. Depois, confuso: – O que está acontecendo?

– Hein? – disse Wyatt, que estava próxima de Vik.

– Eu o conheço – Bloombury insistiu. – Foi *você* quem chamou a polícia para me pegar na semana passada! Meu advogado requisitou a gravação das câmeras de segurança! Você sabia quem eu era. – Ele bateu com o dedo no peito de Tom. – Mas você disse a eles que eu era um terrorista louco e pervertido que vendia drogas!

Tom percebeu, com o canto do olho, Wyatt cobrindo a boca com a mão, do rosto incrédulo de Vik como se ele não soubesse se era para rir ou ficar horrorizado, e de Yuri, o rosto carrancudo. Repassou mentalmente suas opções. Podia se fingir de bobo ou pedir desculpas.

Mas tudo em que Tom podia pensar era no policial golpeando seu pai, em como Hank quase conseguira se safar daquilo, em como ele provavelmente devia ter se safado daquilo tantas outras vezes.

Tom não estava arrependido. Nem um pouco. E não podia se iludir também – não dava mais para ele. Não havia como superar aquilo, portanto decidiu encarar a situação.

– Bom vê-lo de novo – Tom disse a ele. – Não o reconheci a princípio, mas hoje você não está pelado nem gritando feito uma garotinha assustada. E então, fez algum amigo na prisão?

TOM NÃO SE DEU o trabalho de entrar na mansão para a festa. Enquanto os outros apertavam mãos e tentavam dar uma boa impressão, andou por entre as árvores e passou pela grandiosa casa do CEO nórdico da Matchett-Reddy, Sigurdur Vitol. Depois seguiu para o topo de um cume e observou a paisagem que podia ser vista todos os dias por aqueles que estavam dentro da mansão.

Tom ficou sem fôlego. Um vale gigantesco se estendia abaixo dele. Encarou-o por um longo tempo, observando os contínuos campos verdes rodeados de árvores e cortados por rios cintilantes. As montanhas dentadas e rochosas tinham cataratas prateadas correndo por elas. A imensidão do lugar fez Tom se sentir estranho, como se houvesse entrado numa simulação de realidade virtual e não tivesse percebido. Olhou para uma das montanhas, que parecia um paredão, e para outra, que se assemelhava a um semicírculo achatado.

Continuou observando as cascatas, as árvores, as montanhas. Nunca tinha visto algo tão magnífico, tão belo. Com certeza, um lugar assim não podia existir de verdade.

Havia uma rocha que se destacava, parecendo uma plataforma. Quando Tom conseguiu sair do devaneio, seguiu até ela e se deteve, como se estivesse montado no topo do mundo, uma queda de tirar o fôlego abaixo. O sol começava a cair no horizonte, lançando uma névoa dourada sobre os penhascos, quando soaram passos atrás dele e a voz de Elliot chegou a seus ouvidos:

– O Vale de Yosemite é realmente incrível, não é?

Tom lhe lançou um olhar em resposta. Então, ele havia resolvido a confusão na Nobridis e os alcançara.

– Não posso acreditar que Sigurdur Vitol acorda vendo isso todas as manhãs – não conseguia aceitar. Lembrou-se da única vez que vira algo próximo de ser tão incrível quanto aquilo. Era pequeno, e ele e Neil sempre tinham dificuldade em conseguir uma carona; a única pessoa que cruzou o caminho deles trabalhava como minerador para Nobridis. Neil tomou a decisão súbita de se aproveitar desse fato e conseguir passe livre para o Grand Canyon.

Horas se passaram enquanto o sol crepitava pelas pedras dentadas, os rios tão distantes que pareciam finas linhas azuis.

Mesmo com todas as minas de urânio da Nobridis e plataformas de perfuração, Tom nunca tinha visto nada igual em lugar nenhum. Neil reclamava sobre algo chamado "piratização", mas Tom se lembrava de como até ele havia caído em silêncio quando o sol começara a se pôr, deixando o cânion inundado com uma luz brilhante em tons de laranja e vermelho.

Mas aquele lugar...

Tom tentou imaginar como Neil agiria se pudesse ver aquilo. Seu pai iria... Ele iria...

Mas, com um lampejo de amargura, Tom percebeu que não fazia sentido ficar imaginando. Neil jamais veria aquilo. Um sujeito era dono do lugar e o usava como seu jardim. Era mais uma maravilha do planeta fechada para pessoas como seu pai.

– Sigurdur não vive aqui em cima – Elliot dizia, enquanto apontava para a área abaixo deles. – Está vendo aquela mansão bem em cima da Catarata Vernal? É a cachoeira mais baixa das duas que fazem par.

Tom viu as cataratas prateadas correndo pelo penhasco, uma acima da outra, a mansão montada sobre a segunda.

– Aquela é a casa de Sigurdur Vitol. Mansão Milton. Ele tem um andar inteiro de vidro transparente, e você pode ver a catarata correndo embaixo dele. Se vier aqui mais cedo durante o ano, verá como é surpreendente. Na verdade, ninguém vive em tempo integral aqui no Ponto Glacial. Este lugar é para recepções corporativas.

– Está errado – Tom comentou, mais para si mesmo que para qualquer outra pessoa. O vento fustigou seu cabelo, uma raiva feroz fervilhando dentro dele. Seu pai morreria sem nunca ter a chance de ver algo que Sigurdur Vitol provavelmente nem valorizava. – Este lugar não deveria ser propriedade de um sujeito; todos deveriam ter chance de ver.

– Essa área costumava ser o Parque Nacional Yosemite. Nós o vendemos depois do Grande Colapso Global para pagar nossas dívidas.

Tom cerrou os punhos.

– Você quer dizer as dívidas da Wyndham Harks! As dívidas que essas pessoas fizeram e jogaram para cima de nós. – Ele havia compreendido tudo ao ver aquela parede de oficiais do governo na Wyndham Harks. O pessoal *deles* estava no governo. Era por isso que, quando Reuben Lloyd comprava outras empresas, ou tapetes elegantes, e não podia pagar as contas... o governo que eles controlavam fazia o povo pagar por elas. E, quando o povo tinha falido, pessoas como Sigurdur Vitol haviam se precipitado como abutres e tomado as coisas que o povo tinha, coisas de valor real, como aquele lugar. Yosemite.

Tom balançou a cabeça em um gesto negativo de desgosto. Aqueles executivos haviam feito isso, depois se safado do que tinham feito, e hoje se aproximavam de Tom e dos outros e exigiam *respeito*, como se de fato eles devessem algo àqueles homens. Depois de lhes ter tirado tudo, ainda queriam mais.

– Fiquei sabendo que você teve um dia interessante – Elliot comentou.

Tom sacudiu a cabeça com impaciência.

– É, eu meio que estraguei tudo. Com a Matchett-Reddy, tenho certeza – ficou em silêncio por um momento, para depois admitir: – E com a Epicenter. Também com a Wyndham Harks. A propósito, peço desculpas por aquela bagunça na Nobridis. Espero que não tenha causado um problema grande demais para você consertar.

Os últimos raios de sol desapareciam sobre os penhascos distantes agora. Elliot falou baixinho:

– Estou feliz que a gente não vá na Obsidian Corp. hoje. Suponho que você tenha alguma das suas preparada para eles também?

– Não é preciso visitá-los – Tom se colocou de pé, e calmamente foi se afastando da rocha. – Joe Vengerov e eu já nos conhecemos. Não temos uma boa relação.

– Isso é engraçado para você? – havia uma cólera inesperada na voz de Elliot.

Tom não havia percebido que tinha um sorriso perverso estampado no rosto. Era meio que automático, já que Elliot parecia um pouco bravo, algo tão incomum nele.

– Vamos lá, cara... Sei que, de certa forma, afundei algumas coisas hoje...

– Afundou? Tom, não foi um ataque de torpedo. Foi o desastre do Hindeberg! Existem cinco CEOs que patrocinam combatentes indo-americanos, e você descartou de maneira bem-sucedida cada um deles, a maioria num espaço de pouquíssimas horas um do outro! Pegue a Nobridis como exemplo. Era fácil, Tom. Era tão fácil. Tudo que se esperava de você era que fizesse uma reverência e deixasse a sala. O príncipe não queria falar com nenhum de vocês. Era só isso, e você daria o fora dali.

Um calor foi subindo pelo corpo de Tom.

– Eu não faço reverência para as pessoas! Certo, talvez, se eu for lutar com um guerreiro samurai ou um mestre do kung fu, e *ambos* fizermos reverência para mostrar respeito um pelo outro, talvez assim eu faça, mas é só. Nada de reverências unilaterais.

Elliot grunhiu.

– Você é muito orgulhoso. Espero que seja reconfortante para você, porque é o único conforto que vai ter se continuar assim. Você tinha uma vantagem depois da reunião de cúpula no Capitólio. As pessoas o conheciam, sabiam que você era um vencedor. Elas *queriam* gostar de você. Mas essa vantagem não significa nada se planeja ir em frente e queimar seu filme com todo mundo. Nem vou fingir que entendo por que você inundou o Beringer Club, mas, se achava...

– É, você não entende mesmo – Tom interrompeu. – Você não sabe nada sobre o Beringer Club, e talvez não seja mesmo da sua conta. Esse pessoal da Dominion Agra mereceu. É só o que importa.

– Sim, sim, e esse executivo da Matchett-Reddy também mereceu o que fez para ele. Diga-me uma coisa: quando Hank Bloombury o reconheceu, o que você disse a ele?

Tom não ia fazer o jogo de Elliot. Olhou para as árvores oscilantes lá embaixo, o vento fustigando-o através do terno.

– Bem, você está me perguntando, mas eu tenho a sensação de que já sabe.

– Sim – Elliot concordou – já sei que o provocou. Você tinha a chance de pedir desculpas ou fazer qualquer coisa para tentar melhorar a situação com ele, mas escolheu tornar as coisas infinitamente piores. Você jogou gasolina no fogo. É parecido com o jeito como agiu com Karl quando estávamos todos ligados aos decágonos. Você o provocou *deliberadamente*. Não havia motivo para isso. É estúpido, arrogante e desnecessário, mas você continuou fazendo.

Tom soltou um resmungo exasperado.

– Você acha que eu devia ter *pedido desculpas* para Hank Bloombury, é isso? Talvez ter beijado o chão que ele pisa também enquanto me desculpava?

– Levando em conta que ele está na posição de aniquilar sua carreira se quiser? Sim. Sim, você deveria ter se desculpado. Para começar.

Tom cerrou os dentes.

– Nunca vou pedir desculpas a ele. Nem para ele, nem para o pessoal do Beringer Club, nem para nenhum deles. Todos receberam o que mereciam. Não vou dar a ninguém a satisfação de agir como se estivesse arrependido quando não estou – ele se lembrou de Dalton dizendo, todo presunçoso, que ele podia implorar pelo seu perdão de joelhos se quisesse. Foi inundado pela amargura. – Eles amariam se eu fizesse isso.

Elliot pinçou o alto do nariz.

– Ei, cara, esse puxa-saquismo todo não o deixa louco? – Tom irrompeu. – Você não é como essas pessoas. Não trapaceou para chegar ao topo, ou tem pais ricos e nem ficou se vangloriando por ter "conquistado" isso. Você tinha uma habilidade, um talento, e deu duro. Chegou aqui por um *motivo real.* Você alcançou tudo que tem de forma legítima.

– Porque eu reconheço que essa é a maneira como o mundo funciona, Tom! Você pode não gostar desses executivos, mas o fato é que pessoas com honra e integridade, que não *trapaceiam,* sempre acabam perdendo a fortuna e o cargo para aquelas que trapaceiam. É por isso que os piores se tornam aqueles que tomam as decisões mundiais. Nada que eu possa fazer ou dizer vai mudar esse fato básico da vida. Portanto, eu o aceito e tento contorná-lo.

– Não está certo – por um momento, ele lutou com as palavras, tentando encerrar nelas o sentimento que ardia em seu peito. – Não é o fato de essas pessoas serem ladrões. Não é isso que irrita. É o fato de que acham que devemos respeitá-los também. Isso é que me deixa furioso. Este lugar costumava ser de todos; eles o roubaram e escaparam sem punição, mas não vão ganhar minha simpatia. Não há dinheiro suficiente que eles possam me pagar para fingir que os admiro.

– Ótimo – Elliot interrompeu com impaciência. – Não entre nesse jogo. Destrua a si mesmo enquanto fica enfurecido com algo que *você não pode mudar.* Faça isso, Tom. Mas vou lhe dizer o que acontecerá em seguida: nada. Não haverá nada para você. Esses executivos não vão se importar se você quiser se destruir; não vão nem notar se você desaparecer do radar deles. Seu destino não vai fazer a menor diferença para qualquer uma dessas pessoas. A única pessoa que vai se machucar é você mesmo.

Tom sentiu o peito se apertar.

– Então, é assim que vai ser.

Elliot suspirou pesadamente.

– Eu ia convidá-lo para voar comigo. Queria ajudá-lo, Tom, guiá-lo. Vejo agora que seria um desperdício do meu tempo e da minha energia.

Aquilo magoou um pouco. Mas Tom deu de ombros.

– Ninguém está forçando você – porém, Elliot parecia tão genuinamente desapontado com ele, como se de fato houvesse investido no sucesso de Tom, que ele sentiu uma pontada de arrependimento. – Sabe, eu lamento. Sobre tudo isso.

– Eu também – e então os passos de Elliot foram se arrastando pelas rochas.

Tom permaneceu sozinho em seu exílio de certa forma voluntário na beira do penhasco, a luz fugindo no céu. Tentou ignorar a sensação de enjoo no estômago, e disse a si mesmo repetidas vezes que aquele era o único jeito que as coisas poderiam ter acontecido.

8

A MELHOR PARTE DA VISITA às empresas da Coalizão era andar nos aviões suborbitais de Yosemite de volta ao Pentágono. Esses aviões eram lançados para a atmosfera externa da Terra e cruzavam os Estados Unidos em vinte minutos, em vez das horas que um avião comum exigia. Eram mais rápidos até que o Interstício com seu túnel a vácuo. E era o mais próximo que alguém podia chegar de viajar ao espaço naqueles dias, já que voar num suborbital significava vivenciar microgravidade e observar a curvatura da Terra. Os únicos que tinham a oportunidade de voar neles eram os ridiculamente ricos.

E os Recrutas Intrassolares, aparentemente.

Tom deixou de se importar com tudo o que havia acontecido naquele dia quando ele, Vik, Wyatt e Yuri subiram num suborbital pilotado por alguns oficiais militares, acompanhados de duas dúzias de outros recrutas.

– Vocês devem permanecer no assento durante todo o voo, da decolagem à aterrissagem, entendido? – o oficial esclareceu em tom severo.

Vik fez uma cara de desapontamento.

– Mas só temos alguns minutos de gravidade zero. Não podemos flutuar?

O oficial o encarou, carrancudo.

– Não.

– E se essa for a única vez que vamos estar no espaço... – Tom começou.

– Você vai permanecer sentado, recruta.

Tom sentiu um aperto no coração. Permanecer sentado? Viu o próprio desapontamento espelhado no rosto de Vik. Uma ideia ganhou espaço em sua mente. Ele sussurrou:

– Que problema esse seu estômago sensível, hein, Doutor?

Um brilho travesso surgiu nos olhos de Vik.

– Ah, sim. Meu estômago é muito fraco mesmo.

O AVIÃO SUBORBITAL lançou-se reto no céu, jogando-os todos contra o assento. Tom virou a cabeça para a janela, sentindo o cérebro girar dentro do crânio, a paisagem se encolhendo abaixo deles, rodopiando em seu campo de visão de maneira letárgica enquanto disparavam cada vez mais para o alto, o azul do céu se tornando negro.

Depois, de modo abrupto, pararam, e um silêncio completo os envolveu conforme os motores eram desligados. Cada molécula de Tom parecia sem peso, e percebeu que *realmente* estava sem peso. Ficou boquiaberto e surpreso, sentindo o estômago revirar de maneira fantástica. Capturou o olhar de Vik e sorriu.

Vik gemeu alto.

– Não estou me sentindo muito bem.

– Ah, não... Não aqui, colega – Tom respondeu bem alto.

– Eu... eu me sinto... eu me sinto tão...

– Ah, Deus, há um banheiro nesta coisa? – Tom gritou.

– Por favor! Alguém me ajude! – Vik implorou.

– Vou ajudá-lo, amigo! – Tom prometeu, tirando o cinto de segurança.

Tom se jogou no ar e o oficial gritou:

– Sente-se!

– Mas meu amigo está passando mal! Veja, está passando muito mal! – Tom proclamou.

Vik soltou um ruído de engasgo. Em seguida, começou a puxar o cinto.

– Ele vai vomitar – Tom insistiu, puxando Vik para perto dele. – Vai vomitar por todo este lugar!

Wyatt entrou em pânico:

– Pior! A coisa toda vai flutuar por toda parte! Por que esse suborbital não tem sacos de vômito?

As palavras soaram de um lado a outro do corredor conforme os recrutas as repetiam. *Sacos de vômito, sacos de vômito...* Tom podia observar o movimento frenético de mãos, enquanto as pessoas buscavam algo para conter o que Vik estava prestes a compartilhar.

– Não podemos ter vômito flutuando aqui – Jenny Nguyen implorou. – Vai grudar no meu cabelo!

– Certo – o oficial gritou – banheiro nos fundos. Vão!

Tom arrastou Vik do assento, e, por um momento, esqueceram-se de fingir enquanto se elevavam e batiam no teto. Ele e Vik trocaram um sorriso enlouquecido, e só então Tom se lembrou de fechar a cara e mostrar uma expressão assustada.

– Não vomite em mim, Vik.

– Corra, Tom. Corra ou vou vomitar em todo mundo!

Vários *ecas* ressoaram pelo corredor e sumiram do ouvido de ambos quando Tom e Vik flutuaram no ar rumo à cabine de trás e fecharam a porta. No entanto, não foram para o pequeno banheiro. Flutuaram ali, o rosto parecendo um pouco estranho sem a gravidade para puxar a pele, os cabelos esvoaçando em todas as direções.

– Doutor – Vik o informou –, *estamos* no espaço sideral.

– Estamos no espaço sideral.

Não conseguiram conter o riso.

VIK FINGIU SONS de vômito bem altos durante os minutos seguintes, tornando-os mais explícitos toda vez que alguém batia à porta.

– Ah, ah, que horrível – Tom gritou alto, girando no ar várias vezes. – No vaso sanitário, colega! Não em mim!

– Eu errei, Tom! Errei o vaso! – Vik gritou em resposta de onde estava, saltando de uma parede para a outra. – Oh, não, está em toda parte!

– É horrível! Parece que alguém estripou um porco aqui! – Tom gritou.

– Carrinhos de bate-bate humanos – Vik sussurrou.

Tom se alavancou contra uma parede ao mesmo tempo que Vik se impulsionava de outra, e colidiram um contra o outro tão forte quanto possível. Ambos quicaram e saíram voando violentamente em direções opostas. Vik acertou uma parede primeiro, o que lhe deu uma gigantesca vantagem para seu lançamento em direção a Tom. Bem quando Tom chegou à sua parede, Vik colidiu brutalmente contra ele, parecendo estar num jogo de hóquei. Então, Vik cambaleou para trás, girando várias vezes, as mãos levantadas em cima da cabeça com os punhos cerrados.

– Gooooooooll!

Mas ele não foi vitorioso por muito tempo. Tom se alavancou de uma parede com força, mirando direto nele. Vik o viu se aproximar, mas estava em desvantagem, girando para trás em círculos lentos. Começou a balançar os braços e as pernas de forma frenética, como se pudesse nadar pelo ar, tentando mudar o curso. Não adiantou nada. Tom colidiu com ele.

– *Touchdowwwwwn*! – Tom proclamou.

Em seguida, houve outra batida à porta. Os dois lembraram a si mesmos do que deviam fazer, e Vik soltou seus ruídos fingidos de vômito.

– Ah, céus, está por toda parte! – Tom gritou. – Todo esse vômito está me fazendo vomitar! – fingiu ruídos de vômito também.

Mas a porta começou a abrir mesmo assim, e Tom e Vik perceberam que seriam pegos no flagra.

Por sorte, eram Wyatt e Yuri. Ela fingia estar prestes a vomitar.

– Eu sabia. Sabia que estavam fingindo. O que vão fazer quando não houver vômito por todo canto?

– Tubos de sopa – Vik respondeu. – Voei em suborbitais com meus pais e sei que sempre há algumas refeições armazenadas aqui. Vou espremê-las antes de pousarmos. Você estava ajudando a gente quando falou aquilo, então? – ele se mostrava impressionado.

– Acham que já não conheço vocês? – Wyatt perguntou. Fez um aceno de satisfação com a cabeça. – Toda a cabine ouviu os ruídos de vômito. Falei pra todo mundo que você bebeu água da torneira na Epicenter.

Vik não ficou muito feliz.

– Mas eu sou *da Índia*. Teria que ser idiota para ser um *indiano e* beber água da torneira na região da *Índia* da Epicenter. Todos em meu país sabem que não se faz isso.

Ela sorriu.

– É por isso que eu disse que tive intoxicação alimentar e garanti que ninguém achasse que bebi água da torneira como você. Não queria que as pessoas achassem que *eu* sou idiota.

– Bruxa Maligna! – Vik sussurrou, impressionado.

Wyatt soltou um ruído bem alto de vômito.

– Ah, é terrível! – Yuri urrou, feliz.

Vik se lançou para Wyatt e a arrancou dos braços de Yuri.

– O que está fazendo? – Wyatt sussurrou num tom bravo, contorcendo-se nas mãos dele.

– Você manchou minha reputação. Agora vamos jogar volêi com seres humanos – Vik declarou, e a atirou em direção a Tom.

O medo cobriu o rosto de Wyatt, que ainda não estava acostumada a flutuar com tranquilidade na gravidade zero, e ela começou a girar os braços como um cata-vento, agitadamente. Tom a pegou, e o impacto os fez girar para trás rumo à parede mais distante.

– Tudo bem? – ele perguntou a ela enquanto quicavam da parede.

Ela riu. Era resposta suficiente. Ele a girou deliberadamente enquanto Yuri se jogava em direção a ele, tentando resgatá-la. Tom chutou o teto para ganhar impulso e arremessou Wyatt de volta para Vik. Yuri esmagou Tom contra a parede, depois partiu para longe de novo. Vik tentou lançar Wyatt de novo, mas era tarde demais, porque Yuri estava determinado agora.

– Não desta vez – ele declarou, e agarrou a perna dela. Depois, puxou-a para os seus braços. Eles giraram, o cabelo longo dela rodopiando como uma nuvem, ambos flutuando em frente à janela que dava vista para o contorno da Terra.

Enquanto boiavam para longe, Yuri agarrou o teto para detê-los. Baixou a cabeça e a beijou. O cabelo de Wyatt flutuava como o de uma sereia, bloqueando seus rostos do campo de visão dos demais. Tom sentiu o ombro colidir com o de Vik enquanto os dois observavam a cena.

– Não acho que Yuri vá jogá-la de volta – Vik observou. – O que faremos agora?

– Não aquilo que estão fazendo, com certeza – Tom respondeu.

– Preciso de uma namorada – Vik reclamou. – Ei, o que acha de Lyla Martin?

– Ela é assustadora – Tom retrucou.

– E loira – Vik parecia feliz com ambas as coisas. – Não vou mentir para você, Tom: enquanto estávamos sendo devorados juntos por um tubarão, acho que rolou um clima.

Yuri se afastou de Wyatt e ambos olharam para Tom e Vik enquanto os dois flutuavam.

– Continuem – Tom deixou escapar.

– É, a gente não se importa – Vik acenou para que prosseguirem. – Vocês só têm uma chance nesse lance de gravidade zero.

Wyatt suspirou.

Yuri os encarou, um ar levemente ameaçador no rosto.

– Virem-se e olhem pela janela. Os dois.

– Ah, certo. Privacidade. – Tom e Vik não podiam assistir. Obedientes, viraram-se para a janela.

Vik se voltou para a caixa de refeições militares e pegou um tubo de sopa gelatinizada.

– Vômito falso surgindo. O que acha, Tom? Tomate ou frango?

– Tanto faz – Tom se jogou em direção à janela para sua última visão do planeta no espaço, pensando que nunca mais o veria do lado de fora com os próprios olhos. Encarou a curvatura da Terra contra a escuridão e, lá no fundo do cérebro, teve de repente a percepção de que não estava vendo uma fotografia ou uma imagem de realidade virtual: olhava para a coisa real.

Com isso, sua mente ficou estranhamente silenciosa e foi absorvendo o planeta, que parecia pulsar cheio de vida contra o vasto universo recoberto de estrelas além dele. Os olhos passaram pelas rodopiantes nuvens brancas de uma tempestade, a sombra de uma cortina pálida lançada sobre o intenso azul do oceano. Seu olhar percorreu depois a marcante e irregular linha verde da costa leste dos Estados Unidos onde ela cortava o Atlântico.

– Pessoal – Tom declarou –, estamos mesmo no espaço sideral.

Viu os reflexos tênues na janela conforme os amigos flutuavam para ver. A sopa gelatinizada de Vik também flutuava em pelotas ao redor deles enquanto observavam a Terra juntos.

– Olhem os *outdoors* florescente – Wyatt pressionou o dedo contra a janela.

Levou um momento para Tom conseguir vê-los. Os *outdoors* florescentes abaixo deles eram como pequenos vaga-lumes brilhando acima do planeta, a luz do sol dançando sobre a face coberta dos painéis solares. Era estranho como aquelas imagens pareciam grandes e inatingíveis da Terra, mas ali em cima encolhiam, reduzindo-se a tal insignificância, que ele imaginou que poderia jogá-las para longe com um peteleco.

– Nossa, com são minúsculos vistos daqui de cima – Vik comentou.

Havia assombro na voz de Yuri:

– Tudo é.

E ele estava certo. Tudo era. Tudo que Tom algum dia havia temido dava a impressão de ter encolhido durante aquele instante, conforme o universo se expandia para ele.

Seu coração pareceu inflar, e desejou que todas as pessoas do planeta pudessem ter aquela chance, apenas uma vez, de ver o horizonte acima dos *outdoors* florescentes em vez de debaixo deles. Talvez todos se dessem conta de que o universo não acabava nos limites da Coalizão de Multinacionais, mas, em vez disso, que aquela incrível expansão infinita de possibilidades existia além deles.

Não era de espantar que o céu tivesse de ser recoberto por propagandas, e as estrelas, sufocadas por luzes. Se todo mundo pudesse ver além dos horizontes da Coalizão, talvez começassem a enxergar os titãs da humanidade como realmente eram: criaturas minúsculas, menores que insetos, e, na hierarquia das coisas, igualmente insignificantes.

Talvez mais pessoas estivessem dispostas a encarar um ladrão como Reuben Lloyd e rir bem na cara dele.

9

POUCO DEPOIS DAS APRESENTAÇÕES da Coalizão, pequenas coisas começaram a funcionar errado na Agulha. Tom e Vik vivenciaram a primeira pane no dia em que o grupo de Snowden enfrentou o de Karl, que havia escolhido a batalha de Bosworth Field. Ele representava o rei Ricardo III da Inglaterra, e seu exército devastava as forças de Snowden – quer dizer, as forças do futuro rei Henrique VII. Snowden não havia se dado o trabalho de animar o avatar de Henrique Tudor, então, Tom e Vik ficaram livres para fazer o que quisessem.

Tom matou um soldado das tropas de Karl e vestiu seu uniforme, puxando o elmo para baixo e ocultando o rosto. Ele e Vik passaram a fingir que lutavam no caminho pelo campo, sempre avisando um ao outro dos perigos que se aproximavam, esperando que os soldados inimigos os vissem lutando um contra o outro e os deixassem sozinhos. Quando avistou Karl, Vik deu um sinal a Tom, e este incitou seu cavalo, dirigindo-se a Karl para atacá-lo

Vários dos recrutas de Karl pareceram reconhecê-lo – Tom estava certo disso –, mas não deram nenhum grito de aviso enquanto Tom galopava atrás dele.

Karl estava ocupado demais berrando com os recrutas para perceber a ameaça, a coroa torta na cabeça:

– Ei, seus vermes, estão prestando atenção? Disse para caçar os recrutas de Snowden. Vão logo! Ah, mas não matem

Raines! Peguem-no vivo e o tragam aqui. Ele é meu, entenderam? *Raines deve viver* até que eu decida matá-lo.

Tom riu atrás dele.

– Parte do que você disse está certo.

Karl virou a cabeça em um movimento brusco... e tomou uma lança na cara.

– A parte do "Raines deve viver" – Tom explicou para o cadáver de Karl, removendo a lança. Ele a limpou na túnica do inimigo antes de o corpo dele deslizar pela lateral do cavalo. – Essa é a parte a que me referi.

Vik cavalgou até ele e, juntos, acharam a coroa de Karl, que havia caído numa moita.

– Agarre isso e dê para Snowden, Tom. Pode ter sido assim que Ricardo III morreu em Bosworth Field.

Mas Tom não estava interessado nisso.

– É minha! – ele colocou a coroa na cabeça. – Eu me declaro rei Thomas I da Inglaterra.

– Certo. Esqueça a história real – Vik disse. Depois, bateu a lateral de sua espada contra a cabeça de Tom. As pernas deste se dobraram e ele se descobriu ajoelhando no campo, o cérebro girando.

Vik colocou a coroa na própria cabeça.

– Eu me declaro rei Vikram, o...

Um barulho alto de ronco de motor abafou a voz de Vik, sombras manchando o céu. Tom jogou a cabeça para trás e avistou uma frota de aviões nazistas acima dele. Esfregou a cabeça.

– Isso aconteceu na Batalha de Bosworth Field?

– Não – Vik respondeu. – Não havia *blitzkriegs* nazistas na época medieval.

Mas, mesmo antes de o ataque nazista começar, Júlio César chegou com um exército de centuriões romanos prontos para a batalha. No outro lado do campo, o exército de Napoleão

Bonaparte se aproximou para encontrar com ele. Um barulho de algo se despedaçando encheu os ouvidos de Tom. Ele e Vik mergulharam para trás de um lugar que lhes serviu de abrigo pouco antes de o navio do Capitão Gancho encalhar em Bosworth Field.

Enquanto isso, cardumes de tubarões caíram do céu e começaram a se contorcer no campo, os dentes rangendo para os soldados que passavam. Uma lula gigante foi derrubada em seguida e se prendeu ao navio pirata, enquanto o Capitão Gancho a golpeava de forma tresloucada com sua mão de gancho.

Mais e mais elementos de outros programas de simulação vazaram para o deles. Luzes ofuscantes inundaram o horizonte enquanto uma bomba de hidrogênio detonava a distância, e guerreiros klingons começaram a aparecer por todo o campo. No momento em que a Estrela da Morte preencheu o céu e cobriu o sol, Tom havia colocado sua lança de lado, e Vik havia embainhado a espada. Ambos se sentaram e desfrutaram a cena, começando a fazer apostas sobre os vários oponentes. Tom apostou dez dólares no Tiranossauro Rex, e Vik apostou no Exterminador do Futuro. Ambos gritaram de desalento quando o T-Rex correu para despedaçar um dos tubarões agonizantes, abandonando a batalha por completo.

Vik deu uma cotovelada em Tom.

– Isso realmente tira da sua cabeça o encontro com as multinacionais, não é?

– Que encontro? – Tom perguntou, entrando no jogo. Mas seu humor se deteriorou em instantes.

TOM NÃO PRESTOU muita atenção às panes que continuaram a acontecer na transmissão dos exercícios físicos, no sistema de exercícios aplicados. Os grupos, entretanto, enfrentaram momentos terríveis. Num dos cenários, os turcos jogaram vítimas portadoras da peste sobre os muros de Constantinopla, e os recrutas estavam do lado de dentro. Só depois de começarem a morrer de peste negra simulada é que os recrutas perceberam que seus receptores de dor estavam ligados no máximo e que não podiam escapar até todos terem agonizado de maneira terrível.

O grupo de Wyatt teve de lidar com uma grande pane. Um cenário de guerreiras amazonas se tornou acidentalmente obsceno enquanto o grupo de Cadence lutava contra o de Elliot. Já que Wyatt estava no grupo de Elliot, ela viu tudo, e andou por todo o dia seguinte numa espécie de atordoamento. Tom e Vik conseguiram detalhes suficientes para cruzar os dedos e torcer por uma boa pane desse tipo das próximas vezes que se conectassem, mas isso nunca aconteceu de novo.

Tom via Blackburn e Wyatt trabalhando juntos cada vez mais. Eles sempre pareciam estressados e frustrados, tentando precisar a fonte dos problemas com o sistema. Não perdeu muito tempo pensando nisso, no entanto, porque tinha os próprios problemas. Um mês depois da apresentação com as multinacionais, os intermediários todos recebendo avaliações das empresas ao acordar.

Tom deitou-se na cama por um tempo sem abrir a mensagem com seu veredicto, mas depois cedeu à curiosidade e a abriu. Não havia nenhum comentário específico nas avaliações, apenas duas opções simples: *Gostaria / Não gostaria que esse recruta voltasse.*

Opções simples, mas significavam tudo. Pessoas como Nigel Harrison, que haviam conseguido receber convites de retorno, mas tinham falhado em agradar, podiam se condenar nesse estágio da carreira a não ter nenhum patrocinador quando tentassem entrar para a Companhia Camelot.

Tom, ao contrário de Nigel, havia afugentado abertamente cada uma das companhias. Com o estômago revirando, abriu sua avaliação. Os olhos passaram pelos cinco *não gostaria* marcados ao lado do nome das empresas. Não era surpresa nenhuma, mas mesmo assim ele se sentia como se alguém tivesse socado seu estômago, expulsando o ar de dentro dele. Encarou aquelas palavras, suspensas diante de seu centro de visão, perguntando-se como devia se sentir sobre a confirmação oficial de que havia destruído o próprio futuro.

Tom estava fora do programa. Não conseguia realmente entender a si próprio. Por isso resolveu mandar a ficha de avaliação para Vik, escrevendo nela: *Eu ganho alguma coisa com isso?* Ficou à espera, o estômago ainda doendo.

Dentro de um minuto, Vik entrou correndo em seu quarto, sem fôlego, e declarou:

– Você é oficialmente o mais bem-sucedido Doutor de Cretinice Limitada que este mundo já viu!

Tom decidiu que aquela era a resposta correta. Pulou da cama.

– Eu sei, certo? Cinco de cinco! Pof! – fingiu socar algo.

– Deve ser um recorde – Vik se maravilhou. – Você deve ter sido o primeiro, cara. Não acho que ninguém tenha feito isso antes. Cinco em um dia. Alguém mais, alguma vez na história da Agulha, conseguiu realizar esse feito?

Tom riu.

– De jeito nenhum. Aposto que sou o primeiro. Devia emoldurar e colocar na parede ou algo assim. Como um troféu.

Vik estalou os dedos e apontou para ele.

– Você pode! Tom, você pode, cara. Tenho certeza. Podemos acrescentar ao modelo do quarto.

Logo, a estátua gigante Cretino Limitado de Tom segurava, triunfante, um pergaminho com a mensagem, como se fosse a Declaração de Independência ou algo semelhante. Vários intermediários começaram a aparecer para admirá-la e dar os parabéns a Tom.

É claro que nem todos ficaram impressionados. Giuseppe franziu a testa.

– Por que você colocaria a prova de seu fracasso total na parede?

Vik suspirou de maneira trágica.

– Você simplesmente não entende, Giuseppe.

Tom deu de ombros com um ar de desamparo.

– Você não entende.

Isso deixou Giuseppe com raiva.

– Não, na verdade o que não entendo é como podem ser tão apaixonados por si mesmos a ponto de terem estátuas gigantes de si mesmos nos modelos para o quarto.

Vik suspirou de forma trágica de novo.

– Você simplesmente não entende, Giuseppe.

Tom deu de ombros, de novo com um ar de desamparo.

– Você não entende.

Desta vez, Giuseppe saiu do quarto. Tão logo estava fora de vista, Tom e Vik começaram a gargalhar. Infelizmente, isso não durou muito tempo, porque Yuri e Wyatt pareciam não ter gostado da exibição. Examinaram o pergaminho do fracasso, e Yuri veio até Tom e agarrou seu ombro.

– Lamento muito.

– Hein? Lamenta? – Tom repetiu. Yuri estava arruinando tudo aquilo.

– Ele está lidando bem com a situação – Vik insistiu. – Verdade, Yuri.

– Se eu tivesse um boletim só com nota zero, não o colocaria numa parede – Wyatt falou para Tom. – Também não mostraria para todo mundo nem incentivaria as pessoas a falar para outras a respeito.

Tom forçou uma risada.

– Isto não é o mesmo que um boletim. Quero dizer, tirem o dinheiro e o poder deles, e quem se importa com Reuben Lloyd, Sigurdur Vitol ou...

– Mas ninguém está tirando dinheiro nem o poder deles – Wyatt pontuou. – Todo mundo aqui se importa com eles.

– Acho que você está no *estágio de negação* – Yuri lhe disse. – Isso não é bom para você, Thomas.

Os olhos de Tom se voltaram para os de Yuri. Ele estava tentado a dizer quem a expressão "estágio de negação" lhe trazia à mente.

Vik não teve tanto autocontrole.

– Se quer falar de negação, vamos examinar...

– Wyatt – Tom interrompeu. Nenhum deles falava com Yuri sobre aquilo, e não era o momento adequado.

Wyatt ficou ansiosa.

– O que tem eu? Estou negando alguma coisa?

– É... é... – Tom refletiu alguns instantes, procurando uma desculpa boa o suficiente para servir de distração. – Hum, você é de Connecticut, então acha que Connecticut é um estado legal. Mas não é. É horrível. Sabe por quê? Porque Snowden é de Connecticut. Portanto, Connecticut é uma droga.

Wyatt ficou muito perturbada com o fato de Tom criticar seu estado natal. Tão perturbada, na verdade, que a expressão no rosto de Vik se abriu de felicidade.

– Muito obrigado, Tom, por me entregar essa gloriosa nova arma.

– Cale a boca, Vik – Wyatt falou.

Mas Vik já havia sentado na cama de Tom. Ele murmurou:

– Connecticut... Connecticut... O que fazer com Connecticut?

– Estou bastante ciente de que tudo está acabado para mim aqui – Tom informou a Wyatt, levando-os de volta ao tema em questão. – Não é negação. É aceitação.

– Não é aceitação – Vik respondeu, voltando a prestar atenção no assunto. – Ele está *abraçando* essa causa, Bruxa Maligna. E é por isso que você é incrível, Doutor. Você é um herói, além de uma inspiração para todos nós.

Tom deu de ombros mostrando modéstia.

– Faço o que posso.

– É fácil para você dizer isso! – Wyatt protestou, voltando-se para Vik. – Você foi convidado a voltar a todas essas empresas.

– Sim – Yuri acrescentou. – Você se mostra ansioso em minimizar a importância disso, mas notei que você mesmo não está vivenciando o problema.

– Tom tem todo o direito de se sentir deprimido – Wyatt insistiu.

– Por que Tom estaria deprimido? – Vik perguntou, exasperado. – Sim, ele teve um revés, é verdade, mas pelo menos não acordou em Connecticut.

Houve um momento de silêncio enquanto Wyatt processava suas palavras, depois o rosto dela ficou muito sério.

– É assim que você vai usar o lance de Connecticut.

– É assim – Vik confirmou.

– Não, Vik. É terrível.

– Terrível? Não, Enslow. Você está confundindo a situação de Tom com viver em Connecticut – Vik retrucou.

Wyatt deu um soco no braço dele e saiu pisando duro.

Yuri suspirou e deu um tapinha nas costas de Tom.

– Fique firme, amigo.

Tom se sentiu envergonhado quando Yuri partia, porque era óbvio que o grande garoto russo achava que ele precisava de um tapinha de encorajamento nas costas. A situação devia ser mesmo muito ruim. Quando ele e Vik começaram a jogar, as imagens se embaçaram diante dos olhos de Tom.

– Você está jogando mal hoje à noite, Doutor – Vik observou.

– Estou ganhando.

– Está é jogando mal para o seu nível. Ei, não está realmente deprimido, está? – ele parecia sem graça só de perguntar. Tom balançou a cabeça numa negativa.

– Não, cara. Estou bem.

– Já imaginava. Você vai superar essa, Doutor. Você sempre supera todas.

Mas, mais tarde, quando ficou sozinho de novo, Tom encarou as cinco razões pelas quais estava tão arruinado. Queria desesperadamente ter orgulho daquilo, como Vik sugerira, mas o sorriso em seu rosto o fazia parecer uma espécie de gárgula debiloide, e o nó no estômago era de pura apreensão.

TOM NÃO ESTAVA ansioso para ver a reação do general Marsh à sua desgraça. Aliás, sentiu um tremendo frio no estômago quando a convocação apareceu em seu centro de visão. A reunião não lhe prometia boas coisas. Tinha certeza de que Marsh estava arrependido de tê-lo recrutado, de ter desperdiçado tempo com ele. Suas pernas pareciam feitas de chumbo ao longo do caminho até o terraço de observação, onde o general o esperava.

O ar da noite estava frio, e Tom tremeu ao entrar no terraço, antes de bater continência. Marsh lhe fez um aceno para que ficasse à vontade, e Tom ficou ali, resignado com seu destino.

– Queria me ver, senhor?

Marsh fez um gesto para que ele se aproximasse.

– Sabia que eu tenho um neto da sua idade, senhor Raines?

Tom hesitou, mas em seguida se juntou a ele no parapeito.

– Não sabia disso.

– Um pouco mais jovem que você, mas é um bom garoto. Muito inteligente. Se tivesse nascido numa época diferente, não dá para saber o que poderia ter se tornado. – Marsh apontou o céu. – O que você vê lá em cima?

– Hum... a Lua, senhor. – No céu límpido de Washington, D.C., ela exibia-se nítida, vibrante e cheia. E, com um telescópio adequado, Tom tinha certeza de que se podia ver até mesmo os equipamentos chineses por lá.

– Não a Lua. Aquilo ali é território russo-chinês e o fim desta guerra – desta vez, Marsh apontou o dedo em direção à massa redonda. – Enquanto estávamos ocupados dando dinheiro sem parar para a Wyndham Harks, estripando nossas escolas e bombardeando pessoas em desertos para a Nobridis, os chineses estavam ocupados treinando milhões de cientistas, construindo seu programa espacial e reivindicando o território mais estrategicamente vital numa guerra que nem havíamos travado ainda. Quem quer que controle a Lua controla também o sistema solar, senhor Raines, e, quem quer que controle o sistema solar, controla o futuro da humanidade.

Ele apontou de novo para cima com o indicador rechonchudo, balançando-o como se pudesse ver o equipamento, as armas, os armamentos.

– É a base de lançamento de baixa gravidade perfeita deles, mas é ainda mais que isso. Eles poderiam organizar tudo amanhã para atirar em cada uma de nossas naves conforme elas se aproximassem da Terra. Se quisessem, poderiam virar essas armas e dispará-las sem parar torno do nosso planeta, acertando com facilidade todas as nossas outras bases no sistema solar. Essa guerra poderia acabar em alguns dias.

– Eles assinaram aquele tratado – Tom argumentou, lembrando-se da aula de táticas. – Concordaram com uma Zona Neutra.

– O que é um tratado? Um pedaço de papel. Um acordo não significa nada por si só. É o poder de forçar outros a cumprir um acordo... é só isso que conta. Essa é a farsa de todo esse negócio.

Marsh apoiou os cotovelos no parapeito, o rosto banhado pela luz da Lua.

– O fato, filho, é que lutamos com os chineses apenas porque eles permitem. Eles estão segurando o golpe final porque essa guerra, no fim das contas, não tem nada a ver com a ideia de a China conquistar o sistema solar. Não tem nada a ver com os Estados Unidos. Não tem nada a ver com nenhum país. Ela tem a ver com esses homens e mulheres que você conheceu no encontro com as multinacionais.

Tom estava um pouco aliviado, porque fora até ali esperando levar uma bronca, mas Marsh parecia mais reflexivo do que bravo.

– Sim, sei disso, senhor. Sei que arruinei as coisas com eles.

– Compreendo porque você acha essas pessoas desprezíveis. Eu também as considero assim. Elas querem uma oportunidade de pegar todos esses recursos no espaço, sim, mas sabe o que mais elas desejam, Raines? Desejam uma guerra que nunca termine. É por isso que temos uma Lua ali em cima que os chineses não colocam em jogo. Essa Lua acaba com a mamata, e todo mundo está ciente disso. Sabe o que eu faria se comandasse esse barco?

Tom balançou a cabeça negativamente.

– Reuniria nossas forças, fingiria um ataque aos estaleiros próximos do Corredor Polonês...

Tom reconheceu o termo para a zona de fogo livre que rodeava a Zona Neutra. Tratava-se de uma expansão do espaço perigosa e de combate intenso, na qual era preciso sobreviver para conseguir chegar ao porto seguro em volta da Terra.

– ...e então, Raines, eu atacaria as fortificações chinesas na Lua. Um ataque surpresa, e a história que me acusasse de enfiar a faca pelas costas. Destruiria cada peça de equipamento que eles têm. Encontraria qualquer coisa que tivessem sob a superfície e explodiria também. Iria ferir essa bela face rochosa, mas, por Deus, eu traria a vantagem para o nosso lado. E a usaria. Não lutaria com uma mão amarrada nas costas, e eles também não. Alguém venceria, alguém perderia – ele se manteve em silêncio por um momento. – Sabe por que nunca me colocaram no comando?

– Por que o senhor explodiria a Lua? – Tom tentou adivinhar.

– Porque eu encerraria a guerra. É isso que a destruição faz. Esta guerra terminaria, e em seguida acabariam-se os contratos financiados com dinheiro dos contribuintes, a exortação à guerra na mídia, os rostos simpáticos dos combatentes e a causa patriótica para acalmar os civis e envergonhar os dissidentes. Outra coisa que teria fim seria a justificativa para o fato de este país ser administrado do jeito que é. As pessoas se perguntariam por que os salários continuariam a diminuir pela metade para pagar homens que são proprietários de empresas de água e luz, de suas estradas, de seus parques nacionais. Elas se perguntariam por que precisariam trabalhar oitenta horas por semana para sustentar pessoas que lhe tomaram a casa e destruíram os empregos da classe média. Não haveria mais um inimigo para o qual apontar o dedo; as pessoas enxergariam o problema real.

– Ou um novo inimigo poderia ser criado. Uma nova guerra poderia ser iniciada – Tom argumentou, lembrando o que Neil sempre dizia sobre o tema.

Marsh esfregou os dedos no queixo, ainda olhando para a lua.

– Sabe, quando eu era um cadete, Raines, havia trinta mil aeronaves nos céus dos Estados Unidos. Agora, há trinta milhões. As pessoas protestaram aos milhares contra o firewall novinho em folha que recobria todos os Estados Unidos. Agora, o Departamento de Segurança Nacional despacha uma nave ou duas, dispara uma arma de micro-ondas na multidão, e ninguém vai permanecer ali quando sentir que pode ser queimado. Todas essas mudanças foram feitas porque alguém gritou *lobo*. De novo e de novo. Mas você sabe como essa história termina?

Tom balançou a cabeça em negativa. Não tinha certeza do que Marsh falava ou de como um lobo havia entrado na conversa.

– Ela termina quando o garoto encontra um lobo de verdade e ninguém vai ajudá-lo. A coisa que mais temo é que talvez já seja muito tarde. *Há* drones demais, *há* vigilância demais.

Certas vezes, acho que, mesmo que o jogo acabasse hoje, seria tarde demais para conseguir de volta o país que tivemos antes. O mundo já se parece o bastante com uma prisão para todos nós que não importa mais se ninguém vier correndo para lutar contra o próximo lobo. Talvez não sejamos suficientemente importantes para fazer a diferença agora.

Tom observou as árvores escuras oscilando a distância, pensando no seu nome na lista de observação de terroristas. Ao que tudo indicava, era um lobo agora.

– O estado de segurança é um punho de ferro – Marsh disse baixinho. – E ele está se fechando em torno da nossa garganta. Quando olho para meu neto, tento imaginar o futuro dele, mas não vejo nenhum. Esses executivos que você conheceu pertencem a um clube de elite, e meu filho nunca vai fazer parte dele. Exotrajes, drones e processadores neurais são o início do fim para o resto de nós. Em alguns anos, esse clube não vai precisar de soldados; não vai precisar de fazendeiros; não vai precisar de nenhum de nós que permanecemos úteis para ele. Na verdade, mesmo agora, se você tivesse ideia do processador neural de próxima geração que Joseph Vengerov está tentando colocar aqui, para disseminar entre a população geral... Bem, isso me dá calafrios na espinha. A vasta maioria dos seres humanos está se tornando obsoleta, e esse estado de segurança significa que podemos ser tratados dessa maneira sem repercussão. Fui parte disso, filho, e devo a meu neto, a meus filhos, fazer tudo o que possa para virar o jogo em nosso favor. Mas tenho de fazer isso agora. E preciso da sua ajuda.

Tom o olhou com um ar incerto.

– Senhor...?

– Já disse porque o recrutei, Raines: precisamos de um tipo diferente de combatente. Precisamos de alguém com instinto para ganhar guerras, não apenas para ganhar o apoio do público. Não posso derrotar essas pessoas – ele gesticulou vagamente em direção a Washington, D.C. –, mas posso lhes dar um empurrãozinho na direção que eu quero. Preciso de um lutador muito eficiente lá em cima, alguém que possa ganhar terreno para nós e abrir o apetite desses executivos pelos espólios da vitória, não apenas pelos espólios que roubamos do povo. Mostre a eles uma vitória real e talvez tenhamos o incentivo de que necessitamos para permitir mais combatentes do tipo que *eu* preciso: o tipo que ganha guerras. Se conseguirmos o suficiente deles, poderemos atacar a Lua. Poderemos terminar essa guerra segundo nossos termos, Raines, e não é possível dizer o que vai acontecer depois. Isso significa que preciso que faça sua parte e conserte a situação com esses CEOs.

Tom olhou para as árvores. Falar era fácil, difícil era fazer.

– Não me importo com o que acha deles. Tudo o que me importa é: você tem um objetivo, e esse objetivo é ir para o espaço. Tudo que fizer a partir de agora, Raines, deve ser voltado para esse objetivo.

– O senhor não entende. As empresas me baniram.

Os olhos de Marsh se voltaram direto para os dele.

– Você realmente fez tudo o que podia fazer, Tom? Fez mesmo? Sei que é esperto. Não estaria falando sobre esse tipo de coisa se você não tivesse um cérebro nessa cabeça. Há um motivo pelo qual estou depositando minha confiança em você, filho: é porque você vai se sair bem. Sei que vai achar um jeito.

Tom se perguntou como Marsh sabia disso. Ele mesmo não sabia.

– Você vai conseguir que uma dessas empresas empregue alguns bilhões para patrociná-lo, e será um combatente. Acredito nisso até o último fio de cabelo. E não espero nada aquém disso de você, Intermediário.

TOM SE SENTIU um pouco estranho quando foi para o quarto mais tarde. Ele esperava... Bem, não tinha muita certeza. Mas esperava que Marsh gritasse com ele, no mínimo, ou que talvez comentasse o tamanho de seu fracasso.

Tom ficou parado na escuridão com a estátua Cretino Limitado e o pergaminho mostrando os cinco *não gostaria*.

Marsh confiava nele para consertar tudo aquilo, mas na verdade não havia motivo para essa confiança. Por um momento, o estresse se tornou opressivo demais. Tom fechou os olhos, sentindo como se o mundo inteiro rodopiasse ao redor dele, e ele fosse uma singularidade no centro, absorvendo mais e mais expectativas até que fosse impossível escapar da massa esmagadora delas. Sabia que não seria capaz. Desapontaria Marsh, estragaria tudo e seria sugado naquele vórtice porque tinha certeza de que Marsh desistiria dele e, quando tudo estivesse acabado, seria aniquilado.

Nesse instante, pensou em Medusa.

Abriu os olhos.

Medusa!

Ela resplandeceu em seu cérebro, e era como se houvesse descoberto uma passagem em meio ao vórtice, libertando-o para o outro lado. O peso foi aliviado de cima dele como se nunca tivesse estado lá, e Tom compreendeu que havia uma maneira. Tinha de haver.

Medusa não tinha patrocinador, mas estava no espaço. Então, era possível.

Tom sentiu algo forte e indestrutível crescer dentro dele, e relanceou o olhar para as avaliações, uma determinação incrível tomando conta de seu ser. Tom tinha consciência de que ela não queria que ele a contatasse de novo e que ela havia ameaçado explodi-lo se chamasse muita atenção para eles. Porém, nunca havia sido muito bom em acatar ameaças.

Digitou rapidamente no teclado do antebraço, deletando o pergaminho do fracasso da estátua e colocando uma espada imensa e mortal em seu lugar. A batalha ainda não tinha chegado ao fim.

10

EM OUTRAS OCASIÕES, TOM usara um fórum de discussão para entrar em contato com Medusa. Agora que sabia que ela era como ele, não precisava mais disso. Foi para o quarto, conectou-se e utilizou seu velho canal de comunicação para a Fortaleza Sun Tzu: abriu uma interface com a corrente de força imensa do processador central da Agulha Pentagonal. Traçou o caminho familiar de zeros e uns que havia seguido tantas vezes antes.

Sua consciência foi projetada para alguns satélites que faziam um anel em torno da Terra com seus sensores eletrônicos. Foi preciso esforço para se concentrar; para se agarrar ao próximo canal de sinais e se lançar aos satélites ao redor de Mercúrio e suas minas de paládio.

Então, os sinais pairaram em direção à Terra, estabelecendo-se no mainframe da Fortaleza Sun Tzu, a cidade dos recrutas russo-chineses. Tom passou a seguir as linhas de comunicação de um diretório a outro, até que os IPs dos Combatentes Russo-Chineses piscaram em sua consciência. Reconheceu o IP de Medusa e inseriu ali sua mensagem: *Quero falar com você.*

Tom se demorou nos sistemas da Fortaleza por um período interminável, que mais tarde percebeu terem sido menos que vinte segundos, e a mente dela apareceu no sistema.

Um choque percorreu seu corpo, jogando-o para fora da cama. As palavras *FIQUE LONGE* queimaram em seu centro de visão antes de desaparecer.

Tom ficou deitado ali, ofegante, um pouco magoado pela rejeição, mas em seguida a determinação tomou conta dele. A única coisa a fazer era tentar e tentar mais uma vez.

SUA PRÓXIMA OPORTUNIDADE de contatar Medusa veio mais cedo do que esperava: durante o voo assistido com Heather Akron.

Heather provavelmente não seria a primeira escolha de Tom, não apenas porque havia caído em desgraça por difamar os outros combatentes da ComCam para a imprensa, mas sobretudo porque ele tinha uma desconfiança persistente em relação a ela desde que o havia entregado a Karl Masters na sua primeira semana na Agulha. O próprio fato de ter caído em desgraça significava que, provavelmente, ele não era a primeira escolha de Heather também.

No entanto, agora tinham de ser uma equipe. Tom acordou com um lembrete às 0400 informando-o para se apresentar à Hélice a fim de se encontrar com Heather para fazer um voo assistido às 0430. Era a primeira chance de ver pessoalmente uma batalha... Mais ou menos.

Tom estava tão empolgado que conseguiu tomar banho, vestir-se e chegar ao nono andar às 0408. Ali, seu processador neural o informou de que a batalha daquele dia seria nos Confins.

Tom sabia que os Confins eram o setor do sistema solar que iam do ponto da órbita de Saturno mais próximo do Sol ao Cinturão de Kuiper. Os Confins eram tão longe da Terra que cada ataque tinha de ser planejado com meses de antecedência, e o lado que partia para a ofensiva quase sempre era vitorioso. O lance era que havia tanto espaço lá fora que localizar estaleiros espaciais, satélites inimigos e plataformas mineradoras era a tarefa mais difícil de todas.

O exército trabalhava com a Nasa para despachar os armamentos necessários para a batalha – lançar canhões móveis, satélites e aeronaves de apoio para o local com meses de antecedência a um confronto planejado. Todos os planos de ataque aos extremos do sistema solar, dos próximos seis meses a um ano, eram armazenados no Cofre-Forte do Mezanino da Agulha. Os próprios combatentes, assim como os intermediários que voavam com eles, acordavam com os planos de batalha do Cofre-Forte baixados no processador no dia em que deviam atacar. Embora planos formais de batalha raramente sobrevivessem ao contato com o inimigo, ataques nos Confins eram com frequência tão destruidores que o oponente, de qualquer maneira, tinha pouca chance de revidar.

Logo, um punhado de outros intermediários sortudos o suficiente para acompanhar os voos do dia foram surgindo aos poucos. Wyatt era um deles. Ela parecia pálida e mal-humorada, e não retribuiu o cumprimento empolgado de Tom. Sua carranca aumentou quando Heather veio caminhando de um jeito afetado para pegar Tom e guiá-lo pelo corredor.

Heather enlaçou seu braço no dele.

– Pronto?

– Pronto – Tom assegurou.

– Vamos usar uma interface de pensamento limitada para esse voo. Você vai me ouvir, mas não vai ouvir os outros combatentes. – Detiveram-se do lado de fora do Centro de Comando da Hélice, um corredor sinuoso que conectava o nono e o décimo andar, onde os combatentes da ComCam se ligavam às naves do espaço durante a batalha.

– Se tiver alguma pergunta, pode pensá-la, e eu respondo em pensamento quando der. Provavelmente, vou estar ocupada demais.

– Entendido – Tom falou.

Os Intermediários ainda não tinham a entrada autorizada para a Hélice, mas havia uma série de camas que se projetaram para fora da parede no nono andar, na parte externa da entrada, onde podiam estabelecer uma interface com o propósito de acompanhar o voo. Os intermediários deveriam deitar nelas e retorná-las à posição original, para que ficassem deitados lá dentro enquanto estivessem ligados ao sistema, compartilhando as percepções sensoriais dos combatentes da ComCam durante a batalha espacial.

Tom se esparramou em sua cama, e Heather começou a digitar os códigos de autorização no teclado do antebraço para poder compartilhar seus sentidos.

Tom estremeceu de excitação.

– Boa sorte.

Ela balançou a cabeça negativamente.

– Sorte não tem nada a ver. Se perdermos uma batalha na parte externa do sistema solar, será porque alguém na logística cometeu um erro de cálculo meio ano atrás e não traçou o curso correto para as naves e as armas chegarem ao local da batalha em tempo. Ou porque algo deu errado com os satélites e não conseguimos estabelecer comunicação em tempo real. Algumas vezes, pode acontecer de a Nasa não perceber uma nuvem de poeira, de modo que os raios de energia das Matrizes Prometeicas não podem chegar até nós.

Tom concordou com a cabeça. Sabia, por causa das aulas de táticas, que as Matrizes Prometeicas eram dispositivos da Zona Infernal em órbita ao redor do Sol. Elas coletavam energia com seus painéis solares, concentravam-na num feixe e a disparavam para outros dispositivos por todo o sistema solar. A fim de dar início à batalha nos Confins, a logística militar ia mandar um comando para centenas de Matrizes Prometeicas para lançar raios de energia em direção ao sistema solar externo, e elas fariam isso com quarenta minutos a treze horas de antecedência, dependendo da distância do local da batalha. As naves indo-americanas nos Confins eram todas condutoras de energia, portanto, quando os raios as acertavam, elas concentravam o foco da energia numa reação atômica. A explosão resultante propelia as naves para o local da batalha.

– A questão é que não somos nós que determinamos a vitória quando se trata dos Confins – Heather disse. – As Matrizes Prometeicas fazem isso.

– Boa sorte, mesmo assim – Tom falou.

Ouviu Elliot explicar algo semelhante para Wyatt, a intermediária sob sua responsabilidade:

– Não há muita espontaneidade nos Confins. A batalha vai ser breve. Vejo você do outro lado.

Heather lançou um sorriso atraente para Tom.

– Até mais tarde, Tom – ele sentiu um choque na nuca, algo se ligando a sua porta de acesso neural.

Não demorou para que estivesse andando por um corredor, paredes brancas ao redor dele... Ou melhor, Heather estava, e ele enxergava pelos olhos dela. Estranho. Onde estaria?

Você não tem autorização para ver a Hélice ainda, Heather pensou em resposta. *Tudo isso é censurado.*

Heather alisou sua túnica, e Tom se tornou desconfortavelmente ciente de sua presença de uma maneira que lhe acontecia com frequência. Perguntou-se por que ela teria vazado aquelas informações sobre os outros membros da ComCam quando podia ter recebido toda a atenção que quisesse sendo ela mesma, *parecendo* ela mesma...

Como sabe sobre isso?

Ele havia esquecido que ela estava ligada nos seus pensamentos. Desesperadamente, Tom pensou: *1... 1... 2... 3... 5... Wyatt me contando sobre Heather... Espere. Espere, eu...*

Enslow lhe contou? Não houve nada por um momento. *Como ela sabe?*

Por favor, Heather.

Todos estão dando uma importância exagerada a esse fato, Heather pensou. *Como se os outros não fossem capazes de fazer a mesma coisa se tivessem pensado nisso antes. Espere, eu pensei isso. Não, Tom, fui enganada. Esses repórteres me enganaram. Sabe disso, não sabe?* Silêncio e... *Então, foi Enslow quem descobriu?*

A sequência de Fibonacci não havia funcionado, por isso Tom tentou outro meio para controlar os pensamentos: *Os seios de Heather*. Funcionou. O assunto consumiu sua mente e manteve seus pensamentos longe de Wyatt.

Heather pensou: *Garotos são tão idiotas*, e parou por aí.

Ele voltou a observar o ambiente pelos olhos dela quando sua mão pegou uma estrela de metal prateado. Os dedos finos giraram um seletor bem no centro, e as pontas se iluminaram, projetando espécies de finos raios brancos e reluzentes, para formar um pentágono luminoso em volta da estrela de metal. Em seguida, Tom a sentiu ligando aquilo à nuca como um fio neural.

O flash de consciência para a nave distante foi instantâneo. Fótons entrelaçados quanticamente à CPU de um satélite distante responderam de imediato às ações de seus fótons pares na CPU da Agulha. Os sensores da nave surgiram na percepção de Heather como uma extensão do próprio corpo, e, já que estava ligado a ela, Tom sentia tudo também. Por um momento, Tom se maravilhou com aquilo; com a maneira como tudo parecia tão mais vívido que a nave com a qual havia estabelecido interface na reunião de cúpula do Capitólio, ou mesmo a maneira como estabelecia interfaces e saltava de sistema em sistema...

Tom?

Estava vagamente ciente de seu corpo distante, enfiado naquela gaveta na parede, a consciência de que havia pensado *naquilo* sem ter certeza do quanto ela ouvira. Mas mesmo agora ela continuava a ouvir seus pensamentos, e Tom precisava parar de pensar a respeito.

Tom, o que você... Está começando.

O pulso brilhante do raio eletromagnético da Matriz Prometeica avançou para além deles. Era o pulso de aviso, o que significava que um segundo pulso estava a caminho. A nave de Heather queimou sua reserva minúscula de hidrogênio combustível para entrar na posição, e o próximo raio da Matriz Prometeica atingiu as placas traseiras da nave. Tom sentiu uma carga imensa de calor intenso e incrível quando a reação nuclear foi acionada, explodindo contra a placa de trás da nave e lançando-os para a frente contra a abóbada negra do espaço.

Uma a uma, as outras naves se posicionaram atrás da de Heather. O pulso eletromagnético as atingiu, acionando uma reação atômica – e algo a mais. As naves eram condutivas; usavam energia como propulsão, mas também a conduziam para a frente, de maneira que as naves atrás de Heather aceleravam e ao mesmo tempo faziam a nave dela acelerar ainda mais. Tom estava ciente do processador neural de Heather rastreando quanta energia a nave poderia tolerar, sua nave na liderança de uma formação em cascata, a mais veloz de todas.

A um comando dos pensamentos de Heather, a nave saiu do modo de aceleração, sendo que, em vez de absorver energia com a placa de trás, a energia carregava diretamente suas armas eletromagnéticas. Depois, dispersou parte da energia que recebia disparando-a para as armas distantes lançadas pela Nasa seis meses antes, em seu próprio curso de interceptação. Elas estavam tão distantes que a câmera da nave não podia detectá-las, mas o processador de Heather sabia exatamente onde estariam no espaço e as acertou no ponto certo para impulsioná-las rumo ao curso final. Ela de fato tinha o papel crucial na batalha, Tom percebeu.

E, quando se aproximavam do estaleiro russo-chinês, ela deslocou o peso pendular da nave de maneira que começassem a girar em espirais rumo ao local do embate, primeiro em grandes círculos, depois em menores, o impulso diminuindo a cada vez. Os sensores dela começaram a ler o estaleiro, passaram a detectar as armas automatizadas que surgiam e uma porção de naves indianas foi chegando numa cascata para também se juntar ao ataque. O estaleiro apareceu no campo de visão conforme o asteroide contra o qual ele estava escondido girou em direção a eles.

É neste ponto que eu causo tanto dano quanto possível antes de me tornar artilharia antiaérea, ela comentou acidamente para Tom, disparando suas armas para o estaleiro e manobrando a nave para a posição certa. Nesse instante, as armas automatizadas russo-chinesas ganharam vida e a tomaram como alvo. No entanto, Heather havia calculado o tempo. Quando a nave explodiu, os próprios dejetos viraram armas cinéticas, girando e se chocando contra o estaleiro, sem resvalar nas forças americanas que chegavam.

Tom estava ansioso para ver mais; por isso, quando foi lançado ao próprio corpo, saiu direto dele, de volta ao centro processador da Agulha, e seguiu os sinais da trilha de comunicação ligados nos sistemas da Agulha Pentagonal, tentando encontrar o caminho de retorno à batalha em meio à informação pulsante.

Em seguida, com um choque, descobriu-se olhando os sensores da nave de Elliot Ramirez – longe da batalha ainda, e com certeza longe demais para sequer captar qualquer coisa nos sensores.

Estamos um pouco mais lentos do que os outros, Elliot explicava a Wyatt conforme giravam em grandes e lentas espirais rumo ao estaleiro.

Sim. Aquele era um jeito de ver as coisas. Que tédio ficar por último.

Para sua surpresa, Elliot pensou: *Desculpe se a deixo entediada, Wyatt. Vai ser melhor quando estivermos em batalha no interior do sistema solar.*

Tom saltou para fora da nave de Elliot com rapidez, voltando ao centro processador, e se aventurou na tempestade de atividade de novo.

Desta vez, descobriu-se na nave de Karl Marsters.

Explosões são bonitas, Karl pensava ao passar pelo centro do reator do estaleiro russo-chinês. *Gosto de fazer coisas explodirem.*

Tom refletiu como Karl era mesmo um idiota.

Idiota? Vou lhe mostrar o idiota quando quebrar sua cara, Giuseppe! Agora, pare de pensar. Está acabando com a minha concentração!, Karl respondeu em pensamento ao intermediário que o acompanhava.

Tom disparou pela torrente de dados, afastando-se de Karl, de volta ao corpo na gaveta da parede. Embora adorasse a ideia de bagunçar com a cabeça de Karl ou dos outros, era arriscado demais se aventurar pelas correntes de pensamentos, deixando vazar o que ele próprio pensava.

Mas havia outras formas de chegar lá. Armamentos automáticos, satélites, todo o maquinário que não era feito para um processador neural.

Essas máquinas eram acessíveis pelo *seu* processador.

Disparou de sistema em sistema na Agulha Pentagonal. Enfim, quando o ritmo da batalha diminuía, entrou numa das armas automatizadas indo-americanas, não projetadas para uma interface neural direta.

A arma girava fora de curso. Logo estaria longe demais, sem utilidade para a batalha. Tom assumiu o controle dela e usou seus sensores para monitorar o embate. Não pôde resistir: disparou alguns tiros. Mirou nos Combatentes Russo-Chineses de maneira bastante deliberada, tentando não deixar transparecer a consciência humana por trás da arma. Um disparo curto de seu feixe de partículas atingiu de raspão uma nave e a jogou fora de curso, colocando-a no caminho de Yosef Saide, que a fez em pedaços. Outro tiro foi disparado por Tom no caminho de uma nave inimiga; seu sistema automatizado desviou para o lado, forçando a nave atrás dela a reduzir a velocidade, dando assim aos Combatentes Indo-Americanos tempo mais que suficiente para explodi-la com suas armas.

Foi capaz de enxergar pelos sensores eletromagnéticos a maneira como as naves automatizadas russo-chinesas começaram a mudar de curso, passando a ganhar vida própria conforme combatentes humanos se juntavam a elas para responder ao ataque americano. Tom começou a buscar por ela, por aquela pessoa que conhecia.

Foi assim que, em meio a saraivadas de artilharia antiaérea, listras de feixes de partículas e explosões, Tom colocou seus olhos eletrônicos sobre Medusa mais uma vez.

Não em Medusa em carne e osso, é claro, mas na consciência dela, que habitava algumas naves russo-chinesas. Viu suas naves à luz do sol, virando-se para confrontar as naves indo-americanas. Três... quatro... cinco delas, todas sob seu controle, cada uma enfrentando um inimigo diferente.

Tom não pôde evitar. Não conseguiu. Mirou o resto de energia da arma semidestruída em Medusa e a atacou, prescrevendo um raio em um "M" elaborado pelo espaço. Era o mais próximo de um "oi" que conseguia fazer.

Medusa respondeu com a fúria de cada uma das armas automatizadas nas proximidades, todas girando ao redor, abandonando inexplicavelmente os padrões de ataque pré-programados e o atacando.

Tom voltou a si mesmo quando a arma foi destruída, um riso tomado de êxtase borbulhando de seus lábios. Tinha sentido saudade dela.

Voou para fora do corpo, assumindo o controle de uma arma automatizada após a outra. Uma delas era um canhão de partículas, brilhando em seus últimos momentos de existência. Provocou a queima de um propulsor para inseri-lo no caminho do Combatente Russo-Chinês que conhecia como Blinder. Tão logo Blinder explodiu, Medusa destruiu o canhão de Tom.

Tom voltou rapidamente ao espaço, retomando a batalha. Em seguida, assumiu o controle de uma arma indo-americana inteiramente funcional e localizou Sturmovik, um Combatente Russo que sempre fazia investidas em linha reta, sem jamais realizar manobras nem tomar atitudes evasivas, disparando em alvos conforme se aproximavam e confiando em que os outros Combatentes Russo-Chineses fariam o trabalho de protegê-lo. Tom achava a falta de imaginação dele irritante sempre que via imagens das batalhas.

Plagiou então a estratégia de Sturmovik assumindo o controle de uma unidade de artilharia móvel – fez sua arma móvel voar direto para a nave dele. Sturmovik não desviou; a arma não desviou. Estavam numa rota de colisão. No último minuto, Sturmovik pareceu perceber que ninguém ia salvá-lo ali e tentou fazer uma finta, mas a arma de Tom estraçalhou seu casco.

Medusa o fez em pedaços novamente e, desta vez, antes que Tom pudesse se jogar no sistema de novo e voltar à batalha, seu fio neural foi desconectado, e seus olhos se abriram. Descobriu Heather pairando sobre sua cama.

– Normalmente, tenho várias outras naves lá, prontas para realizar uma interface – Heather esclareceu, enquanto Tom estreitava os olhos contra a luminosidade. – Mas, como você sabe, tive uns problemas de reputação nos últimos tempos, e a Wyndham Harks só pagou a conta para uma nave desta vez. Agora... – ela deu um sorriso reticente – ...confira seu cronômetro, Tom.

– Por que... – Tom se sentou com ar cansado, depois verificou o tempo no cronômetro interno. Começou a repassar quadro a quadro da memória, fazendo referências deles com os padrões de tempo, e percebeu que, do momento em que as Matrizes Prometeicas tinham acertado a nave de Heather até o momento de destruição final, meros trinta segundos haviam se passado.

Tom olhou para a hora em choque.

Não era de espantar. Não era de espantar que combatentes precisassem de processadores neurais. Não havia ser humano na Terra que pudesse acompanhar aquele tipo de velocidade.

– Uau – Tom murmurou. – Somos super-humanos. Realmente, super-humanos.

Heather piscou.

– Isso faz a gente ver as coisas de outra perspectiva, não faz?

11

AS PANES SE ESPALHARAM para fora das salas de simulação. Alguns generais de alta patente vieram para obter uma atualização de *status* com o general Marsh, e os recrutas pelos quais eles passaram reagiram como se sentissem um fedor horrível – colocando a mão sobre o nariz e fugindo. Conforme mais recrutas reagiam aos generais de alta patente da mesma maneira, Marsh fez um sinal para Blackburn, que isolou o exótico vírus de computador antes que ele se espalhasse por todo o sistema. No entanto, os generais ficaram descontentes com a situação, e isso se revelou uma marca de descrédito para o general Marsh e para o próprio Blackburn, especialmente porque ele não conseguiu encontrar a fonte do vírus.

Blackburn estava num humor ameaçador em razão de todo aquele caos. Os programas eram maliciosos e zombeteiros o suficiente para fazer dos recrutas os principais suspeitos, mas, de acordo com Wyatt, Blackburn também achava que *isso* podia ser um estratagema para afastar as suspeitas de outra pessoa. Não era preciso muito esforço para imaginar quem tinha motivos para querer que Blackburn fosse demitido. A Obsidian Corp. já havia feito sondagens com o Comitê de Defesa do Senado, querendo voltar a seu velho papel de escrever softwares na Agulha Pentagonal – e citou as recentes falhas de segurança como evidência de que aquilo era necessário.

Blackburn passou a observar Tom com mais frequência que de costume, como se suspeitasse de ele ter um dedo naquela história das invasões. E Tom se perguntava, inquieto, se Blackburn tinha ideia do que ele andava fazendo. Medusa não lhe havia respondido ainda, de modo que Tom tentou irritá-la voltando aos sistemas da Fortaleza e plantando o vírus Gnomos direto em seu processador neural. Depois, seguiu para a aula de exercícios físicos. Passaram pela rotina costumeira das manhãs de segunda-feira, com Blackburn guiando-os pela prática de marchar e num exercício em que esticavam as mãos dotadas de exotrajes e pegavam objetos, para depois colocá-los de volta no chão.

Tom passou o tempo todo pensando em Medusa, enquanto Vik esmagava um melão entre os dedos de metal e Blackburn dizia:

– Parabéns, Ashwan, você ativou essa bomba. Agora, virou poeira.

Em seguida, tiveram a chance de experimentar aqueles instrumentos metálicos que pareciam ferros de passar roupa. Eram chamados de grampos centrífugos. A um toque de um botão, a centrífuga interna se ativava, fazendo o grampo aderir a qualquer superfície próxima. Wyatt os usou para escalar toda a parede, mas acabou presa, já que ficou ansiosa demais para descer, mesmo com meia dúzia de pessoas abaixo dela prontas para pegá-la. Tom começou a escalar para carregá-la nas costas parede abaixo, mas Blackburn o mandou descer. Daí, *ele* foi atrás dela. Aproximou-se de Wyatt lá no alto, falou baixinho com ela e começaram a descer lado a lado, um grampo por vez.

Tom foi o último a guardar o exotraje ao final da aula de exercícios. A maioria dos recrutas abaixava o cabide, subia nele com o exotraje e na sequência descia do traje. Tom normalmente pulava a parte de abaixar o cabide e saltava direto nele, enquanto ainda estava no alto, para depois tirar o exotraje. Sempre que o pegava fazendo isso, Blackburn o colocava num final de semana de liberdade restrita e trabalho maçante, como limpar a Agulha, por exemplo, mas Tom continuava a fazer isso mesmo assim.

Naquele dia, bem quando Tom tirou o exotraje, uma coisa surpreendente aconteceu: um dos trajes ganhou vida própria, e duas mãos de exoesqueleto de metal se fecharam, agarraram-no pelos braços e o içaram de corpo inteiro no ar. Tom arfou, surpreso, as pernas se agitando de modo selvagem, e palavras reluziram diante de sua visão: *POR QUE EU NÃO CONSIGO PARAR DE VER GNOMOS ENRAIVECIDOS?*

Tom conseguiu esboçar um sorriso mesmo içado no ar, a preocupação inicial sobre um cenário de juízo final comandado por inteligência artificial desaparecendo, substituída pela felicidade de enfim ter recebido sua resposta.

– Você está aqui! Estou tão feliz por estar aqui! – falou para o ar.

Então, as seguintes palavras apareceram em seu centro de visão: *PARE de mandar gnomos. Estou falando sério!*

Tom riu, eufórico. A mão não o esmagava; queria apenas lhe dar um susto.

– Medusa, encontre-se comigo hoje on-line.

Não quero falar com você. Pare de tentar me contatar.

– On-line. Uma vez. Só uma vez. Me escute.

Não. Você não sabe o que está fazendo, Mordred. Fique fora de nosso sistema. Se eu vir gnomos de novo, vou voltar aqui e acabar com você.

– Não acredito nisso. Você pode me matar algum dia, mas não vai ser por causa de gnomos.

Você subestima o quanto é irritante vê-los por toda parte!

– Não – respondeu Tom com sinceridade. – Sei bem como é irritante. Mas ainda assim acredito que você não vai me matar por causa disso. As pessoas matam por dinheiro, poder e amor, mas ninguém mata por causa de gnomos.

NÃO ESTOU BRINCANDO!

– Nem eu. Encontre-se comigo. Fale comigo mais uma vez e vou deixá-la em paz.

A máquina se aproximou, de maneira que ele se percebeu encarando o espaço vazio onde os olhos estariam.

Prometa uma coisa para mim. Você tem de jurar que não vai estabelecer interface com os sistemas da Fortaleza de novo. Se me prometer, eu me encontro com você on-line.

– Eu juro – Tom respondeu.

A máquina o libertou de forma tão abrupta que ele caiu do cabide e se estatelou no chão. Tom se colocou de pé, os olhos grudados no exotraje, mas ele havia ficado completamente imóvel. Medusa tinha deixado o sistema tão rápido quanto havia chegado.

O PRÓXIMO VOO ASSISTIDO com Heather deveria ser uma missão fácil, um combate de rotina. Era um dia raro em que Vik, Tom e Wyatt acompanhariam os voos juntos. Alguns combatentes americanos e outros situados na Índia guardavam coletoras – naves que recolhiam hidrocarbono da atmosfera de corpos celestes gasosos, tais como a das luas de Júpiter.

Heather tirou vantagem da oportunidade para bisbilhotar os pensamentos de Tom.

Tenho noventa e nove por cento de certeza que foi Enslow quem contou a Marsh o que eu andava fazendo. Pode me contar se foi ela. Quero muito saber, ela pediu em pensamento, enquanto usavam a gravidade de uma das luas de Júpiter, Europa, para se alavancar.

Não consegue superar isso?, Tom perguntou.

Ela arruinou minha carreira, Heather quase rosnou em resposta aos pensamentos dele.

Heather arruinou a própria carreira, ele não pôde deixar de pensar. *Wyatt só percebeu o que acontecia.* Estremeceu ao ver que seus pensamentos o haviam traído.

Heather pensou: *Ah! Então foi Enslow mesmo! Vou acabar com ela por ter feito isso.*

Não, você não vai, Tom pensou em resposta. *Wyatt pode parecer fraca, mas, acredite, não vai gostar de mexer com ela.*

Ambos estavam distraídos quando as coletoras diante deles toparam com um campo minado russo-chinês. Os combatentes entraram em ação, disparando seus propulsores para se colocar entre as minas e as coletoras. As minas detectaram as naves e aceleraram em direção a elas, então os membros da ComCam viraram rumo à superfície de Europa, até que a gravidade atraiu as minas para que explodissem contra a enorme camada de gelo.

Tom se descobriu observando aquela lua. Assim como o subterrâneo de Marte, suspeitavam que ela abrigava vida microscópica. Era apenas uma suspeita, porém. Como ambos os territórios eram estrategicamente valiosos, ricos em recursos, a Coalizão havia inibido qualquer tipo de esforço no sentido de realmente testar os territórios quanto a esse fim. Afinal, seria inconveniente demais lidar com os protestos públicos gigantescos se de alguma forma a guerra erradicasse a única forma de vida encontrada em outro lugar do sistema solar.

Completaram a órbita em torno de Europa, lançando-se direto para Júpiter a fim de acompanhar as coletoras.

Vamos nos alavancar em torno de Júpiter de novo, para conseguir impulso a fim de retornar para as garras, Heather pensou.

Certo, Tom replicou em pensamento, a mente se voltando para as garras magnetizadas que serviam ali como ponto de coleta de naves sem energia que aguardavam abastecimento de combustível para uso futuro.

Vou gostar de ter uma conversa com Wyatt Enslow, Heather pensou cruelmente.

Wyatt fez o trabalho dela. Foi você que se meteu em confusão.

Não posso deixá-lo pensar mais nisso, senão ele vai avisá-la. Ei, Tom, sabia que estamos no caminho para passar sobre a Grande Mancha Vermelha?

Tom estava inteiramente distraído.

Incrível, ele pensou. *Muito incrível.*

Deslumbrado, observou, pelos olhos eletrônicos da nave, a gigantesca mancha vermelha de Júpiter aparecer ao redor do contorno do planeta. Olhou para as nuvens avermelhadas. Seu processador neural o informou de que o furacão era três vezes maior que a Terra e estava em atividade havia centenas de anos.

E, então, aconteceu.

A coletora que escoltavam mergulhou para fora do alcance dos sensores deles. Depois, outras coletoras imitaram a primeira, lançando-se rumo a Júpiter. As naves da ComCam começaram a segui-las. Tom viu a nave de Cadence Grey se jogar numa rota suicida em direção a Júpiter. A nave de Yosef Saide a seguiu, mas colidiu com a de Elliot, e ambas se fizeram em pedaços.

Espere, Heather pensou. *Espere, espere. Algo está errado.*

De repente, era a vez deles. Seus propulsores se ligaram com um rugido e dispararam, mandando-os direto para Júpiter numa investida mortal.

Hum... Heather?, Tom chamou em pensamento, enquanto aquela massa avermelhada de tempestades rodopiantes ficava cada vez maior. *Você devia nos conduzir para algum outro lugar.* A nave começou a balançar com violência conforme a gravidade de Júpiter exercia pressão cada vez maior sobre eles, e Tom sentiu que Heather tentava lutar contra uma espécie de força que havia assumido o controle de sua navegação.

Por meio dos sensores da nave, no entanto, ele podia ver mais e mais naves da ComCam mudando de direção, rumo a quedas fatais, escudos de calor explodindo devido à colisão contra a atmosfera de Júpiter.

Oh, céus, não estou no controle da nave, Heather pensou. *Acho que fomos invadidos.*

Tom sentiu uma pontada de excitação mesclada a preocupação.

Seus próprios escudos de calor se incendiaram enquanto afundavam na atmosfera externa de Júpiter, a nave sacolejando furiosamente, a pressão crescendo num casco que não havia sido projetado para a viagem na atmosfera. Aqueceram-se mais e mais conforme mergulhavam mais fundo na massa gasosa de Júpiter, a gravidade fazendo-os acelerar, provocando a chegada a uma velocidade letal.

Não demorou para que a gravidade fizesse o casco da nave entrar em colapso, e as nuvens avermelhadas por todos os lados passaram a atacá-los, golpeando-os com seus ventos terríveis de seiscentos quilômetros por hora. Nos breves momentos antes da destruição, Tom se concentrou no zumbido de seu processador e saltou para dentro da nave, criando uma interface com ela, aturdido momentaneamente pelos alarmes que soavam em cada sistema enquanto Júpiter a consumia.

Então, por um microssegundo, talvez dois, seu cérebro encontrou o de outra pessoa, um processador neural que não era o seu, não era o de Heather, mas que realizava a interface com sua nave e a guiava para a queda fatal. A surpresa tomou conta de Tom. Essa pessoa era...

Nesse momento, a nave foi eliminada, projetando Tom de volta a seu corpo na Agulha Pentagonal.

TODOS OS RECRUTAS foram mandados para a cela ao lado da Sala de Varredura e, um por um, escoltados para ter a memória do evento extraída usando o dispositivo de varredura.

O guarda enfiou a cabeça pela porta, chamando o próximo recruta.

– Covner, é sua vez. Martin, você vai ser o próximo. – Walton se levantou e o seguiu para a sala.

Tom tinha um nó no estômago. Ninguém havia usado o dispositivo de varredura nele desde que Blackburn o havia interrogado, acusando-o de traição. Os intermediários conversavam entre si.

– Nunca usaram o dispositivo de varredura em mim – Jennifer Nguyen falou.

– Ah, é bem objetivo – Lyla lhe explicou. – Você pensa em algo e a memória é enviada para o dispositivo. É bacana.

Tom começou a rir. Não podia evitar. Ignorou o olhar feio que as duas garotas lhe lançaram e continuou encarando a porta, sentindo-se uma pilha de nervos. Sim, ele sabia que não seria como da última vez em que se sentara embaixo daquela garra de metal com Blackburn operando os controles. Sabia mesmo. Racionalmente. Mas a ideia de alguma coisa ser "bacana" na máquina que quase o havia deixado maluco lhe pareceu algo hilário.

Ele se forçou a parar de rir e se reclinou contra a parede – a parede da mesma cela onde havia ficado confinado por dois dias. Era também a sala de espera para aqueles que tinham sido agendados para ter a memória examinada. Seus olhos não paravam de se desviar para o local que havia socado repetidas vezes, enquanto sua mente ia ficando em frangalhos.

– Pessoal, pensem – Vik proclamou, um brilho insano nos olhos quando todos na cela voltaram a atenção para ele. Vik abriu os braços. – Nós nos tornamos pioneiros ousados da história humana: fomos todos brutalmente jupiterados hoje.

– *Jupiterados?* – Lyla repetiu.

– Aniquilados por Júpiter – Vik explicou. – Nenhuma outra nave de guerra colidiu com Júpiter antes. As nossas foram as primeiras.

Do canto onde estava sentada contra a parede, Wyatt falou:

– Elliot e eu não fomos.

Vik lançou um olhar surpreso para ela.

– Vocês não foram destruídos?

– Não, nós fomos destruídos. Elliot e eu fomos atingidos pela nave de Yosef quando *ele* colidiu contra Júpiter – Wyatt explicou.

– Então vocês *foram* jupiterados.

– *Yosef* nos aniquilou, não Júpiter.

– Então vocês foram yosefados... por causa de *Júpiter* – Vik insistiu.

– Por causa da energia cinética!

– Energia cinética diretamente causada pela gravidade de Júpiter – Vik cerrou os punhos. – O planeta mais diabólico de todos.

– Isso é tão estúpido, Vik. Júpiter não é diabólico. É um gigante gasoso, e devemos nossa vida a ele. Uma porção de asteroides que poderiam causar extinção em massa na Terra atingem Júpiter em vez de nós graças à gravidade do planeta.

Vik balançou negativamente a cabeça.

– Está se esquecendo, Enslow: uma porção de asteroides que nem chegariam a nenhum lugar próximo da Terra são redirecionados para ela pela gravidade de Júpiter. Se os seres humanos nunca se mud arem desse planeta, há uma boa chance de sermos todos eliminados por um meteoro algum dia, talvez até mesmo um meteoro que só chegue a nós por causa desse gigante gasoso que você defende de maneira tão apaixonada. Toda a humanidade poderá ser jupiterada algum dia. Isso é mais diabólico do que pode parecer a princípio.

Ela revirou os olhos.

– Se quer falar sobre destruição futura, um dia o sol vai consumir todo o seu hidrogênio, se transformar num gigante vermelho e destruir nosso planeta de qualquer forma. Significa que o sol é maligno?

– Não seremos *solados* nos próximos bilhões de anos, Bruxa Maligna. Mas podemos, no entanto, ser jupiterados amanhã.

– Pare de falar *jupiterado*. Isso nem é uma palavra! Você que inventou.

– Agora, estou sendo wyattiado – Vik reclamou para Tom.

– Pare de inventar palavras, sejam elas quais forem! – Wyatt gritou. – É muito irritante!

– Vocês dois são irritantes – Lyla se manifestou.

Wyatt parecia magoada. Vik sorriu orgulhoso e Tom começou a rir de novo. Não sabia bem o motivo, mas se sentia estranho, quase eufórico, a cada segundo daquela espera.

– Você também – Lyla disse para ele. – Você principalmente, Raines. Não tem nada de engraçado. Pare de rir. Nós entendemos; você está assustado. Cuidado para não chorar.

Tom parou de rir.

– Não estou assustado.

Lyla adotou uma voz chorosa:

– Oh, não, eu estou assustado com o dispositivo de varredura.

– Não estou assustado com o dispositivo de varredura!

Lyla lhe lançou um sorriso malicioso. Vik ficou indignado e, tomando as dores de Tom, apontou para ela.

– Você está errada, Martin. Completamente errada. A única coisa que Tom teme são modos adequados à mesa.

– Sim – Tom concordou. Em seguida, disse para Vik: – Ei!

Vik soltou uma risadinha, e foi então que a porta da célula deslizou para a entrada de Olívia Ossare.

– Olá para todo mundo.

Tom sentiu um onda terrível de inquietação, as palavras de Lyla ainda queimando em seus ouvidos. Ah, não. Se Olívia estivesse ali para verificar como ele estava indo ou algo assim, preferia morrer. Lyla ia rir dele para sempre.

Por sorte, ela não falou dele especificamente.

– Fiquei sabendo do que aconteceu. Todos estão bem?

Ouviram-se murmúrios na pequena cela, todo mundo afirmando que estava bem. Tom disse isso de maneira veemente, esperando que ela captasse a mensagem.

Seus olhos escuros encontraram os de Tom, e ele podia perceber pelo rosto de Olívia que no final das contas ela entendia. Ela não fez nenhum movimento para se aproximar de qualquer um deles; apenas ficou parada e passou a explicar com sua voz suave e firme que o tenente Blackburn tinha ordens para consultá-la a respeito de qualquer questão que envolvesse a atividade com o dispositivo de varredura. Não só isso; eles também *tinham* o direito de se recusar a fazer a análise de memória.

– Não importa o que qualquer um diga a vocês, eles não podem forçar essa intrusão – ela concluiu, um tom incisivo na voz. – Isto é *contra* a lei. Se me disserem que não querem participar, vou garantir que tenham essa opção.

Mas ninguém levantou a voz. Ninguém queria ser o medroso que não era capaz de encarar o dispositivo de varredura – Tom menos ainda que qualquer outro. Em seguida, as portas se abriram e Lyla foi chamada para a Sala de Varredura. Vik era o próximo.

Olívia lhes trouxe refrigerantes. Tom pegou um e tomou um gole, feliz por ter algo para fazer com as mãos. Depois, foi a vez de Vik, e todo o clima de brincadeira sumiu da sala com ele. Tom não conseguia tirar os olhos da porta. Percebeu vagamente quando Olívia se abaixou para ocupar o assento ao lado do dele.

Então, o soldado veio buscar Jennifer e disse:

– Raines, você vai depois dela.

Jennifer partiu, e o foco de Tom se estreitou numa janela minúscula no centro de sua visão, o coração ressoando cada vez mais alto nos ouvidos. Tudo daria certo. Tinha de dar. Não seria como da última vez; Blackburn teria limites desta vez. Teria de se controlar.

Ele sentiu o aperto gentil da mão de Olívia em seu ombro, e o choque do contato físico foi suficiente para quebrar a espiral frenética de seus pensamentos. Percebeu que suas mãos tremiam sobre a lata de alumínio.

Viu a gentileza no rosto dela, a compreensão em seus olhos. Com a outra mão, ela passou a lhe alisar as costas. Seu estômago se contraiu e sentiu um nó na garganta ao se dar conta de que ela sabia o que ele sentia, mas ainda assim não o via como um covarde. Ela entendia. O nó na garganta se desfez, um incrível peso foi retirado de seus ombros. A carência se avolumou bem no centro de seu ser, acompanhada de uma sensação esmagadora de gratidão por ela estar ali.

Sentiu então a intensidade do olhar de Wyatt sobre eles e se deu conta da situação. O calor tomou conta de seu rosto. O que havia de errado com ele?

– Está tudo bem – Tom disse, afastando-se lentamente de Olívia até ficar na ponta do banco. – Estou bem.

– Você pode optar por não participar – Olívia falou com gentileza, o olhar decidido. – Não precisa fazer isso.

O olhar de Tom se desviou até encontrar o de Wyatt, depois pousou em um ponto a distância.

– Não – ele riu de novo. – Estou legal. Tudo bem.

Apesar dessas palavras, seus instintos gritavam quando entrou na Sala de Varredura e encontrou Blackburn encarando a tela, a luz projetada pelo dispositivo de varredura em suas costas, lançando uma silhueta escura contra a tela maior. Os olhos de Tom encontraram a garra de metal pairando, ameaçadora, sobre o assento, aquele no qual ficara amarrado por dois dias. Não conseguia desgrudar os olhos dele, dos cintos pendurados soltos na cadeira.

– Raines.

Tom pulou de susto. Encarou Blackburn na câmara sombreada, o sangue bombeando com estrondo nos ouvidos.

Blackburn o estudou por um longo momento. Depois:

– Você viu algo que não pode aparecer num registro oficial?

Tom piscou.

– Viu?

– Hum... como assim?

– Toda essa gravação – Blackburn apontou o dedo em direção ao dispositivo de varredura – vai ser revista por auditores externos. Não só por mim. Viu algo que *não pode* mostrar para outra pessoa além de mim? – Havia grande intensidade em sua voz, e Tom por fim entendeu o que ele perguntava.

– Hum... sim, senhor. Há algo.

– O quê? – havia um brilho ameaçador nos olhos de Blackburn.

Tom deu um passo para trás. Olhou inquieto para o dispositivo de varredura.

– Raines, não posso usar o dispositivo de varredura em você se há algo que os outros não podem ver. Isso significa que precisa me contar *com palavras* o que viu ao fazer o voo assistido.

Espere. Então, aquilo significava... Uau. Desta vez, sua estranha habilidade com máquinas na verdade era sua defesa. Um alívio tomou conta dele numa onda de euforia.

– É. Eu vi algo sim. Mais ou menos – as palavras foram brotando dele; falou velozmente, temendo que a oferta de Blackburn pudesse desaparecer se ele não contasse tudo rápido. – Sei que há alguém com um processador neural por trás disso. O processador estava controlando as naves remotamente. Não sei o que era ou de onde fazia isso. Na verdade, não tive chance de examinar esse detalhe antes de sermos esmagados. Sei que um terceiro processador neural realizava uma interface com a nave de alguma maneira. Não era o meu nem o de Heather. Era o de outra pessoa. Eu senti.

Blackburn esfregou sua grande palma na boca.

– É isso – Tom terminou num fio de voz. Senhor.

Blackburn lhe deu as costas e começou a olhar para a imagem congelada na tela – era a nave de Snowden e Jennifer despencando em Júpiter. Depois, cruzou a sala até a cela e bateu na porta. Olívia Ossare emergiu da cela, a hostilidade perfurando o ar enquanto os olhos escuros dela enfrentavam os de Blackburn. Os dois vinham tendo uma relação difícil desde que este último invadira seu escritório com alguns homens para capturar Tom.

– Você está certa – o olhar de Blackburn deslizou brevemente pelo dela antes de se desviar com rapidez. – É cedo demais; o garoto está ansioso. Ele decidiu não participar. Você ganhou. Agora, tire-o da minha vista.

Olívia não disse uma palavra, enquanto passava apressada por Blackburn, postando-se ao lado de Tom.

– Gostaria de ir ao andar de cima comigo?

Tom olhou para além dela na cela, a única ocupante sendo Wyatt Enslow, os olhos arregalados ao observar a cena. Ficou corado, o alívio em ter escapado do dispositivo de certa maneira abafado pela completa onda de humilhação que sentia, sabendo que ela tinha ouvido tudo aquilo.

– Sim – Tom murmurou. – Vamos embora.

12

VIK TIROU A MENTE DE TOM da Sala de Varredura naquela noite antes do jantar, quando se esgueiraram para dentro da Divisão Aníbal a fim de esperar o retorno de Wyatt ao seu quarto. Se ela não estivesse tão ocupada nas últimas horas, ajudando na Agulha Pentagonal enquanto Blackburn buscava a causa da invasão (e se desviava de perguntas sobre sua competência no trabalho), talvez tivesse notado antes o que Vik estava fazendo.

Mas ela não percebeu, por isso Vik conseguiu.

Tom fingiu estar horrorizado, cobrindo os olhos com as mãos assim que entraram, porque cada superfície do quarto de Wyatt agora estava repleta de fotos de Vik: Vik sem camisa e flexionando os músculos, Vik apontando e piscando para uma câmera, um gráfico de Vik fazendo um peitoral, outro com um grande sorriso ridículo no rosto, além de uma estátua de mármore gigante de Vik brandindo os braços no ar como algum tipo de ditador maluco. Depois de mostrar sua obra, Vik e Tom esperaram em uma curva do corredor, recostados à parede, esperando o retorno dela.

Dentro de minutos, Wyatt entrou em seu quarto. Um grito ressonante cortou o ar. Tom e Vik caíram no chão, se contorcendo de tanto rir, e ouviram passos rápidos vindo na direção deles. Colocaram-se de pé de qualquer jeito e saíram correndo da Divisão Aníbal, para depois se afundar nas cadeiras da sala comum dos intermediários.

– Uau, ouviu aquele grito de horror? – Tom se maravilhou. – Bom trabalho com as fotos sem camisa, cara.

– Acha que foi de horror? – Vik perguntou, esfregando o queixo. – Achei que soava mais como um grito de prazer.

– Hum. Podemos perguntar para ela hoje à noite, companheiro.

Vik suspirou de modo trágico.

– Ela vai mentir. Encare isso, Tom: Enslow nunca vai admitir que me acha atraente.

– NÃO É VERDADE – Wyatt falou a Yuri com insistência mais tarde, quando todos passavam um tempo juntos. – Não acho Vik atraente.

– Vik diz que você acha – Tom replicou.

Já que Tom havia detonado com Yuri nos jogos de realidade virtual tantas vezes, Yuri havia insistido em um jogo em que era melhor. Era por isso que, naquela noite, ele e Tom estavam debruçados sobre um tabuleiro de xadrez, com Wyatt os observando.

Vik não estava sentado com eles; estava esparramado no chão da sala comum dos plebeus. Tão logo haviam expulsado os plebeus, Vik fizera uma grande encenação do que chamava "estar agonizando de um ataque de tédio", com convulsões, sons de engasgos e tudo o mais, porque achava que jogar xadrez era a coisa mais chata do mundo, só perdendo para assistir a pessoas jogando xadrez.

Em um acordo silencioso, mas unânime, Tom, Wyatt e Yuri não haviam dito nada e fingiam não perceber o drama que ocorria atrás deles. Vik estava firme em seu teatro, no entanto. Estrebuchara no chão com força suficiente para virar uma mesa e agora estava parado, fingindo-se de morto.

– Falo sério. Não acho mesmo Vik atraente – Wyatt disse um pouco mais alto, e os três esperaram que Vik saísse do personagem e discutisse com ela.

Como ele não fez isso, ela arqueou as sobrancelhas, relutante e impressionada.

– Ele está determinado – Tom comentou.

Yuri pigarreou, e Tom se lembrou de colocar a próxima peça em jogo. Ignorou o som de *iih* melancólico que Wyatt não pôde evitar fazer.

– Xeque – Yuri disse, executando seu próximo movimento.

Tom examinou o tabuleiro e em seguida ergueu o bispo.

– Não, Tom! – Wyatt gritou. – Não.

– Wyatt – Tom exclamou –, se quiser jogar contra Yuri, tudo bem, mas pare de me dizer para onde devo mover as peças. Ele e eu estamos fazendo isso mano a mano, não a *mulherano.*

– Ou a computerano – Yuri acrescentou.

– *Computerano?* – Wyatt repetiu.

– Nada de computerano porque Thomas e eu concordamos que xadrez deve ser jogado entre dois cérebros humanos – Yuri explicou para ela com gentileza. – Não permitimos que os processadores neurais façam o trabalho, ou isso se tornaria o jogo de um computador contra o outro, o que não seria nada recompensador – ele tomou o bispo de Tom.

O peão de Tom estava preso, por isso ele moveu o cavalo. Wyatt soltou seu *iih* melancólico de novo.

– Wyatt!

– Não consigo evitar, Tom – Wyatt disse. – Foi uma escolha ruim.

Tom se concentrou no tabuleiro. Só no mano a mano. Significava não poder baixar nada dos bancos de dados da Agulha sobre estratégias de xadrez e não deixar o processador neural calcular os méritos de cada movimento nem as ramificações a partir dele. Como o cérebro de Wyatt já era o mais próximo que um cérebro humano chegava de um superprocessador, ela continuava vendo os erros que Tom cometia e soltando aquele ruído triste irritante.

E, é claro, Yuri tomou o cavalo de Tom com sua rainha.

Wyatt ficou bastante triste e balançou a cabeça de forma trágica.

– Tom, você perdeu o jogo. Só não percebeu ainda.

Quisesse ou não, Wyatt sempre fazia um trabalho fantástico quando o assunto era vencê-lo psicologicamente. Três movimentos depois, seu pronunciamento solene se tornou realidade.

– Xeque-mate – disse Yuri, movendo sua torre, todo feliz.

– Sabia que isso ia acontecer – Wyatt disse, assentindo com a cabeça em um gesto decidido. – E isso sem usar meu processador neural. Só no *mulherano*.

– Você tem um mulherano magnífico – Yuri murmurou. Wyatt sorriu para ele, e Tom de repente se sentiu espiando um momento de intimidade.

– Terminaram? – Vik se levantou de um salto do chão. – Ah, graças a Deus. Vamos fazer alguma outra coisa agora. Estou tão entediado que é como se estivesse em Connecticut.

Wyatt se pôs de pé.

– Vik, não! Achei que tivesse parado com isso.

– Por quê? É ótimo. Tudo de que preciso é você no alcance da audição e uma palavra com uma conotação negativa, e então temos uma piada sobre Connecticut.

Ela balbuciou algo, pensando numa resposta, depois jogou um travesseiro nele. Este quicou na cabeça de Vik, que fingiu cambalear para trás.

– Ai, isso dói! Tanto quanto estar em Connecticut!

Wyatt então passou a persegui-lo com vontade, mas Vik pegou uma almofada do sofá e usou como escudo. Um golpe da almofada quase mandou Wyatt voando para o chão. Yuri se levantou rapidamente e disse a Tom:

– Isso não vai terminar bem para Vikram.

– VIK, CORRA! – Tom berrou.

Yuri entrou na disputa. Vik se encolheu de medo e correu para a Divisão Alexandre, com o imenso garoto russo em seu encalço.

Tom se curvou de tanto rir depois que a porta deslizou e se fechou atrás dele, e Wyatt também abafou o riso. Depois de alguns instantes, ela passou a ajeitar o cabelo. Seu olhar se desviou para Tom. Ele sabia sobre o que ela falaria agora. Ele sabia.

– Tudo bem com você? – ela perguntou. – Na cela, você parecia esquisito e meio estranho.

– Obrigado, Wyatt.

– Não digo isso como crítica, você sabe.

– Não, não é uma crítica... Esquisito e estranho são características adoráveis! Está tudo bem comigo – ele jogou uma peça de xadrez na caixa. – Estou ótimo – olhou para a porta por onde Vik e Yuri tinham saído, meio que esperando que eles aparecessem de repente e ouvissem o que estava sendo dito. Como não fizeram isso, continuou de maneira urgente, esperando terminar logo com a situação. – Estava tudo bem antes também. A senhorita Ossare reagiu de maneira exagerada, e eu não quis falar pra ela que não precisava dela lá ou algo assim. Quero dizer, você sabe que ninguém realmente vai até ela. Acho que isso a incomoda, sabe? Então, bem, era isso o que estava acontecendo lá na cela. E, com certeza, foi meio desconcertante voltar para lá, porque sei que Blackburn destroçaria minha mente num segundo se pudesse.

– Ele nunca faria isso – ela franziu o rosto. – Está sendo um pouco paranoico.

– Não sou paranoico! – Tom explodiu. – Blackburn é paranoico. Ele é um esquizofrênico paranoico.

– Não é mais. Ele controla todos os sintomas. Se é paranoico, essa é sua personalidade normal.

– Ainda acho que você não devia tê-lo perdoado por agir do jeito que agiu com você – Tom agarrou uma das peças de xadrez. – Não vou esquecer o que ele fez. Nunca. Ele teria feito aquilo, você sabe. Teria me deixado enlouquecer. Eu seria um louco agora se dependesse dele.

– Ele tinha que fazer aquilo, porque achou que você havia cometido uma traição.

– Ele não tinha que fazer – Tom abriu a mão dolorida e viu que a peça de xadrez havia deixado marcas vermelhas na palma. – Esqueça o que eu disse, Wyatt. Se não quiser acreditar em mim, tudo bem. Mas me faça um favor. – Ele esperou até que ela deslizasse o olhar e encontrasse o dele. – Nunca fale de mim perto dele, Wyatt. Nunca. Se ele perguntar alguma coisa sobre mim, não responda. Não importa o quanto a pergunta for inofensiva. Não conte nada a ele.

Wyatt o encarou por um longo momento.

– Não é exatamente como se sentássemos por aí falando sobre você o tempo todo, Tom. Nem tudo diz respeito a você, sabia?

– Sei disso – e tinha mesmo consciência desse fato. Racionalmente, pelo menos. Sabia que estava sendo egocêntrico e arrogante, mas não podia evitar de pensar assim de vez em quando. Bem, para ser honesto, desde o dia em que conhecera Heather, uma grande porção de coisas... talvez um número desproporcional de coisas... agora dizia respeito a ele. Talvez ele fosse *mesmo* um pouco paranoico.

– Blackburn nunca mencionou você pra mim – ela lhe garantiu. – Exceto uma vez, quando brincávamos sobre escrever uma sub-rotina de modos à mesa, e, é claro, você virou alvo da conversa. Ah, e quando contei a ele que um recruta havia sido banido de todas as empresas e ele disse: "Deixe-me adivinhar. Tom Raines". Foi só isso.

Tom soltou a última peça de xadrez com um suspiro e mudou de assunto.

– Você acha que Yuri já terminou de matar Vik?

Ela esboçou um sorriso maligno.

– Não, acho que Yuri está fazendo Vik sofrer.

Nesse instante, a porta da sala comum dos plebeus se abriu. O olhar de Tom se levantou num susto. Era Heather Akron.

Aquilo sim era problema. Tinha entregado Wyatt pela interface de pensamento e Heather a havia ameaçado.

O sorriso de Heather se abriu, voraz como um predador faminto, ao ver Wyatt.

– Enslow! – ela exclamou, a voz respingando de doce veneno. – Que ótimo encontrá-la aqui. Realmente queria falar com você.

Wyatt lançou um olhar incerto em direção à porta por onde Yuri e Vik haviam desaparecido. Heather andou saltitante pela sala, até se deter diante de Wyatt. Seus olhos a esquadrinharam de cima a baixo, e ela falou:

– Fiquei sabendo que espalhou calúnias nojentas sobre mim.

Tom chutou a caixa de xadrez para baixo da mesa e se pôs de pé.

– Heather, espere um pouco. Aquela coisa em que eu estava pensando...

– Isto não é da sua conta agora, Tom – Heather lhe disse, sem desgrudar o olhar penetrante de Wyatt. – Wyatt e eu estamos conversando.

Wyatt levantou um pouco o queixo.

– Não, não fiz isso.

Heather inclinou a cabeça para o lado, colocando as mãos nos quadris.

– O que é isso? Está dizendo que *não* espalhou calúnias sobre mim?

Um pouco mais alto, Wyatt respondeu:

– Não. Não espalhei nenhuma calúnia. Afinal, uma calúnia é algo que *não é verdade.*

Heather avançou um passo para se aproximar dela. Ver as duas garotas tomadas pela raiva, prontas para se enfrentar, deixou Tom exultante e o encheu de uma expectativa excitante, mas ele sabia que deveria intervir. Enfiou um braço no meio das duas.

– Ei, parem com isso, vocês duas...

– Isto não é da sua conta, Tom! – Wyatt retrucou desta vez.

– Sim, cuide da sua vida – Heather resmungou.

Intimidado, Tom recuou.

Os olhos cor de âmbar de Heather brilhavam:

– Nunca curti muito você, mas antes não tinha problema. Não havia motivos para tornar sua vida miserável... até agora. Não gosto nada de tomar uma facada pelas costas, por isso não vou retribuir na mesma moeda.

– O que faz de mim a única exceção?

– Estou aqui para avisá-la de que você fez a inimiga errada. Você está no meu radar agora, Enslow, e, não importa o que pense, tenho bastante influência na ComCam, e ela aumenta a cada dia. Posso impedir que se torne uma combatente, mas não é apenas isso. Vou tornar sua vida ruim para valer por aqui.

O rosto de Wyatt tinha se tornado inexpressivo, com um olhar de pedra.

– Ótimo que tenhamos tido essa conversa – Heather disse. Em seguida virou-se, o cabelo escuro balançando enquanto saltitava de volta ao elevador.

Tom precisava consertar aquilo. Fez menção de ir atrás de Heather, incerto sobre o que diria, mas esperançoso de que algo lhe viesse à mente.

Wyatt pegou seu braço antes que Tom a alcançasse.

– Aonde está indo?

– Vou falar com ela sobre você.

– Por quê?

– Ela ameaçou você, Wyatt, então vou ameaçá-la também. De alguma forma. – Tom deu de ombros. – Vou descobrir um jeito.

– Não – Wyatt respondeu, irritada. – Eu mesma quero ameaçar meus inimigos.

Tom a encarou e detectou a determinação que havia visto apenas algumas vezes nela, mas que havia aprendido a temer.

– Certo. Mas ameace rápido; logo ela vai dar o fora daqui.

Wyatt se voltou para o teclado no antebraço e digitou algo com rapidez, lançando um programa. A porta do elevador se abriu, mas Heather parou num espasmo antes de entrar. Por um momento, ficou imóvel na entrada, as costas rígidas, depois deu meia-volta e veio com raiva até eles.

– O que você fez? – ela exigiu saber, voltando a encarar Wyatt.

– Opa – Wyatt disse, olhando para o teclado. – Foi o seu firewall que eu derrubei? Acho que foi.

Heather a olhou, boquiaberta. Levou alguns segundos para se recuperar e depois retrucou:

– Não é preciso se preocupar; tenho um firewall secundário que posso colocar no lugar.

Ela digitou algo no teclado do antebraço. Mas, enquanto Heather restaurava seu firewall, um sorriso minúsculo cruzou os lábios de Wyatt e seus dedos dançaram pelo teclado do antebraço de novo. Ela havia executado outro programa.

– Ei! – Heather gritou, a mão voando para a cabeça, como se para proteger seu processador.

– Opa, desativei seu firewall secundário também? – Wyatt perguntou em um tom inocente. – Não sei por que esse tipo de coisa não para de acontecer – ela pressionou o indicador nos lábios como se tivesse que pensar a respeito por um momento. – Oh, espere, eu sei. Sou eu. Eu mesma estou fazendo isso.

Heather abriu e fechou a boca, e em seguida falou, nervosa:

– Está tentando provar alguma coisa, sua insignificante?

Wyatt deu de ombros.

– É só que eu não pude evitar de perceber que posso desativar quase qualquer defesa que você erga em torno do seu processador; é incrivelmente fácil para mim. Quero dizer, levou alguns segundinhos nas duas vezes, e acho que você deve ter trabalhado nesses firewalls por *meses*. Agora, estou aqui pensando: se você não tem um firewall que proteja seu processador neural, é bem provável que eu possa fazer qualquer coisa com você. Tendo isso em mente, você seria inteligente se escrevesse um programa mais forte para se defender antes de tornar minha *vida ruim pra valer por aqui*. Pelo menos, se for estúpida o suficiente para tentar.

– Está me ameaçando? – Heather murmurou.

– Não – Wyatt negou de maneira categórica. – Estou afirmando o óbvio.

Heather se deteve ali por mais alguns momentos, os punhos cerrados e uma expressão de frustração estampada no rosto. Depois, pareceu ter tomado uma decisão. Dando um tapinha suave no ombro de Wyatt, falou:

– Ah, vamos lá, Enslow, você está levando isso a sério demais. – Foi a vez de Wyatt encará-la. – Sabe que era só uma provocação. É o que os membros da ComCam costumam fazer com os intermediários. Um *trote* amigável. Sei que estava fazendo seu trabalho ao me delatar e, honestamente, foi mesmo bem estúpido da minha parte ser enganada por esses repórteres e falar demais sobre os outros combatentes. Ainda me sinto uma idiota por isso. Ponto para você por ter descoberto!

Wyatt abriu e fechou a boca, completamente perplexa.

– Tenho que ir agora. Você é uma estrela, garota! – Heather piscou para ela e em seguida atravessou a sala, desaparecendo elevador adentro.

Wyatt exclamou:

– O que aconteceu? Não entendi. Estávamos num impasse, daí ela agiu como se eu a ameaçasse, depois como se estivesse exagerando – virou-se para Tom com um ar de urgência, o cenho franzido. – Eu não estava dando importância demais para algo bobo, estava?

– Esse foi o jeito de Heather salvar a reputação dela – Tom explicou. – Você ganhou, ela perdeu, e ela não podia admitir.

– Verdade?

– Verdade – ele pegou uma das almofadas do sofá caídas no chão e a jogou no lugar, depois arremessou o travesseiro também. – Você pode oficialmente ameaçar qualquer inimigo seu. Cara, você meio que me assusta agora.

– Assusto? – ela perguntou, feliz. – Ah, você pode contar isso para o Vik, contar que fui ameaçadora? E que eu comentei que ele vai ser o próximo, só para o Vik ficar com medo?

– Vou dizer até que você sacudiu os punhos cerrados enquanto dizia isso – Tom prometeu, o que empolgou Wyatt pra valer.

Só então Vik e Yuri emergiram da Divisão Alexandre, ambos sem fôlego, o cabelo ondulado de Yuri todo bagunçado como um grande ninho em cima da cabeça, e Vik todo molhado, como se houvesse mergulhado numa piscina.

– Não pergunte nada – Vik reclamou para Tom, afundando numa das almofadas do sofá e deixando manchas gigantescas e molhadas no velho tecido verde.

Yuri deu um sorriso abobado quando Wyatt se aproximou dele por vontade própria e o enlaçou de maneira desajeitada, como se não estivesse certa de como funcionava esse lance de abraçar.

– Obrigada por vingar minha honra.

– Foi um prazer – ele beijou o topo da cabeça dela e explicou: – Persegui Vikram por muitos andares, e ele usou um vírus de computador em mim, então usei um nele também, e ambos concordamos em remover os vírus, daí eu o persegui até a Arena de Exercícios. Ele ativou uma simulação. Fui forçado a abrir caminho combatendo uma centena de soldados vietcongues, mas me imaginei vindo até você e contando sobre minha vitória, e isso me inspirou a perseverar. Por fim, eu o alcancei quando ele estava se escondendo perto de um pântano. O resultado está diante de você.

Vik resmungou alguma coisa. Fora jogado numa das piscinas rasas da arena.

– Ele prometeu nunca mais caçoar de Connecticut – Yuri contou a ela.

Vik assentiu em concordância com um gesto cansado.

– Não tenho um Androide Incansável do meu lado, só tenho Tom.

– Não, você não tem Tom. Eu é que não vou enfrentar Yuri – Tom protestou.

Yuri riu, passando o braço em torno de Wyatt. Vik balançou a cabeça em um gesto negativo, irritado.

Tom se descobriu observando seus amigos e, por algum motivo, o brilho do momento assumiu uma tonalidade sombria. Não havia razão racional para isso, e talvez viesse de sua suspeita incansável de que nada de bom podia realmente durar – mas ele teve essa sensação desconcertante de que dava o último vislumbre em algo muito valoroso, capturado em suas mãos em concha antes de deslizar para além de seu alcance.

13

QUANDO BLACKBURN OS CONSIDEROU competentes o suficiente com os exotrajes, terminou o treinamento com a mesma espécie de celebração a que sempre conduzia os intermediários – direto pela Agulha Pentagonal, rumo ao teto sobre o décimo quinto andar.

– Nada de aprontar, ficou claro? – por algum motivo, ele encarava Tom e Vik diretamente, embora houvesse outros cinco intermediários que acabavam de receber seu certificado de competência com exotrajes. – Comecem a aprontar aqui e vão descer de escada. Se um de vocês se espatifar, alguém vai ficar cheio de papelada para preencher. Sabem quem será essa pessoa? Eu. É por isso que vocês vão colocar os trajes, formar pares e, sobretudo, *tomar cuidado.*

Tom e Vik ficaram lado a lado, e Wyatt não parava de se virar para pessoas que imediatamente formavam duplas com outras pessoas, sentindo-se cada vez mais deprimida com isso. Blackburn trouxe um montão de cinturões de segurança e jogou um para cada par.

– A ideia aqui é que, se um de vocês deixar a mão escapar, algo que não devem fazer, o outro ainda vai estar segurando. – Ele jogou mais um cinturão e parou próximo de Tom e Vik. – Ah, não, não. Vocês dois não vão juntos.

– Hein? – Tom perguntou.

– Hein? – Vik repetiu.

– Ashwan, escale com Enslow.

Vik se virou para Wyatt, as sobrancelhas arqueadas.

– Quem diria? Estamos juntos. Agora minha vida depende de você. E quanto à sua? Depende de mim – ele arqueou as sobrancelhas.

Wyatt parecia assustada.

Tom automaticamente lançou um olhar para Kelcy Demos, esperando que Blackburn desfizesse outros pares para ele poder fazer par com a garota de cabelo cacheado. Nesse momento, sentiu algo se prender em seu traje. Olhou para trás, e seu estômago gelou.

– De jeito nenhum – protestou. *Não* queria ficar preso ao tenente Blackburn. – Não... Ei, senhor, qual é?

– Isso não está em discussão – Blackburn respondeu, puxando o cinturão e os conectando para testar sua força.

– Mas eu sou o melhor usuário de exotrajes aqui. Não preciso ficar preso *ao instrutor.*

– Não questiono sua capacidade – ele disse devagar, como se lutasse para permanecer paciente –, mas sim seu juízo.

– Eu tenho um juízo fantástico.

– Você tem um juízo horrível. De todos os recrutas aqui, você é o que mostra mais chances de se superestimar e fazer algo imprudente e fenomenalmente estúpido. É por isso que está comigo. Se não consegue avaliar seus limites, devo avaliá-los por você. Ou é assim, ou você não escala.

Tom ficou ressabiado.

– Então?

– *Certo.* Senhor.

Ficar preso a Blackburn para a escalada acabou com ele. Todos vestiram camuflagem óptica, prendendo o material a ganchos específicos em seus exotrajes, e se esconderam da vista de quaisquer civis que olhassem para a Agulha. Também usaram os grampos centrífugos de metal para se içar pela lateral do prédio.

O vento frio não conseguia penetrar a camuflagem óptica, mas o exotraje substituía a necessidade de exercício real, portanto Tom se viu entediado a maior parte da subida, principalmente com seu ritmo sendo contido por Blackburn, que insistia em permanecer abaixo da dupla de recrutas mais lenta, Jennifer e Mervyn, para manter o olho neles.

Tom soube quando Wyatt e Vik chegaram ao topo, porque eles mandaram mensagens triunfantes de *VITÓRIA!* para o centro de sua visão.

Descontente, Tom arrancou o cinturão tão logo chegou ao telhado com Blackburn. Procurou pela ondulação de ar, que indicava alguém num exotraje se movendo pela área, e seus olhos chegaram a traçar a silhueta de formas distintas. Andou ruidosamente até as formas que o processador neural identificou como Vik e Wyatt, do outro lado do imenso polo de transmissão que projetava-se do telhado e perfurava as nuvens acima deles. Estendeu a cabeça para trás, comprimindo os olhos em direção ao céu, tentando ver melhor. O prédio inteiro era um transmissor e aquela era a ponta.

– Como foi a escalada? – a voz de Vik flutuou até ele pelo ar que ondulava a partir de onde as formas ocultas espreitavam. – Enslow e eu mantivemos uma ótima velocidade. Acho que sou atraente demais para ela aguentar. – Pulou quando a forma próxima dele mirou um punho em sua direção. – Nada de soco de brincadeira com força sobre-humana!

– Ah. Certo – Wyatt lembrou.

Tom não compartilhava do bom humor de Vik.

– Blackburn ficava me puxando para parar, porque estava escalando rápido demais para ele. Como se eu fosse um cachorro ou algo assim. Estou lhe dizendo, cara, era como ter uma coleira.

Wyatt saiu para falar com Blackburn, deixando Tom e Vik olhando para cima, a ponta soberana do transmissor desaparecendo no céu iluminado pelo sol.

– Você sabe, escalar esse prédio é uma coisa – Vik comentou. – Mas escalar isto? Essa é a escalada real.

O coração de Tom acelerou enquanto ele avaliava a ideia. Seria um feito incrível.

– Aposto que posso fazer.

Vik riu.

– De jeito nenhum.

O processador neural de Tom rapidamente examinou os esquemas na cabeça, calculando até o ponto onde seria estreito demais para conseguir se agarrar.

– Cinquenta dólares que consigo chegar a dez metros do topo.

– Apostado, Doutor – Vik respondeu, e tentaram trocar um aperto de mão, mas a de Vik, coberta pelo exotraje, apenas bateu contra a de Tom.

Aquilo seria fácil demais. Tom deu um grande salto, virando os grampos para eles, instantaneamente, aderirem à superfície. Sem problemas. Ele subiria e desceria antes de alguém sequer perceber...

Mas não chegou a percorrer a distância de um braço antes de uma mão se fechar nas costas de seu exotraje e o puxar para baixo. O exotraje de Tom retiniu contra outro atrás dele. Olhou para trás, sentindo um frio no estômago quando o processador neural identificou o endereço de IP de Blackburn.

– Entendeu, Raines, quando eu disse que você faria algo imprudente e fenomenalmente estúpido? – a voz de Blackburn soava direto em seu ouvido. – *Esse* é o tipo de coisa a que me referia.

– Não estava escalando – Tom mentiu num rompante. – Estava esmagando essa aranha gigantesca e o grampo aderiu acidentalmente e me prendeu à superfície.

Blackburn o arrastou pelo telhado e o jogou com força pela porta que levava ao décimo quinto andar.

– Fique aqui sentado. Não se mova – havia uma espécie de fúria sombria em sua voz.

Tom não estava nada feliz em ficar sentado no chão. Não era digno. Fez questão de levantar, mas a mão pesada de Blackburn grudou em seu ombro e o forçou a abaixar de novo.

– Falei para não se mover!

Tom cerrou a mandíbula e permaneceu no chão.

– Bom garoto – Blackburn disse. – Vou falar com Ashwan. Fique aqui sozinho, não fale com ninguém e pense em como foi *estúpido* o que você fez. Considere isso como um castigo.

– Castigo? – Tom deixou escapar. – O que eu sou? Uma criança de cinco anos?

Blackburn soltou uma risada desagradável.

– Fico espantado de você estar sequer vagamente familiarizado com o termo, Raines. Mas não posso enfiar um pouco de bom senso nessa cabeça dura tratando-o como os outros recrutas, por isso talvez tenha que tratá-lo como uma criancinha indisciplinada; aliás, é exatamente como está agindo. Você acha que funcionaria?

– Não! – Tom protestou. – Eu tenho quinze anos.

– Então prove para mim que tem o intervalo de atenção de alguém de quinze anos e fique sentado aí.

Fervilhando de raiva, Tom permaneceu no mesmo lugar, até que Blackburn pareceu satisfeito e partiu, os passos ressoando pelo caminho. Porém, quando Tom começou a pensar, percebeu o que devia estar acontecendo: Blackburn provavelmente estava descendo os cachorros em Vik. Talvez Vik tivesse pensado em alguma boa desculpa? Tom sabia que ele deveria corroborar a história, fosse ela qual fosse, então se colocou de pé e se moveu tão silenciosamente quanto possível em direção a eles, determinado a ouvir o que Vik dizia. Colocou-se oculto em uma curva próximo dos dois, forçando os ouvidos para captar a conversa.

Ouviu as palavras de Blackburn:

– ...realmente acha que essa era uma boa ideia, Ashwan?

– Não, senhor.

– Ah, mas eu acredito que você achou, sim. Afinal, estava torcendo por ele. Pois me mostre que ideia brilhante era aquela. Escale o lugar.

Vik ficou em silêncio por um momento.

– ...Senhor?

– Disse para escalar.

Tom ficou incrédulo. Aquilo *não* era justo. Vik poderia escalar? Tom se inclinou para a frente e viu o ar ondulando no local onde Vik estava. Era óbvio que o amigo não iria escalar.

– Deixe-me adivinhar: parece terrivelmente alto agora, não é, Ashwan? Vamos dizer que você escalasse. Essa coisa... – Houve uma cintilação no ar e, depois, a ressonância de articulações dos dedos cobertas pelo exotraje batendo contra a superfície. – Essa coisa envia transmissões para o espaço. Bastaria uma comunicação com uma nave enquanto estivesse subindo nisso, e o sinal deixaria os grampos centrífugos em curto, talvez enviando um belo e velho choque por todo esse metal e pelo seu processador neural. Diga-me: ainda soa como uma boa ideia?

Vik parecia estupefato.

– Não, senhor.

– Não, não era mesmo. A probabilidade é de que nada viesse a ser enviado no tempo que você levaria para realizar isso... e menos provável ainda no tempo que Raines levaria... Mas e se algo fosse transmitido? Vou lhe dizer o que aconteceria: a pessoa lá em cima cairia neste telhado ou talvez naquele ali embaixo, e já era, Ashwan. Viraria panqueca. Quanto apostou nisso? Não ouvi direito o valor.

– Hum, cinquenta dólares, senhor.

– A vida de seu amigo por cinquenta dólares.

– Eu não sabia. Não teria feito isso se soubesse.

– Ah, Ashwan, você tem essa coisa com você. – Tom pôde ver

a forma fugidia de Vik se afastar conforme a outra se aproximava. – Tenho um palpite de que você possui um bom cérebro na cabeça. Acho que há a voz da razão em algum lugar nesse cérebro, e estou disposto a fazer uma aposta: você suspeitava que havia algum tipo de risco aqui. Isso deve ter tornado tudo mais empolgante: curtir um barato de maneira indireta, com um amigo fazendo algo fenomenalmente perigoso, algo que você é inteligente demais para fazer.

Tom sentiu-se afrontado e fez de tudo para não saltar dali e dizer a Blackburn que ele estava errado sobre Vik. O amigo devia ter sentido a mesma raiva, pois protestou:

– Não é assim de jeito nenhum, senhor.

– Arrã... Sabe quantas vezes vi essa mesma coisa acontecer com vocês dois? Nos jogos de guerra, eu me lembro de Raines ávido para atacar, pronto para me causar problemas quer eu fosse o superior dele ou não. Vamos encarar os fatos: aquele garoto faz tanta bobagem que me surpreendo quando não faz. Mas e quanto a *você?* Você não. Você bate continência e diz *sim, senhor*, como um robozinho obediente, porque é isso o que deve fazer, e você sabe. Você não sai da linha um dedo sequer, e eu sei por quê: porque alguém, em algum momento, lhe ensinou que não se faz isso.

– Mas não é... Você está errado. Senhor, o senhor está errado. Ele é meu melhor amigo. Eu jamais o prejudicaria.

Tom se encolheu mais no lugar, sentindo-se estranho. Tinha a sensação esquisita de que Vik ficaria muito envergonhado se soubesse que ele havia escutado tudo aquilo.

– Então, Deus salve Tom Raines de seus simpatizantes – Blackburn sentenciou. – Você sabe que não está fazendo nenhum favor a ele.

Tom voltou ao lugar onde Blackburn o havia deixado. Ainda estava sentado lá quando Blackburn montou algumas cordas, dando aos recrutas a chance de descer de rapel pela lateral da Agulha se preferissem, em vez de usar o exotraje. Blackburn amarrou uma para Makis, Kelcy e Vik, mas o restante preferiu descer da mesma maneira que tinha subido: grampo a grampo. Blackburn juntou seu equipamento de escalada, enfiou numa sacola e depois jogou nas mãos de Tom, abrindo a porta para a escadaria.

– Desça pelas escadas e espere por mim no segundo andar. Vou para lá assim que os outros tenham terminado.

– Não posso descer da maneira como subi?

Blackburn removeu o capuz da camuflagem óptica, dando a Tom um vislumbre de seu rosto.

– Veja se isso entra na sua cabeça, Raines: esta atividade era um privilégio, não um direito. Ações têm consequências. Você aprontou, abusou desse privilégio, portanto significa que está fora.

– Tudo bem. Tanto faz. Nem me importo com isso.

Blackburn lhe lançou um olhar profundo.

– Ah, sim, você se importa.

Tom avançou pela escadaria e fechou a porta com a bota. A ausência de claridade o envolveu assim que ela bateu com um estrondo. Tudo bem. Então, ele não desceria como os outros. Não importava; ainda estava com o exotraje, e essa era a parte incrível. Arrancou o resto da camuflagem óptica, inclinou-se para olhar além do corrimão e, quando não avistou ninguém, um pequeno tremor de excitação o tomou. Jogou-se para o outro lance de escadas, aterrissando na parte de baixo com um estampido. Fez o mesmo com o lance seguinte, experimentando um prazer feroz em fazer aquilo sem ninguém poder descobrir nem repreendê-lo.

Teria saltado para o próximo lance de escadas se não tivesse ouvido uma porta se abrir atrás dele e passos se moverem rapidamente em sua direção. Tom estudou a si próprio e passou a dar passos leves, com cuidado para não deixar o metal colidir com os degraus.

Foi assim que Yuri o encontrou na escadaria. Um brilho leve de suor recobria o rosto do garoto maior. Os plebeus já estavam no almoço, enquanto os intermediários terminavam a aula de exercícios, mas obviamente Yuri se aproveitava da hora para uma corrida extra pelas escadas.

– Thomas – Yuri disse, a surpresa estampada na voz.

Por um momento, Tom parou, perguntando-se se Yuri poderia ver seu exotraje. Como Yuri não esboçou nenhuma reação, Tom imaginou que a visão do traje devia ser censurada pelo processador neural do amigo.

– Não devia estar na aula de exercícios físicos? – Yuri perguntou a ele.

Os intermediários não deviam compartilhar detalhes sobre os exotrajes com os plebeus, pois não tinham "conquistado o privilégio". Tom tentou pensar em uma mentira.

Yuri adivinhou qual seria a resposta.

– Ah, entendo – seu rosto pareceu se fechar por completo. – Não é para os meus ouvidos. Quer ajuda com a bolsa?

– Não, eu consigo carregar. – Mesmo sem o exotraje, não seria problema. Ele a jogou sobre os ombros e tomou cuidado ao caminhar, tentando evitar que fizessem barulho ao descer as escadas. Enquanto começavam a falar sobre o almoço, sobre a folga que estava por vir, Tom não pôde evitar a maneira como seus pensamentos se voltaram para a conversa que havia escutado entre Blackburn e Vik: *Deus salve Tom Raines de seus simpatizantes. Você sabe que não está fazendo nenhum favor a ele.*

Seu estômago se contraiu pensando nisso. Honestamente, não tinha se dado conta de que as pessoas o viam como um fracassado ali. Com certeza, gente como Karl, Dalton e Blackburn o viam como um moleque insolente e bocudo que merecia uma surra, mas ele não havia percebido que todos já esperavam que arruinasse sua maior chance de fazer algo de si mesmo. O pior de tudo era que não sabia mais como dar um jeito naquilo. Sua mente se voltou para o general Marsh, que havia ordenado a ele que consertasse as coisas com os CEOs. Como se ele pudesse dar com eles na rua e fazer as pazes.

Mesmo que pudesse ir até aqueles CEOs em algum lugar, sabia que não podia consertar as coisas. Não ia fazer o que Marsh esperava que fizesse. Talvez Vik soubesse disso também. Era por isso que ele havia lhe dado os parabéns e tentado animá-lo... Tratava-se apenas de um amigo impedindo-o de ficar pensando na maneira como havia arruinado tudo.

A percepção desse fato chocou Tom. Deteve-se por completo, e Yuri ainda seguiu por vários degraus antes de perceber que Tom havia parado. Olhou para ele.

– Thomas?

Tom retribuiu o olhar do amigo, percebendo que vinha fazendo a mesma coisa com Yuri. Todos faziam aquilo. Evitavam mencionar o fato, falar sobre a situação, ajudando quem estivesse envolvido a se desviar da realidade. Não estavam fazendo nenhum favor a ele.

– Yuri, cara, o que ainda está fazendo aqui na Agulha? – Tom deixou escapar. – Você sabe que não vão promovê-lo, não sabe? Você não vai pra lugar nenhum.

Se ficou surpreso, Yuri não demonstrou. Encarou-o na semiescuridão.

– Sabe disso, não sabe? – Tom pressionou.

O olhar de Yuri caiu sobre o corrimão.

– Sim.

– Por que está desperdiçando seu tempo desse jeito? Adoro este lugar também, e sei que você está a fim da Wyatt. Sei por que você quer permanecer aqui, Yuri, mas vai se tornar aquele sujeito que ainda anda pelo ensino médio aos vinte anos. Você não devia ser esse tipo de cara. Não é um fracassado. Seus dias de glória ainda estão à frente.

Yuri suspirou.

– Você não está me dizendo nada em que eu já não tenha pensado.

– Então, o que é? O que está fazendo?

Yuri umedeceu os lábios e em seguida levantou os olhos, que exibiam um brilho determinado.

– Vai achar isto uma grande besteira, mas sempre me vem uma sensação muito forte de que preciso ficar; uma certeza de que é *necessário* que eu esteja aqui, como se houvesse algum propósito que estaria negligenciando se partisse.

– Que propósito?

Ele encolheu os ombros largos.

– Não sei dizer. *Propósito* é a única palavra para descrever essa sensação de que tenho uma tarefa aqui. A simples ideia de ir embora me enche de inquietação. Sinto que há algo errado, uma certeza muito grande de que partir seria um grave erro. E, quando tento entender, essa sensação de algo errado só piora... como se um peso terrível pressionasse minhas têmporas. – Ele gesticulou de maneira vaga apontando a própria cabeça. – Estou ciente de que isso pode parecer bem louco para você.

Tom se recostou na parede.

– Não. Não, cara. Não é louco. Ei, vamos lá, eu sei bem como é. Tipo, sei onde eu estaria sem este lugar. Não havia nada antes – ele não falava sobre essas coisas, nem com Vik, e mesmo agora tinha de baixar a voz, tornando-a quase um sussurro. – Literalmente... nada. Não sei onde teria ido parar se não tivesse sido recrutado. Provavelmente teria terminado, sei lá, na prisão ou algo parecido – ele afastou aquele pensamento. – Mas, Yuri, isso não tem que ser um negócio de vida ou morte pra *você*. Você não é como eu. É melhor. Pode fazer tanta coisa, e as pessoas gostam de você. Elas se importam com você. Com certeza você poderia fazer algo neste mundo.

Yuri levantou os olhos e o encarou.

– Você é muito exigente consigo mesmo, Thomas.

Por um momento, Tom ficou desconcertado por aquelas palavras e caiu em silêncio.

– Odeio interromper este momento tocante. – A voz de Blackburn flutuou pela escuridão abaixo deles conforme seus passos ressoavam pelo caminho ao subir as escadas. Tanto Tom quanto Yuri tomaram um susto, mas Blackburn apareceu na escadaria abaixo deles e disse de maneira bem clara a Yuri: – Vamos falar sobre Zorten II nos próximos cinco minutos.

Yuri pegou a dica imediatamente e seu rosto ficou inexpressivo, como se estivesse inconsciente, exatamente da forma como Blackburn o programara para fazer quando ele ouvia qualquer coisa relacionada a programação.

Blackburn apontou o dedão escada abaixo em um gesto ríspido.

– A escadaria está vazia. Significa que teremos uma conversa.

– Olhe, o que aconteceu lá em cima...

– O incidente lá em cima é exatamente o que já sei que devo esperar de você, Raines – Blackburn respondeu de maneira ríspida enquanto desciam as escadas. – Estou aqui para falar sobre o processador neural que você viu mexendo nos drones; a consciência humana por trás das invasões, quero dizer. Planejava usar a escalada para falar com você sobre isso se mantivesse o ritmo comigo... *como deveria ter feito.*

Tom lançou um olhar para Yuri, que estava mais acima na escadaria. Viu que os olhos dele se abriram em intensa curiosidade. Ele nem piscava, e, enquanto Tom avançava para o próximo lance de escadas, tentou lhe transmitir mentalmente: *Feche os olhos e finja estar inconsciente. O que está fazendo, cara?*

– Sei que está tentando falar com alguém fora da Agulha, Raines – Blackburn disse, a voz ecoando pelas paredes ao redor.

Tom estacou na mesma hora.

– Não sei do que está falando.

Percebeu um movimento pelo canto do olho enquanto seguia Blackburn para baixo, e percebeu espantado que Yuri também estava, em silêncio, descendo pela escadaria, escutando o que diziam, por pouco fora da linha de visão de Blackburn.

O que estaria fazendo? Por acaso ele *queria* ser pego?

– Não minta para mim – Blackburn se virou para encará-lo. – Você tem um amigo na Fortaleza. Isso me faz pensar: não havia sinal de acesso clandestino no nosso sistema, nenhuma evidência de infiltração externa do nosso servidor, mas havia um *terceiro* processador neural realizando uma interface com os drones, controlando-os. Se não era um processador neural fora da Agulha, era algum dentro do nosso sistema, mas, se estivesse nele, eu seria capaz de rastrear. E não consegui.

– E o que isso tem a ver com...?

– Significa que alguém cobriu o rastro desse processador neural, Raines. Cobriram-no de maneira bastante eficaz, e fizeram isso poucos minutos após o ataque ao sistema. Só há três pessoas no mundo capazes de esconder impressões digitais com tanta rapidez. Uma é a minha contraparte na Fortaleza Sun Tzu – externa à Agulha. Outra é Joseph Vengerov – novamente *externo* à Agulha. O terceiro sou eu.

– Talvez *tenha sido* você – Tom o atacou, mantendo um olhar cuidadoso em Yuri também. – Talvez você tenha outra personalidade da qual não sabe a respeito. Quero dizer, você é meio esquisito... – sua voz foi interrompida quando Blackburn o agarrou subitamente e o arrastou.

– Ou talvez alguém não tenha coberto rastro nenhum. Talvez nunca tenha havido algum rastro. Talvez até seja um *amigo* seu, ou uma amiga, que pode se mover por um firewall não detectado puramente por alguma peculiaridade do processador neural dele, ou dela. Se esse for o caso, *poderia* ser alguém que entrou em nosso sistema e controlou esses drones sem deixar nem um fiapo de evidência. Da mesma maneira que está mexendo com meu sistema sem deixar evidências. – Seus olhos brilharam. – Quem você tem contatado, Raines? É um fantasma, alguém da Fortaleza que pode penetrar meus firewalls à vontade?

Não. Medusa não faria algo assim. Não as invasões, não a sabotagem dos drones.

– Acho que não.

– Posso ser despedido por isso – Blackburn sussurrou. – A Obsidian Corp. já está até comemorando a chance de convencer o Comitê de Defesa a me mandar embora. Você também ficaria feliz em não ter que me ver mais.

– Sim – Tom respondeu com honestidade. Realmente ficaria. – Mas isso não significa que esteja mentindo sobre esse assunto. Acho que você está investigando o suspeito errado – depois, cedendo a um impulso de rancor, acrescentou: – *De novo.*

Blackburn o soltou, mas achatou a palma da mão contra a parede, impedindo a passagem de Tom.

– Dê um recado ao seu amigo, ou amiga, por mim. Fantasma da máquina ou não, eu *posso* e *vou* retaliar a pessoa que está por trás disso – com essa declaração fatídica, levantou o braço e enfim permitiu que Tom passasse por ele, descendo a escadaria.

Tom continuou andando até ouvir uma porta abrir e se fechar. Quando teve certeza de que Blackburn havia partido, deteve-se e esperou o ruído de botas contra o chão, indício de que Yuri se aproximava.

Ele tinha ouvido tudo. Cada uma das palavras.

Tom deslizou o olhar para o amigo. Não sabia como explicar aquilo para Yuri. Havia tantas coisas que tinha escondido dos amigos. Talvez fosse melhor descobrir a extensão dos danos primeiro.

– Hã...Você ouviu isso, cara?

Yuri parou um lance de escadas acima dele.

– Ouviu o que, Thomas?

– O que estávamos dizendo. Eu e Blackburn. Bem agora.

Ele enrugou a testa.

– Dei uma olhada para ver se você estava bem, mas não consegui ouvir suas palavras.

– Mas você estava... – Tom hesitou.

Ele *achava* que Yuri tinha escutado a conversa. O amigo parecia acompanhá-los de perto, seguindo-os pela escadaria. Parecia estar ouvindo. Não; ele tinha que ter ouvido. Estava próximo o suficiente, não estava?

Tom enfiou as mãos nos bolsos.

– Hum, bom. Porque não tinha nada para se ouvir. Nada importante – então começou uma história elaborada sobre como Blackburn estava bravo com ele por aprontar na aula de exercícios. Já que Vik podia corroborar essa história, era a aposta mais segura.

Ainda assim, era estranho que Yuri não tivesse ouvido, mas ao menos isso salvara Tom do trabalho de pensar em uma explicação, e, no final das contas, era o que importava.

14

COM A PROXIMIDADE DAS FÉRIAS de inverno, Tom e Vik ficaram bem tristes, porque era improvável que permanecessem no mesmo grupo de exercícios aplicados em janeiro. Tinham se divertido bastante desde que Tom e Snowden haviam estabelecido certa paz ao manter distância um do outro. Snowden, na maior parte das vezes, permanecia fora das simulações; e, quando aparecia, era bem longe de Tom. Dessa maneira, passaram a se tolerar, e Vik e Tom ficaram livres para causar seus estragos.

E causaram vários deles.

Tinham servido no exército de Átila, o Huno, e massacrado o grupo de Mason, que representava os romanos. Tinham sido romanos e massacrado os cartagineses. Haviam lutado com o grupo de Ralph no Golfo Pérsico e sido os leões responsáveis por fazer as hienas de Emefa em pedaços. Tinham atuado como alienígenas, destruindo o velho exército soviético de Britt Schmeiser, e interpretado camponeses que combatiam uma invasão mongol liderada por Karl Marsters. Tom morrera por causa de falhas no paraquedas, por afogamento, por tiros e vários outros ferimentos causados por cortes, incêndios e mordidas. Havia sido sacrificado em um ritual por Heather e seus guerreiros incas, fora degolado por Yosef e seus companheiros samurais. Acumulara o maior número de matanças por ação própria entre todos os intermediários, e chegara a matar Karl três vezes, algo que dizia ficar mais divertido a cada ocasião que o feito se repetia.

Se não tivesse sistematicamente destruído a conversa com cada um dos CEOs da Coalizão, ainda teria chance de ser promovido. No fim, Wyatt fora a única deles a subir de nível, encerrando seu tempo com a Companhia Intermediária em seis meses.

O último *urra!* deles sob a liderança de Snowden os encontrou num cenário de vingança de Wyatt Earp no Velho Oeste. Wyatt Enslow estava no grupo inimigo, no lado oposto ao da figura histórica que compartilhava seu nome, representando um fora da lei chamado Caubói. Ironicamente, Vik representava Wyatt, isto é, Wyatt Earp, o homem da lei do Velho Oeste. Tom era um pistoleiro chamado Doc Holliday e, como ele e Vik trabalhavam juntos para caçar os caubóis de Elliot um a um, o momento inevitável veio quando a enfrentaram no O. K. Corral.

Wyatt havia evitado trocas bobas de tiro, seguido para o *saloon* e detonado um bando de coquetéis molotov. Suas bombas incendiárias contra membros do bando de Tom e Vik haviam destruído a promessa de cenário de maravilhosos duelos de pistola. Ela havia matado a maior parte do grupo deles também e mostrado a todos que não estava sendo promovida só por causa das habilidades com programação. Sua antipatia por batalhas paradoxalmente a transformara numa máquina de matar.

Tom e Vik estavam receosos de um confronto aberto. A mira das armas mostrava-se incrivelmente imprecisa, e as balas eram primitivas. Tinham de atacar uma vez só e com cuidado.

Por sorte, Wyatt possuía um ponto fraco: Giuseppe estava ao lado dela.

Ele descansava em campo aberto numa cadeira diante do *saloon*, as botas chutando preguiçosamente a cerca da varanda. Wyatt segurava sua pistola e espiava para fora a cada poucos segundos por trás de uma janela estilhaçada, enquanto Giuseppe discutia o quanto suas botas esfolavam seus pés. Tom havia se amarrado sob uma carroça para um ataque surpresa lento e ruidoso, e podia vê-los de onde estava pendurado. Desatou o laço que o prendia ao fundo debaixo, confiando na força do braço para mantê-lo no lugar até que fosse hora de se jogar no chão e dar início à emboscada.

– Estou com uma bolha terrível no calcanhar – Giuseppe comentou. – Por que eles têm que programar bolhas reais numa simulação? Parece um ato mesquinho para mim. Quero escrever uma reclamação oficial para alguém. Não acho que tenho de aguentar essas...

Wyatt se cansou de ouvir. Ergueu a pistola e atirou na nuca dele.

Tom não pôde evitar. Caiu na gargalhada com tanta força que acabou se soltando da carroça e se precipitando dela prematuramente, e a arma escapou do coldre. Ele rolou com rapidez para desviar das rodas que estavam prestes a passar sobre ele e dos tiros que Wyatt dispava em sua direção.

– Isso foi INCRÍVEL! – ele gritou por sobre o ombro enquanto fugia dela.

– Ele é muito irritante! – Wyatt gritou em resposta, e então mandou um coquetel molotov, que passou voando pelo ombro de Tom. O coquetel incendiou a agência dos correios, feita de madeira, que estava além dele, o que infelizmente forçou Vik a sair de seu esconderijo com um grito assustado. Algumas dúzias de habitantes simulados da cidade passaram a correr freneticamente por ali, tentando apagar o fogo.

Wyatt e Vik atiraram de maneira furiosa um no outro por vários segundos, até ficarem sem balas. Uma fumaça negra escapava das armas e, quando ela se dissipou, revelou o fato de que nenhuma bala havia entrado em contato com carne humana. Como Wyatt também não tinha mais coquetéis molotov e a arma de Tom havia deslizado para um lugar desconhecido ao cair da carroça, descobriram-se parados no meio de Tombstone, poeira e fumaça girando ao redor, o correio em chamas atrás, e eles olhando constrangidos um para o outro.

– E agora? – Tom perguntou. – Nenhum dos moradores da cidade tem armas. Elas são proibidas aqui.

– Suponho que podemos seguir com a troca de socos. Talvez – Vik tirou o chapéu de caubói e enxugou a testa, o bigode volumoso de seu personagem balançando ao vento.

Wyatt começou a coçar o próprio bigode.

– Não gosto de ter pelos no rosto. Não consigo ficar sem migalhas na barba.

Tom se inclinou para ver e descobriu que de fato Wyatt tinha migalhas na barba.

– Tenho uma proposta – Vik levantou o dedo. – Acho que devíamos considerar este duelo um empate e fingir que nunca travamos esta batalha. Nós nos separamos e, se nos encontrarmos de novo, continuamos o tiroteio.

Parecia razoável para Tom. Wyatt também assentiu, ocupada demais em tirar resquícios de coisas da barba.

– Da próxima vez, vai haver sangue – Vik prometeu com entusiasmo, apontando para ela o indicador que ele fingia ser uma arma.

Wyatt lhe apontou uma arma de verdade em resposta.

– Com certeza, pode esperar por morte e caos.

Eles se separaram. Tom e Vik cavalgaram para fora da cidade juntos, o deserto se estendendo ao redor deles.

– Vai se encontrar com Lyla? – Tom perguntou. Nos últimos tempos, Vik vinha tentando intensamente encontrá-la nas simulações e impressioná-la com suas habilidades de luta. Até agora, não havia funcionado.

– Sim, acho que sim.

Tom apertou os olhos sob a luz do sol e o encarou.

– Essa pode ter sido nossa última luta juntos, cara.

Vik abriu um sorriso.

– Até nos encontrarmos na ComCam, você quer dizer.

Tom sorriu também, mas falou:

– Qual é?

O sorriso de Vik sumiu.

– Você não precisa fingir – Tom deu de ombros. – A não ser que um acidente bizarro acabe com todos os executivos na Coalizão, praticamente já era. Ambos sabemos disso.

Vik não falou nada por um longo momento.

– Você sabe, Tom, quando escalamos o teto, eu teria subido naquele poste de transmissão. Se você não tivesse subido, e se Blackburn não estivesse lá para nos ver ou algo assim, eu teria feito aquilo.

– É. Eu sei, cara – Tom esticou a mão e eles seguraram um no braço do outro. – A gente se vê.

– Tchau, Doutor.

Vik saiu a caminho do México e Tom conduziu seu cavalo pelo vasto deserto árido em busca do mais feroz dos caubóis, Johnny Ringo, representado por Elliot.

Tom não estava evitando matar Elliot nas simulações, não era tão misericordioso assim; apenas não se desviara do caminho para caçá-lo. De alguma maneira, o fato de saber que Elliot tinha tentado ajudá-lo o refreava um pouco.

Desta vez, no entanto, Tom se sentiu motivado. O personagem de Elliot era o melhor pistoleiro no lado inimigo.

Demorou seis horas, em tempo de simulação, para que Elliot fosse localizado, e o personagem de Tom tinha tuberculose, o que o forçava a descansar mais do que gostaria. Quando encontrou Elliot, ele estava em um bar com dois de seus companheiros, Grover Stapleton e Art Mackey. Tom os expulsou incendiando o celeiro. Grover foi o primeiro a disparar correndo pela porta. Tom arrancou a arma de Grover do coldre e depois atirou nele.

A arma enguiçou quando Art saiu a toda velocidade do celeiro, obrigando Tom a laçá-lo pelo pescoço e, com um chute, pôr em movimento um cavalo no qual a outra ponta do laço estava amarrada. O cavalo o arrastou pela paisagem.

Em seguida, Elliot disparou, atravessando a onda de calor, e eles se encararam.

– Já esperava por você – Elliot disse.

Se fosse qualquer outra pessoa, Tom provavelmente ficaria na defensiva, já que esse era o tipo de frase dita por supervilões para avisar sobre uma emboscada devastadora. No caso de Elliot, era apenas uma observação.

– Estou aqui – Tom falou, recarregando a pistola. – Vamos fazer isto de um jeito honesto. Um duelo justo.

Começaram a girar em torno um do outro, as botas chutando a poeira, o sol quente do Arizona fustigando-lhes o ombro.

– Ouvi algo sobre você esta manhã – Elliot comentou.

– Quais comentários terríveis falaram desta vez?

– Espero que seja verdade. A Obsidian Corp. quer realizar um encontro de apresentação em janeiro. Aparentemente, Joseph Vengerov contatou o general Marsh esta manhã e mencionou você especificamente como um recruta que ele gostaria de ver.

Tom parou por um centésimo de segundo, antes de lembrar onde estava e voltar a girar na direção contrária.

– Ah. Que ótimo.

– Não tinha queimado seu filme com Joseph Vengerov? Pois parece que ele está disposto a lhe dar uma segunda chance.

– O que importa isso? A maioria dos recrutas não quer ir para a reunião de apresentação da Obsidian Corp., de qualquer forma. Vengerov não patrocina combatentes.

Elliot o observou.

– Tom, sei que eu disse que havia parado com isso, mas ainda gostaria de lhe dar mais um conselho.

Isso surpreendeu Tom.

– Ah, com certeza. Manda ver.

– Tente conquistar Joseph Vengerov – Elliot puxou o chapéu para cima e passou a manga da camisa na testa. – Sei da posição dele quanto a patrocinar combatentes. Os clientes da Obsidian Corp. são todos do governo ou de outras corporações, por isso eles não precisam de combatentes para fazer propaganda, mas talvez algo tenha mudado o modo de pensar dele. Se esse for o caso, não vai doer nada se mostrar um pouco. Se conseguir que uma dessas pessoas o recomende, terá uma chance melhor de se redimir com os outros... Estou ficando tonto girando assim ao redor de você.

– Vamos acabar logo com isso.

Ambos sacaram as armas. O tiro de Tom soou primeiro, o impacto jogando Elliot ao chão. Ele se lançou para a frente e disparou outro tiro bem no meio dos olhos de Elliot.

– Obrigado pelo conselho – disse para o cadáver de Elliot. E falava sério.

Virou-se, estreitando os olhos contra a luz brilhante do sol, tentando calcular quantos membros do grupo de Elliot permaneciam vivos. Seu cavalo voltou, ainda arrastando Art Mackey, agora inconsciente, e Tom atirou nele antes de se preparar para cavalgar para longe. Em seguida, uma bala quase atingiu seus pés, assustando o animal e fazendo-o disparar em corrida.

Tom levantou a arma para a figura que se movia no calor que ondulava o ar. Uma mulher. Seu processador neural repassou com rapidez os perfis de personagens, tentando identificar o dela e seu papel na simulação.

Por fim, registrou: *Annie Oakley,* lendária *franco-atiradora.*

Ela não pertencia àquela simulação.

Será que era...?

O coração de Tom fez uma algazarra em seu peito. As mãos ficaram suadas e ele pareceu estranhamente embaraçado com todo o sangue que havia tossido na manga, embora não houvesse nenhum sangramento em seus pulmões reais. Deslocou-se até ela, e a silhueta de Annie Oakley também diminuiu a distância entre eles, até que ficaram perto o suficiente para observar um ao outro por trás dos chapéus de aba larga.

– É uma entrada no sistema bem mais discreta do que tomar o controle de uma nave, não acha, *Thomas Raines*?

Tom levou um susto. Ela sabia seu nome? Como ela sabia seu nome?

Um sorriso intenso cruzou os lábios do avatar de Medusa.

– Já que estava no seu sistema, dei uma olhada no seu arquivo pessoal.

– Veja, isso não é justo. Você me fez prometer ficar fora do seu sistema, então não posso buscar seu nome.

– Eu sei. É muito injusto para você...

Era mesmo. Sentia que ela sabia muita coisa sobre ele, mas ele não sabia nada a seu respeito. Se soubesse pelo menos o nome dela, já faria uma diferença gigantesca.

– Vamos lá, você podia me dizer seu nome.

– Por que eu faria isso?

– Porque, se não me disser, Medusa, vou ter que adivinhar, e *você pode não gostar dos meus chutes.*

– Basicamente, qualquer palavra pode ser usada como nome na China. Seria literalmente impossível adivinhar, mas fique à vontade.

– Certo – ele colocou a arma no coldre. – Seu nome é "Elado"?

Ela parou de repente.

– O quê?

– "Elado". É "Elado"?

– Por que "Elado"?

– Eu conheci um "Elado" uma vez. Foi o nome que apareceu na minha cabeça. Obviamente, adivinhei *errado*.

Ela ficou parada ali por um minuto.

– Essa piadinha foi horrível.

Tom riu.

– É, eu sei. É isso que eu quis dizer com "você pode não gostar dos meus chutes".

– Acho que precisamos fazer um combate armado agora.

– Ah, sim – Tom murmurou.

Começaram a girar ao redor um do outro na poeira, que fazia redemoinhos, e Tom se viu lembrando vividamente da reunião de cúpula do Capitólio. Recordava-se do rosto dela, a pele queimada, e do que havia feito – a maneira como tinha usado aquilo para ganhar dela. Havia sido um golpe nojento. Sabia disso.

– Antes de matá-lo – Medusa disse –, vou lhe dar a chance de explicar por que foi tão persistente em tentar me contatar. Depois, vou explicar para você por que nunca mais fará isso.

Tom não apreciou muito aquelas palavras.

– Faça isso, então. Você primeiro, depois eu.

Ela concordou com um gesto de cabeça.

– Depois de você ter enfrentado acusações de traição por ter entrado em contato comigo, alguém do seu lado vazou para o meu lado que estávamos nos encontrando. *Minhas* forças armadas descobriram que eu me comunicava com um americano. E também fui questionada.

O corpo de Tom ficou rígido.

– Como eles descobriram?

Ela respondeu à pergunta de maneira irônica.

– Tenho certeza de que alguém do nosso lado pagou um senador do seu lado.

Tom sentiu um lampejo de irritação. Já devia ter imaginado. Seu pai estava certo – congressistas deveriam apenas declarar sua lealdade à própria conta bancária e parar de fingir que serviam ao país.

De repente, ele gelou.

– O que fizeram com você?

– Não importa – ela respondeu em tom áspero. – Acabou. As forças armadas começaram a me monitorar. Tudo que eu faço, aonde quer que eu vá, toda vez que eu me conecto. Dá para entender agora por que suas repetidas visitas ao nosso sistema estão dificultando minha vida?

– Sim – Tom se sentiu entorpecido. – Entendo.

– E tem mais. – Ela se aproximou dele, uma silhueta escura contra o sol que se punha. – Enchi nosso servidor de programas de mineração de dados, que me avisam sempre que há uma comunicação digital sobre mim. Descobri um comunicado entre membros das minhas forças armadas e executivos da LM Lymer Fleet. Aparentemente, a LM Lymer Fleet está fazendo com que mantenham uma estrita vigilância sobre mim. Não há uma explicação, mas me faz suspeitar de que perceberam que há algo incomum em relação a mim.

O dia quente do Arizona pareceu ficar gelado em torno dele. A LM Lymer Fleet era a fabricante dos processadores neurais russo-chineses e basicamente a versão deles da Obsidian Corp. Na verdade, antes de ter desertado, Joseph Vengerov chegara a comandar a companhia. Se tinham um interesse especial em Medusa, não era por um motivo qualquer.

– Acha que descobriram? – Tom perguntou baixinho. – Descobriram o que você é capaz de fazer?

– É possível.

– O que vai acontecer com você se descobrirem o que nós somos capazes de fazer?

– Nada de bom, Mordred. Vão tentar descobrir como fazemos o que fazemos. Vão querer rastrear o que quer que tenhamos de diferente para usar em outros combatentes, e farão o que tiverem de fazer para realizar isso. É por esse motivo que estou procurando não chamar atenção. Sempre que tenta me contatar, você me coloca em risco – ela se aproximou. – Você disse que tinha uma pergunta. Faça-a agora. E, depois, chega de gnomos e visitas. Há muito perigo no ar neste momento.

Tom tirou o chapéu da cabeça e enxugou a testa suada. Seu motivo para colocá-la em risco parecia tão estúpido agora, tão egoísta! Sentia-se uma pessoa horrível simplesmente pelo fato de dizê-lo em voz alta.

– Queria lhe perguntar como você foi para o espaço sem um patrocinador.

– É só isso?

Tentou entender se imaginava coisas ou se ela parecia mesmo magoada.

– E senti falta de você – ele acrescentou. Percebeu que era verdade enquanto dizia. – Senti mesmo. Senti falta das lutas e... você sabe, o que fiz na reunião de cúpula do Capitólio foi uma droga, mas eu queria...

– Atirar em mim? – ela sacou a arma. Sua silhueta escura bloqueou o sol que ofuscava a visão dele.

Tom percebeu que ela não se sentia à vontade com comentários muito pessoais. Não ia acontecer mais. Ele tinha que aceitar o que ela oferecia.

– É. Isso seria ótimo também.

Tom desejava que houvesse alguma maneira de apagar o passado e fazer as coisas voltarem ao jeito que tinham sido. Esse era o lance com a vida real. Videogames podiam ser reiniciados. Havia segundas chances. Mas não tinha como passar pelo mesmo cenário de um modo diferente quando se tratava de Medusa.

– Respondendo à sua pergunta – Medusa falou, os dedos pairando centímetros acima de sua arma recolocada no coldre –, não tenho um patrocinador por um motivo bem óbvio.

– Por causa de sua... – Tom hesitou.

– Da minha bela aparência? – Ela arreganhou os dentes em um sorriso irônico. – Eu escolhi o apelido Medusa. Ninguém o impôs a mim.

– É, imaginei.

– Nunca lhe contei isso antes.

– Eu a conheço – Tom falou. – Já a vi em ação. Você nunca deixaria alguém lhe impor esse nome ou ter esse poder sobre você. Cada ponto fraco seu se torna uma arma. É por isso que ser baixo e dissimulado foi o único jeito de derrotá-la numa luta.

Ela ficou em silêncio por um instante, e Tom sentiu que talvez tivesse dito algo de que ela havia gostado. O tom dela ficou mais suave.

– Não há nenhum segredo para driblar a Coalizão, Mordred. As companhias todas pagam por mim porque conquisto território para elas. Medusa se tornará pública algum dia, mas ela será alguma outra garota com outro rosto, e, quando acontecer, a Harbinger Incorporated vai ser patrocinadora *dela*, não minha. Vou ser invisível.

Tom refletiu. Então era aquilo. Aquele era o fim. A percepção foi como um soco acertando-o em cheio no estômago, expulsando o ar dele. Sua última esperança, o último fiapo ao qual se segurava, agora havia desaparecido.

Ele nunca se tornaria um combatente da ComCam. Essa constatação o fez rir.

– O que é tão engraçado?

– Nada – ele respondeu com displicência, voltando a se mover num impulso. – Sou um idiota. Isso é tudo. Acho que destruí todas as minhas chances aqui.

Foi a vez de ela sorrir e balançar negativamente a cabeça.

– Você disse isso da última vez também. Não acredito.

– Você não sabe o que fiz.

– Não, mas conheço você. Você é teimoso demais para perder. Você sempre dá um jeito.

Era estranho, mas as palavras dela eram exatamente o que ele precisava ouvir. A felicidade tomou conta dele com a inegável confiança presente no tom dela. Tom sacou a pistola, mas Medusa já havia sacado a dela um pouco antes, mais do que compensando a velocidade de seu personagem. Ambas as armas dispararam ao mesmo tempo.

A bala dela afundou no tronco dele enquanto a dele resvalou no ombro dela. E Tom voou para trás, jogado ao chão arenoso e tostado, registrando um breve momento de dor que sumiu de imediato, de acordo com as configurações da simulação. Mas os passos rápidos de Medusa rasparam no chão e, com um grito selvagem, ela caiu sobre ele enquanto Tom tentava se levantar, derrubando ambos e mandando terra quente para os pulmões dele. Tom era mais forte e mais pesado do que ela, e usou o braço para prendê-la sob ele. Encararam-se a centímetros de distância. Mas ela estava tensa de encontro a ele e, enquanto estava ali, cativa, Tom pensou em algo para dizer que compensasse o horrível comentário da reunião do Capitólio.

– Ei, você viu como eu sou. Não sou nenhum príncipe – ele admitiu.

O semblante de Medusa se fechou.

Ah, não. Espere um pouco. Havia magoado seus sentimentos de novo?

– Com isso, não quero dizer que... – ele começou, mas a arma dela se chocou contra o nariz dele, jogando-o para o lado, e, ao levantar a cabeça, descobriu que ela tinha a arma preparada, pressionada contra a carne macia sob seu queixo, um sorriso desafiador nos lábios.

– O que foi? Não previu isto? Está perdendo o jeito, Tom.

Ele riu, o peito repleto de uma sensação de justiça.

– Já devia saber que era um truque. – Ele esticou a mão para envolver sua bochecha, mas se deteve ao perceber que estava prestes a tocar seu rosto bem *onde* ela tinha cicatrizes na vida real. Viu um lampejo de incerteza faiscar no rosto dela, o dedo balançando no gatilho.

– Senti sua falta – Tom disse com honestidade. – Medusa, eu falo sério. Seu rosto e essas coisas... não importam para mim. De verdade. Só estava surpreso. E desesperado. Tinha que ganhar e... – Então, foi tomado por uma onda de desânimo. – Quer saber? Não importa, Medusa. Não importa. Estamos em lados opostos do mundo. Entende? A maneira como nos parecemos não é problema. Nunca vamos nos ver pessoalmente. Podemos nos parecer como quisermos!

Mas as palavras não tiveram o efeito que ele havia esperado. Ela afundou o cano da arma ainda mais fundo em seu queixo, forçando-lhe a cabeça para trás, e depois elevou-se diante dele como uma fênix.

– Isso é ótimo. Mas, se tiver o azar de me ver pessoalmente, posso usar um saco na cabeça.

Não era isso que ele tinha tentado dizer, mas Medusa não lhe deu outra chance. Sua pistola explodiu e ele foi projetado de volta ao corpo na sala de treinamento, bem distante dela.

DESSA MANEIRA, Tom perdeu o fim da simulação.

Vik e Lyla haviam caçado Wyatt e os outros sobreviventes do grupo dela de modo implacável, perseguindo-os até o Rio Grande. Aparentemente, Vik e Lyla haviam derrotado a maior parte do grupo de Elliot – todos, exceto Wyatt. Durante a matança, Vik conquistou Lyla, e eles descobriram que nutriam sentimentos um pelo outro. Em seguida, tiveram uma briga terrível e terminaram de novo, e, pouco depois disso, a bomba incendiária de Wyatt eliminou Lyla.

Tendo amado e perdido, Vik estava determinado a salvar algo da simulação. Depois de haver caído num buraco que Wyatt ocultara e de ter acabado sobre lanças fincadas no solo e voltadas para cima, Vik reuniu forças. Apesar de ter sido empalado de maneira terrível, de não ter mais namorada e de estar à beira da morte, preparou sua arma. Wyatt olhou para o fundo do buraco a fim de conferir se ele estava morto, e Vik disparou uma única bala – bem na cabeça dela.

Vingar a ex-namorada fez Vik se sentir um tanto triunfante. Tom se divertiu muito tirando o sarro dele quando voltavam da piscina onde, num tom cerimonial, haviam mergulhado Wyatt para celebrar a promoção dela.

– Você só namorou *doze minutos.* Ela não é sua namorada de verdade, Vik

– Você não pode falar nada. Nunca nem conheceu pessoalmente sua ex-namorada.

– É, mas pelo menos nosso lance foi mais longo do que *doze minutos.*

Vik o empurrou.

– Foi um dia inteiro em tempo de simulação, Cretino Limitado.

Tom apenas continuou a rir.

– Mas foram *doze minutos* em tempo real. Doze minutos, Vik. Dez mais dois. Você toma banhos mais demorados do que todo o seu relacionamento.

– Desejo a você uma morte lenta, Tom.

Wyatt andou ao lado deles no retorno à Agulha, tiritando e completamente ensopada. Estava em silêncio total.

– Tudo bem com você? – Yuri perguntou a ela. Wyatt concordou com um aceno rápido de cabeça.

– Ei, você sabe que jogamos você na água para lhe dar os parabéns, certo? – Tom perguntou.

– Sim, achamos que seria engraçado – Vik acrescentou. – E, para ser honesto, foi. Para nós.

Wyatt olhou de um para o outro.

– Estou pensando numa coisa. Vou estar na Companhia Superior, e vocês não.

– Pode jogar na cara da gente, tudo bem – Vik disse.

Mas não era isso que ela queria fazer.

– Não estou na aula de programação com vocês porque trabalho com Blackburn. E agora não vou estar em mais nada com vocês.

– Por seis meses – Vik falou. – A não ser que alguém a torne uma combatente da ComCam já, mas nem você, Enslow, vai conseguir encantar um bando de patrocinadores em tão pouco tempo.

Nem você... Tom segurou uma risada pensando em Wyatt sendo toda agradável.

– Mas e se vocês nunca forem promovidos para a Companhia Superior? – Wyatt perguntou, perturbada. – E se nenhum de vocês for? Se acontecer isso, nunca mais vou vê-los de novo.

– Uau, Enslow, sua confiança em nós é impressionante – Vik respondeu, mas Tom registrou a possibilidade com amargura.

As pessoas só passavam para a Companhia Superior se tivessem uma chance legítima de fazer parte da ComCam. Se tivessem ao menos um leve interesse de algum provável patrocinador. Ele não tinha. Não teria.

– Olhe, Bruxa Maligna – Vik falou –, não fomos promovidos já, mas não há nada dizendo que essa condição é permanente para nós.

– Exceto em relação a mim – Tom disse com uma suavidade forçada.

– E a mim – Yuri acrescentou baixinho, e todos caíram num silêncio pesado.

Wyatt havia sido a primeira recruta desde Heather Akron a passar para a Companhia Superior depois de meros seis meses na Companhia Intermediária. Pelos vários murmúrios que ele ouvia sobre "queridinha de Blackburn" e pelo breve vislumbre que Tom captou do rosto de Heather durante o anúncio de promoções na aula de programação – como se ela tivesse ingerido um gole de ácido –, ele sabia que algumas pessoas não estavam nem um pouco felizes com aquilo. Por outro lado, Heather, de modo geral, se ressentira com Wyatt desde o incidente com os firewalls. Wyatt descobrira um cookie de rastreamento em seu processador, espionando toda a atividade de rede dela. Ele havia sido acrescentado de maneira inteligente ao fluxo de lição de casa e programado para se autoexcluir de todos os processadores com exceção do de Wyatt. Heather havia negado a responsabilidade com um sorriso gigantesco, mas nenhum deles acreditou nela. Obviamente, ainda estava tentando tornar a vida dela *ruim pra valer por aqui.* O fato de Wyatt ter subido de nível só devia tê-la irritado ainda mais.

Quando todos se reuniram na Sala Lafayette para a cerimônia de promoção, Vik alternou entre felicidade e inveja. Tom não tinha espaço para muita inveja. Sentia-se deprimido demais.

No entanto, Tom pôde observar algo interessante. Wyatt andou até o palco quando seu nome foi chamado e sequer olhou para Blackburn quando ele entregou o chip neural com suas atualizações. Passou direto por ele e foi em direção a Cromwell e ao general Marsh, para apertar sua mão. Blackburn arqueou as sobrancelhas, obviamente captando a mesma coisa que Tom: Wyatt não estava feliz com ele por algum motivo.

Mas Tom não ficou pensando nisso por muito tempo. Descobriu-se encarando o general Marsh, e teve de baixar o olhar, ciente de que não havia correspondido às suas expectativas. Não havia encontrado uma maneira de se redimir. Toda a confiança que Marsh depositara nele fora um engano. Havia aquela sensação penetrante de desolação que se estabelecera dentro dele como um pântano. Ele se perguntava se Yuri se sentia da mesma maneira, vendo à frente as possibilidades que provavelmente nunca teria.

15

A CADA FOLGA DA AGULHA PENTAGONAL, Tom era levado de avião pelas forças armadas para onde seu pai estava e depois trazido de volta. Dessa maneira, evitava uma porção de restrições a que estaria sujeito ao viajar por aeroportos pelo fato de fazer parte de uma lista de observação de terrorismo. Também conseguiu uma carona direto para o Old Indian Chief Casino, onde sentou-se no restaurante para esperar o pai.

Neil apareceu logo, dando-lhe um abraço brusco, depois começou uma história sobre um incidente de trapaça em seu último jogo de pôquer:

– ...o que acontecia é que aquele estúpido tinha algum sujeito com binóculos, e um microfone no ouvido...

Foi então que uma mulher de *tailleur* se dirigiu a eles falando rápido:

– Com licença, cavalheiros.

O uso de "cavalheiros" foi o motivo tanto de Tom quanto de Neil presumirem que ela falava com outras pessoas. Quando ela parou na mesa deles, ajeitaram-se, inquietos, porque gente de aparência respeitável vindo diretamente até eles era algo que nunca terminava bem.

A mulher deu a ambos um largo sorriso.

– Imagino que vocês dois são da reserva para Raines?

Tom mirou o pai com um olhar severo, perguntando-se o que ele tinha feito para ter problemas. Neil franziu a testa. Ele também parecia executar um esforço mental, tentando se lembrar do que teria feito.

Neil colocou na mesa o hambúrguer que não havia terminado de comer e usou a mão como guardanapo.

– Quem está perguntando? – ele parecia calmo, mas Tom podia apreender a tensão subjacente em sua voz.

– Imagino que você seja *Neil* Raines – ela esclareceu.

Neil se ajeitou no assento e lançou um olhar a ela. A mulher estava sozinha. Nada de policiais nem de capangas musculosos para dar apoio, prontos para levá-lo para longe. Por fim, seus olhares cautelosos se voltaram para ela. Ele cruzou os braços e sacudiu a cabeça uma vez.

– Sim, senhora, está falando com a pessoa certa. Mas de novo pergunto: quem quer saber?

Ela colocou uma ficha de plástico na mesa diante deles.

– Cumprimentos de um amigo. Ele está lhe emprestando dez mil dólares para apostar no Salão Verde.

Neil pegou a ficha como se não soubesse o que era.

– Por favor, divirta-se. – E, com isso, deixou-os sozinhos.

Tom olhou para a ficha, depois para o hambúrguer esquecido. Limpou as mãos na camisa e pegou a ficha. Estudou-a e em seguida a entregou a Neil, que a segurou entre dois dedos como se ela pudesse explodir.

– Cara, você *deve* estar numa onda de vitórias – Tom se impressionou. Neil só recebia empréstimos para apostas quando uma pessoa achava que ele podia ganhar para ela, e receber uma porcentagem no processo.

Neil balançou a cabeça negativamente, os olhos na ficha.

– Ganho umas, perco outras. Confie em mim, as pessoas que me emprestariam dez mil são história antiga.

Uma possibilidade sombria passou pelo cérebro de Tom. As pessoas não entregavam aquela quantidade de dinheiro.

Alguma coisa terrível tinha de estar por trás daquilo. Inclinou-se, aproximando-se de Neil.

– Ei, você não vai para esse Salão Verde, vai? – Tom imaginou que devia ser um salão de apostas mais chique num dos andares de cima do cassino. – E se for algum tipo de armadilha? Você ainda deve dinheiro para alguns sujeitos. Alex Cassano, pai.

O olhar de Neil pousou em Tom.

– Você se lembra disso?

Tom deu de ombros. Desde o dispositivo de varredura, ele se lembrava de um monte de coisas da infância que havia bloqueado. Com certeza se recordava do pessoal de Cassano invadindo seu quarto de hotel e dando uma surra em Neil.

– Você sabe, eu pago minhas dívidas legítimas, Tommy. Al Cassano estabeleceu uma taxa de juros, e eu pagava com os juros que haviam sido determinados...

– Não precisa explicar.

– Mas ele aumentou os juros! E aumentou de novo! Eu teria pago minha dívida cinco vezes se dependesse daquele cara e ainda estaria em débito. Se eu quisesse lidar com essa sacanagem, teria usado um cartão de crédito, não procurado um agiota.

Tom ficou irritado.

– Empresas de cartões de crédito não mandam pessoas para bater em você. Mafiosos é que fazem isso.

– É, porque os mafiosos não têm políticos escrevendo leis para eles. Mafiosos não têm prisões e uma força policial além de todo o governo no bolso. Olhe o que aconteceu com o velho Al Cassano. Ouvi dizer que pegou três meses na cadeia por sonegação de impostos, depois foi alugado para trabalhar na Índia em algum lugar. Ninguém ouviu falar nada sobre ele desde então. O estado desapareceu com ele. Podem fazer isso com qualquer um de nós. Obrigado, Lei de Autorização de Defesa

Nacional! – Neil bateu uma continência para o ar de maneira sarcástica. – Prefiro um dia ter de lidar com um mafioso em vez de um cleptocrata corporativo.

A cabeça de Tom pulsava. Algumas coisas não haviam mudado.

– Certo, tudo bem. O que vai fazer?

Neil examinou a ficha na sua mão. Havia um brilho de entusiasmo em seus olhos.

– Só há um jeito de descobrir quem mandou isso. Você vem comigo?

– Precisa de alguém para mirar a parte de trás da cabeça se algo der errado?

– Tenho um garoto esperto – Neil respondeu de modo carinhoso, bagunçando o cabelo de Tom.

Era um plano terrível. Era um plano dos Raines.

NEIL PRECISOU MOSTRAR sua ficha para o porteiro, e eles foram escoltados para um andar particular do cassino. Dentro, ambos tiveram de passar por exames de retina e Tom começou a relaxar. Não havia sinais de uma emboscada.

Havia várias pessoas bem-vestidas ao redor deles, e algumas garçonetes usando tão pouca roupa que Tom, sem perceber, parou de repente quando uma delas se inclinou para a frente.

Então, Neil apertou a nuca dele de leve.

– Nada de ficar encarando antes de poder pagar a pensão dos filhos.

Ele falou alto o suficiente para que a moça ouvisse. Ela riu. Tom ficou vermelho.

– Pai, pare com isso.

Mas Neil ria como se estivesse feliz consigo mesmo enquanto andava entre a multidão. Então o bando de gente abriu caminho para revelar a figura alta e elegante de Joseph Vengerov. Os passos de Tom se detiveram no mesmo instante, e ele olhou boquiaberto para o homem alto de cabelo e olhos pálidos com um rosto duro e anguloso – uma anomalia de multitrilhões de dólares que não pertencia nem mesmo ao salão mais elegante do Old Indian Chief Casino. Era rico e poderoso demais para aquele lugar.

Tom encarou Vengerov, e Vengerov o olhou em resposta. Tom sabia que o sangue bombardeava seu rosto. Um dos oligarcas mais ricos do mundo estava na mesma sala que seu pai. *Seu* pai, que havia gasto cada dia da vida de Tom reclamando das pessoas no comando do mundo.

Neil ia perder a cabeça quando o visse. Ia atacá-lo. E depois levaria um tiro dos seguranças de Vengerov.

Tom se virou, preparando-se para impedir Neil de fazer alguma coisa imprudente. Neil tinha notado Vengerov também e se deteve de repente... mas não olhava para Vengerov com malícia, como se tivesse visto um inimigo há muito esperado e estivesse pronto para lutar... Ele parecia triste, assustado, os olhos nublados, a boca parada e aberta.

– O que há de errado com você? – Tom exigiu saber.

O olhar de Neil voltou de uma só vez para o dele. Ele encarou Tom sem nenhuma expressão por um longo momento, como se o visse em meio a um pesadelo. Tom nunca havia visto o pai daquele jeito. Nunca.

– Pai?

Mas então Vengerov se voltou e veio deslizando em direção a eles, seus seguranças abrindo caminho pela multidão.

– Ah, senhor Raines – o olhar de Vengerov tremulou por um instante para a ficha na mão flácida de Neil. – Vejo que recebeu meu convite. Excelente.

Tom, postado entre os dois, olhou para um e outro.

– Vocês dois se conhecem?

Vengerov sorriu para Neil.

– Não – Neil disse, os olhos fixos nos de Vengerov.

O sorriso de Vengerov se alargou ainda mais.

– Não – ele ecoou.

– Nunca nos encontramos antes – o peito de Neil se estufou, como se ele se preparasse para algo desagradável.

– Meu nome é Joseph Vengerov – como se alguém no mundo não soubesse disso. – Sei que deve ser Neil Raines, o pai de Thomas.

O corpo de Neil ficou rígido.

– Você o conhece?

– É claro que conheço seu filho – Vengerov respondeu, ainda usando aquele sorriso estranho. Deixou a afirmação pairar no ar por um momento e continuou: – Deve saber que sou afiliado a um certo programa de que seu filho também participa.

Neil ficou pálido.

– Você está envolvido nisso?

– Só no papel de consultor, mas prevejo ter um envolvimento bem maior no futuro.

É, Tom apostava que Vengerov previa aquilo. Ele sabia que Vengerov estava tirando vantagem das panes para tentar tomar o trabalho de Blackburn.

Um rubor sombrio cobriu o rosto de Neil.

E o burburinho do Salão Verde havia se tornado um ruído de fundo, porque o cérebro de Tom mostrava-se afiado feito uma navalha, tentando desvendar o que acontecia ali. Alguma coisa estava acontecendo. E estava deixando passar algum detalhe.

– Não lhe emprestei dinheiro para um jogo de pôquer, é claro – Vengerov disse calmamente. – Estou patrocinando outra empreitada.

Com um movimento brusco de sua mão, Neil mandou a ficha voando para Vengerov.

– Não quero nada com isso.

Vengerov agarrou a ficha no ar com facilidade, os reflexos tais quais os de uma cobra dando o bote.

– Acho que quer. É roleta.

Os olhos de Tom se estreitaram. Vengerov estava em um jogo ali. Mas o que estava tentando fazer?

Então, Vengerov disse:

– Aprecio o jogo por um motivo simples – seus olhos se quedaram em Tom. – Não envolve sorte. É a matemática que diz onde a bola vai cair. Um computador com uma precisão matemática, por exemplo, pode calcular em que número a bola vai cair meramente ouvindo o giro desacelerar.

Foi quando Tom percebeu: ele tinha um processador neural. Vengerov sabia disso. Sabia que Tom podia calcular o número certo.

– Venha – Vengerov disse, imperioso, como se Neil fosse um de seus criados.

E, para a descrença de Tom, embora Neil tivesse a expressão de quem agoniza de raiva por dentro, *ele o seguiu*.

Tom sentiu como se estivesse num universo alternativo bizarro enquanto andava atrás de Neil rumo à mesa, onde os jogadores escolhiam o número na roleta. Um giro da roleta lançava a bola em movimento, e os jogadores que escolhiam corretamente a cor do ponto onde a bola parava ganhavam dinheiro, e os que escolhiam o número certo ganhavam prêmios ainda maiores.

– Não vamos apostar com os dez mil que dei a você – Vengerov falou para Neil. – Também vou apostar... estas. – Com um estalar dos dedos, um criado veio e colocou uma pilha de fichas intimidante diante dele. – Senhor Raines, acrescente uma aposta sua para a minha. Todos temos que ter algo a arriscar neste nosso jogo.

– Mas este não é o jogo dele – Tom explodiu. – É o *seu* jogo.

Você arbitrariamente decidiu que ele jogaria. *Você* é quem quer jogar.

– Estou esperando – Vengerov disse, os olhos indo devagar até os de Neil.

Neil murmurou:

– Não tenho muito.

– Nesse caso – Vengerov disse suave –, aposte sua carteira.

Neil respirou fundo, porque aquele era todo o dinheiro que tinha.

– Não faça isso – Tom insistiu.

Mas Neil exibia um uma expressão severa no rosto. Enfiou a mão no bolso de trás e colocou a carteira na mesa.

– O que está fazendo, pai? – Tom exigiu. Depois se voltou para Vengerov. – Ele não tem dinheiro para jogar fora como você. Se fosse pôquer, ele pelo menos teria uma chance! Isto é...

– Um risco que ambos aceitamos – Vengerov disse.

– Isso não é um risco para você – Tom reclamou. – Isso é trocado para você. Meu pai é o único que está arriscando algo aqui.

– Vai ser uma derrota terrível para seu pai se ele perder, eu concordo – Vengerov disse. – É por isso que confio que ele não vai perder. Nenhum de nós vai.

Tom fumegou de raiva. Sabia o que tinha que fazer. A roleta começou a girar e, quando os tinidos encheram o ar, a bola quicando pelo círculo mais externo da roleta, o processador de Tom começou a fazer o que qualquer computador poderia fazer: calculou a taxa de desaceleração. Sabia onde a bola ia parar. Com um empurrão rude com as mãos, Neil jogou todas as fichas na cor errada. Tom ficou lá parado, deixando Vengerov suar um pouco, o maxilar pulsando abaixo dos dentes que rangiam, enquanto ouvia a desaceleração da roleta. Sentiu o olhar frio de Vengerov fixo nele.

Então, não pôde resistir.

– Não aqui, pai – ele moveu as peças para preto 22.

Então, a roleta desacelerou e a bola parou em sua fenda com barulho: preto 22.

Neil tomou um susto.

– Parabéns – Vengerov disse. – Preto vinte e dois. Que escolha maravilhosa, senhor Raines. Que tal uma segunda tentativa?

– Uma segunda? – Neil disse afobado. – Não podemos fazer melhor do que isso.

– Acho que podemos – Vengerov discordou, os olhos em Tom.

Tom cerrou os punhos, mas agiu como Vengerov esperava. Eles ganharam o segundo giro também. Desta vez, Neil ficou ali parado silencioso. Vengerov ganhara um milhão de dólares em alguns minutos, graças a Tom.

Neil não parecia se importar que tivesse conquistado mais de cinquenta mil dólares. Ele encarava Tom como se não soubesse quem ele era. Tom o encarou em resposta, porque ele não sabia quem Neil era também. Não reconhecia aquela pessoa humilde e intimidada como seu pai.

– Acho que iríamos abusar da tolerância deles se ganhássemos um terceiro giro. Vou mandar sua parte dos ganhos para o quarto – Vengerov fez um sinal vago para um funcionário contar as fichas. Olhou para Tom e Neil. – Que maravilhoso todos nós sairmos daqui triunfantes hoje. Boa noite, senhor Raines.

Nenhum dos dois teve certeza de com quem ele falava, mas, quando foi embora, o silêncio desceu entre Tom e Neil como a calma sinistra no olho de um furacão.

A TENSÃO CRESCEU ENTRE ELES por todo o caminho até o quarto, era como eletricidade no ar. O estômago de Tom estava revirando. Ele não parava de pensar na reação de Neil a Vengerov.

Neil havia agido daquele jeito. Neil, que gritara com policiais e lutara com eles, e até mesmo fora parar na cadeia. Que seguidas vezes havia se jogado sem pensar em situações que prejudicavam a vida de ambos porque nunca fugia de uma briga...

Neil havia sido intimidado por Joseph Vengerov.

Não entrava na cabeça de Tom. Neil *odiava* homens como Vengerov. Odiava pessoas como os executivos com que Tom havia se indisposto nas reuniões de apresentação. Mas, naquela noite, seu pai tinha ficado cara a cara com o sujeito que praticamente *personificava* todo o estado policial, o complexo militar, industrial e de mídia, tudo que Neil via como um câncer no mundo, e, diante de toda aquela arrogância, Neil não havia protestado. Não havia feito nada.

Tom não conseguia entender. Havia um sentimento feio e sombrio crescendo dentro dele. Não era racional e não tinha lógica, mas sentia como se seu pai lhe tivesse dado um soco ou algo assim. Sempre achava que Neil se metia em problemas porque não podia evitar. Mas, naquela noite, ele havia obedecido Vengerov. Havia se controlado diante de Vengerov.

A cabeça de Tom pulsava de forma violenta quando se fecharam no quarto de hotel. Ele ficou parado próximo da porta, cada músculo cheio de tensão. Sentia como se estivesse a uma grande distância do pai, que estava servindo uma bebida com a mão trêmula, e então engolindo de uma vez.

– Você sabe quais são as chances de ganhar na roleta duas vezes seguidas? Sabe quais são, Tom?

Tom sabia.

– Com certeza tive sorte – sua voz estava vazia. Ele sabia que não soava nem um pouco convincente, mas não conseguia juntar a energia para algo mais.

– Sorte? – Neil bateu o copo na mesa com tanta força que a maior parte do líquido saiu voando pelas laterais. – Não é sorte, Tom. Mesmo um cleptocrata tão rico quanto Joseph Vengerov não arrisca meio milhão de dólares em chances como essas!

E você estava tão seguro de si. Ele estava tão seguro de *você*. Explique isso para mim.

– Não, explique você isto para mim: ele mandou e você aguentou calado. Ele sabe de alguma coisa?

As narinas de Neil se alargaram. Ele agarrou sua bebida de novo, o que restava dela.

– Responda – as palavras saíram de Tom com violência, uma torrente feia e imensa. – Depois de anos e *anos* e *anos* de nos fazer mudar de um lugar para outro porque você odeia tanto pessoas como Vengerov, você estava a poucos metros dele e não disse nada! Não o insultou nem lhe deu um soco na cara! Você nunca se segurou antes! Tem que haver um motivo. Você estava diferente hoje.

– Não teria sido inteligente. Esse foi o motivo.

– Não teria sido inteligente? – Tom ecoou. – Quando isso o fez parar? Pai, ele tem que ter algo para controlar você. Tem que ter. Só me conte o que é. Vamos lá, me diga. Porque senão...

– Senão o quê? – os olhos de Neil fixaram os de Tom.

Tom cerrou os punhos.

– Você sabe, quando era garoto, eu não tinha nada. Não tinha dinheiro, não tinha para onde ir, não tinha ninguém além de você, e você não tinha problema em arrumar encrenca na época. Tudo bem para você ser preso, ou entrar em brigas, ou gritar sua opinião para quem fosse, não importava a situação...

Neil suspirou, esfregando os dedos contra as pálpebras caídas.

– Tommy...

– Nada *disso* era inteligente, mas você fez mesmo assim. Por que as consequências importam agora? O que é que Joseph Vengerov pode fazer para você que é pior do que aquela vez em que você foi jogado na cadeia por dois meses? Hein? Você nunca se preocupou comigo, mas agora algo o está preocupando? Vamos lá, me diga a verdade, pai!

Neil não respondeu. Ele parecia pequeno, velho e triste. A sensação terrível no estômago de Tom ficou pior, até que ele não conseguiu aguentar mais olhar para o pai.

– Acho que vou voltar para a Agulha. Nem sei por que vim aqui. Não é como se curtíssemos nossas férias – Neil ia passar a visita inteira bebendo, Tom concluiu com amargura.

– Você é quem sabe.

Tom girou para a porta do *closet* para pegar sua mochila. De qualquer forma, ele ainda não havia tirado nada dela.

– Feliz Natal, feliz Ano-Novo e tudo o mais.

– Tudo o mais – Neil repetiu. E não impediu Tom de sair pela porta.

O PROBLEMA DE UM CASSINO no meio do nada, no Novo México, era a falta de táxis a uma distância próxima. Tom andou meio quilômetro pela estrada para conseguir uma carona perto dos pedágios, que cobravam uma taxa de oitenta dólares, e esperou alguém passar por ali.

Foi recompensado rapidamente quando a luz de um par de faróis o atingiu em cheio.

Então, seus olhos se ajustaram quando o veículo parou, e ele percebeu que era uma limusine, provavelmente à prova de balas, quem sabe até à prova de mísseis. Uma fileira de veículos de segurança e de patrulheiros automatizados parou atrás dele. Havia só uma pessoa por ali que precisava de tanta segurança. Tom deu um passo para trás ao perceber isso.

A última carona de limusine que aceitara não havia terminado bem para ele.

– De jeito nenhum – Tom disse de modo direto.

Ele se virou para se afastar, mas a limusine o seguiu. Uma janela se abriu, as rodas fazendo barulho no cascalho ao lado dele, erguendo uma nuvem fina de poeira que agredia sua garganta.

De saco cheio, Tom se virou.

– Por que eu entraria no carro com alguém que ajudou a me reprogramar? – ele perguntou, agressivo.

Vengerov o encarou de dentro da limusine pouco iluminada, olhando sobre seus dedos entrelaçados.

– Por que a curiosidade pode matar, senhor Raines?

Os sapatos de Tom deslizaram até parar. Então, o carro fez o mesmo. Tom ficou de pé ali em meio à poeira espiralante, a traição ardendo como uma ferida, mas também perguntas fervilhando no cérebro. Sim, ele morria de curiosidade para saber por que Vengerov estava ali, o que ele queria.

Ouviu as portas se destravarem. O motorista contornou o carro e abriu a porta.

Vou sofrer uma lavagem cerebral de novo, uma voz soou na sua cabeça quando tomou seu lugar. Afundou num assento na frente de Joseph Vengerov como se na verdade estivesse de fato confortável, como se cada fibra de músculo em seu corpo não estivesse pronta para saltar, para sumir dali.

– O aeroporto, eu presumo? – Vengerov disse.

– O aeroporto – Tom não tirava os olhos dele.

E então partiram.

16

Por alguns minutos, dirigiram em silêncio, Joseph Vengerov examinando-o por sobre os dedos entrelaçados, uma bebida próxima do cotovelo na qual ele não estava tocando. Tom havia tirado um refrigerante do frigobar, mas também acabou por não bebê-lo.

– Não é muito prudente pedir caronas – Vengerov observou.

– É, posso encontrar algum sujeito esquisito numa limusine – Tom disse antes que pudesse se conter.

O olhar pálido de Vengerov nem tremeluziu. Ele mal parecia piscar.

– Minha nossa, você *é* insolente. Se ainda tivesse aquelas sub-rotinas que escrevi para Dalton Prestwick, estaria numa posição bem melhor com essas empresas agora, em vez de na lista negra.

O rubor tomou conta das bochechas de Tom.

– Não me importo com isso.

– Não posso dizer que acredito em você. Você tem aquele jeito de lobo faminto. Suspeito de que seja mais ambicioso do que revela. Senão, eu não estaria desperdiçando meu tempo com você.

Luzes alaranjadas na rua piscaram sobre eles de novo e de novo, até que chegaram ao fim da estrada com pedágio e entraram numa outra de pedágio mais barato. A limusine sacolejou algumas vezes antes de o motorista mudar para o modo de buraco de estrada. As janelas mostraram um modo infravermelho opcional na ausência da luz. Vengerov o cancelou com um único toque descuidado do dedo. Nada para se ver lá fora com exceção de prédios caindo aos pedaços.

– O que você quer? – a voz de Tom era dura. – Sei que não veio para usar meu processador e ganhar um milhão. Qual foi o motivo dessa coisa que fez hoje à noite? Tentava provar alguma teoria... ou *queria* que meu pai percebesse que tenho este computador no cérebro?

Vengerov arqueou as sobrancelhas, e Tom teve a impressão de que ele estava surpreso.

– Senhor Raines, estava tentando comprar sua boa vontade.

Tom foi pego desprevenido. Sentia-se confinado, apesar da cabine espaçosa da limusine.

– Eu o presenteei com um acesso temporário a um salão de apostas de prestígio – Vengerov explicou. – E com a oportunidade de enriquecer sua família. Seu pai é mais rico hoje por minha causa. Achei que você ficaria feliz. E mais aberto a ouvir minha proposta.

Vengerov tinha pensado naquilo como um gesto *amigável?*

A situação o desconcertou. Bastante.

– O que quer de mim?

– Acho que eu e você podemos chegar a um acordo. Desenvolvi um interesse pessoal numa certa combatente do lado russo-chinês, senhor Raines. Ela é bastante mortal, uma lutadora incrivelmente habilidosa que você conhece pessoalmente.

Tom sentiu um choque perpassá-lo por inteiro. *Medusa.*

– Você deve estar ciente de que há muitos homens e mulheres proeminentes substancialmente envolvidos nessa guerra.

– É, eu sei que a Coalizão de Multinacionais está explorando o que pode dela. Mas o que isso tem a ver com Medusa?

– De maneira bem simples, ela é muito eficiente. Eficiente demais. Está ficando muito inconveniente para aqueles que têm interesse financeiro nessa situação. Alguns de nós começa a suspeitar de que ela está ameaçando o equilíbrio de poder.

Tom sentiu uma torrente quente de admiração por ela. Teve de lutar para evitar sorrir. Sim, Medusa estava causando sérios danos sozinha.

– Que foi Você está preocupado com o fato de ela poder fazer um lado *ganhar*?

– O lado errado. É por isso que precisamos que ela se retire do conflito.

A vontade de Tom de sorrir morreu na mesma hora.

– Seria muito simples – Vengerov disse calmo. – Se alguém em quem ela confiasse a atraísse para um encontro na internet...

– Não – Tom disse na mesma hora, vendo aonde aquilo ia chegar.

– ...e implementasse um programa executável para incapacitá-la. Essa pessoa estaria prestando um grande serviço para seu país, e seria amplamente recompensada por isso.

– Você me ouviu? Eu disse não!

– Com certeza, não quer que seu lado perca, senhor Raines. Não possui patriotismo?

Tom achou graça ouvir sobre amor à pátria de um globalista que desprezava até a ideia de países, mas disse:

– Se isso fosse tão importante estrategicamente, alguém nas forças armadas já teria ordenado que eu fizesse. Você é um fornecedor *particular*.

– Há um motivo bem simples para que eu, um fornecedor particular, o esteja abordando – ele segurou o copo na mão por um momento, pensativo, como se estivesse descobrindo como simplificar a explicação. – Há certos códigos de conduta com que os dois governos concordaram mutuamente. É por isso que os russo-chineses não caçam vocês e os matam um por um.

– Bem, sim. Senão, nosso lado faria a mesma coisa.

– Precisamente. Esses governos, no entanto, agem de maneira não oficial. Eles têm agentes no país um do outro que estão ansiosos para colocar as mãos em combatentes inimigos, se possível. E coisas como essa, feitas fora dos códigos oficiais, precisam ser executadas por agentes *particulares.* Pegue a Convenção de Genebra: seu exército não pode torturar soldados inimigos. Contratados militares particulares – mercenários – são úteis porque *nós* podemos. Certos códigos podem ser violados contanto que a entidade de estado oficial não o esteja fazendo. Eu posso violar a Convenção de Genebra; posso atacar os combatentes diretamente se preferir; e posso arquitetar a destruição de Medusa, enquanto seu general Marsh não pode.

– Mas você está me usando para fazer isso – Tom pontuou. – Estou oficialmente sob custódia das forças armadas, então ainda assim seriam elas a realizar o que você pretende.

– Até onde entendo, você se encontrava com ela fora da jurisdição das forças armadas. Como você faria de novo. Estava agindo de maneira independente, sem ordens. Faria isso de novo, e é por isso que seu ataque contra ela não violaria nenhum tratado. E, além disso, o que ela poderia fazer... contar a alguém que você estava por trás do ataque? Isso exigiria que confessasse estar se encontrando com um agente inimigo. De novo. Você vê, nós já vazamos para o governo dela que ela estava se encontrando com você. Ela já está sob vigilância. Não pode revelar seu envolvimento com você uma segunda vez.

Tom recostou os cotovelos sobre os joelhos, os olhos apertados.

– Por que eu faria alguma coisa para a pessoa que ajudou Dalton Prestwick a me reprogramar? E não venha com essa de "pelo meu país". Você suga tudo o que pode dos países, mas pessoas como você não dão nada de volta a eles.

– Ah, mas há outro motivo para você fazer isso, senhor Raines. Como as coisas estão, você com certeza não vai ter patrocínio. Se fizer como lhe pedi, posso mudar sua situação.

Tom ficou espantado com a oferta.

– A Obsidian Corp. não patrocina combatentes.

– Como poderia? Vocês todos têm meus processadores. Um pedaço de mim. Seria como aquele dilema clássico, onde um pai precisa selecionar em que filho atirar. Como posso escolher favoritos?

Tom deixou escapar uma risada.

A voz de Vengerov ficou ácida.

– Está me achando engraçado.

Tom relaxou no assento.

– É. Nunca ouvi falar do dilema clássico de escolher um filho para atirar nele.

– Homens armados forçam um pai a escolher em qual de suas crianças atirar. Eu ouvi falar disso.

– Isso é terrível. Não é um dilema clássico. Um pai escolhendo um filho *favorito* é um clássico, escolher *atirar* num deles não é.

Havia um traço de gelo no longo e lento olhar que Vengerov lançou para ele; parecia revolver a ideia "atirar num filho" na cabeça, como se tivesse enfiado o plugue errado na tomada e tentasse descobrir qual a maneira mais eficiente de corrigir a aberração. Então, pareceu abandonar o pensamento e disse:

– Não importa se patrocinamos alguém, tenho influência sobre aqueles que patrocinam. Algumas palavras minhas e as outras empresas vão pensar melhor sobre você.

– Elas me odeiam.

– Eles são executivos, senhor Raines. Orgulham-se de pensar em termos de interesse pessoal e incentivo monetário. Emoções, valores e apegos que nublam o juízo não são valorizados em seu ambiente de trabalho.

– Ou uma consciência, hein?

– Qualquer dia vou preferir um interesse pessoal sem paixão a uma consciência. É bem mais previsível. Exatamente como esses executivos são. Se eu lhes disser que devem patrociná-lo, assegurou a você que o farão... para me agradar. – Ele tamborilou os dedos, um por vez, ainda estudando Tom. – Você vê, não estou lhe pedindo para infligir nenhum dano permanente a ela.

– Não? – Tom disse, pego de surpresa.

Vengerov balançou a cabeça negativamente.

– É claro que não – ele tirou um tablet do bolso. – Fique à vontade para examinar o programa por si mesmo.

E, com alguns toques no teclado, derrubou o firewall que Wyatt havia escrito para Tom. Tom pulou, mas um arquivo compactado já havia aparecido em seu processador.

– Ei – Tom reclamou, mas o texto piscou diante de seus olhos: *Por favor, defina a frase para ativar a implementação.* Irritado, Tom refletiu consigo mesmo que não faria aquilo com ela. O texto desapareceu.

Vengerov já havia restaurado o firewall de Tom, e continuou a falar como se Tom houvesse concordado.

– Quando você instalar isso nela, ela vai ficar incapacitada e experimentar alguma dificuldade em se ligar a naves do sistema solar. Não vai morrer nem ficar permanentemente prejudicada. Vejo isso mais como... – ele agitou o dedo no ar, como se tentasse encontrar a palavra adequada, e um sorriso estranho surgiu nos lábios quando ele pareceu encontrá-la – ...uma *exploração* do efeito que a ausência dela terá no conflito, nada mais. A pergunta real é: você vai atender a esse pedido razoável ou vou ter de utilizar meios de persuasão desagradáveis?

Cheio de desconfiança, Tom cruzou os braços.

– Não vou fazer nada só porque está me ameaçando.

As palavras apenas fizeram Vengerov achar graça.

– Deixe-me ser claro, senhor Raines: estou tentando *subor-ná-lo*. A ameaça é uma necessidade desagradável se você se recusar a aceitar minha generosidade.

Tom não havia percebido que estavam no aeroporto até Vengerov acenar com a cabeça.

– Chegamos.

– Não estou concordando com nada – Tom insistiu.

– Naturalmente, você precisa de tempo para pensar. Não quero ouvir uma resposta sua até você ter pensado de maneira abrangente no curso de ação mais sábio. Vamos nos encontrar de novo em breve.

O estômago de Tom se agitou. Certo. Eles tinham reuniões de apresentação de novo em janeiro. Levantou-se das profundezas do carro e ficou de pé na calçada enquanto a limusine de Vengerov partia pela rua, aquele vírus de computador compactado esperando ali em seu processador como uma víbora enrodilhada.

SER UM "TERRORISTA CONHECIDO" tinha meio que prejudicado a circulação de Tom por Washington, D.C. Então, ele passou o resto das férias de inverno na Agulha, jogando videogames, tentando não pensar no pai, tentando não pensar no que fazer com Medusa e o vírus.

Ele sabia o que *devia* fazer, o que era certo fazer – recusar sem nenhuma hesitação e se manter firme na decisão, deixando as consequências com que Vengerov havia acenado despencarem onde deveriam despencar.

Mas havia a outra parte de Tom, a mesma parte que estivera disposta a atacar de maneira cruel para vencer a reunião de cúpula do Capitólio, a parte que ansiava pela chance de ser bem-sucedido, fazer algo de si mesmo, uma voz que sussurrava: *Esta é a única chance que você ainda tem de se tornar um combatente.*

Tentou ignorar o pensamento.

Não estava sozinho na Agulha Pentagonal. Havia um punhado de recrutas, a maioria de outros países onde os feriados de fim de ano não tinham tanta importância, ou para onde o voo de volta seria muito custoso. Havia também um equipe mínima de combatentes da ComCam. Alguns eram rostos novos, os recém-promovidos, anônimos que o público não conhecia como Leslie Whiell, da Divisão Napoleão, Sandy Feinberg, da Divisão Aníbal, Warren Simmons, da Divisão Alexandre, e Griffen Perenchio, da Divisão Gêngis. Muitos dos combatentes mais velhos como Heather, Karl, Alec e Emefe estavam ali também. Dependia do acaso se estavam a serviço durante as férias ou não. Com certeza, ambos os lados concordaram em um cessar-fogo durante os feriados de inverno e com outro cessar-fogo durante o Ano-Novo Chinês, mas o exército sempre tinha alguns combatentes da ComCam por perto.

Heather surpreendeu todo mundo com um programa que ela havia escrito para pessoas presas na Agulha na véspera do Ano-Novo e, pela maneira como era cumprimentada pelos outros combatentes da ComCam sempre que Tom a via, ela obviamente havia conquistado a lealdade deles. Tom imaginava que Elliot ficaria feliz em ver aquilo. Era um passo a mais para que Heather tomasse seu lugar no centro da ComCam, um passo a mais para a liberdade de Elliot.

Heather o convidou para também se conectar a uma simulação e Tom ficou animado ao descobrir que era uma grande simulação de justas. Ele se dirigiu ansioso à sala de treinamento e se materializou na simulação, colocou a armadura, agarrou uma lança gigantesca e trotou com um cavalo de guerra até o local dos torneios, sob um imenso castelo – só para descobrir que a maioria dos recrutas que havia se conectado não participava de justas e que boa parte deles havia até se livrado da roupa de época. Aparentemente, a simulação era um disfarce para o que eles estavam realmente fazendo: curtindo uma festa de véspera de Ano-Novo.

Isso devia ter ajudado Heather a reconquistá-los. A simulação tinha até champanhe.

Tom não podia sentir o cheiro de álcool sem pensar no pai, e ele tinha uma certeza visceral de que tocar uma bebida mesmo que simulada seria o pior erro que poderia cometer. Afastou-se da massa de recrutas e decidiu começar uma luta com um dos personagens falsos. Só para se divertir.

Heather o alcançou antes de ele sair do local do torneio.

– Tom, espere!

Ele puxou as rédeas e desceu do cavalo para que ela pudesse alcançá-lo. Ela deu um tapinha brincalhão no peito coberto pela armadura.

– Aonde vai? Não pode abandonar a simulação ainda. Fique aqui.

Isso o confundiu um pouco, pois ela estivera muito ocupada conversando com Sam Schwab e Bruce Tepper, da Divisão Napoleão, e não havia falado com ele.

– Não estou abandonando a simulação – Tom disse. – Estou procurando alguém com quem lutar.

– Ah, que sanguinário da sua parte – Heather se admirou, mas, por algum motivo, a resposta pareceu lhe dar um imenso prazer. Seus olhos castanho-claros brilharam encarando-o, e ela se aproximou, inclinando-se. – Vou lhe dar algo para a luta. Algo apropriado à simulação.

Ela estava tão próxima que Tom podia sentir sua respiração roçando sua bochecha, sentir o calor irradiando de sua pele e, por um momento, uma vontade selvagem de agarrá-la e puxá-la para perto passou por sua cabeça antes de seu cérebro racional e bastante desconfiado em relação a Heather voltar ao controle.

Heather havia pego uma pequena fita de linha de ouro e a amarrara no cabo da lança.

– Essa é uma mostra de minha simpatia, bom senhor. Quem quer que seja, destrua-o para sempre para mim.

Havia algo tão excitante naquelas palavras que Tom de novo teve de se lembrar que Heather era um tanto venenosa.

– Posso afirmar já – ele respondeu. – Vou lhe trazer uma cabeça.

– É mesmo necessário?

Tom sorriu, encabulado.

– Nenhuma cabeça então. – Ele partiu em busca de um inimigo. Logo, largou o cavalo de guerra e a armadura, trocando a lança por uma espada.

Pulou sobre um muro de pedra e começou a examinar o terreno do castelo em busca de um ponto alto de visão, procurando um personagem simulado suficientemente letal. Foi assim que percebeu um recesso escondido no jardim, onde Karl abordava uma das criadas.

Tom sentiu uma excitação maligna ao vê-lo. Sim. Ali estava ele. Esqueça os inimigos simulados. Ali estava quem ele vinha procurando.

Ele se aproximou e em seguida parou num muro baixo bem acima deles.

– Oi, Karl – ele falou alto, assustando-o a ponto de ele se colocar de pé. – Uau, ela *não* está se divertindo. Imagino que nem garotas simuladas gostem de você. Você é um tanto patético, cara.

Karl empurrou a personagem para longe e, com um movimento da mão, apagou-a. Depois, voltou-se para Tom, ajustando a vestimenta, o rosto vermelho-vivo.

– Quero que você saiba, Totó – ele disse, presunçoso, o peito estufado –, que sou uma celebridade agora. Então...

– Uau, uma celebridade, e *ainda* tem que se contentar com garotas simuladas? – Tom o interrompeu. – Isso é triste.

Karl o olhou de soslaio, um brilho cruel no olhar.

– Sei do que se trata. Você está frustrado e querendo descontar em alguém, não está, Lassie? Sei o que está acontecendo com você. Você estragou tudo. Nunca vai se tornar um combatente da ComCam. Deve estar entendendo isso agora.

Era verdade, mas Tom nunca ia admitir.

– Não, estou aqui porque gosto da sua companhia.

– Vou lhe dar o que você quer – Karl desembainhou a espada, a mão avantajada agarrando a bainha. – Vou lutar com você. Vou esmagá-lo e colocá-lo no chão.

– É, não é como se já estivesse zero a três para você. Mas, ei, realmente respeito seu talento no campo de batalha... – Tom não pôde prosseguir. – Não consigo falar isso sem dar risada.

Karl deu um rugido de fúria e disparou, atacando ferozmente as pernas dele. Tom pulou bem na hora em que a lâmina realizava um arco embaixo dele, faiscando na luz pálida do céu. Jogou-se para o lado, dando um golpe com a bota no rosto de Karl, atirando-o ao chão. Com um berro exultante, Tom investiu para a frente ao mesmo tempo que Karl se levantava, e bateu o pomo da espada contra a mandíbula de Karl, jogando-o de volta ao chão. Depois, mergulhou para a frente numa cambalhota, evitando os braços enormes de Karl enquanto eles agarravam o ar bem onde ele tinha acabado de estar. Tom correu para escapar, arfando. Karl se pôs de pé com dificuldade, como um grande urso irritado. Tom o manteve em seu campo de visão. Karl era campeão de luta livre e, além disso, gigantesco. Se colocasse as mãos nele, tudo estaria acabado. Tom não pretendia deixar isso acontecer.

Um ódio puro distorcia o rosto de Karl quando ambos se encararam.

– Você gosta de ser um cara durão nas simulações – Karl zombou. – Mas, lá fora, você é só um magrelo insolente.

Tom não quis apontar que nessa simulação eles tinham o mesmo porte físico da vida real, portanto não levava vantagem ali.

– Não, gosto de simulações porque posso matar você de verdade aqui.

Karl deu um sorriso feio. Depois sumiu.

Tom franziu a testa. Espere. Ele não poderia estar desistindo...

Então, seus olhos se abriram na sala de treinamento quando o punho de Karl afundou em seu estômago real, não simulado, fazendo-o se arquear na e expulsando o ar dele, disparando ácido por seu torso.

– Vamos ver como a vida real se compara – Karl falou ríspido, o punho acertando as costelas de Tom repetidas vezes, enquanto este lutava para respirar. Karl pegou-o pelo colarinho e o jogou da cama, fazendo-o girar no chão, sua cabeça batendo na base de uma cama próxima, estrelas dançando diante de seus olhos... junto com algum texto.

Erro. Conexão perdida. Download pausado. 98% completo.

Hein? O ar entrou em seus pulmões num grande jato, e o cérebro de Tom estava dividido entre o foco urgente em Karl e a outra parte dele que notou o texto, que não devia estar lá. O que era... o que...

Karl se abaixou para pegá-lo, e, num milésimo de segundo, o processador neural apresentou o melhor movimento: afundar a palma no nariz de Karl, mandando a cartilagem de volta ao cérebro.

Não, ele não podia fazer aquilo. Ele iria matá-lo.

Em vez disso, enfiou o pé no rosto de Karl, depois se lançou para cima e passou os braços em volta do pescoço do adversário, jogando todo seu peso para fazê-lo perder o equilíbrio, de modo que caísse. Tom enfiou um joelho no pescoço de Karl, prendendo-o ali, e levantou um punho para atacar a cara dele, mas havia sido estúpido em contar com seu peso para mantê-lo no chão – Karl enfiou as mãos embaixo das pernas de Tom e o levantou no ar, jogando-o em seguida para longe com uma força assustadora. Tom pousou próximo da cama de Emefa, depois se recompôs enquanto Karl avançava de novo. Ele recuou, tentando pensar em alguma vantagem, depois desviou do próximo golpe de Karl e o empurrou enquanto ele estava sem equilíbrio, colocando a perna em volta da de seu oponente, fazendo com que tropeçasse contra sua cama vazia. Sem pensar, Tom agarrou seu fio neural solto e o passou em torno da garganta de Karl. Apertou-o pressionando as costas contra as de Karl para que todo seu peso ficasse contra elas, enquanto Karl tentava jogá-lo para longe.

Mas percebeu o que estava fazendo de novo: estava prestes a matar alguém – ali, na vida real, onde iria para prisão por fazer aquilo. Por que não conseguia pensar em nada que não fosse letal? A súbita frouxidão de pressão deu a Karl a chance de tomar o fio e agarrar a ambos. Tom sabia que as coisas estavam prestes a acabar, então bateu desesperadamente a cabeça para a frente contra a de Karl tão forte quanto podia e...

Ai. Aiiiiii. Tom cambaleou para trás, sentindo como se um martelo o tivesse acertado entre os olhos, a visão girando. Na frente dele, Karl também cambaleava, apertando seus grandes e carnudos dedos sobre o nariz, o sangue fluindo entre eles.

– Seu idiota! Por que fez isso? – Karl gritou.

– Isso funciona em videogames – Tom gritou em resposta. – As outras alternativas envolviam matar você.

Karl balançou o braço.

– Isso é normal. Você tem que reaprender a lutar na vida real depois de receber todos esses downloads sobre como matar pessoas. Bata em alguns garotos e volta rapidinho.

Tom começou a rir, meio histérico.

– É, ótima ideia, exceto que não acho que vai funcionar para mim porque eu não sou um *completo psicopata* que anda por aí batendo em pessoas! Diferente de você!

Por um momento, Tom e Karl se encararam, segurando a cabeça e o nariz respectivamente, e a vontade de lutar com alguém sumiu de Tom. Devia ter desaparecido de Karl também, porque ele xingou, enfiou a manga contra o nariz e partiu, murmurando algo sobre a enfermaria. Tom se recostou na cama para segurar a cabeça que doía e lembrou-se de algo. Levou um momento para rebobinar a memória, até que viu a mensagem de novo, a mensagem que ele só havia visto porque Karl tinha arrancado seu fio neural e o acordado antes.

Erro. Conexão perdida. Download pausado. 98% completo.

O que havia sido baixado de seu processador? Examinou os logs, mas quem quer que houvesse feito aquilo escondera o que estava saqueando dele. Se tivesse permanecido na simulação um pouco mais, nem sequer teria percebido o que acontecera.

À MEIA-NOITE, UM PUNHADO de oficiais migrou para o décimo quarto andar junto com os recrutas, para olhar pelas grandes janelas espelhadas para os fogos de artifícios que começavam a estourar em meio à noite para saudar o Ano-Novo. O tenente Blackburn estava entre eles. Tom esfregou a cabeça dolorida com a mão, certo de que sabia quem havia removido coisas de seu processador.

Claro que tinha sido Blackburn. Não havia ninguém mais tão intensamente interessado em seu processador neural.

Ele teria feito isso mais de uma vez – saqueado o cérebro de Tom durante exercícios aplicados antes que ele percebesse? Encarou as costas largas de Blackburn, mas o tenente olhava pela janela, sem falar com ninguém, nem mesmo com os outros soldados.

Tom se tornou ciente do olhar fixo de Heather. Um pouco perplexo pela intensidade dele, inclinou sua lata de refrigerante para ela.

Em resposta, Heather inclinou sua taça para ele de onde estava entre a multidão de membros da ComCam, o triunfo irradiando de cada parte de seu rosto, tremeluzindo com as luzes brilhantes.

Tom sequer pensou em se perguntar sobre isso.

17

HAVIA VÁRIAS razões pelas quais a maioria dos recrutas não estava entusiasmada com a reunião de apresentação na Obsidian Corp. durante a primeira semana após as férias. Em primeiro lugar, era um desperdício de tempo, já que a Obsidian não patrocinava combatentes. Segundo, as pessoas odiavam a visita porque Blackburn era absolutamente paranoico com a possibilidade de Joseph Vengerov tirar vantagem dela para mexer com seus processadores. Sempre que voltavam da Obsidian Corp., tinham de ser isolados dos sistemas da Agulha Pentagonal e sujeitos a uma varredura profunda de cinco horas para buscar softwares nocivos.

Era um trabalhão para todo mundo, e isso para pouca recompensa, mas tinham de ir. A tecnologia de Vengerov travava as guerras no espaço. Seus sistemas de segurança e armas automatizadas protegiam os outros executivos da Coalizão. Os códigos nas máquinas de votação dele determinavam quais políticos supervisionariam o esforço de guerra. A Obsidian Corp. era uma gigante mundial poderosa demais para ser ignorada, portanto, se Joseph Vengerov queria uma visita, os recrutas tinham que ir.

Na primeira semana de volta à Agulha após o retorno das férias, Wyatt e os outros novos superiores tornaram-se difíceis de ser encontrados.

Vik, inteligentemente, tirou vantagem da ausência de Wyatt para invadir seus novos aposentos e modificar o novo modelo de quarto. Copiou o antigo e o expandiu, acrescentando mais fotos. Uma era um esboço de Connecticut com imagens melancólicas em preto e branco de pessoas sobrepostas a ele – adultos deprimidos e crianças chorando logo após terem acabado de perceber que moravam em Connecticut.

– Não é oficialmente uma piada de Connecticut, já que é um *pôster* de Connecticut – Vik explicou a Tom, incerto, quando então este o lembrou do Androide Incansável de Wyatt.

Ele também acrescentou algumas imagens suas: outra foto sem camisa e uma artística em preto e branco, com ele posando filosoficamente ao lado de uma janela, segurando o queixo, o olhar pensativo dirigido ao céu – uma postura tão contrária à dele que Tom achou muito engraçada.

No dia da reunião de apresentação de inverno, Tom passou um tempo na sala de musculação, atrás da sala de exercícios, cuidando de Yuri enquanto ele levantava mais de três vezes o próprio peso. Todos os outros intermediários visitavam as empresas das quais Tom havia sido banido. Seu único compromisso era no final da tarde, um trajeto direto pelo Interstício rumo às instalações de Vengerov na Antártida. Yuri não havia recebido permissão para comparecer a essa rodada de reuniões.

– E então, o que está fazendo? – Tom perguntou, embora fosse muito óbvio.

– Estou me exercitando – Yuri respondeu, olhando para ele sob o peso do haltere.

– Certo, foi uma pergunta estúpida. Posso pedir seu conselho sobre um assunto?

– Claro.

Tom pensou em como formular sua pergunta sobre Medusa, mas acabou falando a primeira coisa que lhe veio à cabeça:

– As garotas gostam de você. Bastante.

Se ficou surpreso, Yuri não demonstrou. Ele deu de ombros, modesto.

– Acredito que seja por causa do meu físico musculoso – ele se sentou e flexionou os bíceps de maneira pensativa. – Mas é só a fachada. A única garota com quem me importo...

– É Wyatt, eu sei, eu sei. Certo. Tenho uma pergunta: vamos dizer que uma garota meio que se sinta mal pela aparência dela e eu a tenha insultado acidentalmente mencionando esse fato. Como conserto esse tipo de coisa?

Yuri puxou a camiseta branca fina, atada ao corpo por causa do suor.

– O que você disse para ela?

– Digamos que eu comentei que só nos encontramos on-line e nunca vamos nos ver pessoalmente, por isso podemos usar avatares e nem vou saber como ela se parece. É por isso que não me importa se ela for feia.

Yuri virou-se para ele, o cenho franzido.

– Espero que não tenha dito com essas palavras, Thomas. Isso não é nada bom.

– Não com essas *exatas* palavras, mas, hã... Vamos lá, você tem que ter algum conselho. Achei que ia ter umas dicas para mim sobre como fazê-la se sentir melhor, ou sobre como eu poderia pedir desculpas. Você sabe, já que o lance da cara de cavalo de Wyatt é...

Yuri fez menção de se levantar do banco.

– Cara de cavalo?

Tom notou, não pela primeira vez, o quanto Yuri era maior que ele. Levantou as mãos.

– O lance de que *ela acha* que tem cara de cavalo. Não estou insultando sua namorada, cara.

– Ah, claro – Yuri se aprumou de novo. Esfregou o queixo, pensativo. – Wyatt realmente expressou para mim que ela se sente perturbada pela própria aparência. Essa é sempre uma conversa problemática, porque, se eu disser: *Você não tem cara de cavalo,* ela vai pensar que estou mentindo. Mas se algum dia disser: *Muito bem, eu me rendo. Você tem cara de cavalo,* aí eu tenho certeza de que ela também vai achar isso desconcertante.

– É – Tom disse, imaginando a situação. – Um pouco.

– Por isso é que eu faço o que faço – Yuri prosseguiu, se inclinando mais para perto. – Tomo o rosto dela entre as mãos e a encaro. Depois, digo: *Se você realmente parecesse um cavalo, eu veria o cavalo e pensaria em como ele é atraente, e ia ficar assustado e pensar que há algo de errado comigo por eu achar um cavalo tão adorável e bonito* – ele concluiu com um aceno de cabeça positivo e satisfeito.

– E isso funciona? – Tom deixou escapar.

– Ela sempre responde da mesma maneira: *Isso é muito estranho, Yuri* – ele fez novamente um aceno de cabeça positivo de satisfação.

– Então, não funciona.

– Ah, funciona sim – Yuri levantou o indicador. – Na verdade, Thomas, ela fica tão preocupada com como o comentário é estranho que deixa de pensar se tem ou não cara de cavalo. – Ele bateu palmas, como se encerrasse um truque de mágica. – Viu só? Problema resolvido.

Tom ficou impressionado.

– Você é um gênio da diplomacia.

Yuri sorriu.

– Sou mesmo.

De repente, algo ocorreu a Tom. Ele descansou os cotovelos no haltere e baixou a voz.

– Ouça, cara, você não pode dizer a ninguém que perguntei sobre essa garota. A ninguém. Especialmente a Joseph Vengerov.

Por um momento, Yuri olhou diretamente nos olhos dele, como se não estivesse realmente ouvindo e o que Tom dissera não houvesse chamado sua atenção.

– Quem é essa garota on-line? – Yuri perguntou. Sua voz ficou muito suave, os olhos cravados nos de Tom. – É a garota da rede com quem você se encontrava antes, Tom? É Medusa?

– Não estou me encontrando direto com ela. Só nos falamos algumas vezes – Tom explicou. – Vengerov perguntou sobre ela, e não posso mesmo revelar mais do que isso, mas ele quer que eu faça algo para ela que não vou fazer. Se ele perguntar, se qualquer um perguntar, não falei com ela desde que fui acusado de traição. Certo? – Ele arqueou as sobrancelhas de maneira significativa. – Vou informá-lo oficialmente de que ela se recusou a me ver de novo.

Os olhos de Yuri se desviaram para baixo e toda a severidade desapareceu de seu rosto, substituída por um leve tipo de confusão.

– Yuri, você não pode dizer nada – Tom falou, perturbado pelo fato de o amigo não ter respondido nada.

Yuri piscou algumas vezes.

– Juro pela minha vida, Thomas – ele falou. – Nunca vou contar pra ninguém – ele franziu a testa. – Espero que saiba o que está fazendo.

– Qual é? Sou eu, cara.

– Sei disso – Yuri falou em tom de dúvida, ajeitando-se no banco de novo para voltar a levantar os pesos. – E é exatamente o que me preocupa.

O TÚNEL A VÁCUO era um pouco sinistro com Tom sozinho, especialmente no longo percurso para a Antártida. Tom se sentiu feliz ao entrar no elevador e subir até a Obsidian Corp. Lá, encontrou outros intermediários exaustos que tinham estado em reuniões de apresentação o dia todo.

Foi um enorme choque para Tom perceber que o tenente Blackburn estava ali, irradiando tensão.

– Vocês vão permanecer no meu campo de visão durante todo o tempo, entendido? – Blackburn falou. Os olhos cinzentos passearam por eles, linhas amargas entalhadas em seu rosto sob as luzes artificiais da instalação. – Suas funções sem fio ficarão inoperantes enquanto estiverem aqui. Estou usando um dispositivo de interferência eletrônica. – Puxou a manga para mostrar algo que parecia um relógio de pulso. – Se por algum motivo a comunicação sem fio voltar à ativa, devem presumir que alguém está tentando invandir o programa de vocês e me notificar imediatamente. Agora, vamos lá.

Ele se virou de repente e os conduziu até uma porta giratória automatizada que examinava retinas. Pretores os ladearam enquanto andavam, os olhos de câmera de metal fixos nos recrutas que passavam.

Enquanto Tom caminhava, uma sensação inegável de estar sendo observado fez com que calafrios lhe subissem pela espinha. Lançou um olhar descuidado por sobre o ombro.

Todos os pretores tinham os olhos de câmera fixos direto nele.

Tom ficou tão perturbado por essa visão que quase tropeçou. A multidão se acotovelou a seu redor, seguindo para um conjunto de escadas. Estranho. Sinistro. Tom seguiu em frente, lançando olhares preocupados para lá e para cá.

Havia algo nitidamente perturbador em relação à Obsidian Corp. Todos os corredores eram mal iluminados e bem frios. Passaram por salas imensas do tamanho de depósitos com supercomputadores elaborados. Essas salas estavam vazias. Na verdade, quase não havia humanos ao redor, nem mesmo o pessoal de segurança ou de manutenção. Só pretores e câmeras de segurança mecanizadas. Tom levou alguns minutos para refletir sobre o que havia de tão errado com o complexo, e então descobriu: o prédio parecia ter sido criado para as máquinas dentro dele. Era como se seres humanos fossem intrusos.

Mesmo os técnicos de baixo escalão da Obsidian Corp. que os guiavam numa excursão pelas instalações pareciam nervosos e deslocados. Fizeram piadinhas sem graça sobre a maneira como a Antártida economizava bilhões para a empresa em ar-condicionado. Quando os recrutas riram, os técnicos piscaram.

– É verdade. Isso realmente economiza bilhões em ar-condicionado para a empresa. Supercomputadores quânticos esquentam muito – um dos técnicos informou. – Sério, temos de usar casacões para andar pela maior parte das instalações.

Depois, conduziram os recrutas por janelas extensas que davam vista para a tundra gelada. O céu era de um cinza desbotado. Era a época do ano em que a noite nunca descia naquela parte da Antártida, mas não havia luminosidade naquele dia.

Em cada sala, Tom não conseguia deixar de desviar os olhos para as câmeras de segurança e os pretores imóveis. Ficava esperando que Vengerov ou alguém se aproximasse dele para comentar sobre o uso do vírus em Medusa – Vengerov dissera que queria uma resposta de Tom durante aquela visita. Mas ninguém se aproximou. Tampouco foi convocado ou lhe fizeram algum sinal. E os olhos mecânicos o seguiram, sempre por tempo suficiente para ele perceber a vigilância, nunca o bastante para que outras pessoas notassem – nem mesmo Vik, trinta centímetros à frente dele. A pele de Tom formigava.

Vengerov deve desconfiar, Tom pensou. *Ele sabe que vou dizer não.*

Tom imaginou as feições rígidas e angulosas de Joseph Vengerov e seus olhos pálidos e sobrancelhas prateadas que se confundiam com a testa – todo esse conjunto espreitando do outro lado do sistema de segurança, apenas observando-o. Mas como Vengerov já podia saber sua resposta? Como podia ter certeza?

Tom não havia falado com ninguém além de Yuri, e ele nem estava ali.

Só para ter certeza de que não estava sendo paranoico, Tom intencionalmente ficou para trás, bem no fundo do grupo, de maneira que os dispositivos de segurança tivessem de ser ostensivos se quisessem rastreá-lo.

Conforme o grupo começou a entrar na sala seguinte, pelo canto do olho Tom viu um pretor se movendo em direção a ele. Virou-se, assustado. A máquina estava parada de novo.

Então ele ouviu um silvo vindo de trás e se virou para descobrir uma porta que se fechou com um estalido absoluto entre ele e o resto do grupo.

– Ei! – Tom correu em direção a ela, as mãos encontrando apenas o metal gelado. Não havia maçaneta, nenhum puxador. Tentou empurrá-la, bateu com os punhos cerrados nela. Não se ouvia um único som do outro lado.

À prova de som. Ótimo.

Tom respirou, buscando forças, e se virou. Os pretores agora concentravam abertamente seus olhos de câmera de precisão nele. Tom sentiu um calafrio. O zumbido das máquinas era o único som na sala e aumentava cada vez mais. O reflexo dele se movia pelo chão negro e polido, nadando contra a janela gigantesca que revelava o céu cinzento sobre a paisagem glacial. Por fim, virou-se para a câmera de segurança mais próxima lá no alto.

– Fiquei trancado aqui – Tom disse para quem quer que fosse que estivesse do outro lado. – Abram a porta.

Sua voz soou no ar vazio, e ele se perguntou se alguém o ouvira. Enviou uma mensagem e tentou usar uma interface de pensamento para alertar Vik, mas palavras brilharam no centro de sua visão: *Erro: frequência indisponível. Mensagem não enviada.*

Claro, era a estúpida interferência eletrônica de Blackburn.

Tom sentiu uma sensação incômoda nos pés. A sensação se transformou em pequenos pontos de pressão, que se converteram numa sensação de agulhas perfurantes, como se uma corrente elétrica passasse pelo chão. Tom pulou, ficando alguns passos longe dos pretores, e conseguiu um alívio momentâneo, mas a sensação se ampliou com uma carga elétrica mais forte, até que suas pernas pulsassem de maneira dolorosa e ele fosse forçado a correr para a outra porta, longe da superfície que parecia disposta a eletrocutá-lo.

Saltou direto para a próxima câmara, mas os pretores naquela sala também cravaram o olhar nele, bloqueando seu caminho.

Eles se aproximaram tanto que Tom teve de se espremer para o lado a fim de evitar ser esmagado; mas, quando roçou em um dos pretores de metal de passagem, um raio de eletricidade intenso o castigou, e Tom não pôde conter o grito que rasgou seus lábios enquanto ele cambaleava para longe do pretor. Afastou-se, passo a passo, mas eles avançavam sobre ele, incansáveis. Por um momento, os pensamentos de Tom criaram uma cena com pessoas em campos de teste para tecnologia militar, onde insurgentes de pequena escala eram ameaçados por aquelas máquinas. Nunca havia percebido como poderia ser assustadora a ausência tão implacável de humanidade.

Mas havia um ser humano por trás daquilo. Tinha de haver um ser humano por trás da cortina, controlando a ação das máquinas. Tom se virou para câmera de segurança mais próxima, torcendo para que seu observador soubesse que falava diretamente com ele ao proferir:

– Não tenho medo de você.

Em resposta, um pretor veio em sua direção. Tom tentou desferir um golpe e jogá-lo para trás, mas ele desviou e continuou avançando, e um choque lhe subiu pela perna, travando-lhe os músculos enquanto cambaleava para trás desastrosamente. Afastou-se dos outros, tentando evitar mais choques, e, dessa maneira, eles o forçaram por um corredor até que suas costas encontraram uma parede gelada.

Tom pressionou o corpo contra ela, sem ter para onde ir, e os pretores continuavam avançando sobre ele. Joseph Vengerov não podia matá-lo. Não podia. Mesmo que *soubesse*, de alguma forma, que Tom ia recusar a exigência de usar um vírus em Medusa, ele não podia simplesmente assassiná-lo. Só tentava assustá-lo. Tom tinha certeza disso. As últimas palavras de Vengerov para ele soaram em seus ouvidos: *A verdadeira pergunta é: você vai atender esse pedido inofensivo ou vou ter de utilizar meios de persuasão desagradáveis?*

Dois dispositivos de metal se moveram, curvando os olhos de câmera de precisão em direção a ele, alinhando-se para que, por um momento desconcertante, Tom se sentisse encarando algum tipo de homem-máquina que o avaliava através de olhos metálicos vazios.

– Certo – Tom disse. – Obviamente você não está feliz com alguma coisa.

Os olhos de câmera se moveram para cima e para baixo, um aceno positivo de cabeça, frio e fatal.

Então, a parede em que Tom estava recostado abriu-se de maneira abrupta, e ele percebeu que não era uma parede, e sim uma porta que conduzia para fora. Percebeu isso no mesmo instante em que suas costas se chocaram contra um monte de neve gelada. A porta girou, fechando-se com um estrondo retumbante e deixando Tom preso ali fora, sem nem um casaco, na tundra congelada da Antártida.

18

POR UM MOMENTO fugaz, Tom ficou deitado ali, o frio absoluto penetrando pelas costas de seu terno fino, mas então uma enervante rajada de vento o atingiu e seu cérebro ficou lúcido o suficiente para registrar que ele estava do lado de fora. Num terno fino. E não estava apenas frio – estava um frio doloroso e agonizante.

Tom se pôs de pé e correu em direção à porta. As mãos deslizaram por um metal gelado sem maçanetas que quase o congelou. Nunca na vida havia imaginado ser possível sentir um frio como aquele. Os ouvidos, ao contrário, lançavam um calor abrasador que lhe golpeava a cabeça, seus tímpanos latejavam, e o vento se parecia com milhares de minúsculos alfinetes que o perfuravam cruelmente. Seu crânio começou a pinicar com uma dor terrível. Tom bateu o punho cerrado na porta.

– EI! EI! NÃO PODEM FAZER ISSO! ABRAM! ABRAM ESTA PORTA!

Cambaleou vários passos para trás, o corpo oscilando com violência, e começou a bater os dentes, o frio ainda mais fustigante onde o terno havia absorvido a umidade gelada do chão, e se deu conta de que a câmera de segurança montada sobre a porta estava fixa nele, como se Vengerov esperasse que ele ficasse assustado o suficiente para implorar ou suplicar, para prometer fazer o que ele queria.

Não. De jeito nenhum. Não agora. Jamais faria algo que Vengerov quisesse.

Uma onda de determinação fervilhante inundou Tom, e ele mostrou o dedo médio para a câmera de forma bem deliberada, mesmo com o vento o esfaqueando a caminho dos pulmões e agredindo suas gengivas. O nariz doía, os dedos pulsavam de dor e a mente trabalhava num ritmo frenético, buscando alguma solução.

De repente, lembrou-se de quando era pequeno com o pai e não haviam conseguido pegar carona uma noite em Nevada. O deserto, tão quente durante o dia enquanto tinham batalhado pela carona, ficara terrivelmente frio à noite, e o suor do dia parecia gelo. Neil recomendou que ele continuasse em movimento, pois permanecer parado o mataria.

Então, Tom enfiou as mãos doloridas sob as axilas e começou a pular. Lançou um olhar para a fachada branca do complexo gigantesco que se espalhava a distância. As pálpebras ardiam e arranhavam os olhos a cada piscada, e o vento atacou suas pupilas até que lágrimas começaram a escorrer pela sua face, apenas para congelar no rosto como insetos que o picavam. Mas havia uma janela, uma janela baixa, e não muito distante. Ele se pôs a correr, os pulmões sendo cortados por suas inspirações frenéticas ao arfar, e teve a estranha sensação de que estava em algum labirinto distorcido, porque a janela não parecia se tornar mais próxima – ao contrário, ficava sempre mais longe do que aparentava. Deslizou no gelo repetidas vezes até alcançá-la. Tentou empurrar a vidraça com as mãos, que pareciam de borracha, mas ela não cedia. Com um impulso do corpo, chutou-a com força repetidas vezes, perfeitamente disposto a ferir a perna para quebrar o vidro, porém mesmo assim ela resistia. As gengivas continuavam doendo; os dentes batiam. Mandou uma mensagem, mas a frequência ainda estava travada, e se deu conta de que outra câmera o observava da janela. Queria ter algo em mãos para jogar contra ela. Seu olhar esquadrinhou o chão, e Tom viu uma rocha meio enterrada na neve. Percebeu que poderia usar *aquilo* para quebrar a câmera... não, a janela! Ajoelhou-se para desenterrá-la.

Uma mensagem piscou no centro de sua visão: *Aviso: baixa temperatura corporal detectada: 35,1°C. Aconselha-se que o recruta procure abrigo*.

Tom começou a rir. Não conseguiu evitar.

– Eu estou *T-T-TENTANDO!* – gritou em resposta, os dedos desajeitados se esfolando nas pontas afiadas da rocha, embora não fosse capaz de sentir a ardência dos ferimentos.

Então, a luz inundou o canto da visão de Tom. Ele ficou de boca aberta por um instante, incapaz de acreditar: Vengerov tinha voltado atrás. Ele havia aberto a porta de novo!

Claro. Era evidente que não podia largá-lo ali fora e deixá-lo congelar. Era um jogo de quem aguentava mais, e Tom havia vencido. Correu de volta para a porta, mas levou ainda mais tempo para voltar do que para ir. As pernas andavam de maneira desengonçada, ele tropeçou uma, duas, várias vezes, as mãos dormentes e os joelhos tocando a neve. Seus membros eram blocos sem sensibilidade quando chegou à porta e sentiu a rajada sedutora de calor que vinha de dentro do prédio – só para ver a porta se fechar de novo.

– NÃO! – Tom gritou, jogando-se contra ela, mas era tarde demais. – NÃO! – Socou-a com os punhos dormentes. Por um momento, sentiu que seu peito ia se partir. A garganta parecia travada. Depois se virou com uma risada insana brotando nos lábios. A câmera ainda estava fixa nele.

– ABRA! ABRA A P-P-PORTA! ABRA! EU V-VOU MATAR V-VOCÊ P-POR ISSO!

Alguma parte do seu cérebro o avisou de que ameaças de morte não eram estímulos para alguém abrir uma porta, mas Tom não pensou nisso por muito tempo.

Um alarme de emergência piscou no centro de sua visão. *Aviso: baixa temperatura corporal detectada: 34,05°C. Transmitindo sinal de emergência.*

O coração de Tom se animou. Será que funcionaria? Alguém o receberia? Porém, gritou de frustração quando ouviu as palavras: *Frequência indisponível. Sinal de emergência não enviado. Nova tentativa em vinte segundos. Dezenove segundos. Dezoito segundos...*

Ele parou de avançar pelo caminho à frente, os olhos ardendo enquanto se concentrava na janela distante. Distante demais.

Podia morrer ali.

O pensamento atravessou sua mente afiado como uma navalha. Uma imagem vívida de seu corpo congelado sobre a neve preencheu seu cérebro, e ele não conseguia tirá-la da mente.

Vengerov não estava brincando. Aquele não era um jogo de quem aguentava mais. Ele podia mesmo morrer ali. Ficou descontrolado diante da raiva e do medo e deu meia-volta, virando-se para a janela. Sabia que ela era sua melhor chance. A garganta agora parecia dormente. Quando caiu, arranhou a superfície com as mãos tentando avançar, a neve gelada fazendo sua roupa aderir aos membros. Tentou ir adiante, correr, mas, antes que percebesse, havia mergulhado de novo na neve. O pânico tomou conta dele. Não tinha certeza do que podia fazer. Não conseguia se concentrar em mais nada além do frio.

Muito frio, muito frio... Não podia lutar contra ele agora. Seu corpo se contraiu numa bola que tiritava, mas nada afastava o terrível frio. Sentia como se estivesse sendo apagado, tudo de humano e racional sumindo de sua mente, substituído por alguma criatura atormentada sem nome que só conhecia o gelo e não podia entender nada além daquilo. Sentia todo o corpo dormente, a noção de onde ele estava, quem ele era, afastando-se dele.

Aviso: temperatura corporal criticamente baixa detectada: 33,3°C. Transmitindo sinal de emergência. Frequência indisponível. Sinal de emergência não enviado. Nova tentativa automática em vinte segundos.

Tinha de se levantar. Precisava se levantar. Com uma força que não sabia ter, desenrolou-se lentamente, embora as pernas se mostrassem tão dormentes que pareciam sequer existir. Ficar de pé exigia tanto esforço que era como se ele tentasse mover uma tonelada de granito. Forçou as pernas, que não conseguia sentir, a se moverem, a correr no mesmo lugar, mas era como se deslocar por um pântano. Tudo se arrastava; mesmo seu cérebro estava lento. Ele não conseguia mais sentir o rosto.

A janela.

A janela. Aquela rocha poderia quebrar a janela. Precisava chegar lá. Era sua única chance.

Levantou as pernas e as colocou no chão de novo, aproximando-se passo a passo da janela. Cada minuto parecia um ano. Por várias vezes, descobriu-se no chão, lutando para conseguir ar. Viu que a porta tinha sido aberta de novo para lançar luz na neve. Só para provocá-lo. Apenas para oferecer segurança e depois se fechar mais uma vez na cara dele. Seguiu em frente. Não ia cair nessa.

Então, alcançou a janela e se abaixou, todo desajeitado, cavando com as mãos na neve, tentando retirar a rocha do gelo. Mas era tarde demais. Os dedos não se fechavam. As mãos não eram mais capazes de agarrar coisas, não conseguiam segurar nenhum objeto. Só sabia onde elas estavam se olhasse para elas. Um medo horrível o atacou, afiado e acre, quando percebeu que seu corpo não funcionava mais.

Tom revolveu esse pensamento na mente, a pulsação retumbante no ouvido, porque, mesmo durante as mortes simuladas na sala de treinamento, nunca havia pensado que poderia *morrer de verdade*. Que alguém como Joseph Vengerov poderia aparecer e simplesmente acabar com ele. Que ele poderia ficar com tanto frio que seu corpo iria realmente deixar de atender a seus comandos e parar de se mover. Que cada fiapo de vontade que ele tinha não podia forçá-lo a fechar a mão. Que sua vida ou sua morte podiam depender de algo tão pequeno quanto seus dedos.

Arrastou-se até a janela. A cabeça latejava. Um calor estranho e antinatural passou a brotar dentro dele quando planejou um chute. Um chute bom e forte. Podia fazer isso. *Tinha* de fazê-lo. Não importava agora se quebrasse todos os ossos da perna. Morreria se não atravessasse aquela janela.

Estreitou os olhos na direção da janela e girou o pé para a frente. A outra perna se entortou, o mundo virou de ponta-cabeça diante de seus olhos e ele caiu no chão, com força. A neve gelada entrou em seu nariz, e ele tossiu debilmente, o cérebro confuso. A neve era quente. Ardente. Tom percebeu que sufocava com o calor que percorria seu corpo, como se alguém houvesse acendido uma fogueira dentro dele. Queria arrancar a gravata, tirar o casaco, aliviar-se daquele calor insuportável, mas desistiu disso com rapidez. Tentou se levantar de novo, mas não conseguia. Simplesmente não conseguia. Então, começou a se sentir confortável, como se mergulhasse na maciez de uma cama reconfortante.

Depois de algum tempo impossível de precisar, estava de lado. Ficou ali, o rosto aninhado na dobra do braço, ainda assando na tundra antártica, o corpo tão sem sensibilidade que parecia ter se separado dele. Até mesmo seu cérebro deslizava, deslizava para fora do seu alcance, e Tom percebeu, de uma maneira um tanto desinteressada, que essa era a forma como ia morrer. Uma morte estúpida e sem sentido aos quinze anos, ali fora, completamente sozinho. Mas não era tão ruim assim. A dor havia sumido.

Um brilho estranho invadiu seu olhar. O calor diminuiu. A letargia se infiltrou feito um melado por entre os músculos.

Tom não conseguia concatenar por que era tão importante quebrar aquela janela. As palavras eram como um pensamento tardio em seu centro de visão, ganhando vida como uma chama e então desaparecendo: *Aviso: temperatura corporal do corpo criticamente baixa detectada: 30,6°C. Transmitindo sinal de emergência. Frequência indisponível. Sinal de emergência não enviado. Nova tentativa automática em vinte segundos.*

Alguma coisa naquele momento parecia muito certa. Estava de volta ao deserto à noite, ao lado da estrada vazia, seu pai envolvendo-o com um casaco grande demais até que seus dentes pararam de bater. Então, Neil o levantou e o carregou nas costas, e seguiram mais e mais por aquela estrada solitária e escura, com dificuldade, esperando o próximo conjunto de luzes aparecer na escuridão. Tom nem tiritava mais.

Não sentiu os braços que o envolveram e o apanharam, esmagando-o contra um tórax. Abriu os olhos com dificuldade quando percebeu que era mais difícil respirar com o rosto abafado contra o casaco grosso. Sentiu-se envolvido em algo pesado, e uma sensação de sufocamento o fez entrar em pânico e se agitar tanto quanto possível. Um ruído ecoou pelo ar, e ele apertou os olhos que ardiam para ver por sobre um dos ombros. A porta. Alguém o havia trazido para o outro lado da porta.

Mãos removeram sua camiseta ensopada, a gravata que o estrangulava, e uma voz gritava algo sobre uma manta de aquecimento. Outras palavras flutuaram até ele:

– Estamos no meio da Antártida e não há uma manta de aquecimento no prédio inteiro? E uma banheira? Qual é a distância dos alojamentos dos funcionários? Não, longe demais. Me dê outro casaco. – Alguns resmungos irritados, e ele foi puxado contra algo sólido, um casaco que o envolvia.

Seu cérebro era algo enevoado e confuso, e Tom não começou a emergir da confusão senão quando as primeiras alfinetadas elétricas começaram em seu rosto, no nariz, espalhando-se depois para os lábios e os ouvidos. Ficaram cada vez mais intensas. Dolorosas. Muito dolorosas. Tentou se afastar delas, mas elas continuavam a persegui-lo, fustigando-o. Encolheu-se sob um casaco que o abafava, os braços pesados.

Seus olhos doíam e, quando os abriu um pouco, pôde ver suas pernas peludas tremendo como condutores pelos quais passava uma corrente elétrica. Não conseguia senti-las. As mãos eram garras tortas que coçavam, os dedos brancos como porcelana. Alguém se ajoelhou na frente dele e passou a massageá-los. Ele apertou os olhos que ardiam até que se fechassem.

– Não, esqueça as mãos dele, Ashwan – uma voz disse à direita, próximo a seu ouvido.

– E quanto à geladura?

– Ele pode sobreviver se perder os dedos. Mas não vai sobreviver a uma parada cardíaca se você dilatar os vasos sanguíneos periféricos e disparar sangue gelado para o peito dele.

Tom se mexeu um pouco. *Perder os dedos?* Mas seu cérebro não conseguiu reter o pensamento por muito tempo.

Levou um tempo para enfim conseguir abrir os olhos de novo e distinguir o rosto pálido, o garoto parado próximo do seu joelho, olhando para Tom como se não o reconhecesse.

– V-V-Vi? – sua voz saiu engrolada, a garganta parecendo uma lixa, os dentes batendo.

– Oi, Tom – Vik respondeu com uma voz frouxa.

– Se vai ficar aqui, faça algo de útil – retumbou uma voz atrás de Tom. – Arrume uma compressa molhada para os olhos dele.

Vik se afastou.

A cabeça de Tom se afundou de novo contra a pessoa que segurava o casaco em torno dele. Foi levado um pouco mais para longe, os braços que o envolviam apertando-o de novo, o calor sendo absorvido pelas costas. As alfinetadas elétricas nos dedos dos pés, nos ouvidos e no nariz tinham se tornado um tormento e se espalhavam por toda parte. Tentou dizer algo, mas as palavras não saíam como palavras. Tinha a sensação crescente de que havia algo que deveria estar fazendo. Não havia? Ele precisava fazer algo. Não se sentia seguro ali. Algo ruim acontecera. Não tinha certeza do quê, mas começou a empurrar o grande peso que o mantinha ali, tentando se afastar.

– Acalme-se, Raines.

Porém, ele continuou lutando com a pressão ao redor que o dominava, porque tinha certeza de que algo estava errado, por isso precisava se levantar, precisava fazer alguma coisa. Uma sensação de urgência crescente se apoderou dele. O medo tomou sua garganta. Ele levantou a cabeça tanto quanto pôde, agitado. Precisava... precisava...

Dedos passaram por seu cabelo e trouxeram sua cabeça para trás com cuidado, e uma mão roçou sua testa.

– Você está bem, Tom. Relaxe. Nós o encontramos. Você está em segurança.

– Pai?

A mão em sua testa parou por um instante.

– Não – disse Blackburn.

Por um tempo, ele perdeu e recuperou a consciência. Não se mexeu de novo até que Blackburn levantasse seu braço flácido. Tom apertou os olhos e viu o dedão de Blackburn roçar os dedos dele, onde a pele era de um azul estranho e pálido. Tom percebeu depois de um momento que ele tinha visto o toque, mas não o havia sentido. Não conseguira sentir nada.

– O q-que te-tem d-de e-errado c-com m-m-meu...

Blackburn enfiou o braço dele embaixo do casaco.

– Psiu. Só feche os olhos.

Tom não queria, mas afundou de novo, o corpo todo tremendo, os dentes batendo, e seus pensamentos se tornaram coisas esmaecidas e imprecisas conforme o calor e a sensação quase estranha de segurança total o embalavam na escuridão.

VOZES DESPERTARAM TOM.

– ...o incorruptível James Blackburn – Vengerov pareceu achar graça. – Estou espantado que tenha deixado a Agulha Pentagonal com todas essas recentes invasões de segurança. *Qualquer coisa* pode acontecer com aquele seu sistema enquanto estiver aqui, nos meus domínios, completamente isolado do seu servidor.

Tom forçou as pálpebras a se abrirem, as luzes brilhantes do que parecia ser um pequeno hospital atingindo seus olhos em cheio. Sua visão embaçada se concentrou num suporte de soro intravenoso parado próximo e nos dois homens se encarando no pé da cama.

– Ah, não usaria ameaças tão cedo, Joseph – a voz de Blackburn era rude. – Assumi o risco de vir aqui por um único motivo: sua intranet para os funcionários. Achei que o acesso à rede interna da sua empresa podia valer uma viagem para o Polo Sul. E estava certo.

A voz de Vengerov tornou-se mortalmente suave.

– Você invadiu nossos sistemas? Isso é ilegal.

– Falando sobre ilegalidade – a alegria pulsava na voz de Blackburn –, você realmente devia dar uma olhada em algo que encontrei enquanto os recrutas participavam da excursão.

Os dois agarravam as laterais da cama, cada um de um lado, embora as mãos de Blackburn fossem garras ferozes, como se estivesse pronto para despedaçar a armação dela, e as de Vengerov deslizassem de maneira casual pelo metal. O sorriso tênue nos lábios de Vengerov não refletia nada da hostilidade tensa no rosto de Blackburn, mesmo quando ele enfiou a mão no bolso, tirou um computador e começou a examinar o arquivo que Blackburn havia enviado.

Blackburn continuou:

– Tinha um palpite de que não era coincidência que nossa tecnologia de combate sempre parecesse estar em perfeita sincronia com a dos russo-chineses...

– Mera teoria de conspiração. Esperava mais de você, James.

– Mas não é uma *teoria* de conspiração se for uma conspiração real e comprovada. Graças a essa oportunidade de invadir seus sistemas, encontrei provas. Está tudo ali. Números de contas bancárias, e-mails, rastros digitais... todo o material interessante de que preciso para convencer qualquer corpo investigativo de que não há *conluio* entre a Obsidian Corp. e a LM Lymer Fleet. Você está abertamente ganhando duas vezes... sendo pago para fornecer máquinas de guerra para ambos os lados. Ou seja, você bem que poderia ser CEO da LM Lymer Fleet, não só da Obsidian Corp.

Vengerov não comentou nada. O sorriso havia desaparecido dos seus lábios enquanto continuava a examinar a informação que Blackburn lhe enviara.

Blackburn cruzou os braços e se reclinou para se vangloriar.

– Se isso vazar, bem, você pode escapar de muita coisa. Eu sei que *nossos* congressistas são tão pateticamente corruptos que certas propinas os fariam desviar o olhar... Mas tem uma coisa estranha sobre os russos e os chineses: ambos têm esse irritante orgulho nacional que vocês não parecem ser capazes de aniquilar além de eles não gostarem de ser enganados. Digamos que eu coloque essa informação na internet para os olhos ávidos do público. Vai criar uma revolta, e aqueles principezinhos na China podem se aproveitar de uma situação ruim e nacionalizar os bens da LM Lymer Fleet. Vão pegá-los e entregá-los aos próprios filhos... O que acha disso?

Vengerov fechou o tablet, enfiou-o calmamente no bolso e disse numa voz suavemente mortal:

– Acho que foi tolice de sua parte presumir que eu deixaria você se safar disso. Com certeza, não é tão descuidado.

– Você me conhece, afinal. Estou emocionado. É claro que não achei que fosse me deixar sair daqui com meus espólios. Foi por isso que me assegurei de que a informação já tivesse saído daqui. Partiu horas atrás com os recrutas. Eu a distribuí pelos processadores deles conforme a roubava, e, tão logo saíram do prédio, esses garotos transmitiram os dados para mil diferentes locais de armazenamento de informações.

Vengerov agarrou a lateral da cama.

– Vou arrancar de você a última localização de cada arquivo!

Blackburn se balançou nos calcanhares, um sorriso feroz no rosto.

– Eles estão vinculados a um dispositivo de segurança. Tenho que enviar uma senha em... cinco horas e seis minutos, ou vão se abrir automaticamente e revelar ao mundo que você está ganhando dinheiro de dois governos. Ah, e aqui está a melhor parte: sabe a senha que escrevi para eles? Ela automaticamente se apaga do meu processador se eu for incapacitado, se algum código não autorizado de, digamos, um dispositivo de varredura encontrar caminho para o meu cérebro, ou se qualquer coisa... e quero dizer *qualquer coisa mesmo...* prejudicar minha liberdade de movimento. Você vai me deixar sair daqui e vai concordar com meus termos.

Um silêncio pesado pairou no ar entre eles. Após um instante, Vengerov ajeitou o corpo.

– Vejo que pensou em tudo. Então, se vai guardar esses dados, vai fazê-lo em troca... do quê? Presumo que quer que eu retire minha candidatura para operar na Agulha Pentagonal?

– As invasões acabam hoje – Blackburn falou de maneira direta.

– Uma coisa é condicionada à outra, sim.

Tom viu o rosto de Blackburn mudar quando ele recebeu a confirmação de que *havia* sido Vengerov quem estivera por trás das invasões; por trás das naves controladas – e, confusa como estava sua cabeça, Tom se sentiu vingado. Ele estava certo. *Não tinha* sido Medusa.

– Agora, tenente – Vengerov disse –, sugiro que cuide desse seu recruta bisbilhoteiro.

Blackburn se voltou e lançou um olhar assustado em direção a Tom.

Com um suspiro, Tom parou de fingir que dormia e se levantou na cama tanto quanto pôde. Todo o seu corpo estava exausto, a boca completamente seca.

– Onde estamos? – sua voz soou fraca.

– Ainda estamos na Obsidian Corp. – Blackburn disse, deslocando-se para mais perto dele. – Na ala médica. Estamos esperando que alguns membros do nosso pessoal venham buscá-lo. Você se lembra do que aconteceu?

Tom fez um aceno vacilante de positivo com a cabeça.

– Tente descansar – Blackburn ordenou, mas sua voz era estranhamente gentil. – Você precisa renovar suas forças.

Mas Tom não podia descansar; aliás, não conseguia, com Vengerov ali ao pé da cama. Era como se ele resolvesse fechar os olhos ao lado de uma cobra venenosa, aguardando para dar o bote.

Vengerov tinha um olhar que quase não piscava, parecido com o de um réptil.

– Devo pedir desculpas pelo seu incidente, senhor Raines. Nunca pensei em colocar pessoal para monitorar as câmeras de observação externa. Ninguém invade um prédio cheio de máquinas mortíferas no meio da Antártida, afinal de contas. Suas despesas médicas serão, é claro, todas pagas por mim.

Para quem Vengerov fingia? Tom sabia que ele estava por trás do que acontecera. Blackburn devia ter adivinhado.

– É, aposto que você lamenta muito – Tom respondeu, a voz rouca. Avaliou a si mesmo, vendo os dedos inchados do pé direito com o qual havia chutado a porta. Ataduras envolviam suas mãos. Inquieto, enfiou uma das mãos embaixo do braço oposto para tentar tirar a atadura, esperando ver o quanto estavam feridas. – Engraçado como a porta se abriu e se fechou algumas vezes.

– Nenhum equipamento é perfeito. Com certeza, não portas automatizadas – o olhar de Vengerov pousou na atadura que Tom tentava tirar, uma certa diversão brilhando em seus olhos. – Mas me preocupa pensar que, enquanto eu estava no luxo aqui dentro, uma criança assustada estava presa no frio, implorando para que a deixassem entrar.

A raiva tomou conta de Tom. Seu olhar furioso faiscou para encontrar o de Vengerov.

– Eu *nunca* implorei.

Vengerov tinha de entender o que ele dizia: Tom não havia se rendido. Embora aquilo quase o tivesse matado. Desejava que Vengerov o recompensasse parecendo perturbado ou desapontado, mas o oligarca russo sorriu, certa expectativa divertida reluzindo em seu rosto.

Blackburn pareceu se dar conta do que Tom fazia.

– Não as tire aqui... – começou, mas Tom já havia jogado longe a atadura.

Agora compreendia o que estavam escondendo. Sentiu um choque no estômago ao encarar os dedos enegrecidos que ele não conseguia sentir. Atacou a outra atadura com os dentes e a arrancou da mão, vendo que também estavam enegrecidos. Seu estômago revirou. Não. Não, não, não... Espere. Aquilo não podia estar certo. Tentou dobrá-los, flexioná-los. Balançou as mãos, juntos os dedos para pressioná-los. Nenhuma sensação. Nada.

Um torniquete enorme parecia comprimi-lo, o sangue chegando aos ouvidos. Não. Precisava deles. Precisava deles para tudo.

Para jogar. Não podia jogar sem dedos. E se não se tornasse um combatente? E se precisasse se virar de alguma outra maneira?

Blackburn agarrou os pulsos dele e começou a recolocar as ataduras.

– Você vai ter dedos cibernéticos. Vão funcionar com seu processador neural. Aliás, serão quase tão bons quanto os reais. Pense nos exotrajes. É como usar um o tempo todo.

Mas exotrajes não substituíam algo que *devia* estar lá. Era algo divertido, algo incrível para torná-lo mais forte, mais rápido. Era algo que ele podia tirar e decidir não usar. Tom encarou os dedos enegrecidos, a negação deixando seu cérebro vazio. Aquilo não podia ser verdade.

Joseph Vengerov provavelmente ficou satisfeito que Tom tivesse entendido as consequências de recusar um pedido dele, porque enfim se virou e foi embora, desaparecendo pelos corredores solitários de sua fortaleza mecanizada, tão destituído de compaixão quanto suas máquinas.

19

AO MENOS SEU nariz não caiu – Wyatt lhe disse alguns dias mais tarde.

Tom estava sentado na beirada da cama na enfermaria da Agulha Pentagonal, observando Vik inspecionar seus novos dedos cibernéticos. Era estranho. Eles não tinham nenhum receptor de toque, não como dedos reais, mas, sempre que entravam em contato com algo – quer estivessem rosqueados no toco de sua mão ou não –, Tom sentia uma alfinetada. Ainda não havia aprendido a diferenciar sinais eletrônicos, embora o dr. Gonzales assegurasse que seu cérebro ia aprender a identificá-los e associá-los com calor, frio, maciez, dureza e assim por diante.

Vik movimentou o dedo, e Tom sentiu uma alfinetada irritante na mão. Sua cabeça parecia prestes a explodir.

– Vi fotos de pessoas com geladura na internet – Wyatt prosseguiu, de onde estava sentada na beirada do colchão, o cabelo escuro preso num rabo de cavalo alto. – E, em vários, o nariz caiu. Então, é ótimo que o seu não tenha caído.

Vik riu.

– Enslow, pare com isso.

– O quê? – ela respondeu. – É uma coisa *boa*. Estou tentando animar Tom.

– Ele não parece animado – Yuri disse, recostado na soleira da porta.

– Estou bem – Tom murmurou.

Vik arrastou a cadeira e se aproximou mais da cama.

– E aí, o que aconteceu? Ouvi a história oficial: você saiu para procurar um banheiro e acidentalmente foi parar lá fora, mas não acredito nisso. Como ficou preso lá fora?

– O que estava aprontando? – Wyatt exigiu saber. – Tinha tanta certeza de que você e Vik haviam feito alguma aposta estúpida sobre quem conseguia aguentar mais tempo lá fora, e seria bem a sua cara quase morrer tentando ganhar, mas Vik diz que não foi isso.

– Não foi mesmo – Vik bradou. – Porque apostar algo assim seria estúpido, e Tom e eu não somos tão estúpidos. Bem, *eu* não sou. – Quando percebeu que Tom não havia rido, Vik lhe deu uma cutucada. – Brincadeira.

Levou um momento para Tom responder.

– Eu sei.

– Ah, não acho que a gente deva perguntar esse tipo de coisa agora – Yuri interrompeu.

Por algum motivo, a voz dele deixou Tom irritado. Seu estômago doía. Não queria seus amigos ali; queria que fossem embora.

– Tom, pare de mostrar o dedo para o Yuri – Vik falou, segurando o dedo médio de Tom apontado para o grandalhão.

O olhar de Tom se fixou no dedo que Vik segurava, a alfinetada registrada em sua mente como se o dedo estivesse de fato preso a ele. Mal conseguia respirar. Todos encaravam aquele dedo solto, e isso causou na pele de Tom uma sensação de formigamento.

– Devolva – Tom disse a Vik.

Sentiu como se algo produzisse faíscas dentro dele, fervilhando, pronto para explodir. Não era o lance do dedo destacável que o incomodava, era outra coisa. Algo que não conseguia entender. Tudo parecia estranho ali. Realmente, queria que eles fossem embora.

– Então estes são como os dedos antigos? – Wyatt perguntou a ele.

– Não – Tom respondeu. – São cibernéticos, Wyatt. Isso é pele falsa. Eles podem se soltar e continuam bem. Os velhos, bem, eles congelaram e viraram tocos enegrecidos. Quando se soltaram, não voltaram a funcionar mais. Se quiser mesmo compará-los lado a lado, pergunte ao doutor Gonzales sobre meus dedos reais – ele começou a rir, e continuou a fazê-lo com cada vez mais força. Ficou difícil articular as palavras. – Aposto que ele os jogou em algum lixo hospitalar.

Ele ouviu Vik murmurar algo sobre as pessoas ficarem meio malucas devido aos remédios para dor. Isso confundiu Tom. Estaria agindo de maneira estranha? Não tinha certeza. Achava que o programa de anestesia havia sido desligado. Não se sentia dopado.

– Doutor – Vik disse, balançando o dedo para ele –, vejo muitas, muitas piadas gloriosas que vamos aplicar num futuro próximo. Pense em todas as maneiras de fingir que seus dedos caíram da mão e...

– Certo. Tudo bem – Tom tentou dar um sorriso, mas não conseguiu. – Agora, é sério, devolva.

– Você parece confuso – Vik coçou a cabeça de Tom com o dedo solto.

Tom praticamente gritou com ele:

– *Devolva!*

Houve um silêncio por um momento, e em seguida Vik entregou o dedo. Tom o enfiou no ponto de conexão com a articulação, sentindo-se estúpido.

Vik acenou com a cabeça para os outros dois, e Wyatt e Yuri saíram da sala.

Então, Vik se aproximou.

– Tom, sei que está...

– É, estou sendo um idiota. Eu sei. São os programas de medicação. Estão mexendo com a minha cabeça – não eram as medicações nem a exaustão que o faziam se sentir daquele jeito, como um nervo exposto gigante, mas a verdade era que Tom não conseguia controlar o que sentia, e aquilo era embaraçoso.

– Vamos lá, Tom. Eu não... – Vik parou e deixou escapar um suspiro. – Você precisa da assistente social?

– Ela veio antes de vocês – Olívia tinha sentado ao lado da cama enquanto ele se recuperava da anestesia. Insistira para que falasse com ela. Tom fingiu dormir.

Vik esfregou a palma da mão no rosto.

– Tenho de lhe dizer uma coisa. Quando você se separou do grupo na Obsidian Corp., eu...

Mas a atenção de Tom estava fixa num ruído de pés se arrastando vagarosamente em algum lugar à distância, e ele se sentou bem ereto na mesma hora.

– Yuri ainda está aí? – exigiu saber, irritado. – O que ele está aprontando?

– Yuri? – Vik piscou algumas vezes. – Não, ele e Wyatt foram... – Ele deu um passo para trás, espiou o corredor e depois falou: – Ei, Yuri, eu disse que ia encontrar vocês no refeitório, cara.

A voz de Yuri era gentil, suave.

– Claro, Vikram. – Ele colocou a cabeça para dentro da enfermaria. – Tchau, Thomas.

Espionando. Tom não tinha certeza do motivo pelo qual a palavra aparecera na sua cabeça, mas tentou afastá-la.

DURANTE AS SEMANAS seguintes à sua liberação da enfermaria, Tom sentiu-se como um buraco negro ambulante. Tudo parecia ter mudado, e ele não conseguia definir por quê. O pior eram os amigos. Sentia aquela onda de mal-estar sempre que os quatro estavam juntos, algo parecido com temor. Era como se estivesse preparado para alguma coisa horrível que fosse acontecer, embora não soubesse o que era.

Em relação às outras pessoas na Agulha Pentagonal, a situação não era muito melhor. Todas tinham ouvido falar do que acontecera. Algumas davam risadinhas e comentavam como ele havia sido estúpido em parar do lado de fora por engano em plena Antártida, mas outras agiam de maneira estranha com ele depois do acontecido.

Como Walton Covner, que havia sido promovido para a Companhia Superior. Em vez de tentar enlouquecer Tom ou agir como a pessoa mais estranha que ele já havia conhecido, Walton disse um dia quando estavam parados, aguardando o elevador:

– Lamento pelo que aconteceu na Antártida. Você está bem?

– Estou ótimo – Tom respondeu com veemência.

Walton pareceu tão desconcertado que Tom sentiu uma pequena onda de excitação maligna. Ocorreu a ele que aquela era uma ótima oportunidade de mexer com a cabeça de Walton.

Aproximou-se dele, baixando a voz:

– Ei, Walt, agradeça a eles por mim.

– Agradeça a quem?

– Você sabe. A *eles* – Tom arqueou as sobrancelhas de maneira significativa. – Seus ajudantes gnomos, cara! Eles me salvaram. Estava morrendo no frio, mas eles vieram andando com aqueles pezinhos e me carregaram com suas mãozinhas o caminho todo até a caverninha deles. Achei que estivesse brincando comigo antes. Mas depois entendi... você realmente tem ajudantes gnomos. Gloriosos e corajosos ajudantes gnomos – Tom tomou um enorme cuidado para manter a expressão de falsa inocência no rosto, aquela que costumava servi-lo tão bem em salões de jogos virtuais.

Deve ter sido bem-sucedido, porque Walton lhe respondeu:

– Acho que você deve ter tido uma alucinação.

– Certo – Tom fez um gesto de positivo com a cabeça. – Conheço a história oficial: "Tive uma alucinação" – fez um sinal de aspas no ar.

– Não, Tom, estou falando sério. Você realmente teve uma alucinação.

– Certo, certo. Entendo. Olha só: dê isso pra eles – ele desrosqueou um dos dedos. – Pegue.

Walton estremeceu com a visão do dedo solto.

– Eca, Raines. Não precisava vê-lo fazer isso.

– Tome – Tom estendeu o dedo bem na frente do rosto dele. – Dê a eles. Como pagamento.

– Não acho que vão querer seu dedo.

– Mas é uma prova da minha gratidão!

– Sim, e você precisa colocar essa prova de gratidão de volta na mão.

Walton passou o resto do percurso do elevador mantendo-se o mais afastado possível de Tom, enquanto este tentava com persistência fazê-lo aceitar o dedo. E, assim que a porta se abriu, fugiu com rapidez, e Tom gargalhou alegremente pela primeira vez em dias. Olhou para baixo, para rosquear o dedo de novo, e ficou imóvel, invadido pela visão da própria mão, pela maneira como o dedo *terminava* num toco onde a articulação havia estado antes.

Sentiu um calafrio pelo corpo.

De volta ao quarto, Tom se jogou na cama e desrosqueou em sequência os dedos cibernéticos, até ficar apenas com o toco bizarro da mão direita. *Sua* mão. Parecia muito estranha.

Esquisita.

Tom a encarou com uma fascinação mórbida. Depois, recolocou os dedos e fez a mesma coisa com a outra mão. Era ainda mais nojento, com alguns tocos terminando acima do primeiro nó.

Quando enfim Tom os colocou de volta, seu corpo todo tremia. Sentia que ia vomitar, uma terrível sensação de que algo errado se espalhava por seu corpo, como se tivesse cometido um erro terrível que fosse incapaz de consertar.

TOM NÃO CONSEGUIA SE LIVRAR do terrível constrangimento nos dias que se seguiram. Os dedos cibernéticos eram ligeiramente diferentes do resto, o tom rosado demais, um tanto artificial. Mesmo quando estavam rosqueados, tentava manter as mãos nos bolsos. Não parava de se virar e observar as pessoas, suspeitando de cada explosão de riso que ouvia e perguntando-se com um nó súbito no estômago se as pessoas riam dele. Podia jurar que alguns dos outros recrutas olhavam fixo para suas mãos, mas não tinha certeza. Talvez estivesse imaginando coisas.

Levou um tempo para reunir coragem suficiente para fazer a coisa que vinha temendo. Tinha evitado experimentar jogos de realidade virtual na frente de Vik, preocupado com o que poderia acontecer. Acabou por se enfurnar no quarto um dia para jogar Para Sempre Samurai. Colocou no nível Expert, como sempre fazia com os jogos.

Então seus piores medos se confirmaram: os dedos cibernéticos se moviam de maneira diferente, o suficiente para prejudicar cada golpe de espada, cada rajada de balas. Frustrado, Tom arrancou as luvas eletrônicas e as jogou do outro lado do quarto. A vontade insana de pisar nelas, quebrá-las, inundou seu cérebro, e só a lembrança de que havia gasto um mês de salário para comprá-las o deteve.

Mas ele sentiu uma grande bola de ansiedade no estômago. Parecia uma perda muito mais dolorosa que os receptores sensoriais que ele havia tido naqueles dedos.

Estava perdido. Estava completa e inteiramente perdido. Jogar era seu ganha-pão antes de vir para a Agulha. Era como sobrevivia. Agora, ele havia perdido completamente a chance de alcançar o *status* de combatente e se tornara inimigo de Joseph Vengerov – não havia um plano reserva.

Não se deu conta de Wyatt batendo à porta, e só a notou quando ela se aproximou dele, perto de onde havia arremessado as luvas. Suas grandes mãos o puxaram de maneira desajeitada, e Tom se descobriu sentado ao lado dela na cama.

– Tudo bem com você?

– Não estou perturbado ou algo parecido. Só percebi que sou péssimo em videogames agora – contou a ela. Exibiu os dedos curvados. – Eles não funcionam direito.

– Seu cérebro está acostumado a usar os antigos – ela respondeu. – É como acontece com os exotrajes. Não importa o quanto sejam bons, seu cérebro usa neurônios ligeiramente diferentes para movimentá-los. Você vai aprender. É só praticar.

Ele balançou a cabeça negativamente com um ar infeliz.

– Nunca vai ser a mesma coisa.

– Certo. Mas tudo bem ser terrível em videogames; eles são estúpidos e um desperdício de tempo, afinal de contas – ela assentiu com um gesto firme de cabeça. – Você devia ler mais, Tom.

Ele a encarou.

– Wyatt, esse não é um bom papo para animar alguém. Você não é boa nisso.

– Bem, não é o fim do mundo. Você não precisa de videogames para ganhar dinheiro agora.

– É... mas...

Então, as palavras dela pulsaram em seu cérebro.

Seus músculos ficaram rígidos enquanto tentava compreender.

– Ei, espere. Espere – Tom disse. – Espere um pouco. Como sabe sobre isso?

Wyatt arregalou os olhos, depois baixou o olhar.

Tom deslizou para longe dela.

– Wyatt, como você sabia que eu jogava videogames para ganhar dinheiro? Jamais lhe contei isso. A única pessoa que sabia era o general Marsh. Ou...

Ou o *tenente Blackburn*, o sujeito que havia visto o suficiente de suas memórias para saber.

Por algum motivo, Tom se sentia como se houvesse levado um soco ao perceber que Blackburn devia ter contado a ela. Achava que Blackburn era discreto sobre as informações do dispositivo de varredura. Seu cérebro se sentia todo confuso só em pensar em Blackburn agora, sabendo que o mesmo sujeito que quase o deixara louco também tinha salvado sua vida e... e o havia *consolado* enquanto estava ferido e meio inconsciente. Mas aquilo era uma surpresa. Blackburn contara coisas pessoais de Tom para Wyatt?

Tom não dissera a ela nada do que sabia sobre Blackburn e sua família. Sentiu-se apunhalado pelas costas.

– O que mais Blackburn lhe contou? – ele perguntou numa voz rude.

– Não foi ele, Tom. Foi culpa minha – ela retorceu as mãos unidas no colo. – Foi logo antes das férias, depois que fomos jupiterados... Esse ainda é um termo estúpido, a propósito. De qualquer maneira, eu sabia que algo muito ruim tinha acontecido na Sala de Varredura, porque você agia de maneira estranha, daí baixei os arquivos de vigilância.

Tom congelou. Oh, não. Ela tinha *visto* coisas. Tinha visto tudo.

Não que não tivesse contado aos amigos sobre sua vida antes da Agulha. Havia mencionado os cassinos onde Neil se enchia de grana, a multidão louca e colorida, como tinham saltado de trens e andado de estado em estado em toda aquela incrível liberdade, e falara também sobre a suíte no alto de um prédio com vista para uma piscina lotada de mulheres nuas, essas coisas. Lances maravilhosos e fantásticos, como alguns momentos haviam sido, mas não como no geral costumavam ser.

Nunca mencionara as *outras* coisas. Jamais falara sobre as coisas ruins. Aquela não era a pessoa que ele era ali.

– Havia dois dias inteiros de gravação – Wyatt prosseguiu, os olhos pousando nos dele e depois se desviando em um movimento inquieto de novo. – Daí, eu enfiei no download da lição de casa. Acordei sabendo tudo. Mas, Tom, não teria assistido tudo se tivesse percebido...

– O que você achou? – ele deixou escapar. – Falei que era ruim.

– Eu sei. Mas não sabia que ia ser *tão* terrível. Que *ele* podia ser tão terrível.

Tom se sentiu nauseado. Não conseguia olhar para ela.

– Não falei disso para ninguém, acredite. E... também não estou falando mais com o tenente Blackburn. Estou brava com ele. Ele foi terrível com você. E ele se deu conta disso também. Ordenou que eu parasse de lhe lançar *olhares de filhote ferido*, o que quer que seja isso. Hum, mas bem que eu podia ter respondido. Vou responder; vou dar uma bronca nele.

Tom mal a ouviu. Sua pele formigava por toda parte. Todas aquelas memórias. Aquelas *fantasias*. Ela havia estado *em* algumas daquelas fantasias. Mas não era só isso; ela tinha visto aqueles momentos em que começara a ficar em frangalhos. Conhecia tudo. Tinha visto tudo. Ela *o* tinha visto. Tom não acreditava ser capaz de se mover.

– Lamento muito – ela disse. – Lamento muito, muito mesmo. Entendo por que você tem tanta raiva de Blackburn agora. Eu não entendia antes. Mas agora eu compreendo.

As palavras dela soaram distantes em seus ouvidos. Sentiu como se respirasse por um canudo. Passou a mão pelos cabelos, tentando organizar os pensamentos, mas não conseguia pensar direito.

– Você realmente viu tudo aquilo? – Foi só o que pôde falar.

– Bem, não tudo. Quero dizer, havia alguns segmentos faltando. Hã, grandes segmentos. Era como se tivessem sido apagados. Tipo, no começo você e Blackburn pareciam bem, depois veio um grande pedaço em branco, e tudo ficou estranho depois disso. Vocês dois estavam bem antes e, depois, agiam de um jeito diferente.

Tom fechou os olhos, sabendo que aquele segmento fora quando Blackburn havia visto suas memórias do que ele podia fazer com máquinas. Quando Tom cometera o erro fatal de admitir que tinha se encontrado com Joseph Vengerov, levando Blackburn a tirar todo tipo de conclusão precipitada. Depois, Wyatt havia visto o resultado disso, mas nada do contexto ou a razão para o fato.

– Não entendi o que você estava escondendo dele.

– O que eu estava escondendo dele? – Tom explodiu. – O que você acha, Wyatt? A palavra *desbloqueio* faz você se lembrar de alguma coisa? Que tal *traição?*

As bochechas dela ficaram pálidas.

– Isso.

– É. *Isso.*

– Jamais teria pedido a você para fazer isso. Yuri também não. Se a gente soubesse...

Tom deixou escapar um gemido de frustração e bateu as costas contra a parede, exasperado.

– Bem, não importa agora. Acabou. Ficou no passado. Olhe, esqueça tudo isso, está bem? Já está tudo encerrado; vamos fingir que nunca aconteceu. Só não fale sobre as coisas que viu. Não conte para ninguém – as palavras se despejavam de sua boca, tão rápidas que eram quase incoerentes. – Não conte nada disso. Só guarde para si mesma. É pessoal. Nem para Vik. Não conte para Vik. Você não contou para Vik, contou? Wyatt, você não pode contar para Vik sobre essas coisas. Não conte a ele...

– Não vou contar nada pra ele – ela prometeu.

A cabeça de Tom pulsava. Ele esfregou as mãos no rosto, os sentimentos em profunda confusão. Não teria compartilhado essas memórias ou cenas do dispositivo de varredura com ninguém se tivesse tido escolha. Nem com os amigos. *Especialmente* com os amigos. Gostava do jeito que as coisas eram. Gostava da maneira como eles o viam. Não queria que achassem que era uma espécie de fracote, um fracassado ou um garoto patético e estúpido. Não poderia aguentar isso. Perguntava-se o que Wyatt achava dele agora.

Ela o encarou com seriedade, a testa enrugada, mordendo o lábio como se contemplasse um problema difícil de matemática. Mas o que fez em seguida o pegou de surpresa. Ela se inclinou para a frente e colocou os braços de maneira desajeitada em torno dele.

Tom ficou imóvel, sentindo o quanto o corpo dela estava rígido e desconfortável contra o seu, já que aquele gesto era algo completamente inédito para ela. Por vários segundos, ficaram sentados ali daquele jeito, e a curiosidade irrompeu por entre sua humilhação. Ele encarou seu olhar solene.

– Por que fez isso?

– Não sei – Wyatt respondeu, mantendo os braços em torno do pescoço dele. – Pareceu um momento apropriado. Tudo bem?

– Sim. É bom – Tom se deixou ficar ali por mais um momento, e em seguida recostou a cabeça contra a parede, sentindo o queixo dela descansar sobre seu ombro. Aquilo até que era bem legal. Abriu os braços com as palmas das mãos para cima, entre eles dois, e ousou fazer a ela uma pergunta difícil:

– Você acha que minhas mãos parecem nojentas agora? Seja honesta.

Ela as encarou.

– Não. Mas eles não fizeram um bom trabalho com o tom de pele. Ele foi feito para alguém bem rosado. Você não é tão rosado, Tom. Mas seus dedos não são horrorosos.

– Obrigado – ele respondeu com uma risada suave. A única coisa que sempre se podia esperar de Wyatt era honestidade. Havia coisas piores do que ter dedos falsos de um rosado incomum e um bando de memórias expostas, ele pensou. Por exemplo, se seu nariz *tivesse* caído. Ou se ele nunca tivesse encontrado amigos.

Ou se houvesse passado por algo como o que acontecera com Medusa.

A respiração se prendeu em seu peito, e ele entendeu. Pela primeira vez, de verdade, compreendeu o que havia feito a ela na reunião de cúpula do Capitólio. Sentia-se como um ser bizarro por causa das mãos mutiladas e dos dedos cibernéticos. Mas, todos os dias, ela andava com as cicatrizes por todo o rosto, um lugar que jamais poderia esconder.

Ela era mais forte que ele. Sem dúvida. Algo se comprimiu em seu estômago. Entendia agora. E sabia que precisava arrumar as coisas. E já sabia também por onde começar.

– Wyatt, pode examinar algo para mim? Eu não entendo o código, mas você entenderia. É um vírus de computador. Não posso lhe dizer como o consegui ou quem me deu, mas preciso saber o que ele faz.

Wyatt estava intrigada.

– Oh, posso, sim. Pode mandar.

– Obrigado – Tom falou, puxando a manga para exibir seu teclado de antebraço.

Ela pegou seu punho, os olhos arregalados.

– Confira se ele está mesmo compactado, para não usar em mim por acidente.

– Ah, qual é, Wyatt...

– Certo. Sei que você não é tão estúpido.

Mas mesmo assim ela estremeceu quando ele lhe mandou uma cópia. Quando o terrível vírus de computador não a devastou, ela lhe deu um tapinha na cabeça, como se estivesse muito impressionada com ele. Apesar da falta de confiança, Tom sentiu um calor agradável no peito e, muito depois de ela ter saído, achou que a vida não era tão catastrófica, afinal de contas.

INSERIR UMA MENSAGEM no centro de visão de Medusa era um risco gigantesco. Tom sabia que não iria agradá-la, e ela podia retaliar. Mas fez mesmo assim.

E, de fato, quando ela o surpreendeu aparecendo no meio de uma simulação durante exercícios aplicados, Tom se preparou para uma vingança terrível.

– Você é maluco ou só estúpido? – ela exigiu saber. – Tínhamos um acordo. – Ela ficou parada ali com as mãos nos quadris, bem no meio de uma nuvem de gás flúor na simulação da Primeira Guerra Mundial.

– Está *me* chamando de maluco? – a voz de Tom era abafada pela máscara de gás. – Você nem tem uma máscara de gás. Todo mundo pode vê-la aqui.

Ela balançou a cabeça negativamente e percorreu o caminho por um emaranhado de arame farpado, aparecendo depois ao lado de onde Tom estava agachado.

– Não. Não entrei na transmissão geral da simulação. Só estou na sua transmissão visual, e estou de olho para o caso de alguém espioná-lo para verificar como está indo nessa simulação. Estamos em segurança; você é o único que pode me ver. Então, pergunto de novo: maluco ou estúpido?

– Nenhum dos dois. Escute: desta vez, tenho um motivo justificável para contatar você. Ei, espere um segundo. Deixe-me matar esses sujeitos.

Bem no começo da simulação, ele havia percorrido o caminho para as linhas inimigas tão próximo quanto podia e se enterrado no chão. Seu plano era atirar nos membros do grupo inimigo um a um conforme se deslocassem. Agora, preparava-se para dar cabo dos dois primeiros recrutas que se aventuravam a partir da trincheira.

– Não entendo por que estão treinando com uma simulação da Primeira Guerra Mundial – Medusa observou, examinando os arredores. – Não é relevante para o combate espacial.

Quando uma explosão alta o suficiente retumbou próxima, Tom atirou no primeiro dos dois recrutas.

– Não é por isso que nosso exército nos faz lutar nela – ele atirou no segundo recruta enquanto ouvia-se outra explosão. – Só alguns de nós se tornarão Combatentes Intrassolares, certo? Eles usam essas simulações para entender como nossa mente funciona. Avaliam os pontos fortes, veem como lidamos com a pressão, o quanto de criatividade usamos, com que rapidez tomamos decisões, se funcionamos bem em equipe ou não, esse tipo de coisa.

– Você funciona bem em equipe ou não? – ela perguntou de um jeito irônico.

Tom sabia que ela se referia ao fato de ele estar ali sozinho.

– É, tenho alguns pontos fracos.

Ele esperou por um momento, olhando para a trincheira de onde o grupo inimigo espreitava, tentando descobrir como dois de seus aliados haviam sido mortos com tanta rapidez. Não o tinham visto. Outro recruta inimigo se esgueirava por ali sem cobertura. As explosões distantes diminuíam, e Tom se sentiu irritado. Queria falar com ela, mas tinha que matar aquele cara também.

– Por que você me contatou? – Medusa lhe perguntou.

– Por alguns motivos – Tom respondeu, os olhos cravados no inimigo que se aproximava. – Em primeiro lugar, lamento o que disse sobre os avatares. Não tinha entendido por que havia irritado você, mas entendo agora. Fui um babaca, não fui? E... e... – Num flash de inspiração, Tom se lembrou das palavras sábias de Yuri. Olhou fixamente nos olhos dela e falou com seriedade: – Quero que você saiba de uma coisa, Medusa: se eu encontrasse um cavalo que parecesse com você, ia achar esse cavalo atraente.

Ela o encarou.

– E também ficaria preocupado – Tom acrescentou rapidamente, sentindo a confusão tomar conta da sua mente. – Entenda, é um cavalo. Entendeu essa parte? Quero dizer, seria mais tipo: *Oh, não*, e *Isso é uma droga,* mas, se ele parecesse com você, eu ia me ligar muito no cavalo. Que coisa bizarra, esse lance do cavalo. Mas eu ia ficar a fim dele só por ele parecer com você. Sabe o que quero dizer?

Ela se afastou dele devagar.

– Acho que preciso ir agora.

– Não, espere – ele deixou escapar um suspiro. – Isso tudo está saindo errado.

– Havia alguma maneira de me dizer isso e sair *certo*?

É, ela tinha razão.

– O que estou tentando dizer é que lamento ter magoado você e acho que há muita coisa a seu respeito que é incrível. Preciso mesmo que você saiba que me sinto assim.

Ela ficou em silêncio por um instante. Depois:

– De onde veio o lance do cavalo?

– Esqueça o cavalo – Tom falou com convicção. Uma explosão retumbou a distância, e ele aproveitou a oportunidade para atirar no recruta, que estava perto o suficiente para perturbá-lo.

Em seguida, virou-se para ela. – Agora a principal razão pela qual a contatei: Joseph Vengerov, da Obsidian Corp., me abordou. *Ele* vazou para suas forças armadas que estávamos nos encontrando. Ele também quer que eu faça um trabalho clandestino contra você. Vengerov escreveu um vírus de computador projetado para incapacitá-la. Uma amiga me assegurou que é para isso que ele serve. E eu, supostamente, deveria usá-lo em você.

Ela se afastou dele, suspeitando que Tom fosse ativá-lo. Ele arriscou levantar as mãos, embora estivesse ciente de que o outro grupo poderia ver esse gesto.

– Não vá! Ouça, Medusa, não vou fazer isso. Só pensei em avisar você. Na verdade, é uma boa notícia.

– Boa notícia?

– É! A LM Lymer Fleet *não* está monitorando você por causa daquilo que você e eu podemos fazer... É só porque você tem sido muito bem-sucedida nas batalhas. Vengerov não gosta disso, e ele controla a LM Lymer Fleet, assim como a Obsidian Corp. Ele não quer que você dê um fim à guerra cedo demais. Ouvi direto da boca daquele cavalo.

Tom estremeceu. *Por que* havia colocado o cavalo de novo na conversa?

– O monitoramento da LM Lymer Fleet não tem nada a ver com o que somos, Medusa. Só perca de vez em quando e pare de representar uma ameaça tão grande para o esquema deles de lucrar com a guerra, e eles vão se afastar. Vão deixá-la em paz.

Medusa envolveu o corpo com os braços, e ele ficou impressionado com o quanto parecia solitária em meio às nuvens de gás flúor soprando ao redor dela.

– Não planeja usar o vírus em mim?

– Está falando sério? – Tom disse sem pensar direito.

– Por quê? – ela perguntou. – Você nunca faria algo dissimulado e cruel para conseguir vencer? É o que está dizendo?

Tom soltou uma risada fraca. Tinha de admitir.

– Certo, tenho um histórico ruim aí, mas, você sabe, assumi o risco de avisá-la. Se estivesse planejando usar o vírus, acha que eu estaria parado aqui, contando tudo antes?

Aparentemente, o grupo inimigo tinha descoberto que havia um franco-atirador por perto. Vasculhavam a área, buscando o oponente misterioso. Tom estava de olho, pronto para recebê-los.

– Na verdade – ele disse a Medusa, tentando tranquilizá-la –, sinto-me um pouco insultado. Você *realmente* acha que sou o tipo de supervilão que conta todos os seus planos antes de executá-los? Quero dizer... qual é? Isso magoa.

O tom dela era de zombaria ao responder:

– Tenho certeza de que é o tipo que conta vantagem. Pude vê-lo explicar todos os seus planos diabólicos para mim antes de realizá-los.

Tom fingiu se prostrar com uma dor terrível, como se as palavras dela o tivessem machucado. A risada dela o recompensou. Quando a encarou de novo, ele a viu revirar os olhos.

– Certo, Mordred. Suponho que não faria o discurso de supervilão. Acho que ninguém faz na vida real.

– Na verdade, conheci um garoto – ele admitiu. – Seu nome era Nigel, e ele planejava algo bem diabólico. Logo antes de executar seu plano, ele me passou o discurso inteiro. Tipo, uma explicação de como ia fazer, seus motivos, tudo isso, e até os planos malignos depois que saísse vitorioso. Não estou mentindo.

Makis Katehi viu Tom. Este se lançou em cima dele antes de Makis dar o grito de alarme, jogando-o ao chão, oculto pelo gás venenoso, e cortando-lhe a garganta. Em seguida, mergulhou em seu esconderijo improvisado e lançou um pouco de terra sobre o corpo.

– Bem, pelo que vejo, não tenho motivos para ficar preocupada – Medusa disse.

– Não. Nenhum motivo além do lance óbvio de "ganhar tanto que ela precisa ser contida".

– E você queria me avisar – a voz dela tinha um tom de dúvida. – Isso é tudo?

– Isso é tudo. Isso e o... – ele procurou as palavras certas por um tempo, sentindo-se estúpido. – E o lance do cavalo.

Ele atirou no próximo recruta que se aproximou dele, olhando para cima a tempo de ver um sorriso breve nos lábios dela. Isso lhe deu coragem.

– Diga-me uma coisa. Só uma. Seu nome é... Mulan?

– Não chegou nem perto. Tchau, Mordred.

– Venha me visitar de novo – Tom pediu num impulso.

Ela ficou em silêncio. Depois respondeu:

– Talvez.

E então desapareceu, deixando Tom na lama, corpos espalhados em volta dele, nuvens de gás venenoso ao redor. Ela não havia negado seu pedido.

20

Tom e Medusa não voltaram ao velho hábito de se reunir para disputar lutas em jogos de RV, mas ela passou a se inserir na transmissão audiovisual dele durante os exercícios aplicados. Sempre que ela vinha, era de manhã bem cedo na China, e, como os recrutas chineses só dormiam um dia sim, um dia não, ela tinha condições de visitá-lo com bem mais frequência do que ele próprio esperava. Nessas ocasiões, Tom se afastava de seu grupo durante toda a simulação na esperança de que ela aparecesse. Como Yosef Saide só se preocupava com o número de mortes, e como Tom gostava de se exibir para Medusa empilhando corpos quando ela estava por lá, o arranjo na verdade impressionou seu instrutor de grupo de simulação, que lhe disse para continuar assim.

Medusa não podia participar da simulação, nem mesmo matar pessoas do outro lado quando entrava na transmissão visual de Tom, mas ela assumiu a posição de uma espécie de consultora, o que quase deu a Tom a sensação de que compunham uma equipe de ataque juntos. Em uma simulação estendida entre mongóis e russos, ela alcançou Tom enquanto ele vagava sozinho numa floresta siberiana, encontrando-o próximo a uma fogueira improvisada.

– Você deveria apagar esse fogo – era um dia frio, que já anoitecia na simulação estendida. Tom era um invasor mongol que percorria a Sibéria. – Eu poderia subir numa árvore e procurar um sinal de fumaça deles, daí você os mataria.

– Talvez mais tarde – Tom disse a ela.

– Apague o fogo pelo menos, Tom.

– Não gosto de passar frio.

– Você gosta de estar morto? Porque é assim que vai estar quando alguém descobrir você e resolver caçá-lo.

Frio e morto eram coisas semelhantes na sua mente agora. Mas ele se manteve firme, e Medusa soltou uma risadinha malévola, começando a chutar terra no fogo em seguida. Tom não permitiria que ela apagasse o fogo, por isso foi para cima dela inesperadamente e a lançou sobre seu ombro.

– O que pretende com isso?

– Estou jogando você por cima do meu ombro de maneira viril – Tom informou. – Penso também em cobri-la de neve para que aprenda a valorizar o meu fogo.

– Posso dar um jeito de descer na hora que eu quiser – Medusa declarou.

Tom riu.

– Não antes de ficar coberta de neve!

Ela se retorceu em seus braços, e Tom baixou a cabeça para evitar as mãos dela, que tentavam lhe acertar o rosto, quase arrancando os olhos dele. Medusa chutou o tronco dele e o desequilibrou, derrubando-o, mas ele fez com que ambos mergulhassem em um monte de neve lamacenta. Nem sentiu o frio com ela queimando de encontro a ele, enquanto socava seu rosto, fazendo-o ficar de joelhos.

Medusa se movimentou com firmeza sobre ele e lhe enfiou um punhado de neve gelada por dentro da túnica. Tom livrou-se dela e tentou capturá-la de novo antes que se distanciasse, mas ela era muito rápida e correu para fora de seu alcance.

Tom se pôs de pé e sacudiu a túnica, rindo. Ela lhe lançou um sorriso selvagem do outro lado das chamas crepitantes.

– Minha tática funcionou – Tom disse. – Você está gostando do fogo agora.

Ela inclinou a cabeça.

– Seu fogo depende da minha bondade. Eu poderia apagá-lo e sair da simulação.

Tom se recompôs.

– Não me importo com o fogo. Apenas não se vá.

Medusa não disse nada. As chamas brilharam em seus olhos negros. A briga rápida deles havia emaranhado seus cabelos, e ele pôde ver as cicatrizes que ela procurava esconder sob as mechas de cabelo escuro na lateral da cabeça, onde ficava a maioria delas. Seu olhar as percorreu, e Medusa pareceu perceber o que ele observava. Ela virou a cabeça.

– Não, espere – disse Tom, contornando a fogueira para alcançá-la. – Você não tem que... Quero dizer, pensei que você não se importasse.

– Não me importo.

Ele ficou lá de pé por um momento, sem saber o que fazer. Então, estendeu a mão para ela, mas Medusa se retraiu.

– O que foi? Você disse que não se importava – Tom lembrou. – Ou você se importa que eu as veja, ou não se importa.

– Tenho isso desde que era bem pequena, Tom – sua voz soava ácida. – Estou acostumada. Portanto, não, não me importo mais.

– Ora... E por que fica chateada quando eu...

– É diferente com você.

A situação mexeu com Tom: ele tinha feito aquilo. Precisava consertar.

Desta vez, ele envolveu suavemente o ombro de Medusa antes que ela pudesse recuar. Quando levantou a palma da mão para ajeitar as mechas negras do cabelo dela para o lado, a mão dela voou para a espada na bainha dele. Tom deixou que ela a pegasse, já que era essa sua vontade. Logo pôde ver o rosto dela, aquela massa de tecido ferido pela queimadura se contorcendo em um caminho que começava no couro cabeludo e ia até o rosto.

Ela ficou ali, totalmente rígida, e ele estava vagamente consciente da espada oscilando entre eles, indecisa, como se ela não conseguisse resolver se a enfiava nele ou a atirava para o lado. A mão de Tom pairou sobre sua bochecha. Não tinha certeza de se aquele gesto era adequado, portanto permaneceu daquela maneira, sentindo o calor que irradiava da pele dela.

– Dói? – ele perguntou.

Os olhos negros dela brilharam para os dele. A ponta da espada alfinetou seu abdome.

– Os nervos estão mortos. O que você acha?

Tom abriu e fechou a boca algumas vezes antes de deixar as palavras saírem:

– Perdi todos os meus dedos. Eles congelaram – sentiu-se envergonhado em admitir isso, mas levantou as mãos, a única oferta que tinha. – Sei que os nervos estão mortos e nem mesmo estão mais lá, mas eu os imagino e às vezes dói. É estranho. É estúpido.

Medusa o observou, e ele percebeu a espada deslizando para baixo. Ela a depositou no chão próximo a seus pés.

– Não deveria ter chutado terra para apagar o fogo.

– Você estava certa. Isso teria me matado.

Ela se abaixou ao lado das chamas crepitantes e puxou a perna da calça dele, para que se sentasse ao lado dela. Olharam um para o outro sob a luz dourada e oscilante, e Medusa pegou a mão dele, depois a ergueu, de forma a aproximá-la novamente de seu maxilar.

– Não sinto nada – disse a ele.

Desta vez, Tom roçou a palma da mão sobre o tecido da cicatriz. Estranho. Esperava que fosse algo duro ou áspero. Mas era agradável, até mesmo macio em alguns lugares. Havia algo diferente em ver a queimadura tão de perto, senti-la, o que a fez diminuir em sua mente. Aquela coisa chocante, normalmente vista apenas em lampejos fugazes, roubados, desapareceu, e logo tudo o que podia ver era a garota à sua frente cujo aspecto a tornava... bem, alguém especial.

– Você não tentou adivinhar meu nome hoje – Medusa comentou.

– Ah, sim. Esqueci – então ele arriscou um: – Wu Tang.

Ela revirou os olhos.

– Esse é o seu chute mais lamentável até agora.

Tom inclinou-se e sussurrou:

– Diga-me seu verdadeiro nome e paro na hora com esses palpites ridículos.

Ela o empurrou levemente.

– Você não pode me coagir com seus palpites ridículos.

– Posso tentar, Murgatroid.

– Murgatroid? – Ela começou a rir. – Isso é nome de *alguma coisa*? Com certeza, não é cantonês.

Tom a fitou e seu cérebro pareceu entrar em curto-circuito. Não tinha certeza sobre em que colocaria a culpa daquilo mais tarde. Talvez tivesse perdido a cabeça temporariamente porque Medusa estava muito perto dele. Talvez sua mente tivesse ficado inebriada pela visão do fogo dançando nos olhos negros dela.

Talvez simplesmente não houvesse nada sensato em sua cabeça naquele momento, nada para detê-lo. Aproximou-se e a envolveu nos braços, sentindo a tensão dos ombros frágeis dela de encontro à palma de suas mãos, depois baixou a cabeça, inclinando-se para ela, e a beijou.

Na última vez que haviam se beijado, Tom estava em RV; ele não havia sentido nada. Sua mente sentia-se perturbada por estar beijando-a, e talvez tivesse sido por causa daquilo que uma parte dele não estivera totalmente presente.

Não desta vez.

O corpo dela amoleceu de encontro ao dele, e Tom sentiu uma euforia líquida que ia até a ponta dos dedos do pé, uma sensação de que aquilo era plenamente correto, algo que jamais havia sentido antes. Acariciou os cabelos dela e envolveu a pele morna de seu pescoço, os dedos se entrelaçando em seu sedoso cabelo negro. O mundo pareceu ficar imóvel, e não havia nada sob o céu fresco e estrelado da Sibéria a não ser Medusa, a sensação que vinha dela, seu gosto. E o desejo rugiu dentro dele à medida que estreitava o abraço e intensificava o beijo.

Vozes de recrutas soaram pelo ar.

– Parece que o fogo está vindo dali.

Tom abriu os olhos.

Por um momento, voltou a atenção para os olhos negros dela, a poucos centímetros dos dele, e sentiu o exato instante em que a perdeu, quando cada músculo do corpo dela se tornou tenso e rígido. Ela espalmou as mãos contra o peito dele em em seguida e o empurrou para trás. Tom não se moveu quando ela se pôs de pé.

Ele ainda não conseguia se mexer, não conseguia se deslocar, estático próximo ao fogo como se alguém o tivesse paralisado. Sentia-se como se alguém houvesse lhe rasgado o tronco e exposto suas entranhas, seu esqueleto. Medusa o fitou como se não conseguisse entender o que ele tinha feito, depois lhe fez um aceno e desapareceu de sua visão.

Os russos surgiram como um enxame na cadeia de montanhas, e as flechas começaram a afundar no chão ao redor de Tom, mas ele continuou sentado lá, com um grande vazio no peito.

CHEGOU O DIA EM QUE Tom se sentiu seguro de que poderia distinguir entre as percepções sensoriais mais básicas de seus novos dedos. Como seu cérebro era capaz de associar diferentes tipos de alfinetadas com suavidade, aspereza e coisas do tipo, ele agora estava pronto para um programa que driblaria seu cérebro de modo que percebesse pelo menos algo próximo das antigas sensações.

–Infelizmente, isso envolvia ir até Blackburn.

Tom bateu à porta dele uma noite e caminhou ruidosamente pelos aposentos dele no andar dos oficiais. Não que se sentisse hostil ou desconfiado em relação a Blackburn agora. Quanto a isso, não havia mais problema. Tranquilo. O problema era saber que Blackburn havia salvo sua vida, e Tom se lembrava dele aquecendo-o e... bem, fazendo-o sentir-se seguro. Com menos medo.

Estava tudo muito confuso, o incidente do dispositivo de varredura ainda vívido em seu cérebro, ainda muito recente. Tom preferia não se sentir tão profundamente em dívida com ele. Era mais fácil evitá-lo por completo.

Agora ele estava ali sem jeito, enquanto Blackburn jogava uma caixa de suprimentos na mesa e acenava para que Tom se aproximasse. Tom nunca havia visto o interior dos aposentos de Blackburn, e estes não tinham nada a ver com o que ele imaginava. Já fazia quatro anos que o cara estava na Agulha Pentagonal, mas as paredes e as prateleiras permaneciam vazias, sendo que os únicos móveis eram uma mesa, algumas cadeiras e um aparelho de TV. Havia uma árvore de Natal esfarrapada e sem enfeites que Blackburn obviamente ainda não tinha se dado o trabalho de retirar.

– Sua árvore artificial parece estar no leito de morte – Tom disse a Blackburn.

– É mais velha que você, Raines. Mostre algum respeito.

Mais velha do que ele próprio era...

Tom então se deu conta. Blackburn devia ter aquela árvore desde *antes.* Antes de ficar louco, antes de explodir os filhos, antes de a mulher tê-lo abandonado. Tom desviou o olhar e viu algo que o fez se sentir ainda pior.

Ele e Vik tinham estado no Pentagon City Mall, com Wyatt e Yuri, enquanto ela procurava o presente de Natal de Blackburn. Wyatt era péssima para dar presentes, já que nunca imaginava, nem de longe, o que as pessoas queriam, e Tom e Vik não ajudavam em nada, pois se divertiram em desviá-la da ótima caneta que Yuri havia sugerido para uma brilhante vela roxa com aroma de lavanda, que tinha pequenas estrelas em toda a base.

– Tem certeza de que não é muito feminino? – Wyatt tinha perguntado a eles, preocupada.

Tom e Vik haviam fingido toda a seriedade do mundo ao dizer que não. Vik disse:

– Wyatt, todos os homens adoram velas perfumadas.

– Sim. Velas perfumadas são o mais viril que um objeto pode ser – Tom confirmara. – É o clássico domingo americano: cerveja numa das mãos, futebol na TV e uma vela perfumada queimando por perto.

– Não apenas nos Estados Unidos. Quando deixei a escola primária, meu pai me disse: "Filho, você agora é um homem". Depois me deu uma vela perfumada e me contou como os bebês eram feitos – Vik teve de fazer um esforço enorme para impedir que seus lábios se retorcessem. Sua voz estava um pouco carregada quando ele apontou para a base de vidro. – Além disso, as pequenas estrelas vão fazer Blackburn se lembrar do espaço. Acho que ele vai gostar.

Aquilo foi o suficiente para Wyatt. Ela havia comprado a vela. Infelizmente, esse fato fez com que todos ganhassem velas perfumadas no Natal, mas tinha valido a pena.

Na época.

Agora, Tom observava Blackburn revirando uma caixa no apartamento desnudo – aquela vela patética e solitária era a única decoração à vista –, e ele se sentiu um babaca. Ainda nem tinha agradecido a ele pela Antártida.

– Ei – Tom tentou –, obrigado por salvar minha vida. E pelas outras coisas, sabe...

Não foi a melhor das expressões de gratidão. Mas Blackburn não pareceu se importar.

– Não iria deixá-lo morrer, seu tolo. Agora, sente-se. Vamos ver se podemos dar a você algum sentido de tato. Isso não vai ser específico, Raines. Você não vai distinguir entre morno e quente, mas será capaz de sentir uma sensação de frio e uma sensação de calor.

Tom afundou no banco e Blackburn fez um sinal para que ele pousasse as mãos sobre a mesa.

– Isso tudo depende de se você aprendeu a distinguir entre quente e frio, macio e afiado, por você mesmo. Preciso das associações neurais bem firmes no lugar para poder manipulá-las.

Tom balançou a cabeça com impaciência.

– Sim, o frio é uma espécie de sensação lenta e vibrante, e o quente é uma sensação rápida. Afiado é um conjunto concentrado de minúsculas alfinetadas; macio é um conjunto mais disperso. Consigo diferenciar.

– Feche os olhos.

Tom os fechou. Em seguida, sentiu os dedos serem colocados em algo que alfinetava de uma maneira que começava a identificar como frio.

– Qual é este?

– Frio.

– Muito bem. Agora, vamos substituir o sinal eletrônico; enganar seu cérebro para que ele pense que sente frio, como fazia antes. Mantenha os olhos fechados.

Um código relampejou pelas pálpebras fechadas de Tom e seus dedos sentiram o frio – um frio terrível, que latejou do dedo até o punho. Ele gritou e recolheu a mão, os olhos se abrindo na mesma hora.

Blackburn arqueou as sobrancelhas diante da reação dele e segurou a coisa em que Tom tocava. Um cubo de gelo.

– Isso foi frio demais – Tom disse.

– Você ficou sensível a ele.

– Não, você configurou errado o dedo. A sensação era de muito frio – ele não queria prosseguir, mas Blackburn bateu na mesa com os punhos, então Tom as pousou de novo sobre a superfície, relutante.

Enquanto Blackburn preparava o próximo teste sensorial, fez uma observação:

– Espero que você tenha notado que não o pressionei sobre a situação com Joseph Vengerov.

Tom ficou tenso.

– É, eu percebi.

– Sei que ele quer algo de você.

Tom o encarou, incerto sobre quanto devia contar. Blackburn ficou irritado.

– Não há motivo para testar seus sentidos se você não para de abrir os olhos. O que você sabe sobre meu tempo?

Tom fechou os olhos.

– Ele é infinitamente mais valioso do que o meu.

– Quem diria? Você aprende de vez em quando. Afiado ou macio?

O dedo de Tom roçou algo que passava a sensação de um conjunto de minúsculas alfinetadas.

– Afiado – quando abriu os olhos, confirmou: era a lâmina de uma faca. Ele a encarou, as palavras escapando de sua boca numa grande precipitação. – Vengerov realmente teria me matado, não é? Ele teria feito isso. Simples assim.

– Se ele quisesse matá-lo – Blackburn disse, digitando no teclado do antebraço –, eu não teria chegado a tempo. Ele estava tentando assustá-lo.

– Mas ele poderia ter me matado – Tom respondeu, agitado. – Ele poderia ter feito isso. E teria escapado impune.

– É claro. Pense bem: quem escreve nossas leis?

– O Congresso.

– E a quem os congressistas obedecem?

– Aos trilionários – Tom replicou com amargura.

Blackburn fez um aceno com a cabeça para que ele tocasse a faca. Tom pressionou com força demais e sentiu algo cortante. Levantou o dedo, mas não estava sangrando como um dedo real sangraria. A pele era rosada e quase plástica.

– Meu pai odeia todos eles – Tom comentou. – Joseph Vengerov, Reuben Lloyd, Sigurdur Vitol, todos eles, mas ele conheceu Vengerov pessoalmente durante as férias e não disse nada a ele. Não entendi na hora, mas acho que entendo agora. Vengerov poderia ter feito qualquer coisa conosco. Se meu pai lhe causasse um problema, Vengerov poderia simplesmente executá-lo. E nem seria punido por isso.

– Essa é a realidade de um mundo governado pelo dinheiro – Blackburn lhe apontou o indicador, e Tom se lembrou de fechar os olhos de novo. – O direito divino dos reis não pode mais ser usado para justificar por que algumas pessoas são melhores que outras, então agora a lei faz isso. O sistema legal é inteiramente controlado por dinheiro, mas ainda é apresentado como um instrumento neutro da justiça. Se desobedece à lei, você é um pecador e merece punição. Mesmo que não esteja necessariamente violando um padrão universal humano de certo ou errado, está agindo contra os interesses do cara rico que pagou muito dinheiro para ter certeza de que o que você está fazendo é ilegal. Macio ou afiado?

Um conjunto mais disperso de alfinetadas se espalhou pelo dedo de Tom.

– Macio – então o código relampejou diante dos olhos de Tom. Ele os abriu para ver o que havia tocado. Uma bola de algodão.

– É por isso que você tem de tomar cuidado com homens como Joseph Vengerov – Blackburn acrescentou. – Ao encarar um inimigo muito mais poderoso do que você, sua primeira tarefa é minimizar sua importância como ameaça. Você não mostra a cara nem protesta contra ele, não fala sobre ele para um amigo ou mesmo anonimamente na internet, porque não há anonimato num estado de vigilância; só bancos de dados e listas de observação. Uma pessoa inteligente não faz *nada* para revelar aquilo em que realmente acredita, porque, se fizer isso, vai ser neutralizada antes de poder agir conforme essas crenças. O inimigo mais mortal, Raines, é aquele totalmente silencioso, que age e planeja sozinho, que usa um enorme sorriso diante dos adversários. Ele é só mais um rosto na multidão até que coloca cianeto numa xícara ou enfia uma faca nas costas de uma pessoa. Quando enfim alguém fica sabendo que ele representa uma ameaça, é tarde demais para detê-lo.

Tom de repente pensou em seu pai. Neil bradava suas opiniões para o mundo todo, quer as pessoas quisessem ouvir ou não, e isso nunca havia lhe rendido nada. Era estranho como Neil não significava de fato uma ameaça para ninguém, mas, por causa do jeito de falar, acabava sendo tratado como uma.

Blackburn cruzou os braços.

– Posso não saber o que você fez para provocar Joseph Vengerov, Raines, mas sei de uma coisa: você mostrou a ele sua mão, por isso ele atacou primeiro.

– Mas eu não fiz isso – Tom protestou. – Não discordei de Vengerov abertamente. O lance é que ele queria que eu fizesse contato com Medusa de novo e usasse um vírus de computador nela. Nunca tive chance de dizer não. Até onde ele podia saber, eu não tinha tomado uma decisão. Não tinha contado... – De repente, ele ficou em silêncio.

A respiração ficou presa. Ele *havia* contado para alguém. Ele havia. Só para uma pessoa.

Tom se sentiu enjoado. Tinha se sentido estranho ao andar com os amigos porque parte dele, de alguma forma, sabia quem havia passado a informação para Vengerov, quem havia feito aquilo.

Só uma pessoa tinha alguma pista de que Tom já vinha se encontrando com Medusa. Só uma pessoa podia ter contado a Joseph Vengerov que Tom estava em contato com Medusa, mas não usaria o vírus nela.

A mesma pessoa que havia sido bloqueada porque o exército achava que era um espião russo.

Foi Yuri. O cérebro de Tom latejava com aquela percepção terrível. *Foi Yuri... Foi Yuri...*

21

TOM REALMENTE NÃO estava certo do que ia fazer em relação a Yuri, e também não conseguia ter a chance de pedir conselhos a Vik. Ele estava sempre ocupado fazendo outra coisa. Como Medusa não o visitara desde que ele a havia beijado e seus dois grupos de simulação estavam marcados para se enfrentar em batalha, Tom decidiu encontrar Vik lá e lhe contar sobre a situação. De maneira bastante inconveniente, a simulação naquele dia tinha a ver com homens das cavernas.

Tudo que Tom conseguiu dizer quando viu Vik foi grunhir um grito de guerra. A testa proeminente de Vik se franziu. Seu grunhido em resposta não tinha entusiasmo. Tom atacou Vik com uma pedra na mão. Vik balançou seu porrete com raiva. Tom jogou uma pedra e o acertou nas costelas.

Vik caiu no chão, o porrete rolando para longe da mão, mas, quando Tom enfim pulou sobre ele e começou a atacá-lo repetidas vezes, Vik tentou afastar a mão que o segurava sem muita convicção, como se não estivesse realmente interessado na luta.

Isso deixou Tom triste. Ele não podia falar para Vik sobre Yuri, e agora Vik sequer lutava. Acertou-o no peito.

– Por que não luta? Lute com o Tom!

Vik grunhiu, parecendo infeliz.

– Não.

Tom o acertou de novo.

– Lute agora!

Vik projetou o lábio para a frente.

– Não!

Tom ficou confuso e o libertou. Coçou a cabeça. Mesmo que seu cérebro fosse completamente funcional, não tinha certeza de que seria capaz de entender a relutância de Vik. Eles gostavam de lutar. Faziam isso em jogos de RV o tempo todo.

– Pobre Vik – Vik resmungou. – Vik triste.

Ele se ajoelhou numa pedra e pegou um inseto de sua massa de cabelo emaranhada, depois o contemplou de maneira solene. Por um breve momento, apesar da testa proeminente e das características faciais primitivas, quase se pareceu com a foto dele em preto e branco do modelo do quarto de Wyatt na qual fingia filosofar, já que obviamente refletia sobre assuntos difíceis de maneira incomum para Vik. Rapidamente, a ilusão foi desfeita quando Vik colocou o inseto na boca e o mastigou.

– Por que triste? – Tom quis saber. Ele bateu os punhos contra o peito. – Vik luta. Vik feliz.

Vik grunhiu e enfiou a cabeça entre os braços.

– Vik vê Tom ir. Vik não diz. Tom fica frio. Vik ruim.

Confuso, Tom se agachou.

– Vik não ruim – ele se esforçou para ter algo melhor para dizer e produzir as palavras perfeitas para despertar o ânimo do amigo e restaurar sua fé em si mesmo: – Vik... bom. Vik bom! – ele socou o ombro de Vik. Com força. – Bom! Vik amigo. Luta forte. Vik forte. Luta com Tom?

Vik balançou a cabeça negativamente, o lábio projetado para a frente de novo.

– Não.

Tom sabia que havia alguma forma de consertar aquilo, mas era difícil demais manter quaisquer pensamentos por muito tempo com o cérebro daquele jeito. Perambulou por ali e encontrou um arbusto com frutinhas. Engoliu um monte e depois pegou mais. Levou o resto para uma nova intermediária, Iman Attar. Ela lhe deu um grande sorriso cheio de dentes, saudando-o quando ele lhe ofereceu as frutinhas. Engoliu, ávida, mas, quando Tom tentou agarrá-la, ela grunhiu para Britt Schmeiser, que arremessava pedras a distâncias bem longas.

Tom reconhecia um desafio quando via um. Gingou para a frente a fim de agarrar pedras grandes e começou a jogá-las também. Iman bateu palmas e gritou:

– Tom forte! Tom bom!

Tom gostou daquilo. Britt notou toda a atenção que ele recebia e ficou bravo. Afastou os lábios para expor os dentes a Tom. Este mostrou os próprios dentes e rugiu para ele. Britt correu até ele e o acertou na cabeça com seus grandes braços, mas um golpe de braço de Tom o derrubou. Então, pegou uma pedra e acertou a cabeça de Britt com ela várias vezes. Ele rugiu por causa da vitória e se virou para desfrutar da admiração de Iman, mas ela gritava, desferindo chutes e sendo arrastada pelo cabelo por Yosef Saide. Tom correu até eles e matou Yosef também. Nesse ponto, Iman estava de mau humor, cansada, e não queria nada com nenhum dos garotos na simulação.

– Tom ruim! – Iman o golpeou na cabeça com um graveto. – Feio!

Tom ficou triste. Iman o acertou uma última vez e fugiu. Os sentimentos de Tom estavam feridos e sua cabeça também. Quase se esqueceu da conversa breve com Vik quando a simulação enfim terminou e ele acordou na sala de treinamento.

Britt e Yosef já estavam numa conversa séria, uma aparência assombrada no rosto de cada um deles.

– ...uma catástrofe – Yosef dizia. – O que estava pensando? Por que escolheu este programa?

– O título era Primeira Guerra Mundial. Achei que era sobre a Primeira Guerra Mundial, não literalmente *a primeira* guerra do mundo.

Tom e Iman trocaram um olhar constrangido, depois Tom saiu apressadamente da sala de treinamento e passou por Vik no corredor. Ele parou. Vik também.

Vik sorriu, exibindo uma certa leveza um tanto forçada. Começaram a andar de novo.

– Que simulação, hein?

– Qual é, cara? Você nem quis lutar comigo, Vik. O que está acontecendo com você?

Vik soltou um suspiro de exasperação.

– Certo. Quer realmente saber, Tom? Aqui vai. Estou com um enorme problema com o que aconteceu na Antártida.

Os passos de Tom perderam o ritmo, até ele parar.

– Espere. O quê? Por quê?

Vik ajeitou o colarinho.

– Percebe que eu sabia que você tinha sumido? Notei bem antes de qualquer um. Bem antes de Blackburn. Mas não disse nada. – Ele passou a mão pelo cabelo. – Achei que você tinha sumido porque havia fugido para fazer alguma coisa, para aprontar por ali ou algo assim, como sempre faz. Como *nós* sempre fazemos. Achei que o estava acobertando.

– Nove vezes em dez, essa teria sido a decisão certa, cara.

– Eu sei – Vik disse. – Nove vezes em dez, essa teria sido a decisão certa porque você estaria fazendo algo estúpido e eu estaria ajudando. Dessa vez, isso quase o matou. E na próxima vez que algo der errado? – então as palavras saíram como uma torrente; ele quase parecia bravo. – Como com Yuri! Você e Wyatt tomaram a decisão de desbloqueá-lo, e eu não tive escolha. Nunca teria feito isso, mas vocês fizeram, e sou culpado também, porque estou acobertando vocês.

Tom se mexeu, inquieto. O desbloqueio de Yuri era algo que o afetava de maneira bem direta naquele momento.

– Eu lembro que Wyatt queria apagar minha memória quando descobri – Vik sussurrou, já que os outros recrutas entravam num corredor próximo deles. – Você devia tê-la deixado fazer isso.

– Você *queria* que ela apagasse a memória que tinha disso?

– Sim, seria melhor não saber.

Tom balançou a cabeça negativamente.

– Certo. Vamos fazer isso. Vamos dar um jeito de Wyatt apagá-la agora.

Vik soltou um suspiro.

– Não funciona assim. Você só pode remover uma memória se sabe o *segmento de tempo exato*. Se ela tivesse feito isso na época, teria sumido e eu nunca iria saber. Já que não fez, tive meses para refletir várias vezes a respeito disso e pensei em coisas relacionadas a essa questão. Teríamos que passar dias com um dispositivo de varredura caçando tudo o que precisaria ser apagado, e aposto que ia notar os brancos. É tarde demais. Minha opinião é que devemos levar as coisas mais a sério. *Você* precisa levar as coisas mais a sério.

Tom se certificou de que os outros recrutas tivessem desaparecido no elevador, e em seguida sugeriu:

– Podemos bloquear Yuri de novo.

Isso fez com que Vik parasse.

– O quê?

– Podemos fazer isso – Tom disse. – Aposto até que ele permitiria. Vamos falar com ele. Ele vai escutar Wyatt.

Vik piscou algumas vezes.

– Sério?

– Sério.

– Simples assim?

– Simples assim – Tom apertou o botão para chamar o elevador, evitando o olhar de Vik. – Sei que vai parecer um pouco insano, ou errado, ou seja lá o que for, mas tenho de falar uma coisa. E não fique paranoico, nem nervoso, nem dê importância demais para isso, mas, bem, vou dizer. E se eu não estiver completamente certo de que ele não seja um espião? Não para os russos, é claro, mas, talvez, para *um* russo? *Um.* Singular.

Olhou para Vik e soube, pelo jeito que ele o encarava boquiaberto, que Vik estava paranoico, nervoso e ou tinha dado uma importância exagerada àquilo.

A cabeça de Tom latejou. Ótimo.

– O QUE ESTÁ ACONTECENDO? – Wyatt exigiu saber quando se encontrou com eles na Sala de Varredura.

– Tom tem uma vida secreta – Vik disse, do lugar onde estava esparramado, as costas contra a cadeira, embaixo do dispositivo de varredura.

Tom preferiu não comentar. Vik realmente não tinha ideia.

– Achei que ele não sabia sobre todo aquele lance de memória – Wyatt argumentou com Tom. – Você me disse para não falar nada.

Tom corou, percebendo que ela havia entendido errado. Wyatt estava pensando sobre as gravações do dispositivo de varredura.

Vik ficou perturbado.

– Do que mais não estou sabendo?

– Não, não, não – Tom disse. – Vik, ela quer dizer algo completamente não relacionado com isso. Algo que não é importante. – Ele se virou para ela. – E você, ele quer dizer algo que vou lhe contar agora. Sobre Yuri.

– O que tem sobre Yuri? – Wyatt perguntou.

– Que lance de memória é esse? – Vik insistiu. – Conte-me e eu digo se tem ou não a ver. Não gosto de ficar sabendo das coisas depois que elas se tornaram um problemão.

– O que vai se tornar um problemão? – Wyatt gritou, ansiosa.

Tom resmungou e apertou as têmporas, onde a dor de cabeça cutucava seu crânio.

– Olhe – ele disse com esforço, os olhos fechados. – Vik, Wyatt está falando sobre algumas memórias minhas que ela viu graças a Blackburn e que não importam de maneira alguma. Wyatt, Vik está falando sobre o motivo pelo qual pedi para você vir aqui, e isso tem a ver com algumas memórias que *realmente* importam. Eu as extraí para que você pudesse vê-las e decidir por si mesma em vez de aceitar minha palavra. Mostrei para Vik e agora vou mostrar pra você.

E, com isso, Tom acenou positivamente com a cabeça, e Vik apertou os controles do dispositivo de varredura e exibiu as memórias que ele havia extraído. O primeiro clipe tinha Tom à beira da estrada, tentando pegar uma carona no Novo México.

– Tom – ela disse, triste –, você não devia pegar caronas.

– Essa não é a razão de eu lhe mostrar isso – Tom esclareceu.

– Você podia ser assassinado. Ou roubado. Ou estuprado. Ou as três coisas. E se um assassino em série o tivesse pego? Você não ia gostar se alguém o devorasse, Tom.

Então, Joseph Vengerov apareceu na tela, e ela ficou em silêncio.

– Você foi um pouco rude com ele – ela lhe disse.

– Mais uma vez tenho de dizer que a questão não é essa.

Ela ficou em silêncio, vendo a exigência de Vengerov em relação a Medusa. Virou-se para Tom na luz projetada pelo dispositivo de varredura, os olhos arregalados.

– Você não está em contato com Medusa de novo, está?

– Ele está – Vik falou em um tom de felicidade falsa. – Outro aspecto da vida secreta de Tom.

– É complicado – Tom disse.

– Ah, não – Wyatt sussurrou. – Essa é uma má ideia. Essa é uma ideia muito, muito ruim. E – ela lançou seu olhar em direção a Vengerov na tela – você não pode fazer isso com ela. Não use um vírus. Ela gosta de você. Seria muito cruel!

– Medusa *está* do outro lado da guerra – Vik observou. Olharam para ele. – O que foi? Alguém tinha que dizer o óbvio.

– Mas... – A voz de Wyatt falhou quando a próxima memória começou, e ela viu os pretores na Antártida se aproximando, depois a porta se abrindo para jogar Tom para fora. Isso foi tudo que ele mostrou a eles. Ela murmurou: – Foi assim que aconteceu? Ele deliberadamente o conduziu para fora?

– É – Tom disse. Lançou um olhar para Vik e viu que ele estava sentado ali rígido na cadeira.

– Você deve ter ficado com muito medo – Wyatt disse.

– Não – Tom protestou, indignado. – Não fiquei com medo.

Vik disse:

– A questão é que Vengerov já sabia, Enslow. Ele sabia que Tom não ia concordar com isso. Alguém lhe contou.

– Ou ele pode ter adivinhado – Wyatt comentou, incerta. – É uma pergunta de sim ou não. Cinquenta por cento de probabilidade para ambas.

Tom balançou a cabeça negativamente, carrancudo.

– Não, ele sabia – depois, acenou para que Vik exibisse a memória seguinte.

Era Tom contando a Yuri sobre Medusa na sala de musculação. A tela se desligou, e eles ficaram ali parados em completo silêncio por um longo momento.

– E é bem isso aí – Tom disse. – Ele é a única pessoa que sabia. A única pessoa que poderia ter contado a Vengerov sobre minha recusa. A única pessoa possível, Wyatt.

– Mas, não. Não, Tom. Não pode estar certo. Há outras possibilidades. Alguém pode ter ouvido.

– Estávamos sozinhos – Tom disse.

– Alguém pode ter colocado uma escuta na sala de musculação.

– Quem colocaria uma escuta na sala de musculação? – Vik indagou.

– Joseph Vengerov poderia ter colocado uma escuta na sala de musculação para espionar Tom.

– Só se ele fosse um idiota. Tom se parece com alguém que passa muito tempo na sala de musculação?

– Ei! – Tom protestou. Tudo bem que não venceria nenhum concurso de levantamento de peso, mas havia ganhado *um monte* de músculos desde que viera para a Agulha.

– E quanto às câmeras de segurança? – Wyatt tentou.

– Eu conferi – Vik disse. – Ninguém estava monitorando aquela transmissão ativamente e ninguém a acessou. Bruxa Maligna, acho que isso é culpa do Androide Incansável.

– Mas é o Yuri – Wyatt protestou.

– Eu sei – Tom exclamou. – Também não gosto disso. Não estou exatamente torcendo para ser verdade – ele passou a mão no cabelo. – Já tinha tido essa sensação, certo? E não conseguia entender até que percebi... Vou lhe contar outra coisa. Yuri conhece Vengerov; o pai de Yuri trabalha para ele. Yuri foi considerado uma ameaça de segurança, e nós nunca nos perguntamos se havia uma razão para isso. Talvez a gente esteja errado, Wyatt. E se Vengerov o usou de alguma forma para invadir o sistema? Talvez tenhamos feito mal quando o desbloqueamos.

– O que é exatamente o que venho dizendo a vocês, eu gostaria de destacar – Vik falou.

Wyatt balançou a cabeça negativamente por repetidas vezes.

– Vocês estão errados!

– Devemos ao menos colocar a questão para ele – Vik disse. – Você pode escrever algum tipo de programa para fazê-lo querer ser honesto, Bruxa Maligna. Talvez tenha algo acontecendo que a gente não saiba – ele pareceu ter uma ótima ideia, e um sorriso insano apareceu em seu rosto. – Ei, talvez o Androide Incansável tenha sido reprogramado e não saiba o que está fazendo. Ou talvez esteja sendo chantageado.

Tom sentiu uma onda de esperança.

– É. É, tipo, Vengerov pode estar ameaçando a família dele ou algo assim.

– Você já o ouviu falar sobre a mãe dele? Eu nunca ouvi – Vik disse num tom otimista. – Talvez ela esteja amarrada num porão em algum lugar, e Vengerov esteja planejando atirar nela se Yuri não passar informações sobre Tom.

Tom ficou muito animado com essa possibilidade. Wyatt ainda não acreditava nela.

– Se alguém estivesse ameaçando a família dele, ele ia passar todo o tempo pensando numa maneira de resgatá-la. E faria isso. E seria bem-sucedido.

Tom e Vik trocaram um olhar de infelicidade. Isso era algo que Yuri provavelmente faria, com certeza.

– Tenho certeza de que Yuri não faria isso – Wyatt insistiu de novo.

Então uma voz pairou até eles.

– Faria o quê?

Eles todos tomaram um susto quando Yuri entrou na sala, vindo do corredor.

– Estava procurando por vocês em todos os lugares. O que vocês três estão fazendo? – Os olhos azuis passearam por eles, muito gentis e sinceros sob o cabelo castanho e ondulado. Tom congelou onde estava, sentindo-se como se tivesse sido pego fazendo algo terrível.

Uma onda de dúvida tomou conta dele. E se estivessem errados?

Vik não compartilhava dessa hesitação.

– Yuri, sem ofensa, cara, mas alguém traiu Tom, e todos os sinais apontam para você.

Os olhos de Yuri se arregalaram muito.

– Como, Vikram?

– Você sabia que Tom estava em contato com Medusa – Vik disse, e lançou um olhar para Tom. – O que, eu insisto, é incrivelmente estúpido considerando que você já foi acusado de traição uma vez, Cretino Limitado, mas vamos nos concentrar no assunto em questão, que é você, Yuri. Sim, você. A pergunta é: você compartilhou o que Tom sabia sobre Medusa com Joseph Vengerov? Se o fez, está espionando a mando de Joseph Vengerov? Se sim, você é um traidor nojento, e isso é uma droga, cara.

Enquanto Tom observava o rosto de Yuri, algo estranho aconteceu diante da menção do nome "Vengerov". Ele piscou os olhos, e sua expressão ficou bem mais intensa, os contornos macios se tornando linhas rígidas e tensas; até as pupilas se contraíram. Uma mudança tão sutil e minúscula que Tom poderia atribuí-la à iluminação ou a quaisquer outros fatores, se não tivesse uma lembrança fotográfica perfeita daquele dia na sala de musculação, quando Yuri tivera a mesma reação à menção do nome "Vengerov".

– Apenas seja honesto – Vik falou, mas Tom mal o ouviu; estava muito perturbado. Uma onda vertiginosa de ansiedade tomou conta dele, porque tinha tanta certeza agora de que não podia confiar em Yuri que teria apostado dez mil dólares nisso.

Yuri balançava a cabeça negativamente enquanto Vik falava, e com gentileza respondeu:

– Ora, Vik, eu nunca faria tal coisa.

Mesmo sua voz soava diferente de alguma forma. Tom podia jurar! Seu sotaque não era tão forte.

– ...aliás, estou profundamente magoado com a acusação.

Tom recuperou o equilíbrio, o coração batendo contra a caixa torácica.

– Yuri – ele disse, sua voz soando estranha –, somos bons amigos, certo?

– É claro, Tom.

– Então, preciso lhe pedir um grande favor, cara. Um favor gigantesco – o desespero corroía sua voz. – Não posso explicar, mas você tem que confiar em mim. Você pode salvar minha vida.

– Que favor?

Tom abriu os braços.

– Só nos deixe bloqueá-lo de novo. Apenas por um tempinho.

A brandura no rosto de Yuri desapareceu.

– Por que quer fazer isso? Eu sou seu amigo. Não contei para ninguém nada do que me disse. Pode confiar. Isto é completamente desnecessário.

– Você é meu amigo – Tom concordou. – É por isso que vai entender quando eu lhe disser que estamos todos correndo um perigo terrível agora se não pudermos bloqueá-lo de novo. Não posso lhe dar os detalhes. Você vai ter que acreditar em nós. Tem de confiar em mim. Vamos lá, cara, nos ajude.

Não havia nenhum perigo imediato, mas Tom sabia que esse era um apelo que Yuri não ia nunca, nunca recusar. Se houvesse o menor indício de um perigo, mesmo que Tom não pudesse explicar, mesmo que fosse uma suspeita, Yuri se desdobraria para ajudar, do jeito que pudesse.

Mas ele disse:

– Você espera demais da nossa amizade.

– Ah, não, Yuri – Wyatt gritou. – Eles estão certos, não estão? Há algo errado com você.

O olhar de Yuri cravou-se no dela, os olhos tão distantes e vazios quanto os de um lagarto. Em seguida, seu olhar passeou até o rosto implacável de Vik, e dele para o de Tom.

Depois de um momento, Yuri sorriu.

– Isto é lastimável.

E então ele levantou seu teclado de antebraço.

Palavras relampejaram pelo centro da visão de Tom: *Fluxo de dados recebido: programa Incapacitação iniciado.* E Tom ouviu Vik gritar, perguntando o que ele estava fazendo, porque sua cabeça parecia estar rachando ao meio, e as pernas cediam sob o peso do tronco. Ele caiu de joelhos, o cérebro em contato com alguma furadeira elétrica terrível, e não conseguia reconquistar o equilíbrio, não conseguia se mover.

– O que está fazendo com eles? Pare! – Wyatt gritou para Yuri.

Tom espiou com sua visão embaçada e viu Wyatt disparar pelo corredor e agarrar o braço de Yuri. Ele a pegou com facilidade, jogou-a para o lado e a prendeu contra o console de computador que controlava o dispositivo de varredura. Tom tentou se levantar, mas caiu de novo, incapaz de fazer isso.

Yuri prendeu os pulsos dela ao lado do corpo, o corpo dele contra o dela, a cabeça virada para o lado enquanto a estudava de maneira quase clínica.

– Esse programa não desativou seu firewall, pelo que estou vendo. Vamos ter que dar um jeito nisso.

– Me solta! – Ela se remexeu e tentou escapar. Ele arrancou o teclado do antebraço dela, jogou-o de lado com um barulho, depois a agarrou de novo. Os braços dela pressionaram o peito dele enquanto tentava escapar. – O que está fazendo? Não entendo.

– Desative seu firewall – Yuri lhe ordenou, aproximando seu rosto para encarar o dela. Quando Wyatt olhou para ele, desafiadora, ele agarrou seu pescoço com tamanha rapidez que ela arfou.

– Faça isso agora mesmo!

Wyatt afundou o calcanhar no dorso do pé de Yuri, e ele afrouxou a mão que a segurava por tempo suficiente para que ela lhe desse um soco forte no rosto. Mas Yuri era como uma parede, absorvendo o golpe com facilidade, agarrando-a com seus braços gigantescos e girando-a para encarar Tom e Vik.

De onde Tom estava encolhido, lutando no chão para manter sua mente em funcionamento, podia observar o pânico e a confusão óbvios no rosto de Wyatt, seus olhos escuros entendendo seu estado.

– Vou colocar cada um de vocês no dispositivo de varredura – Yuri disse. – E vou buscar cada referência a suas suspeitas sobre esse recurso. Depois, vou apagar essas memórias e vocês vão ser liberados ilesos. Se não cooperar, vou continuar a machucar seus amigos até você fazer isso. Diga-me a senha para desativar seu firewall, e isso não vai doer.

– Wyatt – Tom disse arfando –, não faça isso!

Yuri deu um passo à frente e sua bota gigantesca desceu, mandando Tom para trás. A cabeça de Tom bateu contra a parede e ele ficou ali, machucado, tentando puxar o ar para dentro de si. Estava vagamente ciente de Vik lutando para arregaçar a manga, para ter acesso ao teclado do antebraço. Uma esperança surgiu dentro dele.

– O que... está... fazendo? – Tom conseguiu sussurrar para ele.

– Chamando... ajuda.

Tom desviou o olhar de Vik, não querendo que a atenção de Yuri fosse para eles.

– Por que está fazendo isso? – Wyatt perguntou, as lágrimas tornando sua voz embargada. – Não entendo.

– Faça como eu a instruí.

– Para você poder fazer comigo o que fez com Tom e Vik? Não!

Ela gritou de dor quando a mão grande de Yuri torceu seu pulso. Tom sentiu uma onda de raiva e tentou se forçar a levantar, mas a dor intensa o lançou de volta ao chão, a cabeça começando a girar violentamente.

Vik terminou de digitar no teclado de antebraço e depois se contorceu de dor, a fúria impotente em seu rosto, enquanto observava Wyatt lutar com Yuri.

– Faça como eu a instruí – Yuri repetiu.

– NÃO! – Wyatt gritou.

Yuri arremessou Wyatt com força na cadeira sob o dispositivo de varredura. Ela tentou sair correndo, mas ele a capturou.

– A remoção de memórias vai começar com você – ele prendeu os braços dela com as amarras e se ergueu para pegar o dispositivo de varredura, puxar a garra de metal sobre sua cabeça...

Mas a porta se abriu e Blackburn entrou a toda velocidade, puxando Yuri para longe de Wyatt. Ela estremeceu quando Yuri deu um soco na cara de Blackburn, mandando-o para o chão. Blackburn se pôs de pé de novo num instante, a mão digitando no teclado do antebraço.

Yuri começou a andar em direção a ele, mas depois pareceu pensar melhor a respeito. Recuou um passo, depois outro.

– Quem está combatendo minhas tentativas de hackeá-lo, Sysevich? – Blackburn resmungou para ele, já que qualquer programa que tentava executar acabava falhando.

Yuri não disse nada. Havia uma falta de expressão desconcertante em seu rosto conforme ele se afastava tanto quanto possível fisicamente.

Blackburn abaixou o teclado do antebraço, desistindo de derrotar Yuri com um programa. Em vez disso, mantendo um olhar cuidadoso em Yuri, esticou a mão e soltou Wyatt, jogando-a na direção de Vik e Tom.

– Ajude esses dois – ele disse.

Tom sentou-se, todo dolorido, enquanto Wyatt recuperava seu teclado de antebraço, ligava um fio neural na porta de acesso de Tom e começava a remover o programa que atacava seus músculos, enviando uma dor excruciante por todo o corpo.

Nem Blackburn nem Yuri se moviam. Blackburn parecia estar temporariamente confuso, e Yuri havia se abrigado no outro lado dos consoles de computador que controlavam o dispositivo de varredura.

– Então a mensagem de Ashwan estava certa – Blackburn disse, respirando pesadamente. – Alguém desmantelou o programa de filtragem.

Wyatt levantou a cabeça, surpresa, o rosto demonstrando que tinha chegado a uma terrível percepção.

– O bloqueio foi desfeito – Vik confirmou, esparramado flacidamente no chão, a cabeça inclinada para trás. – Está desfeito há algum tempo. Desde antes da reunião de cúpula do Capitólio.

Cada músculo de Tom se contraiu. Era traição. Sentia que começava a sucumbir conforme deslocava o olhar para o dispositivo de varredura. Havia passado dois dias sob ele tentando esconder aquilo de Blackburn.

Por Wyatt.

Por Yuri.

Por nada.

Wyatt ainda encarava Yuri, horrorizada.

– Bem, isso limita minhas opções – Blackburn observou, meio que para si mesmo. – Neste exato momento, há um programador muito habilidoso na Obsidian Corp. se certificando de que eu não consiga nocautear Sysevich.

Wyatt neutralizou o vírus que mantinha Tom e Vik no chão, as mãos tremendo. Tom se levantou com um esforço, as pernas trêmulas. Descobriram que Yuri ainda guardava distância, permanecendo longe deles, uma expressão estranha no rosto. Não havia nada de *Yuri* ali. Só um vazio frio e severo.

– O que aconteceu com ele? – a voz de Wyatt era um sussurro trêmulo. – Por que ele está agindo desse jeito?

Blackburn manteve os olhos no garoto grande. Ele parecia estar pensando cuidadosamente, tentando descobrir o que fazer.

– Porque esse não é Yuri Sysevich, Enslow. Meu palpite é que você acionou um programa oculto semiautônomo de segurança. O processo roda por trás do sistema até perceber uma ameaça. Depois, ele se ativa e toma o controle da soberania neural; controle total de sua mente; e tenta neutralizar essa ameaça. Nesse caso, vocês três.

– Espere, então, é como uma inteligência artificial? – Vik perguntou, a voz rouca. – Havia uma inteligência artificial no controle de Yuri?

– Não há autoconsciência – Blackburn andou para o lado, para inspecionar Yuri da cabeça aos pés. – É um sistema de resposta pré-programada, embora, pelo fato de alguém estar combatendo minhas tentativas de hackear seu processador e deixá-lo inconsciente, imagino que haja um administrador remoto prestando atenção na situação agora... O que vocês três estavam fazendo quando ele se ativou?

– Perguntamos se ele estava espionando a mando de Vengerov – Vik admitiu. – E se nos deixaria bloqueá-lo de novo.

– Bloqueá-lo de novo – Blackburn repetiu, a voz ácida. – E aqui está, então. A fonte das invasões. Sysevich. E vocês três. Acharam que coloquei aquele programa no processador dele por diversão?

– Só queria ajudá-lo – Wyatt murmurou.

– Eu confiei a você minhas criptografias, Enslow – Blackburn vociferou. – Você é a única pessoa com quem as compartilhei. Sabe por que nunca suspeitei de Sysevich? Sabe? Porque você é a única pessoa no mundo que podia ter feito isso sem eu perceber.

Wyatt ficou ainda mais pálida do que era possível ficar.

– Lamento muito.

– É tarde demais para isso.

Wyatt tremia visivelmente, a adrenalina diminuindo. Eles todos ficaram para trás enquanto Yuri, ou quem quer que fosse... ou *o que quer* que fosse, os encarava de maneira constante do outro lado da Sala de Varredura semiescura.

– Por que o programa de segurança não está fazendo nada agora? – Vik sussurrou.

– Porque – Blackburn disse, um tom estranho na voz – ele foi programado para adotar um novo conjunto de algoritmos comportamentais se perceber que está em desvantagem. Ele determinou que a abordagem anterior de sobrepujar vocês fisicamente não pode mais conter a situação, e estou certo que tem mais instruções codificadas prontas para ativar, dependendo do que fizermos em seguida. Talvez até esteja esperando instruções de seu administrador remoto.

– Vamos apagar o programa – Wyatt sussurrou. – Temos de tirar esse programa dele.

Blackburn balançou a cabeça negativamente.

– Não é possível.

– Se é algum tipo de vírus, podemos resolver isso! *Eu* posso fazer isso.

– Isto não é um software invasor. Eu lhe disse muitas vezes, Enslow, quantos pontos de entrada clandestinos encontrei neste sistema quando assumi a instalação. Consertei essas vulnerabilidades de segurança, uma por uma... exceto esta. Esta, eu não pude consertar.

Ele andou até a outra direção, ainda se movendo bem lentamente, e o olhar cáustico de Yuri seguiu cada passo dele. Blackburn disse, de forma quase casual, como se estivessem na aula de programação:

– Diga-me, senhor Ashwan, dado quão vasto é o sistema solar, como somos capazes de nos comunicar instantaneamente com satélites, digamos, a treze horas-luz de distância?

Vik enrugou a testa. Ele parecia tão desconcertado pela pergunta quanto Tom estava.

– Entrelaçamento quântico, senhor.

– Entrelaçamento quântico – Blackburn concordou, levantando o teclado de antebraço e fazendo mais uma tentativa de hackear o processador de Yuri. – Cada satélite é essencialmente uma metade de um computador maior, comunicando-se, por meio de um conjunto de um par de fótons entrelaçados lá no espaço, à outra metade aqui na Terra. Essa ligação é instantânea e não pode ser bloqueada, assim como não pode ser hackeada. Agora, imagine que um certo trilionário russo tenha um transmissor quântico dentro de um supercomputador na Antártida e outro transmissor que serve de contraparte dentro do cérebro de uma pessoa.

Wyatt respirou fundo.

– Os mesmos princípios se aplicam. Você tem uma conexão na qual não se pode interferir, que não pode ser interrompida nem bloqueada. Imagino que Joseph Vengerov escolheu o senhor Sysevich de maneira muito cuidadosa para ser seu transmissor. Ele encontrou o filho amável e carismático de um de seus funcionários, alguém a quem tinha acesso fácil. Teve como alvo um garotinho brilhante, motivado e otimista, que provavelmente ia ser alguém na vida. A próxima coisa que ele fez foi gastar uma boa grana para o menino ir para as melhores escolas, entrar em plena forma física e realmente se tornar alguém excepcional. Isso lhe deu a chance de colocar esse garoto... e os olhos e os ouvidos desse garoto... em qualquer lugar que quisesse.

Wyatt levou as mãos rapidamente à boca.

– Então, ele decidiu enfiar seu Cavalo de Troia ambulante na Agulha Pentagonal, para manter sua vantagem mesmo depois que assumi. Como bônus, já que o garoto tinha um processador neural financiado pelos contribuintes americanos, o velho

Joe pôde fazer mais do que espionar: ele também pôde programar remotamente o comportamento dele, ditar suas ações, usá-lo para atrapalhar operações no espaço, talvez até realizar vigilância em *pessoas de seu interesse,* não concorda comigo, Raines?

Tom se sentiu estranho, paralisado. Tantas coisas, tantas suspeitas vagas, tantos sentimentos que ele havia ignorado começaram a formar uma imagem agora terrivelmente clara. Yuri *não tinha falado* para Vengerov sobre ele. Vengerov o havia visto e ouvido diretamente *através* de Yuri.

– Eu encontrei o transmissor na cabeça dele na minha primeira semana aqui. Inventamos pretexto após pretexto para rodar novas varreduras do cérebro de Sysevich, esperando encontrar algum ponto de vulnerabilidade para que eu pudesse incapacitar esse transmissor. Mas não há um jeito de desativá-lo. Foi instalado em sua cabeça quando ele era tão pequeno que seus neurônios se desenvolveram em torno dele. É tão parte do cérebro dele quanto seu tronco cerebral, quanto seu cerebelo. É um dispositivo à parte do processador neural, mas pode ser usado para controlar seu processador. Tirar qualquer um desses dispositivos poderia matá-lo. E quanto a isso, eu tenho de me render ao velho Joe: foi uma maneira espetacularmente cruel de se certificar de que ninguém iria removê-lo. Afinal, só um monstro mataria uma criança para neutralizar uma ameaça de segurança.

Ele começou a esfregar a palma da mão sobre a boca. Um indício de raiva sinistra surgiu em sua voz.

– Agora que sabem a situação, senhor Raines, senhorita Enslow, vamos ter certeza de que entendem o que fizeram com seu amigo – ele apontou para Yuri. – Ele é um acesso clandestino em nosso sistema, que fala, anda e que não consigo desligar. Não pude expulsá-lo do programa, porque ele tem um patrono muito poderoso que quer ter certeza de que ele vai ficar aqui. Se expulsássemos Sysevich, o general Marsh ia ter uma avalanche de senadores pedindo para ele ser substituído. O garoto sequer poderia pensar em partir por conta própria, porque um setor de seu processador neural protegido contra gravação continha alguns algoritmos pré-instalados de condicionamento operante que o *compeliam* a permanecer aqui, não importava o que acontecesse.

Os olhos de Wyatt se arregalaram.

Contra a própria vontade, a mente de Tom se voltou para Yuri na escadaria naquele dia depois que todos escalaram a Agulha. Yuri havia lhe dito abertamente que a ideia de partir era como um peso terrível pressionando suas têmporas. Agora, Tom sentia muita raiva de si mesmo por não ter pensado em nada disso.

Ele *conhecia* aquela sensação, a sensação de um torno apertando seu crânio. O programa de Dalton tinha usado exatamente essa sensação quando o controlava. Tom sabia disso, mas não tinha ligado uma coisa com a outra.

– Agora já sabem por que instalei o programa de filtragem. Eu bloqueei os dados sensoriais de Sysevich. Ele não podia transmitir nada de útil para o outro lado. Ao tirar meu programa, você deu à Obsidian Corp. acesso completo não apenas a Sysevich, mas a todo o nosso sistema e a cada processador neural dentro dele. Temos sorte de não ter sido pior.

Tom tinha a vaga sensação de que precisava fazer algo, mas parecia ser incapaz de se colocar em movimento.

– Agora, acho que foi tempo suficiente – Blackburn murmurou, virando-se para Yuri. O programa de segurança se pôs em alerta, deixando a cabeça de Yuri ereta, seu corpo se colocando numa posição defensiva. – Não me importo com quão sofisticada uma interface de computador possa ser, eu quero lidar com um ser humano. Eu dei um tempo suficiente para o administrador remoto tomar o controle das ações de Sysevich. Presumo que esteja falando com uma pessoa agora?

O olhar de Tom se voltou para Yuri, e ele notou o minúsculo aceno positivo de cabeça vindo dele.

– Bom – Blackburn cruzou os braços. – Suponho que você tenha antecipado minha próxima ação?

– Você pretende neutralizar esse recurso – Yuri disse num tom monótono.

– Não, não – Blackburn balançou a cabeça negativamente. – Isso não deu muito certo da última vez. Neutralizá-lo deu a chance de alguém reativá-lo. Vou adotar uma abordagem diferente. Vocês todos jogaram Sysevich no meu colo e lutaram contra cada esforço que fiz de afastá-lo, portanto, deste dia em diante, vou usá-lo contra a Obsidian Corp. Estou pensando em mostrar seu processador para alguns ex-funcionários insatisfeitos, arranjar o testemunho de alguns especialistas. Eles vão dar uma olhada nos dados de seu processador e vão poder testemunhar honestamente diante do Comitê de Defesa que a Obsidian Corp. manipulava o processador de Sysevich na mesma época em que as invasões ocorreram. Sysevich vai ser minha prova de que a Obsidian Corp. nos traiu.

Tom viu o corpo de Yuri se tornar rígido.

– Isto não será permitido.

Os olhos de Blackburn brilharam.

– Não é sua escolha. Há suficientes dados sólidos em seu processador para provar de maneira indiscutível o envolvimento da Obsidian Corp – ele deixou isso pairar ali por um longo momento, depois acrescentou: – A não ser que alguém, de alguma forma, removesse o processador dele da Agulha Pentagonal. A não ser que Sysevich não estivesse mais no meu colo, porque alguém enfim decidiu que a hora dele chegou e que não haveria nenhum ganho em forçar sua presença aqui.

A mente de Tom processou as implicações do que Blackburn dizia. Sentiu uma pontada de remorso ao perceber que Blackburn forçava Vengerov a remover Yuri da Agulha. Vengerov provavelmente ia concordar. A cabeça de Tom pulsava, as entranhas formigando com a injustiça de toda a situação. Yuri não merecia nada daquilo.

De sua parte, Yuri – ou quem o controlava – permaneceu perfeitamente parado e silencioso, ouvindo Blackburn estabelecer os termos.

Blackburn pareceu ficar impaciente com o silêncio.

– Então? – ele abriu os braços. – A escolha é sua. Deixe Sysevich aqui e me dê uma arma, ou tire-o daqui e afaste esse processador de mim.

O olhar vazio de Yuri deslizou sobre eles e parou em Blackburn. Um sorriso lento curvou seus lábios, e algo nele fez Tom ter calafrios.

– Muito bem. Concordo. O processador dele não mais vai ameaçar a integridade da Agulha Pentagonal. Esse recurso será removido de sua custódia, tenente Blackburn.

E, de repente, Yuri pareceu recuperar o equilíbrio, quase como se estivesse cochilando durante alguma aula ou coisa parecida. Ele se endireitou, o rosto enevoado, perplexo, mas era *ele*. Era realmente *ele*.

– Como... como eu cheguei aqui? – Yuri piscou um pouco confuso. Olhou para os olhos baixos de Wyatt perdidos no chão, para o rosto tempestuoso de Vik direcionado para Tom, e parou na expressão fria de satisfação de Blackburn. – Senhor! – ele se aprumou e bateu continência.

Blackburn soltou o ar lentamente.

– Tenho más notícias para você, Sysevich...

Tom não queria ver o rosto de Yuri quando Blackburn contasse as más notícias, por isso seu olhar pousou na mão de Yuri, onde seus dedos deslizavam pelo teclado de computador que controlava o dispositivo de varredura. Uma confusão tomou conta dele, porque Yuri ainda olhava para Blackburn e não parecia ciente do que fazia.

Então, Tom percebeu que não era Yuri quem fazia aquilo.

Era outra pessoa.

Com o zumbido que ainda fazia o sangue de Tom se transformar em gelo, o dispositivo de varredura se ativou. A voz de Blackburn morreu quando as cinco pernas da garra de metal se ativaram e os raios brilhantes atacaram a cabeça de Yuri.

O pescoço de Yuri sacudiu para trás, expondo os tendões longos e tensos ao redor de sua garganta. O primeiro grito terrível foi arrancado dele quando os raios azuis envolveram sua têmpora, os braços se agitando em descontrole, todo o corpo em convulsão, como se ele estivesse em contato com um fio elétrico desencapado.

Tom fez menção de se aproximar, mas a mão de Vik se cerrou em torno de seu braço, impedindo-o. Ele viu Wyatt sendo puxada para trás por Blackburn, enquanto Yuri caiu no chão em convulsões.

– Não! – Blackburn gritou. – Isto é uma descarga elétrica.

A corrente sobrecarregou o dispositivo de varredura, e a unidade lançou faíscas e chiados. Os raios se extinguiram lentamente, deixando Yuri largado no chão, um silêncio terrível descendo sobre a sala.

Joseph Vengerov havia, de fato, se rendido aos termos de Blackburn. Ele removera o processador de Yuri do alcance de Blackburn, o processador de que Yuri dependia para viver.

Ele o havia destruído.

22

DURANTE OS MESES QUE SE seguiram, Tom nunca tinha certeza do que fazer quando visitava Yuri na enfermaria. Na maior parte das vezes, ele ficava ali parado olhando para a linha verde que cortava o monitor eletroencefalográfico, seu processador neural automaticamente assegurando que era o ritmo sinusal normal. Nesse dia, ouviu o dr. Gonzalez e outro médico discutirem sobre o caso no outro lado da sala, especulando como Yuri aguentara tanto tempo sem seu processador, mesmo em seu coma medicamente induzido.

– Talvez ele tenha nascido sob a estrela da sorte – Gonzales comentou. Depois, pareceu perceber o que havia dito e começou a rir, achando graça.

Tom se virou e foi embora. Não se enganaria mais. Sentia uma pontada de surpresa todos os dias quando encontrava Yuri ainda deitado ali, uma máquina respirando por ele, um marca-passo implantado que mantinha o sangue circulando pelas veias. Uma vez, poderia jurar, tinha visto as pálpebras de Yuri estremecerem como se ele sonhasse, mas, quando se aproximara, havia percebido que era uma impressão causada pela luz.

Pegou um sanduíche no refeitório. Viu Wyatt perto da porta e pensou: *Por que não?* Fazia um dia ou dois desde que ela tivera chance de ignorá-lo.

Jogou a bandeja na mesa e afundou no assento à sua frente.

– O que está rolando?

Os olhos escuros de Wyatt encontraram os dele por um instante, depois voltaram a atenção para o cilindro metálico preenchido com um líquido, contendo um processador neural que precisava ser reformatado. Como os processadores sobressalentes eram todos do velho grupo de soldados que havia morrido por causa deles, qualquer coisa que restasse nos computadores tinha de ser apagada – um diretório por vez. Só então podiam ser colocados na cabeça de outra pessoa. A todo lugar ao qual Wyatt ia atualmente, ela costumava carregar um. Ela os reformatava em vez de comer e, Tom suspeitava, em vez de dormir ou de fazer praticamente qualquer outra coisa.

Enquanto ele comia, Wyatt ajustou a lupa que havia prendido à tampa do cilindro de armazenamento metálico. Ela era sempre muito meticulosa em relação a usar pinças para arrancar uma linha fibrosa por vez do computador em forma de teia de aranha.

Era como se Wyatt acreditasse que, se reparasse um número suficiente de processadores usados, isso abriria caminho para Yuri receber outro. Tom sabia que tal coisa não aconteceria, mas, quando ele chamara sua atenção para esse fato, ela se levantara e se afastara dele. Por isso, não havia tocado mais no assunto.

– A senhorita Ossare me falou para lembrá-la de que você deve vê-la hoje – Tom disse com a boca cheia.

Wyatt fez que sim com um leve aceno de cabeça, reconhecendo que o tinha ouvido.

Tom não sabia por que Olívia vinha se dando esse trabalho. Se Wyatt não havia falado com ela ainda, não falaria nada nos próximos encontros. A última vez que Wyatt falara com alguém fora na manhã depois da eletrocussão de Yuri. Tom, Vik e Wyatt estavam reunidos ao redor da cama de Yuri, ainda em choque pelo que acontecera – juntos, mas já bem distantes.

Wyatt tinha olhado para eles com os olhos secos e declarado:

– Foi minha culpa – e fora tudo. Desde então, havia entrado numa obsessão absoluta em reformar os processadores velhos, embora houvessem dito de maneira explícita para eles que Yuri não receberia outro, mesmo que fosse para salvar sua vida.

Não fazia sentido, afinal. O transmissor de Vengerov sobrevivera à destruição do processador neural de Yuri. As forças armadas não viam motivo para desperdiçar recursos com alguém que não teria utilidade para eles. Se recebesse um novo processador neural e se recuperasse, Yuri permaneceria uma falha de segurança ambulante. Processadores neurais eram valiosos demais para gastar um deles apenas para salvar uma vida.

Tom ouviu vozes se elevando pelo refeitório, e viu Lyla socando o braço de Vik. O rosto dela tinha um rubor bem intenso, e Vik sacudia o corpo de tanto rir por causa de alguma coisa. Ele e Vik não se falavam havia algum tempo. Blackburn classificara oficialmente o incidente de Yuri como um erro de hardware embutido, mas o fato de quase ter sido acusado de traição havia assustado Vik. Era evidente que ele não pretendia arriscar ter mais problemas permanecendo perto de Tom. Começou por não se sentar junto dele no refeitório nem na aula de programação.

Morar na outra ponta do corredor se tornou mais como morar em outro continente. Tom via Vik andando com Giuseppe algumas vezes, como se realmente estivessem se tornando amigos. No entanto, na maior parte do tempo, Vik estava com Lyla. Eles tinham reatado, e por mais de doze minutos desta vez. Tom normalmente os via discutindo, ou em algumas ocasiões sendo exageradamente carinhosos. Muitas vezes, ela parecia brava, o que, pelo jeito, Vik sempre achava engraçado.

Tom não se incomodava. E com certeza não se sentia magoado. Havia um estranho senso de cristalização dentro dele, como se algo houvesse se tornado bem rígido e resistente em seu peito. As coisas eram do jeito que eram. Talvez mesmo um grupo de amigos próximos como eles não pudesse sobreviver a testemunhar o assassinato de um amigo.

Tom deletou seu modelo de quarto e a estátua Cretino Limitado. Livrou-se de tudo.

É CLARO QUE DE INÍCIO Tom ficou com raiva. Quando soube que Yuri não receberia outro processador – que sua vida não seria salva –, encheu-se de determinação. Faria o que pudesse – entrar em máquinas, passar pelo firewall da Obsidian Corp., invadir os sistemas de Vengerov e explodir o transmissor no outro lado. Se isso falhasse, ele explodiria a própria Obsidian Corp., caso fosse necessário. Esse era o plano. Então, Yuri não seria mais uma falha de segurança e poderia receber um processador.

Ele havia tentado. E falhado. A Obsidian Corp. tinha algo que ele acreditava ser impossível: um firewall que ele não conseguia penetrar.

Quando Medusa apareceu no seu avião durante uma simulação da Batalha de Midway, Tom se aproximou dela.

– Medusa! – ele quase tinha se esquecido de pensar nela ultimamente, com tudo que havia acontecido. – Estou tão feliz por você estar aqui.

– Sei que tenho estado distante – ela disse. – Queria lhe dizer...

– Medusa, preciso lhe perguntar uma coisa – ele navegou em meio ao caos, apenas um fragmento de sua atenção no conflito. – É importante.

– Preciso perguntar algumas coisas também. Certo. Bem, quando você me beijou...

– Não agora – Tom disse. – Não posso agora. Não é uma boa hora. Olhe, você já foi jogada para fora de um sistema enquanto realizava uma interface com ele? Preciso saber.

Houve um silêncio denso. Sua voz ficou gelada.

– O que você quer dizer?

Ele não percebeu o tom frio na voz dela.

– Se você tenta realizar uma interface do jeito que fazemos e entra num sistema, mas é expulsa dele, o que isso significa?

Ela fincou os dedos no ombro dele.

– O que pretende fazer?

– Tenho que entrar no sistema da Obsidian Corp. É importante – Tom insistiu.

– A Obsidian Corp.? Obsidian Corp., Tom? – ela fincou os dedos com mais força. – Está tentando fazer com que sejamos capturados? Assim vai entregar nós dois.

– Tenho que fazer isso! – Tom se virou para ela, e o avião começou a descer de maneira descontrolada, a força da gravidade agindo sobre ele. – Medusa, tenho de excluir algo do sistema deles. Pode me dizer como fazer isso ou não?

– Não – ela respondeu com rispidez.

– Certo. Eu vou continuar tentando. Mas talvez não consiga sem a sua ajuda.

Ela ficou em silêncio por um longo momento enquanto o avião sacolejava. Depois, falou tão baixinho que ele quase não ouviu:

– Não devia ter voltado.

– Espere... – Tom disse, mas não a tempo.

Desta vez, quando ela desapareceu, Tom percebeu que havia arruinado tudo. Seu avião continuou descendo numa queda fatal, e o mundo irrompeu em chamas.

MAS TOM TENTOU algo a mais. Foi até Blackburn. Entrou em seu escritório e se instalou no assento à sua frente, ignorando a confusão no rosto do homem mais velho.

– Senhor, não consigo ultrapassar o firewall da Obsidian Corp. Pode me ajudar?

– O que quer dizer?

– Você sabe o que quero dizer – Tom respondeu de modo feroz. – Vou neutralizar a ameaça de segurança. Vou destruir o transmissor da Obsidian Corp.

Blackburn esfregou a palma da mão na boca.

– Não posso permitir isso.

– Não vou ficar sentado aqui enquanto Yuri agoniza!

– Você fez algo para alertar Joseph Vengerov do que é capaz de fazer, Raines?

– Não, claro que não.

– Então, como ele foi capaz de bloqueá-lo? – Blackburn indagou num tom ameaçador. – Eu ainda nem descobri como bloqueá-lo, e sei sobre Yuri. Joseph Vengerov sabe sobre você?

– Não! Não sei como ele fez; só sei que não posso atravessar o firewall deles, mesmo quando realizo uma interface – Tom apoiou as mãos na mesa. – Senhor, se conseguir me fazer atravessar de alguma forma, posso consertar tudo isso. Viu o que fiz com o dispositivo de varredura aquela vez? Eu o eletrocutei.

– Lembro-me de você ter feito aquilo por acidente, não de maneira deliberada.

– Mas eu *posso* fazê-lo! Eu posso. E posso fazer o mesmo com o transmissor também. Posso libertar Yuri dele, e você poderá convencer alguém a lhe dar outro processador neural. Preciso ser capaz de entrar nos sistemas da Obsidian Corp. Você pode me colocar lá dentro por alguns minutos?

– Não consigo colocar nem a mim mesmo lá dentro por alguns minutos, Raines! – Blackburn rugiu em resposta. – Por que você acha que acompanhei fisicamente os recrutas para a Antártida? Eu teria saqueado com prazer algum material de chantagem no conforto dos meus aposentos, mas não pude. Sabe por quê? Porque não consigo hackear a Obsidian Corp. com o próprio hardware deles, o próprio software deles. Aquela instalação é um Forte Knox virtual. Você não pode atingi-la de fora. Só pode saquear coisas de dentro e se tiver acesso privilegiado à intranet deles. Por que acha que fui lá pessoalmente?

Tom piscou. Só então ocorreu a ele que Blackburn havia corrido um risco gigantesco. Vengerov poderia ter feito qualquer coisa com seu processador enquanto estivesse nos domínios dele.

– Se não consegue estabelecer uma interface para entrar lá – Blackburn lhe disse –, bem... fico feliz. É o melhor para todos nós. Se destruir aquele transmissor, Joseph Vengerov não descobrirá apenas um fantasma em seu sistema, mas também vai saber que esse fantasma é alguém que queria o transmissor destruído. E vai limitar os suspeitos a uma lista de três: você, Enslow e Ashwan. Já não machucou seus amigos o suficiente?

Tom cerrou o maxilar.

– Vou destruir todo o supercomputador ao qual ele está ligado. Ele não vai saber que estou indo atrás do transmissor.

– A resposta é não. Eu não o ajudaria a fazer algo tão estúpido e arriscado, mesmo que pudesse.

– Seria eu a correr o risco, não você.

Blackburn soltou uma risadinha desagradável.

– Você ainda não é capaz de fazer a ligação entre ações e consequências involuntárias de longo prazo, não é, Raines? Se Joseph Vengerov alguma vez o pegar, não vai ser mais seu *risco;* vai se tornar meu também, porque ele vai apagar seu cérebro e talvez o abra para ver como você funciona. Então vai descobrir como transformar sua habilidade numa arma e usará tudo que você pode fazer contra a Agulha. Já me mantenho nesta instalação me segurando na ponta dos dedos a uma saliência minúscula. Você não vai diminuir ainda mais essa saliência, não se eu puder impedi-lo.

– Mas Yuri vai morrer! Não pode permitir que isso aconteça. Não pode deixar.

Blackburn se recostou na cadeira.

– Quando contei a Joseph Vengerov que ia usar o processador de Sysevich contra ele, o que você achou que fosse acontecer?

Tom não conseguia falar; não podia.

– Posso lhe dizer o que *eu* achei que fosse acontecer. Uma possibilidade era que Joseph Vengerov fosse apenas abandonar esse recurso. Desistir dele de vez. Eu não considerei essa hipótese provável.

Tom o olhou boquiaberto.

– Você sabe que ele poderia...

– Que ele poderia escolher erradicar uma ameaça potencial uma vez que tinha conhecimento de que eu a usaria contra ele? Sim, eu sabia. Esse era o cenário mais provável. Mesmo assim, eu o ameacei.

Tom não conseguia falar.

– Não me olhe desse jeito – Blackburn tornou num tom sombrio. – Você fez isso, não eu. Sysevich estava morto no minuto em que vocês decidiram remover meu software e, se eu não soubesse que vocês seriam um perigo maior lá fora que aqui, teria feito as consequências caírem sobre a cabeça de cada um de vocês por matarem seu amigo.

Tom estremeceu.

Em meio à névoa que embaçava sua visão, começou a perceber Blackburn esfregando a palma da mão na boca.

– Vá para a cama, Tom. Está tarde.

Mas Tom não havia terminado.

– E quanto a Wyatt?

A tensão surgiu na voz de Blackburn.

– Saia da minha frente, Raines.

– Ela realmente está em farrapos.

Uma veia saltou na testa de Blackburn. Ele não disse nada.

– Ela não quer falar comigo. Com ninguém. Ela o admira. Se falasse com ela...

Ele balançou a cabeça em uma negativa.

– Está pedindo para a pessoa errada. Mande-a para Ossare.

– Wyatt cometeu um engano. É tudo. Você não precisa agir como se tivesse sido traído... Ela desbloqueou Yuri em um momento em que vocês dois nem estavam se falando, porque você a culpava de algo que ela não tinha feito. Mas ela superou isso. Agora você vai lhe dar as costas? Achei que estivesse cuidando dela.

Levou tanto tempo para Blackburn falar que Tom quase achou que ele não se daria o trabalho. Mas então ele disse num tom gentil:

– Ela é muito talentosa, e não tem nenhuma defesa contra esse mundo. Não há ninguém ao lado dela, nem na casa dela, por isso, admito: às vezes, eu me sinto... protetor. E isso faz com que em determinadas ocasiões eu me engane ao tentar lembrar como foi antes – ele ficou em silêncio.

– Como *o que* foi antes? – Tom deixou escapar.

– Ser um pai. Ter algum investimento no futuro – sua voz adotou um tom como se zombasse de si próprio. – Ter uma alma, iludir a mim mesmo com esperança. Mas, no final das contas, sei o que sou, e é por isso que não posso ajudá-la agora. Ela precisa de algo que não sou capaz de dar a ela, Tom. Não posso oferecer perdão. Não tenho nenhum. Nem para mim mesmo.

DEPOIS QUE AQUELA PORTA final se fechou, batendo atrás dele, uma sensação de vazio tomou conta de Tom. Ele se tornou estranhamente distante da situação toda. Algumas vezes, na maior parte delas, quando estava sentado se defendendo das perguntas intrometidas de Olívia Ossare durante as sessões de aconselhamento que todos eles haviam sido forçados a frequentar desde o acidente de Yuri, Tom se perguntava se tinha algo errado na maneira muito fácil pela qual as coisas haviam meio que se dissolvido no caso dele, sem destruí-lo. Não se afastara de Wyatt e não estava partindo para outra, cortando quaisquer associações com o que havia acontecido, como Vik fizera. Tom apenas seguira em frente.

Depois da perda de todos os seus amigos, e de seu futuro, era quase como se as coisas tivessem se tornado normais. Ele sabia como era se sentir sem raízes. Sabia o que era não ter nada à frente. Sabia o que era não ter nenhuma ligação. Essa coisa que tanto receara enfim havia acontecido, mas não era um choque intenso, e sim uma espécie de atmosfera sombria familiar que descia sobre tudo. Essa outra pessoa – o Tom Raines que era o Doutor do Destino com Vik, que ajudara Wyatt a entender outras pessoas, que se maravilhava com qualquer nova façanha sobre-humana de Yuri –, agora era quase como um estranho que havia encontrado de passagem e já tinha partido.

Tom começou a jogar pôquer com Walton Covner e alguns dos recrutas mais velhos. Ainda era um assassino eficiente em simulações. Havia se acostumado com os dedos falsos, mas não jogava mais videogames de realidade virtual. Pegava as luvas de vez em quando, por hábito, mas nunca as colocava. Elas o faziam sentir um buraco no peito.

Não se sentia infeliz. Tão logo ficou completamente claro para ele que não haveria nenhum jeito de conseguir mudar a cabeça de Blackburn, nenhuma maneira pela qual pudesse invadir os sistemas da Obsidian Corp., tão logo percebeu que não havia mais esperança, enfim foi capaz de aceitar uma verdade nua e crua sobre a vida: o mundo recompensava sociopatas como Vengerov e destruía pessoas boas como Yuri.

Tom entendeu por fim por que seu pai via a humanidade como algo sem valor. Era difícil perceber o valor de alguma coisa quando os caras maus sempre ganhavam.

Talvez amadurecer fosse apenas isso.

TOM TERMINAVA O ALMOÇO em silêncio com Wyatt quando Heather se aproximou da mesa. Sentiu a mão dela deslizar por seu ombro.

– Ei, Tom! Vamos nos enfrentar nos exercícios aplicados de hoje. – Havia uma nota de empolgação em sua voz.

Ele a encarou em resposta.

– Hum... Que ótimo.

– Estou tão empolgada... você não está?

– Com certeza.

Era estranho como algo nos últimos meses havia acendido o interesse de Heather por ele. Ela estava constantemente chamando sua atenção e sorrindo daquele jeito convidativo que o teria deixado todo confuso. Ou ela esticava a mão, quase por acaso, e arrumava o colarinho dele, ou mexia em seu cabelo, coisas assim. Ele não tinha certeza do que pensar, então não se dava o trabalho na maior parte do tempo.

– Você vai vir lutar comigo mais tarde, não vai? – Heather perguntou com uma piscadela.

– É – ele deu de ombros. – Por que não?

– Maravilhoso – ela coçou o pescoço dele com a ponta dos dedos, para sua grande confusão, e se afastou da mesa, os quadris ondulantes ao caminhar. Não havia dito uma palavra para Wyatt, nem uma daquelas frases simpáticas e falsas que usava antes. Seu endereço de IP havia sido alterado em preparação para a luta no lugar de Elliot na reunião de cúpula do Capitólio daquele ano. Uma vitória ali ou mesmo uma derrota decretaria o fim oficial para sua desgraça e uma chance real de ser o rosto da ComCam no próximo ano. Isso parecia tudo o que Heather desejava – uma chance de se elevar bem acima de todos os outros. Tom não se importava muito. Ao menos, ela deixava Wyatt quieta agora.

– Bem, temos que ir para os exercícios aplicados – Tom disse para Wyatt. Colocou-se de pé. – Até mais tarde.

Não esperou pela resposta. Sabia que ela não viria.

DURANTE A SIMULAÇÃO da Armada Espanhola naquela tarde, Tom largou a histórica estratégia inglesa de ficar para trás e confiar na superioridade de armas e guiou uma equipe para invadir um navio espanhol em chamas atrás do outro. Limpava o sangue da espada quando o ruído de botas soou da escada para a cabine e Heather Akron emergiu, vestida com a armadura do duque de Medina-Sidonia, o cabelo escuro se derramando sobre os ombros.

– Bem a tempo – ela lhe disse. – Estava preocupada que fôssemos afundar antes de você chegar aqui.

– Estou aqui – Tom levantou a espada. – Quer fazer isto ou não?

Heather balançou a cabeça negativamente.

– Eu menti. Não queria vê-lo para lutar. Tem uma coisa que quero mostrar para você. Venho esperando há um bom tempo por isso. Dê uma olhada por aquela vigia.

Tom deu de ombros e atravessou o navio para olhar pela janela arredondada. Ela devia ter mexido na simulação, porque ele não viu o oceano nem navios de batalha. Em vez disso, viu uma imagem que lhe era familiar.

De um ângulo superior, Blackburn lançava a luz projetada do dispositivo de varredura.

– Vai me mostrar essa lembrança, Raines!

E Tom preso na cadeira, se negando...

Ele recuou, a cabeça a mil.

– Isso é gravação de segurança. Deve ser familiar para você.

– E daí? – Tom falou, forçando-se a aparentar uma tranquilidade que não sentia. – Todo mundo sabe que Blackburn usou o dispositivo de varredura em mim.

Heather se aproximou, e ele sentiu a respiração dela fazer coceguinhas em sua nuca.

– Você se lembra de quando Enslow e eu tivemos nossa briguinha em dezembro passado? Eu enfiei um cookie de rastreamento nela. Por um tempo, só observei o que ela fazia no sistema.

Ele lhe deu um sorriso azedo.

– Todo esse esforço para achar um podre sobre ela?

– Sim, e deu resultado. Encontrei essa gravação. Não estava completa. Havia horas inteiras faltando, e elas não estavam no sistema em lugar nenhum, mas essas grandes lacunas me deixaram curiosa sobre o que aconteceu durante esse tempo.

Tom se recostou contra a parede, esperando pelo que quer que ela quisesse dizer.

– Foi aí que percebi algo, Tom – ela prosseguiu. – Havia dois computadores que ainda tinham a gravação: o processador do tenente Blackburn e o seu. Foi esse o motivo pelo qual o convidei para a simulação do torneio de lanças.

Tom compreendeu. Fora Heather. Aquela mensagem estranha durante a simulação de Ano-Novo: *Erro. Conexão perdida. Download pausado. 98% completo.* Havia sido ela. Ela tinha saqueado seu processador.

Não havia sido Blackburn.

Então... ela sabia. Tom se perguntou o que aconteceria a partir dali.

– Você me pegou. Imagino que saiba de tudo?

– Ah, sei tudo sobre o que você pode fazer – ela informou. – Também sei que o tenente Blackburn ficou calado. Ele não contou para as forças armadas, nem mesmo para a Obsidian Corp., o que é engraçado, porque eles adorariam estudar você.

Tom sabia que ela mencionava aquilo por um motivo: para colocá-lo na defensiva. Deveria estar alarmado, mas tudo que sentiu foi irritação.

– Você deve querer algo de mim, então, fale de uma vez.

Heather deu de ombros.

– Um acordo mutuamente benéfico. Não vou dizer para ninguém o que sei sobre você se me ajudar com uma coisa.

Ele riu baixinho.

– Está me chantageando?

– Tentei tornar isso fácil para você, Tom, mas você vem ignorando minhas tentativas de me tornar sua amiga, então... sim, estou oficialmente chantageando você. Entenda: vou lutar no lugar de Elliot na reunião de cúpula do Capitólio este ano. Mas é muito importante que eu não desperdice essa chance. Tenho que ganhar, e Medusa derrota todo mundo, menos você. Agora que sei o que você pode fazer, entendo por quê.

Tom inclinou a cabeça para trás, pensando em Medusa. Essa lembrança inesperada lhe trouxe uma dor aguda. Por um longo e doloroso momento, sentiu-se sozinho no mundo.

Heather continuou com a pressão, seu olhar como que o perfurando.

– Acho que, se você causasse um ou dois problemas de funcionamento inoportunos enquanto ela está controlando a nave, isso me ajudaria bastante a ter uma chance de derrotá-la.

– É claro – Tom respondeu num tom cansado, e os olhos de Heather brilharam com fúria pela indiferença descontraída que ele demonstrava em relação a ela. Ele ignorou Heather enquanto ela tentava deixar bem claro que aquilo não era uma piada, que ia entregá-lo se ele não fizesse o que ela pedia. Mas tudo em que Tom conseguia pensar era que as coisas sempre voltavam para Medusa. Para que atacasse Medusa. Não importava o quanto ele evitasse, não importava o quanto não quisesse, era como se estivesse destinado a ser a ruína da existência dela.

TOM SE ESPARRAMOU no chão próximo das pernas de Wyatt no arboreto, enquanto ela o ignorava, trabalhando como de costume em reformatar um processador. Olívia Ossare tinha lhe passado alguns exercícios de destreza para os dedos. Aparentemente, cirurgiões se utilizavam deles também. Era um tanto estranho ter um adulto insistindo para que jogasse videogames de novo. Ela devia pensar que ia animá-lo ou algo assim.

Os exercícios na verdade eram legais. Um envolvia virar uma moeda de uma articulação do dedo para a outra. O outro era descascar uma maçã com uma faca, tentando tirar tão pouco do miolo quanto possível. Tom inspecionou sua última tentativa, na qual havia arrancado um pequeno pedaço da polpa.

– Está vendo? Se eu estivesse fazendo cirurgia em alguém agora – ele mostrou a maçã para Wyatt –, a pessoa estaria com uma hemorragia.

Ela levantou os olhos brevemente para encará-lo, o que surpreendeu um pouco Tom. Ele deu uma boa mordida na maçã, observando-a. Foi então que ouviu passos esmagando gravetos, vindo em direção a eles. Lançou um olhar despreocupado para as moitas e viu Elliot surgir.

– Tom. Wyatt – ele os cumprimentou. Apontou para um banco próximo. – Vocês se incomodam?

– Nem, cara – Tom respondeu, acenando com a cabeça para que se sentasse.

Fora a simulação da Cavalgada da Vingança de Wyatt Earp, não haviam se falado muito desde Yosemite, quando Elliot havia lavado as mãos em relação a ele. Elliot se ajeitou no banco, colocando os cotovelos sobre os joelhos. Estudou os restos de maçã jogados pelo chão.

– Brincando com comida?

– É uma longa história – Tom disse. Não era; ele só não tinha vontade de explicar. Enfiou a faca na maçã e a deixou ali.

– Bem, Heather vai lutar no seu lugar na reunião de cúpula do Capitólio. Pelo visto, seu esquema diabólico para sagrá-la sua rainha está funcionando.

– Assim espero – Elliot tamborilou os dedos na coxa, os olhos escuros oscilando entre Tom e Wyatt. – Vamos conversar em algum lugar mais reservado?

Tom arqueou as sobrancelhas.

– Não acho que Wyatt vá contar alguma coisa para alguém. Ela não anda falando muito nos últimos tempos.

Elliot suspirou.

– Tom, tenho de lhe perguntar uma coisa. Adiei por muito tempo, mas você parece tão abatido ultimamente que tenho de fazer isso agora.

– Abatido? – Tom perguntou.

Elliot esfregou a nuca.

– Na Antártida, quando você saiu para fora daquele jeito... você não estava tentando se matar, estava?

Tom o encarou.

– O quê?

– Eu esperava que, ao me recusar a trabalhar com você, estaria lhe ensinando alguma coisa – Elliot falou com sinceridade. – Mas não estava desistindo de você por completo. Não disse aquilo para tirar toda a sua esperança. Acho realmente que você tem um futuro aqui.

Tom enfim compreendeu as palavras dele. E começou a rir.

– Não é engraçado – Elliot respondeu, o tom de voz severo.

– Elliot, você acha que eu tentei me matar por sua causa?

Elliot esboçou um pequeno sorriso.

– Quando você coloca dessa forma, parece um tanto engraçado.

– É. Só um pouco – ele olhou para Wyatt e poderia jurar ter visto um sorriso minúsculo e passageiro nos lábios dela. Isso o animou. – Não, Elliot. Não tentei me matar. E não estou abatido, certo? Mas, se estiver um pouquinho, talvez, é porque... – ele olhou para Wyatt, e ela encarava intensamente o processador em que trabalhava como se tentasse dar a impressão de não tê-los ouvido. – É por causa de outras coisas.

Elliot passou a mão pelos cabelos negros, depois disse:

– Não sei se isso vale alguma coisa, mas tenho pensado bastante e surgiu uma ideia sobre o que você pode fazer.

– Hein? – Tom perguntou.

Elliot se inclinou, aproximando-se de Tom.

– Você sabe o que as pessoas apreciam ainda mais do que alguém que causa uma ótima primeira impressão neles? Alguém que aprendeu com o erro de suas ações.

– O erro de minhas ações? – Tom repetiu.

– Sim. Você não percebe, Tom? O que aconteceu nas reuniões de apresentação já faz muito tempo. Você teve uma experiência em que quase morreu e que transformou sua vida, e você perdeu um... – ele não mencionou Yuri na frente de Wyatt. – Outras coisas aconteceram com você. Você pode afirmar com sinceridade que adquiriu alguma sabedoria, alguma compreensão. Se pedir desculpas aos CEOs formalmente, talvez numa carta escrita à mão num papel elegante, eles possam ser persuadidos a lhe dar uma segunda oportunidade.

Elliot disse isso de maneira bastante sincera, mas Tom se descobriu lembrando-se do sorriso arrogante de Dalton quando lhe ofereceu a chance de ficar de joelhos e compensar seus erros.

– Certo – Tom resmungou. – E aí eles vão poder emoldurar meu pedido de desculpas escrito à mão num papel elegante e colocar na parede. Ah, e talvez me acrescentar a mais algumas listas de observação de terroristas? O que os impede, afinal de contas?

– É uma possibilidade – Elliot concordou. – Mas sua melhor oportunidade está em mostrar arrependimento. Acredite ou não, um pedido de desculpas pode...

– ...dar a eles uma enorme sensação de que têm poder sobre mim? – Tom explodiu de repente, inesperadamente furioso, como se uma barragem houvesse se rompido dentro dele. – Fazer com que sintam que me domaram feito algum animal? Prefiro congelar até a morte do que dar essa satisfação a eles!

– E aí vem você de novo – Elliot se espantou. – Que serventia tem pra você informá-los a cada oportunidade o quanto você os despreza? Isso não o levou a lugar nenhum. Basta dar uma boa olhada... em Karl Marsters!

– De jeito nenhum – Tom cortou o ar com a mão. – Karl *não* é minha culpa. Ele está querendo me caçar desde que cheguei aqui.

– Não é assim que Karl vê, e não é como eu vejo.

– Certo, certo. Então, explique. Me diga por que é minha culpa o fato de Karl querer me pulverizar.

Elliot se inclinou para ele.

– Você ainda se pergunta por que Karl o odeia? No primeiro dia em que chegou aqui, você o socou na frente de todo mundo.

– Eu estava sob a influência de um vírus de computador – Tom protestou. – Blackburn confirmou isso também!

– Sim, o tenente Blackburn confirmou. De uma maneira que envergonhou Karl por ter sido socado por um recruta com metade do seu tamanho. *Duas vezes,* foi o que ele disse. O que você acha que Karl sentiu?

– Raiva e impulsos homicidas, como Karl sempre sente.

– Humilhação, Tom. Você feriu o orgulho dele.

– O quê? Karl foi se queixar para você sobre isso?

Elliot bateu o indicador na têmpora.

– Memória fotográfica. Posso chegar a uma conclusão sobre o resto.

– Ele tentou me bater alguns dias depois, portanto, teve sua revanche – Tom se queixou.

– Tenho certeza de que ele tentou, mas também tenho certeza de que não foi bem-sucedido – Elliot respondeu. – Estou convicto de que Karl nunca saiu vencedor contra você, porque se tivesse, mesmo que só uma vez, teria costurado esse buraco enorme que você abriu no orgulho dele e o teria deixado em paz há muito tempo.

Tom respirou fundo para gritar a resposta automática de que Karl *havia* ganho dele algumas vezes sim, quando tinha ajudado Dalton a fazer lavagem cerebral em Tom. Ele com certeza tinha saído vencedor nessas vezes. Mas algo ocorreu a Tom nesse instante: não, Karl não se saíra melhor na análise geral. Depois do banho de esgoto no Beringer Club e da humilhação na frente daqueles executivos, Karl com certeza havia fracassado.

– Sua vida seria consideravelmente mais fácil se, em vez de irritar seus inimigos de modo intencional, garantindo que eles saibam que você não se importa com o que eles pensam... Se, em vez disso, você os deixasse ter vitórias fáceis sem significado aqui e ali; seria uma conciliação.

Tom desistiu de tentar pegar leve.

– Quer saber, Elliot? É hilário ouvir a palavra *conciliação* de um sujeito que desistiu de uma pessoa por quem tinha sentimentos fortes porque a Coalizão disse não. Um sujeito que queria desistir, mas de novo ouviu um não. Você desperdiçou um ano fazendo todo o esforço para ajudar Heather Akron a tomar seu lugar nessa gaiolinha confortável, quando sabe que ela o apunhalaria pelas costas se isso a colocasse lá, e tudo isso porque você não quer perturbar essas pessoas que acham que têm direito de ser seus soberanos. Vou lhe dizer, cara: sua definição de conciliação está mais para "rendição total" para mim.

– Ah, então acha que eu me rendo demais? Bem, e eu digo que você não cede um centímetro de terreno para ninguém. Mesmo quando os outros estão certos.

– Tem razão – Tom disse. – Eu não consigo.

Eles ficaram ali por mais alguns instantes.

Elliot abriu a boca.

– Agora você só está querendo ser do contra, não é?

– Não, não estou.

– Ah, sei... Isso é exatamente o que você está fazendo. Eu tinha todo um argumento muito bem articulado sobre você ser absurdamente teimoso, e você tinha que minar minha opinião, concordando comigo. Fez isso de propósito.

– É como eu opero. Desculpe, cara. Não é nada pessoal.

O sorriso de Elliot sumiu.

– Devo parecer um fraco pra você.

Tom se ajeitou, inquieto e perturbado com o rumo da conversa.

– Não falei isso.

– Nem precisou – Elliot se levantou, prestes a partir.

Tom quase o deixou ir embora nesse clima. Quase. Mas ele não pôde evitar o pensamento de Elliot resgatando-o na Dominion Agra e lhe dizendo que o recomendava para promoção na Companhia Intermediária. Tom não queria que Elliot partisse achando que o considerava um banana. Não era o que pensava dele.

– Ei, Elliot... Espere.

Elliot deu meia-volta.

Tom deu de ombros.

– Não sei se isso vale alguma coisa, mas as pessoas gostam de você bem mais do que de mim. Há um monte de gente que adoraria me encher de pancada. Quero dizer, um monte *mesmo*. E sim: pessoas que não o conhecem querem bater em você porque você é uma celebridade, e todas as garotinhas de doze anos o amam, mas, bem, não pessoas que o conheceram de verdade. Estas gostam de você. Você não é fraco. Na verdade, eu acho que você é mais esperto que eu.

Elliot olhou para ele, a boca se curvando.

– É claro que você tem mais inimigos que eu, Tom. Pessoas que precisam controlar as outras sentem-se ameaçadas diante da força, e você é indomável. É por isso que elas não se preocupam comigo: eu não sou indomável – ele considerou as próprias palavras. – Eu me pergunto às vezes se isso não é uma coisa boa, afinal de contas.

Tom não tinha uma resposta para isso. Enquanto o som dos passos de Elliot esmagando gravetos se afastava, Tom se ajeitou de novo próximo de Wyatt em meio à serenidade não natural do arboreto. Observou-a cutucando a maçã que ele havia empalado com sua faca como se estudasse um experimento.

Depois de um tempo, ela ficou imóvel e falou as primeiras palavras para ele em meses:

– É melhor você nunca se tornar cirurgião, Tom – ela pronunciou a frase com grande solenidade.

Tom congelou, tão surpreso que ficou sem saber o que dizer por um tempo. Depois, colocou os pensamentos em ordem e optou pela melhor rota para lidar com aquilo: da maneira mais casual possível.

– É – ele concordou, pegando a faca pelo cabo e segurando a maçã para cima. Parecia um pouco com uma cabeça numa lança, então ele espalhou lama nela, desenhando olhos e uma boca. – Acho mais fácil remover cabeças do que recolocá-las no lugar.

Ela baixou a cabeça de novo enquanto recomeçava a trabalhar no processador, mas Tom viu aquele vestígio de sorriso mais uma vez, e percebeu que as coisas podiam acabar bem no final das contas.

23

A reunião de cúpula do Capitólio era transmitida de dentro do Capitólio dos Estados Unidos, onde os combatentes que duelavam se enfrentavam na Rotunda, dirigindo suas naves controladas remotamente. O servidor que usavam ficava dentro do Capitólio, mas os chineses sempre burlavam a conexão entre Svetlana e a nave dela, e davam o controle a Medusa. Os americanos, da mesma forma, trocavam Elliot por um substituto – neste ano, Heather. Ela realizaria a batalha na sala oculta que dava vista para a Rotunda, dirigindo remotamente a nave de Elliot.

Antes de sair da Agulha, Heather deu a Tom metade de um par de nódulos de interface de pensamento. Sob seu enorme cabelo escuro, ela estaria usando a outra. Eram dispositivos de curto alcance, por isso Tom tinha de ir ao Capitólio a fim de ficar próximo o suficiente para realizar uma interface com Heather e, por meio dela, com sua nave... e com a de Medusa.

As naves se encontravam no Texas e iam participar de uma batalha onde valia tudo, com munição de verdade em meio à paisagem rochosa. Montanhas dentadas serviam como obstáculos e proteção, e tudo o que os combatentes tinham de fazer era permanecer dentro da zona de combate pré-determinada para que o público pudesse apreciar, na sua grandeza, todos os *outdoors* florescentes que haviam sido colocados estrategicamente para o evento, de forma que, quando as câmeras filmassem as naves se enfrentando, também filmariam os anúncios no céu acima deles.

A chave para escapar dos bancos de dados biométricos do Departamento de Segurança Nacional era a assimetria, então Tom colocou um adesivo com um *smiley* no rosto para garantir que ninguém o identificasse em meio à multidão do evento... só para se precaver. Ele se espremeu entre a massa de pessoas do lado de fora do Capitólio até conseguir ver as grandes telas de exibição montadas diante da multidão reunida. A imagem brilhando mostrou a paisagem do Texas e se deslocou para cima, exibindo os logotipos das várias empresas da Coalizão de Multinacionais que tinham pago para colocar anúncios por todo o local do conflito. Todas as corporações afiliadas indo-americanas e russo-chinesas tinham presença ali. As imagens da tela passaram para dentro da Rotunda, onde os homens e as mulheres mais poderosos do mundo estavam reunidos para assistir ao evento.

Elliot estava sentado atrás de um conjunto de controles, no lado oposto a Svetlana Moriakova, do lado russo-chinês. Preparavam-se para fingir pilotar suas naves em combate.

Tão logo chegou à multidão, Tom colocou o nódulo de interface de pensamento na porta de acesso na nuca e mandou para Heather a mensagem: *Estou aqui.*

Os pensamentos dela se registraram no seu cérebro. *Excelente. Vamos começar logo. Pronto para ganhar isso?*

Tom esboçou um sorriso irônico. *Você não pediu uma vitória. Você pediu uma pane.*

Mas de que vai adiantar isso para mim se eu perder?

Não é problema meu, ele pensou em resposta.

Ah, sim, é. Se eu perder, vai se tornar seu problema mesmo.

Ele sentiu uma onda de irritação. Não podia garantir uma vitória. Não contra Medusa. Não contra a única pessoa que era capaz de enfrentá-lo no mesmo nível. *Você não pode exigir no último minuto mais do que o combinado.*

Posso, porque, caso você não tenha percebido, tenho vantagem aqui. Estou segurando você pela garganta, e, se for esperto, não vai se esquecer disso.

Ele começou a ranger os dentes. Por um momento, lutou contra a vontade de arrancar o nódulo de interface e jogar tudo para o ar. Descobriu-se olhando para a tela de novo, fazendo uma panorâmica de todos aqueles *outdoors* florescentes que reluziam com os logotipos que ele odiava de todo o coração, encarando o sinistro logotipo em forma de olho da Obsidian Corp.

Estremeceu de fúria só de pensar em Vengerov. Desviou o olhar da tela e se descobriu olhando para mais um trabalho de Vengerov: as câmeras de segurança, todas voltadas para a multidão. Seu olhar se lançou para cima, rumo aos drones que pairavam sobre eles no céu, colhendo imagens das pessoas na multidão para bancos de dados futuros. Viu a parede maciça de vidro à prova de balas e mísseis em volta dos degraus que levavam ao Capitólio, tudo para proteger os legisladores eleitos por máquinas de votação e o capricho dos homens por trás daqueles logotipos. Vengerov protegia todas as empresas; mantinha a segurança e o estado de vigilância que lhes permitia pairarem tão enormes sobre a multidão.

Quando Heather sinalizou e prendeu um fio neural entre seu nódulo de interface e o servidor do Capitólio, a consciência de Tom se preencheu com o zumbido do processador neural, e ele se projetou para fora de si mesmo numa disforme massa liberadora de sinais, fileiras de zeros e uns, sistemas eletrônicos brilhantes...

Então, numa torrente, Tom se elevou para a nave que Heather guiava. Seus sensores eletrônicos estavam concentrados na nave de Medusa.

Vamos lá, Heather falou em pensamento. *Vá até a nave dela e a danifique.*

Tom se pegou olhando para a nave de Medusa, que se elevava além do conjunto de néon brilhante dos *outdoors* florescentes, e uma grande certeza de que daquela vez ele não podia fazer aquilo invadiu seu peito. Não podia magoá-la de novo.

Tom, Heather insistiu, *por que você estacionou nos meus sistemas? Vá atrás dela.*

Tom relanceou o olhar por um momento para seu corpo distante, rodeado pela multidão. Por um breve instante, ficou atrás dos olhos de Heather, fazendo uma interface com o processador dela e observando suas pernas cruzadas de maneira descuidada na sala vazia próxima da Rotunda, a tela gigantesca na parede diante dela mostrando os rostos cheios de expectativa e orgulho dos homens e das mulheres mais poderosos do mundo, que rodeavam seus lindos atores juvenis, Elliot e Svetlana. Tom viu Reuben Lloyd e Sigurdur Vitol, Joseph Vengerov e Pnadita Rumpfa, o Príncipe Abhalleman e os irmãos Roache, da Dominion Agra.

Seu coração começou a queimar no peito ao ver os mestres do mundo reunidos num mesmo lugar e todo o aparato policial pronto para protegê-los. Eles haviam tomado tudo. *Tudo,* e as pessoas tinham permitido. As pessoas humildemente haviam entregado o mundo a eles na esperança de que esses CEOs enfim fossem ter o suficiente, de que enfim tivessem motivo para deixá-los em paz. Mas Tom sabia que aquilo não era possível. Mesmo que Reuben Lloyd ou Joseph Vengerov possuíssem todo o resto da Terra, e ainda o sistema solar, ainda se ressentiriam por Tom ocupar o chão diretamente abaixo de seus pés pelo simples fato de que pertenceria a *ele,* e não *eles.* Esse era o tipo de pessoa que eram. Nunca nada seria suficiente para eles.

E Heather era do mesmo jeito. Uma pane não era suficiente; ela precisava ganhar. Fama não era o bastante; ela precisava ser a mais famosa. Era por isso que havia divulgado os podres dos combatentes da ComCam para a mídia; ela não queria sucesso; queria que os outros combatentes falhassem. Se ele ganhasse aquela batalha no Capitólio para ela, Heather voltaria com outra exigência mais à frente, e ainda outra. Esse era o tipo de pessoa que ela incorporava. E render-se nunca a deixaria satisfeita. Sempre haveria algo mais que ela desejaria forçá-lo a fazer.

Tom tomou uma decisão.

Heather, chamou-a em pensamento.

O que foi, Tom?

Aí vai.

Então, ele tomou o controle das armas de Heather, mirou no *outdoor* florescentes da Dominion Agra mais próximo e o fez em pedaços. Não houve nenhuma reação de Heather por um longo momento. Depois Tom prescreveu com a nave um arco gracioso, manobrando-a para o próximo alvo: o *outdoor* da Obsidian Corp. Sim. Aí sim. Lançou mísseis e o derrubou numa chuva de chamas libertadoras. Fragmentos incandescentes do *outdoor* florescentes caíram em direção à nave enquanto Heather gritava com ele em pensamento. Ele olhou de relance para seu processador neural e ficou ciente da maneira como ela esticava a mão para arrancar o nódulo de interface de pensamentos.

Ele agiu com rapidez, ativando os receptores de calor de seu processador, desfrutando do choque dela quando o mero fato de tocar o nódulo torrou seus dedos.

Não. Ainda não terminei, Tom pensou. *Toque isso e terá tantos dedos quanto eu.*

Se ela tivesse tido um momento para pensar, poderia ter percebido que era uma ilusão, não uma queimadura real, mas

Heather estava perturbada, furiosa e confusa, vendo todos os seus planos saírem do controle de modo irreparável. *Tom, você é louco? Ficou MALUCO? O QUE VOCÊ ESTÁ FAZENDO?*

Tom mirou as armas na imagem gigantesca do rosto de Sigurdur Vitol, depois explodiu um *outdoor* da Wyndham Harks atrás do outro. Continuou assim, desviando da chuva de detritos e se elevando pelo espaço estreito entre um *outdoor* e outro, a paisagem abaixo dele aumentando e se distanciando, detritos de *outdoors* florescentes chovendo de todas as direções.

Então palavras apareceram em seu cérebro. E elas não eram de Heather.

Gosto desse jogo. Mas você só vai atirar nas suas multinacionais?

Medusa!

Faz sentido, Tom enviou em resposta, manobrando a nave de Heather num giro engraçado antes de explodir alguns *outdoors* russo-chineses. Ele saiu da nave apenas por um momento para dissuadir Heather, de novo, de tirar o nódulo de interface de seu pescoço. Por meio do centro da visão dela, teve acesso mais uma vez à imagem dos homens e das mulheres mais poderosos do mundo reunidos na Rotunda, os olhos arregalados diante da destruição.

Elliot e Svetlana estavam parados, congelados no centro da sala, não mais fingindo conduzir as naves. De qualquer maneira, ninguém mais olhava para eles naquele momento. Em seguida, Tom voltou à nave e mandou uma mensagem enquanto explodia um *outdoor* da Harbinger e depois outro da Nobridis. *Seja honesta. Ficou impressionada?*

Estou boquiaberta, Mordred.

Ela sabia que era ele. A percepção daquele fato fez sua cabeça girar. Ele abateu mais dois *outdoors* florescentes com um só tiro.

Boquiaberta, hein? Então agora sabe como sempre me sinto próximo de você, ele pensou em resposta.

Brega!

Os lábios distantes de Tom se abriram em um sorriso. *Extremamente.*

Seus ouvidos distantes captaram vozes confusas, todas murmurando em torno dele conforme as pessoas na multidão do externo do Capitólio tentavam entender o que o combatente indo-americano estava fazendo naquele ano.

Não sei se isso vale alguma coisa, ele mandou outra mensagem, *mas eu poderia ter me matado pelo jeito que agi da última vez em que você apareceu.*

Medusa passou a fazer uma espécie de jogo com ele. Ela desviava para trás de um *outdoor* florescente e depois de outro. Tom gostou daquilo. Ele dava tiros que não tinham a intenção de acertá-la e os via ricochetearem nos anúncios em órbita. Por meio dos ouvidos de Heather, ouviu alguém na Rotunda dizer: "Essa garota é péssima de mira", o que o fez rolar de rir enquanto explodia um *outdoor* da Stronghold Energy atrás do qual Medusa havia se escondido, e depois outro que pertencia à Matchett-Reddy.

E logo a atmosfera acima do campo de batalha do Texas era um anel de detritos reluzentes queimando na atmosfera enquanto despencavam. As naves de Tom e Medusa se aproximaram no céu azul sem fim.

Quer esta vitória... Chun Li?, Tom pensou.

Ele quase ouviu a risada dela. *Me derrote numa luta honesta e eu lhe digo meu nome de verdade.*

Tom sentiu uma onda de empolgação, tanto pela oferta quanto pela reconciliação que estava implícita nela. Elevou-se até a nave de Medusa, pensando na vitória. Mas aquela não era uma competição com satélite; não era um jogo. Era um combate, e Medusa não era apenas uma combatente completamente treinada – ela era a Combatente Intrassolar, aquela que podia mudar os rumos da guerra inteira sozinha. Ela manobrou para baixo a fim de desviar dos mísseis guiados pelo calor, girou num arco gracioso e voou na direção de Tom, guiando os próprios mísseis de volta para ele.

Diabólico, Tom mandou a mensagem para ela.

Foi o que pensei, Medusa respondeu.

Ele desviou, mas, ao evitar o míssil perdido, deu a Medusa uma chance de lançar o dela, que por pouco não o acertou e explodiu sua lateral.

Ele não podia lidar com ela a céu aberto. Precisava de obstáculos. As montanhas. Mirou em direção àquele pedaço do Texas e se descobriu temporariamente desorientado sem os *outdoors* florescentes para marcar a zona de combate. Heather podia ter recebido as coordenadas da luta e a disposição do terreno, mas ele não.

Seja honesto, Medusa mandou uma mensagem para ele. *Prefere que seu fim seja rápido e terrível ou lento e terrível?*

Faça o que puder de pior, Tom mandou como resposta.

Ele conduziu Medusa numa perseguição animada em meio às colunas escarpadas das montanhas, girando pelo céu, sua nave sempre reluzindo na luz do sol atrás dele, completamente implacável. Tom não parava de esperar alguma surpresa cruel, mas ela manteve-se firme na perseguição. Ele disparou na direção dela, e Medusa desviou de maneira graciosa para evitar cada míssil. Ela atirou de volta nele, e Tom desviou desajeitadamente, mas estava se virando muito bem, pensou. Algumas vezes, voou baixo, no chão, explodindo porções de terra para lançar nuvens enormes de poeira no ar, esperando obscurecer a visão dela em relação à sua nave e às elevações nas montanhas por tempo suficiente para que ela colidisse com uma – mas

Medusa antecipava seu movimento e sempre se elevava bem alto no ar para evitar as armadilhas.

E foi a vez de ela surpreendê-lo. Enquanto contornava um pico, ele descobriu que ela havia voado direto sobre a montanha e que já havia disparado três mísseis, que voavam em sua direção, todos fixos em sua nave. A mente de Tom repassou com rapidez a estratégia dela e percebeu que Medusa deliberadamente o levara a deixar de se preocupar, estabelecera uma expectativa na mente dele sobre onde ela estaria, de modo que pudesse entrar em choque com ele quando se desviasse dessa expectativa.

Você é incrível, ele mandou a mensagem para ela, desviando dos três primeiros mísseis.

Eu sei, ela respondeu, ao mesmo tempo que o quarto destruía a nave dele.

Tom voltou para si mesmo e ficou impressionado ao ouvir o urro de aprovação vindo da multidão fora do Capitólio, embora o russo-chinês houvesse oficialmente sido vencedor da reunião de cúpula do Capitólio. Piscou para desembaçar a visão, os vivas retumbantes vibrando em seus tímpanos.

A tela passou para uma imagem da Rotunda onde Elliot e Svetlana ainda pareciam estar em choque, e as vozes se transformaram num trovão nos ouvidos de Tom. As pessoas começaram a entoar um nome, e ele ficou cada vez mais alto, o hino de herói da reunião de cúpula do Capitólio:

– Ramirez! Ramirez! Ra-mi-rez!

Conforme a imagem passava da Rotunda para o local do combate no Texas e dava um zoom pela última vez nos restos fumegantes da nave de Elliot, e acima dela, nos detritos dos *outdoors* florescentes, as vozes na multidão se tornaram ensurdecedoras, fazendo o peito de Tom vibrar. Tom sentia-se completamente confuso, pois havia perdido a batalha. Até onde a multidão sabia, Elliot havia falhado em derrotar Svetlana naquele ano.

Então, viu os rostos exultantes e descontrolados por toda parte e compreendeu que a batalha havia perdido seu significado como a exibição de uma disputa entre países. As pessoas comemoravam uma vitória de um tipo diferente.

Eles tinham visto Elliot Ramirez destruir todos os *outdoors* florescentes da Coalizão.

TOM PERCORREU O CAMINHO por entre a multidão. Normalmente, haveria um discurso acontecendo agora. O lado vencedor sempre mandava Elliot Ramirez e Svetlana Moriakova dizerem alguma coisa na mesma hora sobre patriotismo ou terem feito uma boa luta, sempre com uma falange de importantes executivos e pessoas proeminentes do jogo de poder mundial por trás deles, todos envolvidos pelo vidro protetor.

Nesse ano, houve um atraso. Tom se perguntou como Elliot ia ser instruído para explicar "suas" ações. A Coalizão com certeza teria de tirar vantagem de sua popularidade para neutralizar a multidão explosiva de alguma maneira.

Foi quando Heather apareceu correndo no meio da multidão. Tom a deixou alcançá-lo, achando graça quando ela o atacou e lhe deu um tapa. Com força.

– Que bom vê-la também – Tom disse, sentindo gosto de sangue.

– Você entende o que fez? – ela gritou.

– Sim – ele baixou a voz para que só ela o ouvisse. – Eu não fiz nada, Heather. Você destruiu todos os *outdoors* florescentes, ao menos até onde a Coalizão sabe. Que gesto. Quase diria que é revolucionário. Eles não vão gostar disso.

– Você acha que é uma piada? Vou destruí-lo por isso!

Tom não tinha ilusões. Sabia que ela cumpriria sua ameaça, mas ele havia escolhido entrar naquela situação com ambos os olhos bem abertos.

– Certo – ele exibiu um sorriso selvagem. – Pode tentar. Ei, funcionou tão bem até agora mexer comigo, por que não ir mais fundo? Vou lhe dizer: não importa o que aconteça a partir daqui, sempre vou me lembrar da maneira como você se mostrava tão orgulhosa de estar me segurando pela garganta, e vou me lembrar também de como destruí sua carreira. Vou ser honesto, Heather. Essa memória vai me fazer rir.

E, com isso, Tom a deixou em meio a lágrimas, o corpo chacoalhando, tomada pela raiva em meio à multidão. Depois, uma voz ribombou do alto-falante distante, anunciando que Elliot estava pronto para falar, e Tom diminuiu o passo. Ele se virou para trás e encarou a tela gigantesca onde Elliot havia tomado o pódio, a expressão séria.

Tom sabia por quê: o fim da carreira de Heather significava o fim das esperanças de Elliot de ela tomar seu lugar naquele palco.

– Meus companheiros americanos – ao som da voz de Elliot, ecoando dos vários alto-falantes, a multidão silenciou. – Vocês devem ter percebido o infortúnio que ocorreu com os *outdoors* florescentes durante a luta.

Ele lançou um olhar para os homens e as mulheres protegidos atrás do vidro à prova de mísseis nos degraus do Capitólio – CEOs, oficiais do governo bem-conceituados, guardas de segurança...

Algo reluziu no rosto de Elliot quando ele se virou de novo para a multidão.

– Eu deveria vir aqui e culpar um grupo de hackers por mexer com minha nave, mas essa não é a verdade.

Tom estremeceu com o susto. Encarou Elliot sem piscar.

– A verdade é que a destruição desses *outdoors* florescentes foi completamente intencional. Na verdade... – ele respirou fundo – fui eu. Eu destruí todos eles. – Elliot deixou as palavras pairarem ali, um sorriso aparecendo no rosto enquanto murmúrios preenchiam o ar.

Tom viu Reuben Lloyd e Sigurdur Vitol trocarem um olhar de onde estavam, atrás de Elliot. Aquilo, era óbvio, não estava no roteiro.

– Entendam: estou assumindo o que fiz ali – Elliot prosseguiu. – Porque, vamos encarar – ele apontou para a região atrás dele, em direção aos CEOs –, todo mundo odeia *outdoors* florescentes, exceto os homens e as mulheres neste palco. Eles são poluição luminosa. Ficam pendurados no céu ano após ano. São uma praga que na maior parte aflige áreas menos privilegiadas, como era meu bairro lá em Los Angeles. São uma profanação do espaço público pelo bem de lucros privados. O único motivo pelo qual deixou-se que fossem colocados em órbita, para começar, foi porque deveriam ser temporários, mas as empresas nunca os removeram, e os controladores que deviam reclamar deles se recusaram a levantar um dedo, porque todos esperam conseguir um emprego nessas mesmas empresas.

Um dos oficiais do governo se moveu para tirar o microfone de Elliot, mas Elliot fez algo chocante – ele abriu a porta da parede à prova de mísseis e a atravessou para ficar na frente dela. Nenhum dos CEOs ousava fazer algo assim. Eles fecharam a barreira de vidro imediatamente. Elliot ficou diante da multidão, sem defesa, microfone na mão.

– O que vocês viram hoje fui eu registrando minha queixa formal a essa situação – Elliot disse. – Foi por isso que destruí os *outdoors* florescentes.

Um urro de aprovação cresceu da multidão. Tom sabia que os técnicos de som já poderiam ter cortado o som do microfone de Elliot se quisessem, e provavelmente já tinham dito a eles para fazerem isso. Talvez eles também não tivessem nenhuma motivação real para fazer Elliot parar.

– Na verdade – Elliot prosseguiu –, esse é meu último ato como um Combatente Intrassolar. Acredito que este é o momento adequado para entregar meu pedido de demissão às forças armadas. Um amigo me disse uma vez que tentar uma conciliação com alguém que não cede um centímetro em resposta, bem... não é diferente de se render a ele. Meu amigo estava certo.

O queixo de Tom caiu.

– A verdade é que me rendi por tempo demais, e hoje estou farto – Elliot disse. Ele se virou ligeiramente para falar com os CEOs indo-americanos, ainda encarando a multidão, sempre um mestre de cerimônia. – Obrigado por tudo, senhoras, senhores, mas me associar a vocês por mais tempo iria me corromper. Se não gostam disso... – ele acenou para a multidão urrando – ...falem com meus amigos aqui.

E, com isso, Elliot pulou bem no meio da multidão, na proteção de cinquenta mil pessoas e para longe do controle da Coalizão.

Apesar de a assessora de imprensa da Casa Branca ter pegado outro microfone e tentado acalmar a multidão, os urros de aprovação a Elliot cobriram sua voz. Era como se a multidão houvesse se tornado uma única fera viva que sobrepujasse completamente as pessoas de poder mais influentes de pé no palco.

Enquanto a cena se desenrolava, a tela foi desligada. Tom espremeu os olhos até que conseguiu enxergar os CEOs da Coalizão, figuras minúsculas tremendo por trás do abrigo do vidro protetor, e, abaixo deles, Elliot Ramirez, sendo carregado por uma massa de simpatizantes como um maremoto gigantesco. Tom podia ver os drones não tripulados se aproximando de longe. Circundando a multidão, observou tropas de choque preparando suas armas de micro-ondas para dispersar a massa de pessoas, e patrulhadores automatizados se ligando, prontos para lançar gás lacrimogêneo. Os homens e as mulheres no palco já estavam sendo conduzidos para longe, para a própria proteção.

Por um momento, com a multidão se mexendo ao redor e os CEOs fugindo, Tom sentiu como se estivesse de volta ao suborbital, olhando para o planeta e percebendo como os seres humanos eram minúsculos – mesmo aqueles homens. Apesar de todo o poder e a influência, os executivos no palco eram frágeis e podiam facilmente ser perfurados como qualquer um.

E percebeu que o general Marsh só tinha razão até certo ponto. O estado de segurança apertava a mão em torno da garganta deles, mas só havia uma coisa que o impulsionava: o medo. Os oligarcas estavam assustados até a morte. Haviam enredado o restante da espécie humana numa armadilha de segurança e vigilância porque era a única forma de se protegerem das consequências naturais de tomar tudo e reduzir a vasta maioria das pessoas a uma subsistência mínima. Haviam se condenado com sua ganância, e todas aquelas medidas, aquelas tropas de choque, todas as fortalezas isoladas como a torre da Epicenter ou o parque nacional particular de Sigurdur Vitol, não podiam protegê-los.

Com todo o poder deles, nenhum daqueles executivos seria capaz de andar pela rua sem guarda-costas. Nenhum deles podia desfrutar a simples liberdade que Elliot Ramirez tivera de ficar diante de um grupo gigantesco de pessoas sem medo de ser feito em pedaços. Aquele vidro à prova de mísseis podia muito bem ser uma cerca elétrica e arame farpado. Ninguém podia criar uma prisão tão perfeita, tão completa quanto aquela que os mestres da humanidade tinham criado para si mesmos.

Havia justiça no mundo. Havia. E, com essa percepção, algo começou a clarear na visão de Tom, como se uma névoa sombria houvesse enfim se dispersado. Ele sabia agora que aquele não tinha que ser o mundo que Neil odiava, não tinha que ser um mundo onde o pior da humanidade sempre ganhava e todo mundo se rendia a quem não podia ser detido. Não havia nada de inevitável quanto à supremacia dos sociopatas.

Vengerov poderia ter escapado impune por destruir Yuri, mas isso só significava uma coisa: não tinha aparecido ninguém ainda para consertar as coisas.

Então, Tom faria isso.

24

QUANDO VOLTOU para a Agulha Pentagonal, Tom encontrou Wyatt na enfermaria, sentada na cadeira ao lado da cama de Yuri, as pernas encolhidas no peito. Desde que havia voltado a falar – com Tom, ao menos –, voltara a visitá-lo.

Seu olhar se desviou para Yuri. O garoto russo parecia menor agora e bem mais frágil. Tom tinha uma ideia do que ele podia fazer por Yuri, uma ideia de como chegar àquele transmissor na Antártida, mas não podia realizá-la sem ajuda.

– Wyatt, preciso de um favor – Tom falou em voz baixa. – Há algo que não consigo fazer sozinho, mas você provavelmente conseguiria.

– Tem um monte de coisas que entram nessa categoria.

– Houve uma vez em que Heather Akron baixou um segmento de memória meu...

– Que segmento? – Wyatt perguntou.

Ele balançou a cabeça negativamente.

– Não é importante. O lance é que isso me deu uma ideia. Há um período específico em que fiquei preso fora da Obsidian Corp. em janeiro. Você poderia fazer a mesma coisa que ela fez e acessar as memórias de todo mundo naquela ocasião para mim? Talvez durante os exercícios aplicados?

– Por quê?

Tom hesitou. Ele queria criar uma espécie de mapa mental. Se acessasse o que todo mundo havia visto na Obsidian Corp.

naquele dia, com todas as memórias fotográficas perfeitamente detalhadas, seria capaz de montá-las numa imagem e criar uma estrutura abrangente e tridimensional do lugar em seu cérebro. Uma vez que tivesse isso, poderia descobrir como invadir a Obsidian Corp. pessoalmente.

Mas não podia explicar para ela sem contar o que planejava fazer, por isso pensou com rapidez numa mentira.

– Olívia Ossare quer que eu faça isso. Ela acha que eu vou ser capaz de ficar em paz com o que aconteceu se... bem... enxergar de outro ângulo.

Ela franziu a testa.

– Tem certeza de que quer fazer isso? Não vai ser como as memórias do dispositivo de varredura, Tom. Elas não serão audiovisuais. Vai ser bem mais intrusivo. Você vai se lembrar das experiências como se elas tivessem acontecido com você. Vai ser intenso.

– Olhe, ninguém mais perdeu dedos naquele dia, então, imagino que todo mundo passou bem melhor que eu. Consigo lidar com isso.

UMA HORA MAIS TARDE, eles estavam na última das salas de treinamento dos intermediários no décimo terceiro andar, e Wyatt estava esparramada no assoalho, acessando um processador logo abaixo de um painel, no chão.

– As memórias serão enviadas diretamente para seu processador no meio dos exercícios aplicados – Wyatt informou. – Tente permanecer na simulação tanto quanto possível sem ser morto. Elas só vão ser baixadas pelo seu processador durante o tempo em que ficar conectado.

– Entendido. – Ele puxou um fio neural e Wyatt se preparava para enfiar o painel do chão de volta ao lugar quando a porta se abriu e Vik entrou.

Ele parou bem na entrada, e Tom pôde ver pelo choque em seu rosto que não esperava vê-los. Wyatt se colocou de pé, assustada.

– O que estão fazendo aqui? – Vik perguntou.

Tom lançou um olhar rápido para Wyatt. Ela estava tensa.

– Nada – Tom respondeu de maneira ríspida. Ele se inclinou e enfiou o painel do chão de volta no lugar.

– Isso obviamente não é nada – Vik disse, apontando para o chão.

– O que está fazendo aqui? – Tom retrucou.

– Vim me encontrar com Lyla. A colega de quarto dela me odeia e queríamos ir a algum lugar onde Giuseppe não se sentasse e ficasse nos observando de um jeito perturbador – Vik disse. – Agora, sua vez.

Tom balançou a cabeça negativamente.

– Você não vai querer saber.

– Eu perguntei. Então, sim, quero saber.

– Por que se importa agora? – Wyatt disse com raiva. – Você ficou bravo quando soube sobre aquela outra coisa. Talvez não queira saber sobre isso.

Vik piscou, as sobrancelhas grossas levantadas.

– Você voltou a falar.

– É, ela está falando – Tom falou.

– Estou feliz, isso é tudo – Vik disse. – Não posso dizer que estou feliz com isso?

– Não – Tom replicou, e de repente sentiu-se furioso com Vik. Ele não havia percebido até então quando aquela raiva, quente e cruel, se acendera dentro dele. – Você não tem o direito de dizer isso para Wyatt e não tem o direito de perguntar o que estamos fazendo. *Você* nos largou, não foi o inverso.

– Não é bem assim – Vik protestou.

– Ah, e como é?

A porta se abriu e Lyla Martin entrou. Eles caíram em silêncio. De sua parte, Lyla balançou a cabeça negativamente e se virou para Vik.

– De jeito nenhum – ela disse a ele. – Não vamos dividir a sala com eles.

Tom cutucou Wyatt, lançando para ela um olhar questionador. Ela havia terminado?

Ela fez que sim com a cabeça.

Tom se virou para Lyla, que exibia uma cara de poucos amigos, e para Vik, que se mostrava encabulado.

– Não se preocupe. Estamos indo nessa.

Vik não disse mais nada enquanto saíam.

DESDE QUE QUASE CONGELARA até a morte, o frio havia se tornado a coisa menos favorita do mundo para Tom. Quando o grupo de Yosef se ligou à simulação e Tom se descobriu como um soldado napoleônico parado em pleno inverno rigoroso da Rússia, ele praguejou para si mesmo. Suas juntas começaram a latejar com o primeiro toque do vento gelado, e foi então que o programa de Wyatt se iniciou e começou a bombardeá-lo com memórias dos outros intermediários.

A imagem da visita da Obsidian Corp. do ponto de vista de Giuseppe preencheu sua visão e Tom tropeçou na neve, a umidade gelada infiltrando-se em seus braços. Ele se pôs de pé com esforço, meio cego, e notou o estalar das armas de fogo enquanto enfrentavam o grupo inimigo do dia, mesmo com sua mente se enchendo de imagens de janeiro.

Giuseppe obviamente havia passado boa parte da visita sonhando com algum hotel em Paris de que gostava, porque as imagens da Obsidian Corp. eram entrecortadas por aquelas cenas mentais.

Um soldado russo simulado correu em direção a Tom, e ele conseguiu empalar o sujeito em sua baioneta antes de mais memórias passarem por ele. Giuseppe admirava a si mesmo, esforçando-se para ver o próprio rosto refletido numa das grandes janelas. Ali perto, Giuseppe podia ver Blackburn com suas grandes costas voltadas para os técnicos da Obsidian Corp., os ombros curvados de maneira protetora sobre o teclado do antebraço no qual digitava. Tom sabia que aquele momento devia ter sido quando ele hackeara a intranet da Obsidian Corp. e encontrara seu material de chantagem.

Na própria simulação, Tom se afastou cambaleante de seu grupo, reconhecendo que não podia se concentrar ao mesmo tempo em lutar e ver as memórias. Tinha que ficar parado e, na pior das hipóteses, alguém iria encontrá-lo e matá-lo. Escorregou para o chão apoiado na parede de uma casa semidestruída, o estouro dos canhões retumbando como trovão na distância, mais memórias percorrendo seu cérebro.

Seu processador neural automaticamente integrou as diferentes imagens da Obsidian Corp., costurando-as num mapa mental completo, combinando as marcas de horário. Era estranho ver as coisas como se ele estivesse estado em vários lugares diferentes ao mesmo tempo, como se tivesse mais olhos do que os seus. Ele podia olhar para o panorama todo de uma imagem em um único intervalo de tempo e enxergar o que muitas pessoas haviam visto.

Ficou ainda mais estranho ver memória após memória do intervalo de tempo em que ele havia ficado preso do lado de fora, quando pôde se reportar às próprias memórias do frio terrível. Os demais estavam num passeio descontraído. Alguns haviam notado quando Blackburn invadira a intranet, outros não.

Enquanto Tom tinha estado do lado de fora tentando não sucumbir, todos os outros recrutas haviam ficado lá dentro, se revezando para afagar um tigre-de-bengala chamado Kalkin, que era domado feito um gato doméstico e tinha o próprio processador neural.

Enquanto Tom estivera deitado na neve, inconsciente, Blackburn havia terminado sua invasão dos sistemas, olhado para o grupo e dito de maneira ríspida: "Está faltando alguém". E então: "Raines. Onde ele está? Onde está Tom Raines?" Em seguida, tinha olhado para Vik.

Vik se encolhera, inquieto, mas fizera seu melhor esforço para parecer inocente.

Blackburn digitara no teclado do antebraço e praguejara de maneira feroz. "Como esse moleque foi parar lá fora?"

E, em cada memória, os olhos de Vik se arregalavam bastante, uma percepção terrível em seu rosto.

Foi a própria memória de Vik que fez algo dentro de Tom se aquietar. Ele notou pelos olhos do amigo que ele, Tom, havia saído logo depois de ter sido separado do grupo. Vik não dissera nada, acobertando-o.

Então, sentiu o choque de Vik quando percebeu que ele havia estado lá fora por todo aquele tempo. Viu Vik se arriscar a sofrer a fúria de Blackburn permanecendo ali depois de os outros recrutas serem mandados para casa. Enxergou pelos olhos de Vik quando ele foi arrastado para dentro, sentiu o baque no estômago de Vik quando ele tinha se perguntado se Tom estava morto. Viu Vik relembrar a memória da sua quase escalada pelo poste de transmissão, e seus ouvidos arderam com a memória das palavras de Blackburn: *Você sabe que não está fazendo nenhum favor a ele...* Ele sentiu em seu estômago a sensação nauseante de culpa de Vik.

Depois, quando tinha terminado de baixar a última memória, Tom saiu de seu estupor e descobriu que não estava sozinho na simulação da casa queimada. Vik estava ali também, e enfim compreendeu tudo. Ele sabia por que Vik tinha estado tão estranho.

– Oi – Tom chamou.

Vik se virou. Eles estavam em lados opostos da simulação, algo que não parecia importar no momento.

– Você está bem? Percebi no minuto em que a simulação começou que você poderia não gostar dela. Acendi uma fogueira.

– Estou bem.

– Certo – ele arqueou as sobrancelhas. – É por isso que está aqui. Desmaiado.

– Eu não estava desmaiado. Estava numa reflexão profunda sobre uma coisa.

– Com certeza estava, Tom.

Tom cambaleou para ficar próximo das chamas que crepitavam, o calor cobrindo sua pele e as mãos dormentes.

– Aquela coisa que você perguntou antes. Você ainda quer saber o que Wyatt e eu estávamos fazendo? Tem certeza?

Vik concordou com a cabeça.

– Conte-me.

– Vou até a Obsidian Corp. explodir o transmissor que está conectado a Yuri. Se o transmissor não existir mais, significa que Yuri não é mais um risco de segurança, o que significa que não há razão para não lhe dar um novo processador. Eu vou lá em pessoa, Vik, por isso preciso conseguir cada fragmento de dados que puder.

Vik o encarou.

– Isso é insano.

– E imprudente e estúpido, Vik. É literalmente um prédio cheio de máquinas mortíferas no meio da Antártida. Se quiser deletar o fato de eu estar lhe contando isso tão logo os exercícios aplicados terminarem, não vou culpá-lo. Mas aqui está. A verdade. Você queria saber, e eu devia isso a você. Agora, pode escolher.

Por um momento, o único som que se ouviu na sala foi o crepitar das chamas na lareira.

– Isso pode salvar a vida de Yuri – Vik disse, meio que perguntando.

– Não faria isso se não achasse que ele poderia ter uma chance.

– E mesmo se eu lhe disser que é uma má ideia? – Vik acrescentou. – Ainda assim, você vai... e Wyatt também, assim que ela descobrir o seu plano. Daí vou perder três amigos pelo preço de um.

– Vik...

– Estou dentro.

– Verdade? – Tom perguntou, espantado.

– Verdade, Doutor. Vocês vão ter mais chances se eu ajudar – um indício de ferocidade apareceu na voz de Vik. – Trata-se do meu amigo. Vamos salvar a vida dele.

REVELAR SUAS INTENÇÕES verdadeiras para Vik significava revelar suas intenções verdadeiras para Wyatt. Tom havia pensado que ela fosse ficar horrorizada com a ideia, mas ela se animou de uma forma que ele não tinha visto desde que Vengerov havia fritado Yuri, ansiosa pela chance de fazer *algo* de verdade por este último. Um vislumbre do mapa mental que ele havia montado da Obsidian Corp. usando todas as memórias coletadas pareceu fazê-la se decidir.

– Acho que conseguiremos fazer isso – ela disse.

Acontece que Wyatt também tinha alguns segredos, principalmente em relação ao conteúdo dos bancos de dados de Blackburn. Aparentemente, ele vinha acumulando uma coleção de dados sobre a Obsidian Corp. no decorrer dos anos, de anotações sobre os sistemas de segurança do prédio a um banco de dados de centenas de linguagens de programação para as várias máquinas da Obsidian Corp.

– Isso não é normal – Vik declarou. – Alguém não acumula essas coisas a não ser que esteja planejando algo. O que Blackburn está querendo?

Tom ficou intimidado pelas linguagens de programação.

– Não consigo de jeito nenhum trabalhar com uma dessas, muito menos com um bando delas.

Wyatt o cutucou.

– Tom, é ilegal para um computador programar para ele mesmo. Significa que nossos processadores neurais não podem baixar e aprender por nós como trabalhar com a Zorten II ou a Klondike, porque essas são linguagens de processadores neurais. Não há nada contra baixar linguagens de computador que não programem processadores. Isso não é autoprogramação.

UMA HORA MAIS TARDE, Tom havia escrito um programa completo na linguagem Bernays-6, que controlava os *outdoors* florescentes. Ele era capaz de programar nela tão facilmente quanto era capaz de fazer cálculos matemáticos ou de falar uma língua estrangeira.

Era incrível.

Isso o fez entender realmente, pela primeira vez, a enorme restrição que era pessoas com processadores neurais não poderem simplesmente trabalhar com a Zorten II de maneira tão fácil.

A melhor coisa que descobriram estava no armazenamento: um pretor deixado para trás no tempo em que a Obsidian Corp. esteve no comando da Agulha. Wyatt puxou seu chip de controle e começou a praticar alguns programas na linguagem específica de programação dos pretores, a SE Janus.

Vik, enquanto isso, foi criar um novo modelo de quarto embaraçoso para Tom.

– Se a gente bater as botas nessa aventura, quero que Tom morra sabendo que tem um papel de parede humilhante em seu quarto – ele explicou a eles.

– Você é um bom amigo – Tom lhe disse.

– Não vamos morrer – Wyatt esboçou um grande sorriso. – Acho mesmo que isso pode funcionar. A Obsidian Corp. é completamente voltada para a autoproteção contra intrusos *mecanizados*. Eles têm de se preocupar com veículos de vigilância ou com pequenos drones, mas ninguém vai lá em pessoa para invadir um prédio no meio da Antártida. Não é um ambiente hospitaleiro para seres humanos passearem e andarem, especialmente agora que é inverno. Tendo em mente isso e toda a ala de assoalhos eletrificados sensíveis a movimentos, eles não vão esperar que ninguém entre lá pessoalmente.

Vik se sentou de maneira abrupta, o dedo levantado.

– Pergunta rápida: como é que esse lance de não ser hospitaleiro com seres humanos não é um problema para nós? Pelo que me consta, somos cerca de noventa e nove vírgula nove por cento humanos. Com exceção de Tom, que é noventa e nove vírgula oito por cento... Podemos fazer piada sobre isso agora, certo?

Tom fez um sinal de positivo com seus dedos mecanizados.

– Vai fundo.

Enquanto falava, ele inspecionava novamente o mapa mental, localizando todos os pontos nas paredes onde tinha visto portas de acesso neurais. Já que a Obsidian Corp. havia projetado os processadores neurais, imaginava que não devia estar surpreso de elas estarem lá. Perguntava-se quem as usava.

– E aí, como vamos entrar? – Vik insistiu. – Não podemos exatamente entrar pelo lado de fora. Tom quase congelou até a morte no *verão*.

A confiança tomou conta de Tom.

– Simples. Entraremos do mesmo jeito que os funcionários da Obsidian Corp. fazem: pela porta da frente.

ESCOLHERAM O DOMINGO, pela manhã, para a operação. Tom tentou dormir as poucas horas antes da partida, fazendo isso da maneira normal e humana, deitando-se na cama em vez de ligar um fio neural na porta de acesso da nuca.

Na escuridão de seu quarto, ele foi lembrado de um aspecto do sono normal: algumas vezes ele não acontecia, não importava o quanto ele quisesse.

Tom se sentou incerto e ouviu um barulho de pequenas pancadas. Esfregou os olhos e observou ao redor, procurando de onde vinha. Então, notou a câmera de segurança no canto movendo-se para frente e para trás, acenando para ele.

– Oi, Mai Shiranui – ele cumprimentou.

Aqui vai uma dica: meu nome não é o de um personagem de videogame. Muito menos de um personagem japonês, Mordred.

Ele sorriu, enfiou a mão na gaveta embaixo da cama e tirou uma camiseta.

– Estava torcendo para você aparecer.

Então as palavras de Medusa apareceram via mensagem: *Não queria acordá-lo.*

– Não estava dormindo. Deixe que eu me conecte a um jogo RV para encontrá-la. Escolha uma simulação e vou vê-la em um minuto.

Tom conectou seu fio neural ao seu sistema de jogo RV pela primeira vez em muito tempo. A Agulha Pentagonal tinha um grande banco de dados de jogos para os recrutas, e Medusa havia obviamente escolhido um ambientado em algum tipo de vasto deserto que se estendia por todos os lados. Então, o avatar dela apareceu – um grande e musculoso personagem masculino de longos cachos que o processador neural lhe informou ser *a figura mitológica de Sansão, o homem mais forte do mundo*. Tom olhou para baixo, estudando a si mesmo, e percebeu que representava a diabólica e sedutora Dalila.

– Eu sou a garota? – ele disse, examinando o tórax com atenção.

– Não se preocupe. Você está muito bonita, Tom – depois, o traço brincalhão sumiu de maneira abrupta de sua voz máscula. – Talvez esses avatares tornem isso mais fácil.

– Tornar o que mais fácil?

Ela cruzou os braços.

– Devo me afastar.

– Mas você está aqui. Bem agora. Não está longe. E eu acho isso bom – ele deu um passo em direção a ela. – Ouça, eu fui um babaca da última vez em que você esteve aqui. Estava com um amigo em apuros, e havia algo que precisava conseguir da Obsidian Corp. para salvá-lo, então, estava muito frustrado e pensando sobre isso, e não conseguia pensar sobre mais nada. Depois que a gente se beijou, eu queria falar com você. Eu a assustei. Sei disso.

Ela resmungou.

– Se meu personagem não fosse cerca de vinte vezes mais forte do que o seu, ia socá-lo agora mesmo. Você não me assustou. Você *não* me assusta. Você me pegou desprevenida, Mordred. Isso tudo é uma péssima ideia. Estamos em lados opostos da guerra. Você foi acusado de traição, e quase me defrontei com a mesma coisa da última vez em que fizemos isso.

– Mas isso é porque não usamos o que *nós* podemos fazer – Tom falou para ela, aproximando-se. – Sim, foi burrice nos encontrarmos on-line porque podíamos ser rastreados, mas *realizar interfaces e penetrar nos sistemas* como você e eu podemos não é a mesma coisa. Temos esse poder, e talvez não possamos empregá-lo fora daqui, mas por que não usá-lo desse jeito? Um para o outro? Entenda, não me arrependo de tê-la beijado. Não estou arrependido. Quero fazer isso de novo. Não conheço ninguém mais como você, e, se você parecesse um pouco menos máscula nesse instante, eu ia agarrar você – ele recolheu as mãos para enfiá-las nos bolsos, mas o personagem de Dalila não tinha nenhum. – É isso. Agora, a bola está você.

Ela levantou a mão para o ar, e seu avatar másculo de cabelo comprido sumiu, deixando a Medusa que ele conhecia em seu lugar. Tom sentiu o próprio corpo voltar para aquele que lhe era familiar. Ele diminuiu a distância entre eles, mas Medusa colocou uma mão em seu peito para detê-lo.

– Quero avisá-lo sobre algo. Não confio com muita facilidade. Se vai me beijar, se vamos fazer isso... – seu pequeno punho apertou a túnica dele. – Tom, não apronte comigo. Ou vou machucá-lo.

Delicada como ela era, frágil como parecia, Tom sabia que Medusa era infinitamente mais assustadora que o homem mais forte do mundo, e cada palavra que ela dissera tinha sido a sério.

– Não farei isso – ele jurou.

Depois, Tom a beijou.

QUANDO A HORA CHEGOU, Tom salvou duas cartas nos seus arquivos de sistema. Uma era para seu pai, outra para Medusa – embora ele a tivesse endereçado para *Murgatroid*. Não havia escrito nenhuma para a mãe. Pensou em fazê-lo, mas decidiu que ela não ia querer mesmo, de qualquer maneira.

E não era que Tom achasse que algo fosse acontecer. Ele, Vik e Wyatt haviam desenvolvido o plano de maneira muito cuidadosa para garantir que iam voltar... mas Tom tinha aquela estranha superstição de que, se não tivesse escrito cartas para eles, poderia acabar encontrando algum destino terrível na Obsidian Corp. que o faria se arrepender de não ter deixado seus últimos sentimentos registrados em algum lugar.

Ele quase havia morrido ali uma vez, afinal. Voltar lá por vontade própria era algo que o assustava um pouco, mas ele tinha de fazê-lo. Depois de salvar as cartas, ele vestiu sua camuflagem óptica e se dirigiu ao trem a vácuo para esperar. Enquanto Wyatt hackeava o Interstício para arranjar um tempo não documentado e anônimo para eles serem pegos pelo trem, Vik estava visitando Yuri na enfermaria. Colocaria um par de fones de ouvido em Yuri para reproduzir um som de bipe.

Se tudo corresse conforme o planejado, o transmissor no cérebro de Yuri registraria a transmissão de áudio nos ouvidos dele e o outro transmissor no sistema da Obsidian Corp. ia recebê-la. Isso daria a eles uma impressão de dados específica e ativa para buscar quando tentassem encontrar aquele transmissor. O trabalho de Tom era carregar o programa de busca em seu processador. Ele realizaria uma interface com os sistemas da Obsidian Corp. e a usaria para localizar o transmissor.

Agora, seu coração palpitava com uma mistura de excitação e ansiedade enquanto atravessava as portas de ferro pesadas para o Interstício e se aproximava das colunas de árvores falsas. Foi nesse ponto que deparou com o primeiro problema no plano deles.

Pela leitura dela dos esquemas, Wyatt explicou que a camuflagem óptica ia ocultá-los dos leitores de retina, mas estes deviam ter sido programados para se ativarem assim que alguém entrasse pela porta. Luzes verdes dispararam das árvores falsas e começaram a dançar pela parede, procurando uma retina para examinar.

O coração de Tom bateu forte enquanto ele tentava fugir deles, percebendo que se sentia como um completo idiota pelo fato de anunciar de maneira ousada seus planos de invadir a Obsidian Corp. e libertar Yuri, e de ser denunciado por alguns leitores de retina estúpidos antes de ter entrado no Interstício.

Foi inesperadamente salvo por Heather Akron, que empurrou as portas para elas se abrirem e marchou para dentro da sala depois dele. Os raios verdes do leitor de retina encontraram os olhos amarelo-acastanhados dela, registraram sua identidade e então desapareceram.

Tom ficou imóvel enquanto ela tomava seu lugar próximo das portas de vidro que davam vista para a escuridão. Com rapidez, mandou uma mensagem para Vik e Wyatt.

Atrasem mais cinco minutos.

Então, ele esperou, monitorando Heather por trás de sua camuflagem óptica. A reunião de cúpula do Capitólio havia destruído suas chances na Agulha para sempre. A Wyndham Harks retirara o patrocínio dela; as forças armadas tinham aberto um inquérito para questionar sua aptidão como combatente. Ela fora forçada a desistir: haviam lhe oferecido um cargo na Agência Nacional de Segurança como prêmio de consolação. Oficialmente, ela seria uma analista, mas todo mundo sabia o que significava quando se tratava de recrutas do programa que tinham falhado: ela ia para lá a fim de servir como um computador ambulante e, a julgar pelos rumores, seria tratada como tal. Como acontecera com Nigel Harrison.

Então, as portas de ferro se abriram de novo, e alguém mais seguiu Heather para dentro. Tom levou um susto quando viu o tenente Blackburn entrar na sala. Mal ousava respirar.

– Senhorita Akron.

Heather virou para trás. A cautela invadiu seu rosto.

– Você? O que você quer?

Os raios verdes começaram a dançar pelo ar, mas Blackburn levantou o antebraço grosso e digitou no teclado. Os leitores de retina foram desligados.

O que era aquilo?, Tom se perguntou conforme Blackburn se aproximava dela.

– Não podia simplesmente deixá-la partir sem uma conversa sobre aquele arquivo interessante que você me enviou.

– A hora de conversar já passou – Heather retrucou. Seu olhar se voltou para as árvores, e Tom sabia pelo brilho penetrante nos olhos dela que ela havia percebido a maneira como Blackburn tinha desligado os leitores de retina. – Você não intercedeu por mim. Não me defendeu. Podia ter dito a eles que eu tinha um vírus de computador ou uma pane, e não o fez.

Então, vou lhe mostrar que não estava blefando – seus olhos reluziram de raiva. – Acho que as forças armadas vão ficar fascinadas em descobrir o que está escondendo sobre Tom.

Tom prendeu a respiração. Claro. A chantagem com ele havia falhado... Ela devia ter tentado usá-la com Blackburn para salvar a própria pele. Obviamente, não havia funcionado com ele também.

– *Nem pense nisso!* – Heather gritou, sua voz assumindo um tom estridente.

Tom se inclinou para o lado a fim de enxergá-los além da abóbada de folhas de uma árvore falsa. Blackburn abaixou seu teclado de antebraço, a testa franzida. Qualquer que fosse o programa que ele havia acabado de tentar usar obviamente falhara.

Heather deu uma risada de desdém. Mexeu nos cabelos e levantou seu teclado do antebraço num floreado triunfante.

– Não pode derrubar meu firewall tão facilmente, senhor. Sua pequena protegida me motivou a trabalhar bastante neste aqui. É uma coisa boa também. Sabia que poderia tentar me impedir de partir.

Blackburn baixou o braço.

– Nada nunca é fácil – ele suspirou.

– O que exatamente você estava tentando fazer? – Heather perguntou num tom de falsa gentileza. A hostilidade queimava no ar entre eles. – Acha mesmo que pode apagar o que eu sei? Sem chance.

Blackburn inspirou o ar de maneira a encher as bochechas e o expeliu devagar.

– Eu ia fazê-la vir comigo para a Sala de Varredura. Depois, procuraríamos aquela sequência de memórias bem específicas para poder apagá-las e mandar você embora. Ainda acho que devia vir comigo, Akron. Você é uma garota esperta demais para arriscar as consequências da sua recusa.

– Você não pode me jogar sobre o ombro e me levar para o dispositivo de varredura. Alguém vai ouvir. Alguém vai ver.

– Está coberta de razão. Há gente demais acordada, mesmo tão cedo, para eu arrastá-la lá para cima usando força bruta. Você virá comigo voluntariamente e permitirá que eu altere sua memória, porque não vou deixá-la partir daqui com o que sabe.

Os olhos de Heather se estreitaram em fendas.

– Tom Raines destruiu toda a minha vida. Por que, ainda assim, você continua a protegê-lo? Por que se importa se o governo descobrir o que ele pode fazer?

Tom estava se perguntando isso também.

– Tom Raines? Ele em si não o motivo de eu estar aqui – Blackburn se inclinou em direção a ela. – Deixe-me simplificar: devotei dezessete anos da minha vida, quase a totalidade da sua, a um único propósito. É o único motivo pelo qual não enfiei um revólver na boca e dei um tiro. Recentemente descobri uma arma potente que pode fazer meus últimos e medianos desejos virarem realidade, e agora aqui está você, ameaçando entregá-la para meus inimigos. Espero que entenda como estou desesperado para impedi-la de partir. Qualquer satisfação que você ache que vai ter com a vingança, qualquer que seja, vai se acabar, porque, se tentar sair por aquela porta, estará cometendo um erro fatal.

Tom sentiu que ia ficando bem imóvel. Então, era aquilo. Fora por aquele motivo que Blackburn o havia mantido vivo na Antártida Fora por aquilo que ficara tão fascinado ao descobrir o que ele podia fazer na Sala de Varredura. Ele enxergava o que ele era capaz de fazer como algo que pudesse usar. Ele o via *como uma arma.* Seu coração começou a bater com tanta força que teve certeza de que ambos podiam ouvi-lo.

– Não pode fazer nada comigo – Heather disse. – Mesmo que me matasse agora, deixaria evidências forenses por toda parte, e não ia ser capaz de esconder meu corpo a tempo. Você está blefando.

Na escuridão além, o trem a vácuo prateado havia se elevado do tubo abaixo, e a câmara se repressurizando. O transporte de Heather havia chegado.

Tom sentiu uma sensação de irrealidade, percebendo que o resto de sua vida provavelmente dependia do que aconteceria ali entre aquelas duas pessoas.

– Heather – Blackburn disse, ao mesmo tempo que as portas se abriam –, última chance. Por favor, venha comigo.

– Adeus, senhor – Heather disse com um aceno delicado. – Gostaria de dizer que foi um prazer conhecê-lo, mas acho que tenho você nas mãos, portanto nossos assuntos não estão encerrados, nem de longe. Conte com isso – e ela atravessou as portas.

Tom se esgueirou para a frente e a viu girar e correr em direção ao vagão de trem metálico que esperava por ela na câmara escura.

Blackburn soltou um suspiro cansado, parecendo dez anos mais velho, depois digitou algo em seu teclado do antebraço.

– Garota estúpida.

Uma voz mecanizada retumbou no ar:

– Sequência de descompressão iniciada.

As palavras não se registraram no cérebro de Tom por um instante. Tudo de que estava ciente era do barulho forte de algo sendo sugado, e Heather, perto do trem, mas não o suficiente para encontrar abrigo dentro dele. Ela se virou com um medo visível ardendo em seu rosto, percebendo o que estava prestes a acontecer, percebendo agora o significado das palavras de Blackburn:

Se tentar sair por aquela porta, estará cometendo um erro fatal...

O trem a vácuo metálico saiu fora do campo de visão conforme a câmara de transição se despressurizava e uma rajada de vento poderosa lançava Heather no túnel de vácuo magnetizado.

TÃO LOGO FICOU sozinho, Tom foi até a porta e encarou a escuridão além do vidro, tentando acordar daquele sonho estranho. Não podia ter realmente acontecido. Ele não havia visto aquilo, havia?

Seu processador neural repetiu as imagens e o informou do que devia ter acontecido depois de Heather haver sido jogada no túnel de vácuo.

Ela teria tido quinze segundos para ficar completamente consciente, se estivesse segurando a respiração. Depois, seus pulmões se romperiam. Se ela não tivesse segurado a respiração, poderia ter permanecido consciente por quarenta e cinco segundos. Era tempo suficiente para ela se dar conta de que estava perdida, que não havia jeito de sair do túnel a vácuo, e então seu sangue começaria a ferver.

Tom apertou as têmporas, porque não conseguia se concentrar em mais nada. Não podia realmente estar ali, não podia ter ficado ali e visto Heather ser assassinada. Não podia ter ficado parado, sem ter feito nada, enquanto Blackburn se virava e andava para fora da sala como se nada houvesse acontecido.

Não haveria nenhuma evidência forense, certo? O corpo dela estava no túnel a vácuo em algum lugar, e seu processador neural teria sido completamente destruído depois de ela ser atingida pelo trem a vácuo se deslocando a milhares de quilômetros por hora. Sentiu uma risada histérica surgir dentro dele, percebendo que era a única pessoa, a única pessoa no mundo, que sabia o que Blackburn havia feito.

Encarou o vidro, que não refletia nenhuma imagem dele, e se perguntou por que havia ficado parado ali sem dizer nada, mesmo depois de Blackburn ter descomprimido a câmara. Tinha ficado em choque ou... alguma parte dele havia percebido o que estava prestes a acontecer e sabia que era a única maneira de neutralizar Heather?

Não conseguia entender. Seu cérebro não funcionava direito.

Foi por isso que pulou de susto quando os passos de Wyatt e Vik soaram atrás dele.

– Certo, os leitores de retina estão desligados – Wyatt disse. – Pronto para ir?

Tudo tinha se modificado para Tom em poucos minutos. Os contornos do mundo ao redor dele haviam assumido uma clareza nítida, e ele podia ver cada mínimo detalhe que havia ignorado antes. Podiam morrer fazendo aquilo. Ele podia fazer com que todos fossem mortos. Tom sentiu uma grande onda de insegurança. Haviam planejado aquilo de forma muito cuidadosa, mas e se estivessem errados?

Então, seus pensamentos se voltaram para Yuri, o motivo pelo qual estavam fazendo aquilo. Isso o acalmou.

Não. Não seriam mortos.

Ele não ia deixar isso acontecer. Não desta vez.

Não podia pensar em Heather agora. Tinha uma tarefa e pensar sobre isso poderia prejudicá-lo, distraí-lo. Tudo em que precisava pensar era em entrar na Obsidian Corp., destruir o transmissor e voltar. Nada mais importava até isso ser feito.

– Vamos lá – Tom disse.

25

QUANDO O TREM A VÁCUO parou na Antártida, correram para o elevador. Depois esperaram, invisíveis em sua camuflagem óptica, até que um elevador cheio de funcionários da Obsidian Corp. enfim viesse ao Interstício. Levou um tempo. Trinta e oito minutos depois, as portas se abriram e um pessoal da Obsidian Corp. saiu. Tom, Vik e Wyatt correram para dentro.

Uma mensagem de Wyatt apareceu diante dos olhos de Tom: *Estou ativando a interface de pensamento de envio de mensagens agora, mas a alterei para que você tenha de confirmar se quiser realmente mandar. Não precisamos ouvir os pensamentos incontroláveis uns dos outros.*

Mesmo nesse momento, a visão de Tom brilhou com o primeiro pensamento que sempre lhe vinha à cabeça quando se ligava a uma interface de pensamento: *Não pense sobre seios.* Ele se sentiu feliz em selecionar a opção "Cancelar mensagem" em vez da opção "Enviar".

Quando o elevador subiu, Tom sentiu a mão de Wyatt agarrar a dele, e a apertou para tranquilizá-la. O ombro de Vik bateu contra o dele durante a viagem interminável para cima, os ouvidos pipocando.

Eles se comprimiram contra a parede quando o próximo grupo de funcionários da Obsidian Corp. entrou no elevador e depois se esgueiraram passando por eles até o saguão, antes de as portas fecharem.

A camuflagem óptica os escondeu por tempo suficiente para que pulassem diretamente sobre as catracas sem ativar os leitores de retina, e em seguida acessaram o mapa mental de Tom. Precisavam chegar até uma das portas de acesso neural da Obsidian Corp. Era a primeira tarefa.

Esgueiraram-se pelos corredores salteados de funcionários e se aventuraram num dos setores da Obsidian Corp. minimamente adequados para a presença humana onde as luzes eram fracas e os assoalhos, cheios de placas de energia elétrica para as várias máquinas. Era ali que os pretores deslizavam pelos corredores numa patrulha padrão, com outros no modo de hibernação encostados contra as paredes.

Lembrem-se, fiquem longe do solo, Vik pensou, enquanto esperavam no corredor que dava para um setor voltado para as máquinas.

Tom concordou com a cabeça, embora Vik não pudesse ver. Não só podiam ser eletrocutados pelos assoalhos condutores de eletricidade que energizavam os pretores, como iriam disparar todos os alarmes do local se seus passos ativassem os sensores.

Ficaram ali parados, tão próximos a ponto de se tocar, camuflados opticamente na porta, esperando por um pretor.

O coração de Tom começou a acelerar. Haviam treinado a próxima parte na Agulha vinte e cinco vezes usando o velho pretor no armazenamento, mas aquele pretor não conseguia vê-los com a camuflagem óptica. Agora era que a coisa ia contar pra valer.

Tom respirou fundo quando um pretor dobrou em uma curva, virando a cabeça metálica em cima da base pendular. Deslizou em direção a eles pelo corredor, e Tom sentiu como se vermes se contorcessem em seu estômago. Um comando de um operador remoto e aquelas máquinas podiam encher o corredor de gás venenoso, podiam eletrocutá-los, podiam decepar a cabeça deles com lasers ou esmagá-los até a morte. Se o código de Wyatt não fosse perfeito, se algum deles escorregasse, se os dedos de Vik não fossem ágeis o suficiente, todos morreriam.

Quando a máquina deslizou para perto deles, Tom agarrou sua cabeça arredondada, girou-a e se lançou na base. Ela a sentiu balançar enquanto Vik e Wyatt se ajeitavam nela também. Girou o pescoço para expor o painel de trás, e Wyatt o abriu agilmente para expor o chip de controle.

Bem quando a câmera de precisão do pretor se acendeu, uma luz vermelha letal de alarme se ativando em suas profundezas, Vik arrancou o chip de controle e começou a enfiar o novo em seu lugar. Tom só observava, o coração na boca, desejando que seus dedos fossem ágeis o suficiente para fazer aquilo. Mas funcionou. O sistema do pretor piscou e se iniciou de novo.

Esperaram. Tom podia sentir a tensão de Wyatt e Vik por trás da camuflagem óptica. Podia ouvi-los respirar com rapidez.

Então, o pretor se ligou de novo, completamente parado por um longo momento enquanto processava os códigos de programação SE Janus que Wyatt havia escrito. A máquina voltou a deslizar pelo corredor com eles em cima dela. Tom enfiou a boca na dobra do braço para abafar a vontade insana de rir, embora soubesse que qualquer som da parte dele poderia ativar os alarmes. Sentiu Vik distribuir seu peso, o braço roçando no seu, e a mão de Wyatt pressionada contra a dele. Os dedos dela agarraram os de Tom e os apertaram até que sua mão latejou.

O fato de ela estar nervosa também o ajudou. Ajudou bastante.

Relaxe, Tom respondeu em pensamento. *Vamos entrar e sair rapidinho.*

O pretor os levava no curso pré-programado por Wyatt rumo à porta de acesso neural mais próxima. Tom ia se conectar ao sistema, e o programa de busca instalado em seu processador começaria a buscar o padrão de dados que combinava com o sinal de áudio soando pelos fones nos ouvidos de Yuri lá na Agulha Pentagonal, dessa maneira indo direto para o banco de dados da Obsidian Corp. Tão logo tivessem sua localização, Wyatt usaria um algoritmo para ordenar a seu pretor que os levasse para onde tinham vindo e outro para mandar o pretor de volta ao transmissor. Ele emitiria uma descarga elétrica para fritar o transmissor junto com o supercomputador ao qual estava ligado.

Quando o transmissor fosse destruído e os alarmes soassem, já estariam no Interstício voltando para Arlington, Virgínia.

Simples.

A jornada pela Obsidian Corp. rumo à porta de acesso neural mais próxima parecia interminável. Mudavam de posição de forma desajeitada, cada um com um pé na base do pretor, o outro pendurado no ar, os três agarrados ao longo pescoço curvado. O maior teste foi o momento em que o pretor passou pelas primeiras máquinas de vigilância inertes, todas em modo de hibernação. Tom reteve a respiração enquanto deslizavam em frente àqueles olhos de câmera de precisão, o coração na garganta, as pernas tremendo.

Mas passaram por elas sem serem vistos, protegidos pela camuflagem óptica, corredor após corredor, máquina após máquina. A guarda de pretores permaneceu imóvel. Tom sentia que poderia vomitar a qualquer momento, sentindo-se muito grato por não estar fazendo aquilo sozinho.

Passaram por uma janela que dava vista para a noite negra sobre a paisagem gélida da Antártida. Então, o pretor parou. Eles estavam na porta de acesso neural. Uma tremenda sensação de alívio tomou conta de Tom. Manobrou um tanto desajeitado, enfiando os dedos sob a túnica da camuflagem óptica, e removeu um fio neural do bolso. Enfiou-o na porta de acesso.

Era hora de deixar o programa de segurança instalado em sua cabeça localizar o padrão de áudio do transmissor nos sistemas da Obsidian Corp. Hesitou.

Vocês têm certeza de que conseguem me aguentar enquanto estiver conectado? Eu preferia não cair, para não ser eletrocutado, Tom mandou em pensamento.

Pode contar comigo, Vik pensou em resposta.

Tem certeza?, Tom pensou, duvidoso.

Vik, tem certeza?, Wyatt também pensou em dúvida.

O orgulho de Vik ficou ferido. *Ei, sou tão forte quanto um touro, ou Yuri.*

Não se preocupe, vou ajudar a segurá-lo, Tom, Wyatt pensou.

Tom esperou até Vik ter ancorado um braço em volta dele, empurrando mais para cima do pescoço do pretor, e em seguida conectou a outra ponta do fio neural na nuca. O programa de busca em sua cabeça se ativou e começou a examinar com rapidez o banco de dados da Obsidian Corp. Tom tinha um plano de busca próprio em mente. Projetou-se para fora de si no vasto emaranhado de informações que cintilavam pelos sistemas da Obsidian Corp., sabendo que podia ser capaz de localizar o transmissor antes do programa. Quanto mais cedo partissem, melhor.

Mas a Obsidian Corp. não era como a Agulha Pentagonal. Tom não tinha nenhuma familiaridade com a rede de rotas de processamento. Não parava de se ver ligando-se a fluxos externos de informação, comunicações de escritórios de congressistas mandadas diretamente para os bancos de dados de Vengerov... informações vindas de dentro de casas, prédios, eletrodomésticos conectados, luzes de rua inteligentes... Descobriu-se nos sistemas de defesa externos da Obsidian Corp., depois disparou por uma rota de processamento para o Centro de Fusão da ANS em Utah, onde as filmagens de segurança de cada pessoa nos Estados Unidos eram armazenadas. Em seguida, voltou ao próprio processador, e os resultados da busca piscaram no centro de sua visão, mostrando a ele um depósito vazio com exceção das máquinas e de um supercomputador... e o transmissor de Yuri.

Mas algo estranho aconteceu. Uma onda de poder estelar pareceu tomá-lo, arrastá-lo por outra rota de processamento. Era como se desaparecesse por um vórtice ou um buraco negro por um instante, porque a rota de processamento o atraiu de maneira irresistível para outro subsistema. Por um breve momento, a consciência de Tom estava no fluxo de dados, os zeros e uns dançando em seu cérebro, e sua mente encontrou outra mente. Era a mesma sensação desconcertante que havia vivenciado ao encontrar o terceiro processador neural que realizava uma interface com a nave de Heather.

O outro processador neural agrediu sua consciência e, pelos olhos de outra pessoa, Tom observou um reflexo nadando pela escuridão polida de uma tela próxima.

Joseph Vengerov parecia encará-lo diretamente e, por um momento assustador, enquanto a mente dos dois se conectava, algo curioso, sombrio e detentor de novas possibilidades se movimentou ao redor dele.

– Ora, se não é o fantasma da máquina... – Vengerov falou para seu reflexo sombrio. – É você, Yaolan?

Tom sentiu um ataque de pânico e recuou da mente de Vengerov, de volta para si mesmo, de forma tão abrupta que quase caiu. Mas Wyatt e Vik estavam praticamente dando um abraço de urso para segurá-lo no pretor, apertando sua bochecha contra o poste de metal, e os pensamentos deles começaram a bombardeá-lo.

Você conseguiu a localização?, Vik pensou.

Onde está o transmissor?, Wyatt pensou.

Tom se ajeitou, molhado de suor e tomado por uma ansiedade que era como um animal vivo atacando seu peito com garras.

Precisamos sair daqui, ele pensou, gelado de temor. *Precisamos ir agora. Acho que Vengerov nos descobriu.*

Então o primeiro alarme cortou o ar.

Algo foi ativado em seu pretor. Seu pescoço de metal começou a se retrair no corpo. Tom ouviu Wyatt arfar quando o metal deslizou entre seus dedos, com uma área cada vez menor para segurar. Tom a ouviu digitar de maneira frenética no teclado do antebraço, e seu comando mandou o pretor se esticar de volta à altura total.

Mesmo essa ação se provou perigosa. O desvio do comportamento programado provavelmente fora registrado no sistema, anunciando sua localização para cada máquina no prédio, porque outro pretor girou na sala ao lado, dirigindo-se para eles. Tom percebeu o que estava prestes a acontecer e esticou a mão para forçar Vik e Wyatt a se agacharem, quando o novo pretor lançou um laser pelo ar, no lugar onde haviam estado. Seu pretor lutou em resposta, lançando o próprio laser e deixando a outra máquina em pedaços.

Wyatt! Desative o assoalho!, Tom pensou para ela.

Wyatt enfiou seu fio neural na porta de acesso, conectou a outra ponta na nuca e lançou seu vírus nos sistemas sem fio da Obsidian Corp. para desativar os assoalhos elétricos e desligar o sistema de vigilância. Era seu programa de emergência – para o caso de esse cenário desastroso acontecer.

O coração de Tom batia contra a caixa torácica enquanto ele se perguntava se aquilo já estava funcionando, se os assoalhos estavam desligados ou não. Mas o próximo pretor entrou no corredor, e o pretor deles se encolheu automaticamente para uma posição de batalha antes que Wyatt pudesse impedi-lo, minimizando-se como alvo, fazendo-os estremecer e os jogando para longe.

Vik berrou, Wyatt gritou e Tom cerrou os olhos enquanto atingiam o chão. Mal notaram o pretor deles destruindo o outro.

Por um momento, todos ficaram ali, sem sair do lugar, só esperando.

O programa funcionou, Wyatt pensou.

Tom abafou uma risada.

Quieto! Ainda não sei se derrubei a vigilância!, Wyatt pensou. O ar cintilou enquanto ela voltava para a porta de acesso e se conectava de novo. E, então, um milésimo de segundo depois:

– Certo, a vigilância está desligada.

Tom e Vik ficaram deitados ali, tentando recuperar o fôlego.

– Estão vindo mais deles – Vik avisou.

– Provavelmente centenas – Wyatt concordou.

– Vamos correr para o Interstício? – Tom sugeriu.

– A toda velocidade! – Vik disse, arfante.

Todos se colocaram em pé com esforço e dispararam pelo caminho pelo qual tinham vindo, correndo tão rápido que quase tropeçaram. O pretor deles deslizou junto, acompanhando-os.

Outro pretor dobrou uma curva, e mergulharam quando o pretor deles disparou com o laser, embora o pretor adversário tivesse se encolhido bem a tempo de desviar, e o laser que havia disparado em resposta reluziu, cortando as armas de seu protetor. Por um instante, Tom, Vik e Wyatt ficaram imóveis ali, paralisados, percebendo que estavam indefesos – mas o pretor deu um impulso para a frente, uma tensão elétrica se acumulando em sua base.

– Isso vai percorrer o chão, vamos lá! – Tom gritou, e eles viraram na entrada mais próxima, batendo a porta atrás deles. Respiravam com dificuldade, presos num depósito frio como o gelo.

Tom precisava de mais ar. Arrancou o capuz da camuflagem óptica, e Wyatt e Vik fizeram o mesmo. Por um instante, era como se fossem três cabeças soltas flutuando por ali, e Tom girou em círculos de maneira frenética, buscando um caminho para fora, algo que pudesse agarrar ou fazer para escapar dali...

Nada. *Nada.* Nem mesmo uma porta de acesso neural. Só havia duas portas. Uma levava para o corredor, que logo se encheria de pretores, e a outra levava para *fora.*

Para fora. Tom estremeceu.

– Não tenho nenhuma ideia – ele confessou. – Vocês têm alguma?

– Foi um plano ruim. Um plano muito, muito ruim – Wyatt suspirou. – Como a Obsidian Corp. descobriu que estávamos aqui? Fomos tão cuidadosos! – Ela enfiou os dedos no cabelo. – Devo ter deixado alguma coisa passar.

– A culpa não é sua, é minha. Ele percebeu que eu estava no sistema – Tom murmurou.

– Mas eu escondi seu IP! Você não devia ter sido detectável!

Não, ele não devia ter sido. E então uma suspeita terrível tomou conta dele.

Ele estava procurando por mim.

Vengerov o chamara de *fantasma da máquina*. Tom se lembrava desse termo. Blackburn o havia mencionado. Sua mente foi preenchida com a imagem naquele dia na escadaria. Os pontos se ligaram em seu cérebro, e tudo fez sentido.

Vengerov *havia escutado* tudo naquele dia. Tinha ouvido Blackburn, e havia descoberto que seres como Tom e Medusa existiam. Portanto, concluíra que o fantasma era um amigo de Tom. Não seria difícil, a partir dali, presumir o suspeito mais provável. Tom tinha uma amiga extraordinariamente notável. *Medusa.*

Fora por isso que Vengerov abordara Tom sobre dar um vírus a Medusa. E Tom estupidamente fora até Medusa e dissera a ela que a LM Lymer Fleet só a estivera monitorando porque ela ganhava demais – ele havia passado adiante a mentira de Vengerov. Aquele não era o motivo pelo qual Vengerov a observava. Tom era o motivo pelo qual ela não estava mais em guarda. Vengerov estava caçando aquele fantasma, e acreditava que ele era Medusa. Tom a condenara. Havia condenado todos eles.

Vik andava em círculos freneticamente.

– Vai haver mais desses pretores em breve – ele disse, os olhos na porta que dava para o corredor. – Temos de sair daqui. Não podemos ficar! Vão invadir este lugar a qualquer minuto!

– Não há nenhum lugar para ir, Vik – Wyatt abraçou a si mesma, tremendo visivelmente. – Nunca vamos passar por essas máquinas. Só há um caminho. O único outro caminho é para fora.

Para fora. Tom já havia feito isso, e não era inverno na época. Seria ainda mais frio. Lá fora era a morte. Ele sentia aquela verdade até o último fio de cabelo.

De repente, uma voz ressoou, preenchendo o ar em torno deles. Tom estremeceu ao reconhecer o sotaque britânico de classe alta com um resquício de russo.

– Ao invasor ou invasores no meu complexo, minhas saudações!

Vik e Wyatt ficaram rígidos. Tom reteve a respiração. Vengerov, no entanto, parecia se divertir.

– Peço desculpas pelas boas-vindas que receberam das minhas máquinas mortíferas, mas, afinal, vocês me pegaram bem de surpresa. Sei que estão presos, e sei onde. Meus cumprimentos por terem chegado tão longe. Lamento muito que tenham desativado meu sistema se segurança, porque gostaria muito de ver esses rostinhos enquanto asseguro que, neste exato momento, cinquenta pretores estão convergindo para essa posição, prontos para, a um comando meu, pôr abaixo essa parede.

Vik se virou em direção à porta de novo, como se esperasse que ela fosse explodir sobre eles. A cabeça de Wyatt se curvou para baixo. Tom não conseguia parar de tremer.

– Mas não vejo motivo para derramamento de sangue desnecessário ou uma mostra excessiva de força – Vengerov prosseguiu. – Portanto, vou lhes dar a oportunidade de se render à minha custódia. Se minhas máquinas os descobrirem com o rosto virado para o chão, desarmados, com as mãos atrás da cabeça, vão poupá-los. De outra forma, vão matá-los feito cães. Vou lhes dar noventa segundos para decidirem se pretendem viver ou morrer.

Sua voz se calou de maneira abrupta, deixando Tom, Vik e Wyatt tiritando no depósito, os olhos arregalados e assustados.

– Temos de fazer isso – Wyatt disse. – Temos de desistir.

Vik estava pálido.

– Seremos jogados na prisão por isso.

– É melhor que morrer, Vik! Vamos contar a Vengerov a verdade. Ele manipulou Yuri, então viemos aqui para libertá-lo. Vengerov não pode nos julgar por fazer coisas erradas... Provavelmente foi ele quem ordenou que o processador de Yuri fosse destruído!

– E pode fazer o mesmo conosco – Vik comentou em um tom sombrio. – Ele não se importava com Yuri... o que faz você pensar que ele não vai fazer isso com a gente?

– Ele não vai – ela vacilou. – Ele... não pode. Ainda somos úteis para as forças armadas, e Vengerov está do mesmo lado da gente. Talvez encaremos algum tipo de punição disciplinar. E aí, o que acham?

– Ninguém sabe que estamos aqui, Wyatt – Vik retrucou, os olhos com um brilho decidido. – Ele não precisa nos entregar. Ele pode nos matar ou fazer o que quiser conosco.

– Temos de nos render. Que escolha nos resta? – Wyatt perguntou com firmeza. – E por que você não está dizendo nada, Tom? O que você acha?

Os dois olharam para ele.

Tom sentiu uma estranha calma, apesar da certeza de sua perdição. Sabia o que aconteceria. Se resistissem, morreriam. Se se entregassem, bem, Joseph Vengerov tinha fabricado os processadores e o dispositivo de varredura. Quando ele os pegasse, exigiria mais do que desculpas – ele os enfiaria sob o dispositivo de varredura e descobriria cada segredo da mente deles. Arrancaria a verdade deles e descobriria o que Tom podia fazer.

Quem iria impedi-lo? Não estavam nos Estados Unidos. Estavam num continente distante. Ninguém sabia onde estavam e não havia nada que impedisse Vengerov de fazer o que ele quisesse. Vengerov descobriria que Tom havia estado em sua mente, que tinha visto por meio de seus olhos. Iria perceber que Tom era o fantasma da máquina que ele vinha rastreando e, quando o examinasse mais a fundo, descobriria que havia dois fantasmas, e que Medusa era o outro. Tom acabaria por entregá-la, e sabia que não poderia impedir isso de acontecer.

Fechou os olhos. Não podia deixar aquilo acontecer. Vik e Wyatt não sabiam sobre Medusa, então podiam se render. Eles *deviam* se render.

– Wyatt está certa. Não temos escolha – Tom disse a eles. – O único jeito de sobreviver a isso é torcer para que Vengerov mostre clemência. Lamento. Não achei que acabaria assim. Deitem no chão.

Tom fingiu deitar, para garantir que Wyatt e Vik fizessem o mesmo. Quando ambos estavam abaixados, olhando para o chão, respirando tão forte que ele podia ouvir com perfeição, Tom se colocou de pé de novo.

Havia um milhão de coisas que ele gostaria de poder dizer a Vik e Wyatt, mas sabia que, mesmo que tentasse, não conseguiria colocar as palavras para fora. Elas ficariam entaladas na garganta, e seus amigos perceberiam o que ele estava prestes a fazer e talvez tentassem convencê-lo a desistir – e ele deixaria que o persuadissem porque não queria realmente fazer aquilo. Não queria mesmo. Estava mortificado por tê-los envolvido naquela aventura; daria qualquer coisa para vê-los escapar. Mas a única pessoa que ele podia ajudar agora era Medusa. Ainda podia enviar uma mensagem. Podia avisá-la de que Vengerov estava atrás dela.

Mas não dentro das paredes da Obsidian Corp.

Tom se moveu com cuidado para que os amigos não o percebessem rastejando para trás, as pernas trêmulas conforme se aproximava da porta que o levaria para fora. Sentia como se se deslocasse em areia movediça. E então ali estava ele, a mão na maçaneta fria, e Tom sabia que o tempo se esgotava. Empurrou a porta, abrindo-a, uma parede de frio opressor como um punho gigantesco atacando-o. Mas Tom se forçou a sair apesar de cada instinto estar gritando com ele para dar meia-volta.

Em seguida, fechou a porta atrás dele, imóvel no frio fustigante e intolerável.

Por um momento, ficou ali, horrorizado com o que tinha feito, prendendo-se do lado de fora, condenando a si mesmo. Sua pele começou a congelar conforme o vento esfaqueava seu crânio e enfiava espetos em seus tímpanos. Seu processador neural o aconselhou a buscar abrigo, mas Tom sabia que nunca se renderia ao dispositivo de varredura.

O processador se conectou com um servidor conforme o vento forçava as lágrimas a saírem de seus olhos e as congelava em suas bochechas, os ouvidos se tornando espelhos flamejantes que queimavam em sua cabeça. Um pesadelo do passado voltou à vida sob o céu inclemente de estrelas vívidas e um véu verde de ventos solares enquanto Tom esperava para morrer.

E então algo fez as estrelas nadarem no céu, e a distorção se tornou cada vez maior acima dele. Por um momento, Tom não estava consciente do que via, mas uma onda de ar deslocou-se e o jogou contra a neve dura, o zumbido pulsando em seus tímpanos conforme uma nave da classe centurião retraía sua camuflagem acima de sua cabeça.

Vi seu recado, Mordred, Medusa enviou-lhe numa mensagem. *Achei que devia vir lhe dizer: não é uma boa ideia.*

Tom olhou boquiaberto para o drone de Medusa, chocado demais para sentir frio por um instante, e ele gritou para o vento:

– Meus amigos ainda estão presos lá dentro!

Imediatamente, o centurião virou e suas armas faiscaram na lateral do depósito, abrindo um buraco nela. Em meio à rajada súbita de calor, Tom avistou Wyatt e Vik no chão. Ele viu Vik agarrá-la e eles se abaixaram quando o drone roncou sob a cabeça de ambos, passando pelo depósito.

Foi então que enxames de pretores explodiram a parede e se despejaram passagem adentro. O centurião de Medusa começou a atirar neles, e Tom correu para a frente até se aproximar de Vik e Wyatt, os pulmões esfaqueados alternadamente pelo calor e pelo frio, e os ajudou a ficar de pé, arrastando-os com ele, quando os lasers dos pretores rasgaram a escuridão da noite. O drone de Medusa girava no ar enquanto atirava em resposta. Então Vik e Wyatt se encostaram contra ele, uma parede de calor os alcançando conforme o fogo consumia o depósito. Neve e faíscas giravam ao redor, enquanto os pretores se explodiam um atrás do outro.

– T-T-Tom... como... – Vik disse, tremendo com violência.

Atrás dele, outra nave camuflada opticamente desceu, aproximando-se da neve, o compartimento de passageiros se abrindo, tão próximo deles quanto podia ficar sem causar perigo.

Vik e Wyatt estavam congelados no lugar, mas Tom se pôs em movimento e os estimulou a ir em direção à nave, sabendo que a única salvação era dentro dela. Eles escalaram os degraus e se enfiaram dentro da pequena cabine apertada, que era feita para uma tripulação de no máximo duas pessoas. O compartimento com janelas se selou sobre eles.

Tom enviou uma mensagem pela interface de pensamento. Não teve problemas em se concentrar. *Medusa, o drone ainda está inteiro?*, Tom perguntou a ela. *Aqui está a grade de defesa externa da Obsidian Corp., e aqui está o supercomputador que precisamos destruir.* Ele lhe enviou as coordenadas que encontrou nos sistemas da Obsidian Corp., o transmissor que eles próprios não haviam conseguido destruir.

Entendido.

E a última coisa que viram antes de serem projetados na atmosfera foi uma série de depósitos em explosão.

Feito, ela enviou de volta.

A extensão gélida da Antártida e a massa negra da Obsidian Corp. em chamas eram um volume negro que se espalhou embaixo deles até se tornar meros pontos de agulha.

Tom percebeu que sua respiração embaçava a janela contra a qual seu rosto estava pressionado, tentando enxergar. Percebeu os dedos de Wyatt apertando seu braço, a postura tensa de Vik do outro lado. Tom se ajeitou no espaço minúsculo, as pernas enroladas apertadas contra ele. Os olhos de Wyatt e Vik eram enormes na pouca claridade.

– Obri-briga-do – Tom disse de maneira reverente para o ar. – Você sal-salvou a gente.

– Co-com quem está falando? – Vik conseguiu dizer.

– Nã-não entendo isso – Wyatt disse, tiritando.

– Po-posso contar? – Tom perguntou. – Eles são de con-confiança.

Por um longo momento, os três continuaram a tremer de frio num silêncio espesso enquanto Tom esperava uma resposta.

Se tiver certeza..., Medusa respondeu.

Tom sentiu que quase poderia rir, ou chorar, de puro alívio, com outro segredo sendo tirado dele. Esperou até que os dentes parassem de bater, só para poder pensar nas palavras certas.

– Pessoal, apresento-lhes Medusa. Quer dizer, mais ou menos. Ela está controlando esta nave, e aquele era o drone dela também. Medusa, apresento a você Vik e Wyatt. Quer dizer, mais ou menos. Eles são meus melhores amigos.

Em resposta, a nave mergulhou brevemente em direção as águas escuras sob eles como saudação.

Vik e Wyatt encararam Tom, os olhos arregalados. Ficaram em silêncio por tanto tempo que Tom começou a ficar alarmado.

Por fim, Wyatt disse:

– Obrigado, hã, Medusa.

Então, Vik disse:

– Essa é sua vida secreta de novo, não é?

Tom inclinou a cabeça para trás contra o vidro que o cercava com um sorriso encabulado.

– Mais ou menos.

26

Medusa os deixou tão próximo do Pentágono quanto ousou se aproximar, e Tom, Vik e Wyatt conseguiram uma carona esquisita para Arlington. O City Mall do Pentágono estava fechado para a noite, por isso conduziram sua segunda operação secreta da noite. Invadir a Obsidian Corp. tinha sido uma experiência tensa na qual haviam corrido risco de vida. Invadir a Toddery's Chicken Barn para acessar o City Mall do Pentágono era outra história.

Mal podiam reprimir a risada eufórica enquanto seguiam a passagem entre o shopping e o Pentágono, tentando pensar na desculpa que usariam para explicar por que não estavam listados como ausentes da Agulha Pentagonal. Por fim, decidiram apenas se apresentar para os oficiais de plantão e fingir que tinham sido pegos ao tentar sair de fininho da Agulha, não ao entrar. Todos foram punidos com um fim de semana de tarefas domésticas e liberdade restrita, mas foram levados de volta para Agulha e ninguém levantou nem uma sobrancelha. Numa instalação cheia de adolescentes, pegar alguns recrutas tentando sair depois do toque de recolher não era um evento notável ou incomum.

Tom estava tão ligado por causa da adrenalina que tinha certeza que podia correr quinze quilômetros se precisasse. Ofereceu-se para colocar de volta, às ocultas, os equipamentos no arsenal. Tudo para postergar o sono. Não conseguiria dormir tão cedo.

Esgueirava-se pelo chão na Arena de Exercícios não iluminada quando uma sombra se moveu e Tom percebeu o tenente Blackburn esperando por ele. Água gelada correu por suas veias. Ele se descobriu preso no lugar, pensando em Heather. Pensando no que tinha visto.

– Bem? – Blackburn perguntou com ar cansado. Ele parecia anos mais velho sob a fraca iluminação. – Estou certo de que você tem alguma mentira absurda pronta para mim. Experimente.

– Peguei esses emprestados. Para pregar uma peça. – Tom levantou os trajes de camuflagem óptica.

Blackburn balançou a cabeça negativamente.

– Não, você não pegou. Fiquei trabalhando até tarde...

Tom se agitou. Trabalhando? Então, Blackburn não havia ido dormir depois do que acontecera com Heather.

– ...e pude ouvir em tempo real os canais confidenciais se enchendo de conversas sobre um acidente na Obsidian Corp. Toda uma ala da instalação na Antártida foi destruída. Poir mais chocante que pareça, meus pensamentos de imediato se voltaram para *você.* Fui ver onde você estava e, de acordo com o seu sinal de GPS, você ficou no banheiro pelas últimas três horas. Por coincidência, o mesmo aconteceu com Vikram Ashwan e Wyatt Enslow.

– Acho que foi algo que comemos – Tom tentou convencê-lo. – Você sabe o Indian Hall do Chris Majal...

– Raines, alguma vez, e quero dizer mesmo *alguma vez,* caí em alguma dessas histórias ridículas suas?

Tom soltou um suspiro.

– Certo. Você nos pegou. Fomos nós. E você sabe por quê. O transmissor já era. Nós destruímos. Libertamos Yuri. E eu sabia que tinha de infligir mais danos ao local do que apenas o transmissor ou chamaria atenção demais, por isso atingimos outras coisas também.

– Você sabe o que é chamar atenção demais? Botar fogo na central do estado de segurança.

– Tomamos cuidado – Tom o tranquilizou. – Desativamos as câmeras de segurança, e a gente se enrolou nesses trajes de camuflagem óptica de maneira segura o suficiente para não deixar nenhum rastro de DNA. O único lugar em que as removemos, nós *incendiamos* depois. Mesmo o Interstício não registrou nossa viagem. Aquele transmissor não está controlando Yuri. Ele se foi. Coloque-me no dispositivo de varredura e vou lhe mostrar, daí você poderá aprová-lo para receber um processador enquanto ainda há tempo.

Blackburn se aproximou, as sombras se afastando de seu rosto cheio de cicatrizes.

– Vamos dizer que eu faça o que você quer. Informo o alto escalão de que Sysevich não é mais uma ameaça. Daí estarei lhe dando um tapinha nas costas pelo que fez. Quer dizer que devo recompensá-lo por isso.

Tom se manteve firme.

– Percebo que provavelmente você poderia deixar Vengerov matar Yuri. Também acho que provavelmente é capaz de... não sei – ele deu de ombros, sem tirar os olhos dele – ...*simplesmente matar alguém* que represente uma ameaça para você de alguma forma.

Os ombros de Blackburn ficaram tensos, e Tom sabia que ele se perguntava se havia mais por trás daquela escolha de palavras.

– Mas não acho que vá deixar Yuri morrer quando não tem nenhum motivo para isso. – Os pensamentos de Tom se voltaram brevemente para o apartamento vazio de Blackburn, para aquela vela idiota. – Pode não se importar com o que eu acho de você, mas não acho que é um monstro sem sentimento. Se der as costas e deixar Yuri morrer, sabe que Wyatt nunca vai superar isso. Ela não vai perdoá-lo. Não vai perdoar a si mesma. Você não vai deixar isso acontecer.

Blackburn parecia uma espécie de estátua. Não se movia nem um centímetro.

– E, bem, se você precisa de mais incentivo, posso *comprar* sua autorização sobre o novo processador de Yuri – Tom disse, inspirado. – Sei de algumas coisas. Informações. Você vai querer isso.

– O quê? – Blackburn perguntou baixinho.

– Joseph Vengerov tem um processador neural.

O rosto de Blackburn congelou.

– Imaginei que não soubesse. *Eu* não sabia.

Por um momento, Blackburn ficou ali parado. Depois:

– Isso é impossível. Ele é velho demais, Raines. Teria danificado seu cérebro. Ninguém faria isso.

– Bem, não danificou. Está lá. Na cabeça dele. Eu vi. Isso deve valer algo pra você – Tom disse, cansado. Ele jogou os trajes para ele. Blackburn os pegou automaticamente. – Pense a respeito. Vou para a cama. Estou acabado.

Enfiou as mãos nos bolsos e deixou Blackburn sozinho próximo do arsenal na Arena de Exercícios coberta de sombras, imóvel, segurando um monte de trajes de camuflagem óptica.

HORAS DEPOIS DE RECEBER seu novo processador neural, Yuri começou a lutar com seu respirador, que então foi substituído por uma cânula nasal. Os pinos no nariz decididamente davam a ele uma aparência menos alienígena do que acontecera com o tubo gigantesco enfiado em sua garganta.

Yuri começou a acordar por alguns minutos a cada vez, depois por uma hora inteira. Tom, Vik e Wyatt estavam lá quando ele enfim se mexeu. O grande garoto russo piscou para eles, confuso. Todas as memórias de Yuri haviam sido baixadas no novo processador, mas ele não falara com eles ainda.

– Thomas? Vikram? – Ele ainda não havia visto Wyatt, escondida na entrada.

Tom e Vik caminharam até ele lentamente.

– Ei, cara. Bem-vindo ao mundo dos acordados.

Yuri se recostou na cama.

– Sinto-me feliz por estar de volta – ele levantou o braço, depois olhou para ele, espantado. – Minha grande massa muscular!

– Lamento, cara – Tom falou, sentindo-se mal por ele.

– É, você tem trabalho a fazer. É isso que dá ficar deitado na cama por meses a fio – Vik o repreendeu. – A propósito, Yuri, agora parece uma hora ideal para você e eu termos um campeonato de levantamento de peso. O vencedor ganha cem dólares.

Tom deu um soco no braço de Vik por Yuri. Yuri soltou uma risada fraca.

E então a perturbação que ainda permanecia nele pareceu se desfazer quando Wyatt se adiantou e se colocou a seu lado. Ele entortou o pescoço para poder olhá-la com adoração, e, pelo que Tom podia lembrar, pela primeira vez ela o olhou da mesma forma.

Enquanto ela se inclinava para beijá-lo, os pensamentos de Tom se desviaram para outra pessoa.

Ele precisava ver Medusa.

A AGULHA PENTAGONAL ERA um lugar tenso naqueles dias, fato pelo qual a maioria das pessoas não prestou muita atenção à recuperação milagrosa de Yuri Sysevich ou à sua restauração ao status de serviço ativo, enquanto aguardava a recuperação física real. Em vez disso, todos falavam sobre a dramática deserção pública de Elliot. Ou sussurravam sobre como Heather Akron havia enlouquecido na reunião de cúpula do Capitólio e agora estava desaparecida. Até o sinal de GPS dela havia sumido.

Tom conhecia a verdade, e isso fazia seu estômago revirar: saber que estava essencialmente acobertando um assassinato.

Mas não tinha certeza do que mais poderia fazer. Seus segredos estavam entrelaçados demais aos de Blackburn.

Algumas coisas não eram tão complicadas.

Tom devia a Medusa sua vida, a vida de Yuri e a liberdade de Vik e Wyatt. Pareceu uma eternidade até ela aparecer em seu sistema de novo. Quando ele a encontrou, não havia mais avatares, não havia mais um cenário ilusório, só uma sala branca vazia, um modelo não escrito. Ele a pegou nos braços e a girou no ar.

– Devo-lhe muito e vou encontrar uma maneira de lhe retribuir de alguma forma.

Ela riu.

– Eu sei. Você me deve para valer. Tem sorte de eu ter encontrado sua carta de adeus carinhosa.

– Como você a encontrou tão rápido? – Tom perguntou. – Eu escrevi logo antes de partir.

– Eu lhe disse: tenho monitorado sua atividade on-line para me certificar de que não vai comprometer nossa identidade. Recebo um alerta se seu banco de dados pessoal fizer alguma referência a "Medusa". Também acrescentei "Murgatroid", só para garantir.

Ele riu.

– Eu devia ter endereçado para "Troid".

– Então, você estaria morto.

– É – ele disse, de repente sério – estaria morto.

– Quando soube aonde você tinha ido – ela explicou –, mantive essas naves de prontidão. Tão logo você ficou fora do prédio, fui direto para suas coordenadas no GPS a fim de ver se precisava de ajuda – ela deu um soco nele de leve. – Você devia ter me pedido desde o começo.

Tom a encarou.

– Mas estávamos fazendo isso porque nosso amigo precisava de nós para destruir aquele transmissor, Medusa. Não podia ter pedido para você se arriscar a...

– Você não precisava pedir – ela disse. – Nunca precisou.

– Pelo visto, não – Tom suspirou.

Um ano antes, diante da reunião de cúpula do Capitólio, ele havia tentado pedir a ela que perdesse de propósito para ele, mas não conseguira se forçar a fazer isso. Sabia que ela teria dito não. Por que alguém faria isso por ele? Ela havia dito mais tarde que poderia ter sido uma possibilidade. Ele não havia acreditado nela. Não por completo. Não até ela ter feito algo tão arriscado só para ajudá-lo. Tom se deu conta de que ela havia arriscado chamar a atenção da Obsidian Corp. para si mesma, e havia feito isso por ele.

Tom ficou tenso enquanto a envolvia, porque teve aquela súbita e terrível sensação de que algo muito ruim iria acontecer se ele a deixasse partir.

– Tenho de lhe perguntar algo, Medusa.

Ela se ajeitou para trás, esperando por isso, seus olhos buscando os dele.

Tom acariciou o cabelo negro dela, nervoso.

– Ouça – ele umedeceu os lábios, o estômago em um nó. Por uma mescla de motivos. – Diga-me uma coisa. Espero estar errado, mas vou tentar adivinhar seu nome de novo.

– Agora?

– Agora – a voz dele estava decidida. – Seu nome é *Yaolan*?

Medusa se contorceu enquanto ele a abraçava, e Tom sentiu algo frio e assustador se espremendo dentro dele, sabendo o que era.

– Como você... – ela arfou. – Você mexeu nos arquivos pessoais da Fortaleza? Eu lhe disse para não fazer isso, Tom!

– Não fiz – Tom envolveu os ombros dela, cheio de temor. Ele se inclinou para encará-la. – *Joseph Vengerov* disse isso. Estabeleci uma interface com o processador neural dele por um instante...

– O processador neural dele?

– O processador neural dele – Tom confirmou. – Ele tem um. Você tinha razão sobre a LM Lymer Fleet a estar vigiando... aquilo era *Vengerov* vigiando-a, pois ele sabe o que você pode fazer. Não pude entrar na Obsidian Corp. porque ele já tinha descoberto como bloquear nosso caminho. Ele sabe que há um fantasma da máquina. Sabe como nos detectar, como nos bloquear e, quando me encontrou no sistema, ele me chamou de Yaolan.

Ela cruzou os braços, recuando um passo e depois outro. Ele desejava que ela não se afastasse dele quando algo a perturbava.

– Não vê? – Tom perguntou, insistente. – Você está em perigo. Ele vai atrás de você, especialmente depois do que aconteceu na Obsidian Corp. Acho que era por isso que ele queria que eu usasse o vírus em você. Ele queria que eu a nocauteasse por um tempo para ver se o fantasma da máquina sumiria quando você sumisse. Se isso acontecesse, ele teria toda a confirmação de que precisava sobre quem era o fantasma. Ele já suspeita de você.

Ela cerrou o maxilar enquanto o corpo se enrijecia.

– Foi bom ter me avisado. Vou tomar cuidado.

– Cuidado não vai adiantar, Medusa! Ele *sabe*.

Mas ela balançou a cabeça negativamente, e Tom sentiu uma onda de frustração, porque ela *não conseguia* entender. Para ela, Joseph Vengerov era outro CEO da Coalizão. Ela não havia estado na mente de Vengerov por aquele breve instante, não havia sentido o desejo feroz dele de possuir, sua necessidade cega de obter algo, sem nenhum remorso, sem escrúpulos, sem insegurança. Ela não tinha um Blackburn ou um Yuri para servir como exemplos ambulantes do pouco valor que Vengerov atribuía à vida humana.

– O que devo fazer então? – Medusa exigiu saber. – Mesmo que ele suspeite de mim, não há uma maneira de consertar isso.

– Sim, há – Tom disse. – Você pode vir para cá.

– Ir para aí? – ela perguntou, incrédula. – Para a Agulha Pentagonal?

Mas os pensamentos dele estavam correndo à frente, e ele teve certeza disso. Ali havia uma coisa que ele tinha e que Medusa não tinha – e, por estranho que parecesse, Tom havia percebido que era a arma mais forte de seu arsenal.

Ele tinha Blackburn.

Blackburn sabia tudo sobre ele. Ele era a única pessoa capaz de enfrentar Vengerov em nível técnico. Era a única pessoa com quem eles podiam contar para derrotar Vengerov sem fraquejar. E, depois de ver Blackburn matar Heather, Tom sabia mais uma coisa: Blackburn faria o que fosse preciso para manter a habilidade dele, Tom, fora das mãos de Vengerov. Ele o faria por qualquer meio necessário. Era estranho que Tom não sentisse nenhuma ligação com Blackburn, nenhum afeto, mas soubesse até o último fio de cabelo que podia contar com o ódio de Blackburn por Vengerov de uma maneira que nunca havia sido capaz de contar com mais nada nem ninguém, nem mesmo com o próprio pai.

Num ponto, pelo menos, Tom podia confiar nele absolutamente.

Blackburn tinha de manter Vengerov longe de Tom; ele também precisava manter Vengerov longe de Medusa. Não havia lugar na Terra mais seguro para ela que ao alcance de Blackburn.

– Sim, venha para cá – Tom pediu, animado. – Estabeleça uma interface com uma nave ou eu faço isso e voo até aí. Vou escondê-la e cuidaremos um do outro, e... e posso lhe dizer mais sobre o motivo disso, mas sei que vai estar segura aqui. Eu *sei*. Então, quando Vengerov tentar pegá-la na Fortaleza, você vai ter partido, vai estar fora de alcance. Não vê? – algo mais se acendeu dentro dele. Seu estômago se agitou. – Poderemos nos encontrar. Quero dizer, realmente nos encontrar. Pela primeira vez.

O rosto de Medusa se suavizou. Ela se inclinou para a frente e tocou a ponta do nariz dele de uma maneira que fez Tom se sentir um pouco tolo.

– Agradeço a oferta de proteção, mas acho que ficou claro qual de nós costuma ser a donzela em perigo.

– Medusa, se não vier para cá agora, pode não ter chance mais tarde. Não disponho de programas em seu sistema para me informarem se está em apuros. Nem vou saber que algo aconteceu. Não vou saber que tenho de ajudá-la.

– Tenho de arriscar – ela disse num tom gentil. – Não posso partir. Eu perderia tudo.

Tom percebeu: nada que ele pudesse dizer iria mudar o pensamento dela. Mesmo que levasse a ameaça tão a sério quanto ele, ela não podia se forçar a lhe confiar seu destino, e Tom podia entender isso. Ele não podia pensar na ideia de deixar a Agulha voluntariamente, lançando-se no mundo dela. E ela sequer o havia traído, não do jeito que ele uma vez tinha feito.

Ele soltou a respiração devagar e sentiu os braços dela deslizando em volta dele. Ele a puxou com gentileza contra ele, acariciando seu cabelo sedoso, os fios tremendo conforme ela inspirava.

– Yaolan, hein? – seu processador traduziu. – Orquídea oleosa?

– Orquídea *reluzente*. Ela recuou e inclinou o queixo para olhá-lo nos olhos. – Que estranho. Enfim sabemos o nome um do outro.

Os lábios de Tom se curvaram.

– Esse relacionamento está progredindo muito rápido.

Os olhos dela brilharam com um ar brincalhão.

– Eu sei. Hipervelocidade. Precisamos de mais espaço. A China e os Estados Unidos não são longe o bastante.

– Um de nós tem de se mudar para Netuno, então.

Ela se inclinou para bem perto e sussurrou:

– Não eu.

Tom a tomou num beijo e, por um momento, não havia nada mais no mundo, só Medusa... Yaolan. E ele não queria largá-la nunca mais.

Mas Tom não gostava de se enganar e não podia aceitar o fim passivamente. Afastou-se dela, o temor saturando cada poro dele, sabendo que havia um jeito de consertar aquilo. Ele podia salvá-la. Havia uma maneira. Só uma. Estava disposto a sair para a neve da Antártida por ela. Ele estava disposto a fazer isso agora, mesmo que ela nunca o perdoasse por isso.

– Desculpe, Yaolan – ele sussurrou.

Uma sombra passou pelo rosto dela.

– Desculpas pelo quê?

Tom a encarou e pensou a frase de ativação: *Nunca farei isso com ela.*

Por um instante, ele viu a confusão nublando os olhos dela conforme o vírus de computador de Vengerov invadia seu processador, e Tom teve um último e breve vislumbre de seu rosto naquele momento de completa e terrível traição. Então, o avatar dela se dissolveu da simulação junto com ela, deixando-o sozinho no vazio.

TOM SE SENTOU INQUIETO no restaurante, virando uma moeda de um dedo cibernético para outro, enquanto Vengerov bebia uma taça de vinho e assistia de novo ao vídeo de Tom usando o vírus. Tom o havia baixado com o dispositivo de varredura, removendo tudo fora aqueles momentos finais. Depois, contatara Vengerov e combinara de entregar a evidência, sentindo-se como um otário que faz uma oferenda para algum deus pagão. Vengerov com certeza aceitara a oferta também nesse espírito, chamando Tom para uma de suas muitas propriedades, nenhuma surpresa no rosto, como se fosse um tributo a ele devido por algum plebeu insignificante.

Quando ele exibiu novamente o vídeo para sua satisfação, Vengerov equilibrou o chip neural entre dois dedos, avaliando Tom.

– Estou muito satisfeito com você, senhor Raines. Bem, quando comecei a suspeitar que iria ter de mandar outra pessoa para fazer o trabalho, você finalmente mostrou resultados. Recebi relatos da Fortaleza que confirmam sua história. Estou feliz de ver com meus próprios olhos que ela é verdadeira. Muito bem.

Não havia nada de vingativo em seu tom. Ele não guardava rancor por Tom fazê-lo esperar. Nada do tipo. Só a satisfação de tê-lo enfim coagido a fazer o que ele havia ordenado.

Tom lembrou-se do mergulho breve na mente de Vengerov, a maneira como este não sentira medo da intrusão, nenhuma ansiedade. Essa seria a reação natural e humana, mas Vengerov não a tivera. Ele havia sentido expectativa, um traço de desafio, um desejo de ter, de controlar, de possuir, e Tom se viu perguntando a si mesmo se era o processador neural pessoal de Vengerov que o tornava tão desumano, ou se ele havia nascido assim.

– Diga-me – Vengerov falou num tom aveludado –, depois de todo esse tempo, o que o fez mudar de ideia?

– Acho que posso dizer que aprendi minha lição – Tom falou simplesmente.

Vengerov sorriu, a satisfação expressa no rosto anguloso. Obviamente ele acreditava que Tom se referia ao dia em que ele quase o havia matado; quando tentara mostrar a Tom que ele era impotente, que podia ser destruído por um capricho.

Mas Tom estava realmente pensando em Elliot e na reunião de cúpula do Capitólio. Só Elliot poderia ter falado aquelas palavras para centenas de milhões de pessoas. Só Elliot poderia ter escapado em tamanho desafio aberto, porque ninguém jamais tinha esperado isso dele. Apenas um sujeito que cooperara e cedera por tanto tempo podia ter realizado aquele ataque à Coalizão na frente do mundo todo. Elliot também ensinara algo a Tom.

– Por curiosidade – Vengerov falou –, como pretende se chamar quando for um combatente?

Quando. Não "se". Tom sabia o que era aquilo: Vengerov lhe assegurava que ele receberia o pagamento por um trabalho bem-feito... só para o caso de querer usá-lo de novo no futuro. Isso fez o estômago de Tom ferver, mas ele manteve o rosto cuidadosamente neutro e respondeu:

– Não sei ainda. Mudo de ideia o tempo todo.

– Ah. E qual seria o nome, se fosse hoje?

Tom olhou para o oligarca no centro do estado de segurança, talvez o homem mais poderoso do mundo, sentado na mesa com um processador secreto em seu crânio, uma taça de vinho na mão.

Então, Tom sorriu.

– Cianureto.

TOM, VIK E WYATT CONCORDARAM em não contar a Yuri sobre a aventura na Obsidian Corp. Se Yuri visse Joseph Vengerov, seria mais fácil para ele não ter que mentir sobre nada. Vik insistiu que a ignorância poderia ser uma bênção.

No dia em que Yuri foi capaz de andar sem ajuda, Tom, Vik e Wyatt se certificaram de conduzi-lo até a Sala Lafayette. Durante o anúncio das promoções, todos observaram seu rosto quando o último dos nomes de plebeu foi chamado:

– Yuri Sysevich. Parabéns a todos os novos intermediários.

Yuri se sentou ali sem mover um único músculo, os olhos azuis arregalados, uma mão congelada no ar, a meio caminho de acariciar o cabelo de Wyatt, pois a havia estendido sem pensar. Tom e Vik riram do espanto absoluto em seu rosto, e Wyatt agarrou a mão de Yuri e a beijou.

– Parabéns, intermediário.

Yuri ainda parecia estar tentando acordar do sonho quando o nome de Vik foi anunciado – o que não foi nenhuma surpresa –, depois veio o choque real para os outros no final da lista dos novos superiores.

– ...e Thomas Raines.

Tom havia ansiado por aquela chance durante um ano. Tinha ansiado mesmo. Mas, quando a cabeça de todos os seus amigos se virou para encará-lo, ele sentiu uma inquietação de um tipo sombrio, sabendo que estava sendo promovido por ordem de Vengerov, recompensado por trair Medusa. De novo.

Yuri agarrou o ombro dele, Wyatt mexeu em seu cabelo e Vik deu um empurrão de brincadeira. Mas Tom não podia fingir um sorriso.

HAVIA UMA PESSOA DECIDIDAMENTE infeliz com a promoção de Tom. Tom apareceu tarde, de propósito, para a última aula de exercícios de segunda-feira como intermediário, para não ser pego na rotina de exercícios com os outros. Karl o emboscou bem do lado de fora da Arena de Exercícios e o empurrou contra a parede.

– Como você fez, Totó? – ele rosnou, o hálito azedo preenchendo as narinas de Tom.

Tom o empurrou para longe.

– Você não tem algum outro lugar onde deveria estar?

– Sabe de algum podre do general Marsh? – Karl berrou, seu grande rosto e a enorme papada contorcidos pela raiva e pelo ódio. – Sei com certeza que você foi colocado numa lista negra!

No passado, Tom poderia ter achado aquilo engraçado, a vermelhidão tomando o rosto de Karl, as mãos grandes apertadas em punhos cerrados que ele sacudia. Agora, sentia-se estranhamente desinteressado. Era um desperdício de tempo.

– Pelo visto, não estou mais numa lista negra – Tom respondeu.

– Bem – Karl enfiou um dedo grande no peito de Tom. Com força. – Não pense que vou deixar você entrar sem problemas na ComCam, se é o que acha que vai fazer. Vou enfrentá-lo em cada passo do caminho.

Tom considerou a situação de maneira cuidadosa, porque estava certo de que Elliot havia apontado exatamente quais fios cortar para desativar aquela bomba.

– Certo – Tom disse. – Faça isso.

– O quê? É só isso? É tudo que tem a dizer?

Tom lançou a mão dele pelo ar.

– Ei, você quer me esmagar. Eu entendo. Você nunca vai parar de tentar. Tenho de reconhecer sua determinação. – Ele se virou e andou em direção à Arena de Exercícios, mas a mão grande de Karl pousou em seu ombro, puxando-o para trás.

– Que tipo de jogo está fazendo aqui, Fido? O que quer que seja não vai funcionar!

Tom sentia-se morbidamente fascinado. Podia jurar que Karl parecia mais perturbado agora do que se o houvesse insultado.

– Jogo nenhum – ele disse numa entonação deliberadamente suave. – Estou sendo apenas honesto com você, Karl. Respeito sua persistência. Tenho de elogiar isso.

A grande testa de Karl se enrugou. Ele afastou a mão de Tom.

Tom ajeitou o colarinho e entrou na Arena de Exercícios. Viu todos os novos intermediários devolvendo os equipamentos para o arsenal e, com a confusão, não teve problemas para entrar e vestir um exotraje, uma camuflagem óptica e um par de grampos centrífugos.

Então, foi até o topo da Agulha Pentagonal.

Ficou lá parado no teto. Estava alto o suficiente para vislumbrar os contornos de um conjunto distante de *outdoors* florescentes brilhando sobre Richmond, Virgínia.

Tom enfiou a mão no bolso para pegar o transmissor de acesso remoto que já havia recebido para as férias. Estas começariam logo. Enfiou-o na nuca. Sabia que Medusa estava incapacitada naquele instante, incapaz de se ligar na internet. Mais importante, Vengerov sabia disso. Portanto, o homem que se encontrava no nexo centro do estado de segurança, o homem por trás da vigilância e das naves e dos segredos que mantinham o mundo unido como estava, iria perceber que Yaolan não podia ser aquela que fizera o que Tom estava prestes a fazer.

Se os executivos da Coalizão tinham achado que o fato de Elliot Ramirez explodir todos os *outdoors* florescentes no meio do nada, no Texas, era algo incendiário durante a reunião de cúpula do Capitólio; se tinham considerado aquilo como uma fagulha que poderia incendiar algo maior, então Tom estava prestes a lhes dar um inferno.

Lançou-se no subsistema central que controlava todos os *outdoors* florescentes no hemisfério ocidental e plantou o código que havia escrito, passando de um terminal para outro. Voltou para si mesmo quando os *outdoors* florescentes a distância se iluminaram com a imagem que ele havia programado para eles, lançando uma luz branca e brilhante pelo terreno embaixo dela. Depois, acessou o servidor do Departamento de Segurança Nacional, as câmeras de segurança, observando as imagens de pessoas em cidades por todo o hemisfério ocidental parando nas ruas, encarando os *outdoors* florescentes. Em todas as cidades, as telas dos *outdoors* haviam se despido das propagandas. Agora, mostravam um texto na cor preta proclamando o desafio de Tom:

O FANTASMA DA MÁQUINA
ESTÁ VIGIANDO
OS VIGIAS

Tom deixou a mensagem pairar ali, olhando, a distância, os *outdoors* florescentes lançarem para baixo a mensagem projetada para Joseph Vengerov e todo o estado de segurança com sua teia de vigilância e controle. Ali estava uma coisa sobre a qual não tinham controle; algo pelo que jamais haviam esperado.

Deu a Joseph Vengerov tempo suficiente para ligar para seus técnicos e berrar ao telefone que queria aquela transmissão rastreada – apenas o suficiente para ele entender que a garota que havia incapacitado na China não era a entidade da internet que estivera caçando.

Aí está, Vengerov. Aí está seu fantasma da máquina, Tom pensou, vingativo. *Agora, venha me pegar. Tente.*

E então a próxima fase do vírus de Tom se acionou. As telas ficaram mais e mais brilhantes, a energia acumulando até que sobrecarregou e rompeu os *outdoors* num halo de detritos, explodindo fragmentos como uma cortina sobre o céu.

Um senso de dignidade tomou conta de Tom. Ele sabia que havia feito algo significativo. Sabia que podia mudar tudo, mas nunca havia se sentido tão bem, como se aquilo fosse exatamente o que devia fazer, exatamente o motivo pelo qual estava ali.

O rastro de fumaça da destruição se espalhou pela terra antes de se afinar e desaparecer. Logo, não havia sinal de que a Coalizão de Multinacionais houvesse um dia bloqueado o céu. Quando a noite veio, tudo que era visível era o universo infinito de estrelas.

Agradecimentos

Mamãe, por ser minha força, e papai, por fazer parte de minha equipe. Rob, por toda a ajuda com coisas do mundo real que às vezes me frustram.

Betsey, Stella, Maddie, Gracie, Matt.

Jamie e Jessica, minhas duas melhores amigas.

Judy e os Persoffs, os Hattens, Barb e a família Anticevich, e todos os amigos que compraram este livro só porque eu o escrevi – vocês são demais!

Livreiros e bibliotecários que apresentaram leitores aos meus livros e os defenderam. Tenho uma dívida com todos vocês.

Juli, Helen, Caroline, Stephanie, Jillian e todos os blogueiros que apoiaram a série Insígnia desde o começo.

Molly O'Neill e a equipe da KT Books. Tenho sorte de ter uma editora tão fantástica e paciente.

David Dunton e Harvey Klinger Literary Agency, bem como seus subagentes. Obrigado por todo o apoio e todos os conselhos!

Kassie, Drew, Zander e o pessoal na 20th Century Fox, que compraram os direitos de filmagem de *Insígnia*.

Para Hot Key Books, Egmont, Goldman, e para os *publishers*, tradutores e editores estrangeiros.

Para Veronica Roth, Dan Wells, Aprilynne Pike e Rae Carson, por toda a sabedoria que vocês compartilharam.

Para Derek Webber, da SpaceX, por responder as perguntas de uma escritora qualquer sobre aviões suborbitais.

Para Brother Guy Consolmagno, por me ajudar a descobrir como minimizar minha violação da casualidade.

Para a Nasa, por olhar à frente.

E, por último, mas certamente não menos importante, para os leitores que fizeram tudo isso valer a pena. Muito obrigada!

NÃO PERCA

EM BREVE

O TERCEIRO LIVRO DA TRILOGIA

[capa da edição americana]

CURTA A FANPAGE DO INSÍGNIA NO FACEBOOK

Prêmios, conteúdo exclusivo e muito mais.

facebook.com/insigniaarmasecreta

vreditoras.com.br

facebook.com/vreditorasbr